Dora Levy Mossanen

Die Tochter der Kurtisane

DORA LEVY MOSSANEN

Die Tochter der Kurtisane

Roman

Aus dem Amerikanischen
von Margarete Längsfeld

Marion von Schröder

Für meine Engel
Leila Michaela und Adam
sowie David A. für die Bibel

I

Persien
März 1901

Ich halte mir die Nase zu und würge zwei rohe Hormondrüsen eines Hahns hinunter.

»Machen Sie nicht so ein Gesicht, *khanom* Simone«, befiehlt Perle, die Hebamme. »Tun Sie, was ich sage, sonst schießt weiterhin jeden Monat Blut aus Ihrem Schoß.«

Die Frau zerstampft ein braunes Gemisch in einem eisernen Mörser. Ihre Miene ist ernst, sie bildet sich wohl ein, Leben zu schaffen. Dabei plappert sie, daß sie aus dem Fleisch eines seltenen Fisches aus dem Kaspischen Meer, fünf pulverisierten Perlen von fruchtbaren Austern, zwei Gramm Gold sowie einem geheimen Elixier eine Mixtur bereiten will.

Ich schiebe die Hände in die Taschen meiner Reithose, als die einäugige Hexe mir einen Fingerhut voll Rosenwasser unter die Nase hält, damit ich mich nicht übergebe.

Warum verkrieche ich mich in einem Steinhaus auf dem Gipfel der persischen Berge, ich, Tochter von Françoise und Enkeltochter von Mme. Gabrielle, diesen verführerischen Idolen? Warum schlucke ich dieses widerliche Zeug? Warum höre ich auf den Rat einer verrückten Hebamme?

Der Auslöser war Yaghout, meine Schwiegermutter.

Als wir, erschöpft nach der monatelangen Reise von Frankreich nach Persien, im Hafen von Anzali am Kaspischen Meer ankamen, schlossen Cyrus und ich uns einer Karawane an, die über beschwerliche Paßwege nach Teheran unterwegs war. Das erste, was ich von Persien sah, als wir uns von Baku kommend Anzali näherten, waren die rotgedeckten Dächer einer tief unten liegenden Stadt. Und in der Ferne eine wolkenverhangene Bergkette. Von hier aus durchquerten wir eine gewaltige Wüste auf *kajavehs*, Zweipersonengefährte, die an auf Eseln schwankende Hühnerkäfige erinnerten. Müde und mit staubverkrusteten Gesichtern erreichten wir das Mahaleh, das jüdische Viertel. Auf den Fensterbänken flackerten Sabbatkerzen. Wir passierten ein Gewirr aus engen Gassen und bröckelnden Mauern und kamen nach Sar-e-chal: Rand der Grube.

Ein übler Gestank drang mir in die Nase.

In einer Grube mitten im Viertel lag ein Riesenhaufen faulender Abfälle. Händler, Ladenbesitzer und Anwohner, ein in Trübsal gehüllter Pöbel, warfen täglich ihren Müll in diesen Schlund. Alle Männer trugen eigenartige Hüte – die Kegel- oder Lammfellhüte der Mittel- und Oberschicht, die Wollmützen der Kosaken oder die schlichten Filzkappen der Arbeiterklasse. Der Turban der Geistlichen erinnerte mich an das flaumige Schwanenkissen meiner Mutter. Seltsame, zur Straße hin offene Lädchen säumten den Basar. Die Inhaber saßen so, daß sie ohne aufzustehen an alles heranreichen konnten. Köche brieten über heißer Holzkohle Hammel am Spieß, und ein Wasserträger mit seinem Schafsfellgefäß auf der Schulter bot mir einen Blechbecher an. Cyrus scheuchte ihn fort und zog meinen Schal über meine roten Locken. Ich dürfe nur heißen Tee trinken, sagte er, bis ich mich an die persischen Bazillen gewöhnt habe. Mit Tschadors verschleierte Frauen schlurften um uns herum, ihre wachen Augen schimmerten durch die feinen Roßhaargitter. Wie schwarze Zelte sahen sie aus. Sogar Mme. Gabrielles Geister würden diesen düsteren Ort meiden, wo Juden sich dem Brauch fügen müssen, einen Tschador zu tragen.

Kaum zu glauben, daß ich gekämpft habe, von Château Gabrielle fortzugehen, um hierher zu kommen.

Das Kamel, das unsere Sachen trug, hatte Mühe, sich durch die enge Sackgasse zu quetschen, und wir mieteten für den weiteren Transport unseres Gepäcks ein Maultier.

»Häuser am Gassenende bieten einen gewissen Schutz vor den regelmäßigen Moslem-Überfällen«, erklärte Cyrus, was meine Unruhe noch steigerte. Ich klammerte mich an seinen Arm und fragte, was die Flicken auf einigen Jacken zu bedeuten hatten. »Juden müssen Erkennungszeichen tragen, damit die Moslems nicht mit uns in Berührung kommen und sich beflecken.«

»Du trägst keins«, sagte ich.

»Ich weigere mich zu gehorchen«, antwortete er.

»Aber wie kannst *du*, ein Jude, der persönliche Juwelier des Schahs sein?«

»Als einziger persischer Gemmologe mit französischem Examen bin ich am Hof unentbehrlich. Und ich habe unschätzbare Verbindungen zu den europäischen Diamantenmärkten.«

Ehe ich meine Ängste äußern konnte, nahm er mich an der Hand und führte mich zu Yaghout, meiner zukünftigen Schwiegermutter. Sie war durch den Boten des Viertels von unserer Ankunft unterrichtet worden und erwartete uns an ihrer Tür. Sie trug Hose, Weste und eins von diesen Ballettröckchen, wie sie der Vater des gegenwärtigen Schahs beim Pariser Ballett bewundert hatte. Später waren sie dann durch seine Haremsdamen in Mode gekommen. Wenn Cyrus' Mutter wüßte, daß meine Großmutter den gegenwärtigen Schah bei seiner letzten Parisreise beglückt hatte.

»*Madar*, darf ich dir meine Verlobte vorstellen«, sagte Cyrus und ergriff ihre Hände.

»*Pesaram,* mein Sohn!« rief sie, ohne meine ausgestreckte Hand zu beachten.

Ich schreckte vor ihrem sengenden Blick zurück, der an meinem Körper hinaufgewandert und auf meinen roten Haaren zur Ruhe gekommen war. Ihre heftigen Niesanfälle ließen auf eine allergische Reaktion schließen; damals begriff ich noch nicht, daß mein Geruch der Auslöser war. Sie hielt eine Bibel über Cyrus' Kopf, als wir in ihr Haus traten. Mit der anderen Hand schwenkte sie ein Räucherfaß, einen mit knisternden Kohlen gefüllten Drahtkorb. Ich hatte große Lust, all meine Poren zu öffnen und meinen Duft freizusetzen, um den stechenden Geruch der rauchenden wilden Rautensamen zu überdecken, die den bösen Blick abwenden sollten.

Cyrus zog mich in seine Arme. »Willkommen in Persien, *jounam.*«

Yaghout machte auf dem Absatz kehrt und stürmte in den Garten. Ich drehte mich nach ihr um und sah, wie sie das Räucherfaß in einen kleinen Teich warf. Die ersterbenden Glutstückchen zischten im Wasser.

Plötzlich vermißte ich Paris. Ich vermißte Françoise und Mme. Gabrielle. Ich vermißte sogar die versammelten Geister meiner Großmutter, die das Château Gabrielle und das umliegende Zibetkatzental unsicher machten.

In den folgenden zwei Wochen, die ich bei Yaghout wohnte, gab ich mir Mühe, mich bei ihr beliebt zu machen. Ich protzte mit dem Farsi, das ich zu Hause bei Alphonse, unserem persischen Butler, gelernt hatte. Ich brühte Tee auf und hackte Kräuter für den Reis. Ich bereitete *ghormeh sabzi* zu, einen mit Kräutern gewürzten Lammeintopf mit roten Bohnen und getrockneten Zitronen. Doch trotz ihres unaufhörlichen Drängens weigerte ich mich, den Tschador zu tragen.

Die Niessalve, die ich jedesmal auslöste, das Glukkern ihrer Wasserpfeife, die zitternden Rosenblütenblätter im schäumenden Wasser und der Rauch, der ihren Nasenlöchern entwich, dies alles wirkte abweisend und einschüchternd. Wie lange sollte ich bei dieser Frau leben? Als sie dann eines Tages auch noch Pillen unter ihre Zunge schob, um einen drohenden Herzinfarkt abzuwenden, war ich bereit zur Flucht. Nichts, was Cyrus mir erzählt hatte, und schon gar nicht meine eigene Phantasie, hatte mich auf die dunkeläugige, schnurrbärtige und derbe Yaghout vorbereiten können.

»Ist sie Jungfrau?« zischte sie Cyrus eines Morgens zu. »Sieh mich nicht so an, *pesaram*, sondern überdenke deinen Entschluß, sie zu heiraten. Denn wenn sie die vier Ecken des Lakens, das den Namenszug von Rabbi Schlomo dem Bußfertigen trägt, nicht mit Blut befleckt, bist du tot für mich.«

»Dann betrachte mich auf der Stelle als tot!« blaffte Cyrus sie an.

Ich hatte mich zum Frühstück verspätet und drückte noch meine Locken zurecht, als Cyrus mich am Arm faßte und aus der Tür zog, durch den staubigen Garten mit den alten Walnuß- und Maulbeerbäumen, den abgemagerten Hühnern und lärmenden Hähnen, vorbei am Außenabort, einer klaffenden Grube.

»Hören Sie auf zu träumen, *khanom* Simone«, schilt Perle, die Hebamme, und schreckt mich aus meinen Träumen zurück in die Berge. Der bittere Drüsengeschmack hält sich in meinem Mund. »Wenn Sie nicht schwanger werden, flieht Ihr Mann nach *yengeh donyah.*«

Für Bart, den Besitzer des Teehauses an der Ecke, bedeutet *yengeh donyah* das Ende der Welt – irgendwo ganz fern von Persien. Etwas wie das Zibetkatzental, vermute ich.

Aus ihrem Hemd zieht Perle eine Brust hervor, ein Streifen Fleisch gleich schrundigem Leder, und führt sie unter der Achselhöhle hindurch in den Mund des Kindes, das in einem Bündel an der Schulter ihres Tschadors hängt. »Sehen Sie, *man hameh kareh hastam*, ich erreiche alles, was ich will.«

Sie mag sich ja mit der Aufzucht von Kindern bestens

auskennen, aber eher gehe ich nach Teheran zu Yaghout zurück, als daß ich mein Kind, wenn ich denn eins bekomme, von dieser Frau stillen lasse.

Ihr gesundes Auge starrt mich an, das andere ist milchig-trüb und armselig wie das einer toten Ziege. Sie habe das Auge durch die Trachom-Epidemie in Rascht, einer Stadt in Nordpersien, verloren, erklärt sie, ihr gesundes Auge sei schärfer als meine zwei. Sie entnimmt dem Mörser etwas von der Mixtur und rollt eine Prise davon zwischen ihren schwieligen Fingern zu einem schmutzfarbenen Klecks.

Kopfschüttelnd versichere ich, ich werde niemals Hühnerkot verzehren; denn danach sieht ihre Mixtur aus.

»Nun gut«, sagt sie drohend und schnürt ihr Bündel. »Wenn Sie nicht schwanger werden wollen, dann eben nicht. Ich bin hergekommen, um eine züchtige Frau aus Ihnen zu machen. Was wollte eine fromme Moslemin anderes tun, *khanom*, als einer Ausländerin in den Bergen zu Hilfe zu eilen?«

Perle war vor einer Woche erstmals an meiner Tür erschienen. Sie brachte eine Botschaft von Yaghout: *Obwohl Cyrus eine französische Goi geheiratet hat, bleibt er ein persischer Jude. Und wie wir alle verdient er einen Sohn, der das Kaddisch an seinem Grab spricht.*

Als ich Perle an der Tür gegenüberstand, strömte sofort Angst durch meine Adern: Was, wenn ich nicht empfange? Was, wenn ich nicht mit Cyrus' Kind schwanger werde?

Daher machte ich die Tür weit auf, trat zurück und bat die Hebamme in das aus Stein gebaute Haus, das nun mein Zuhause sein wird.

Eingekeilt zwischen zwei Felswänden mit einem überwältigenden Blick auf den Vulkan Demawend, den Ursprungsort der persischen Mythologie, steht das Haus mehrere tausend Meter oberhalb der Hauptstadt Teheran. Von den Bergen ringsum ergießen sich Flüsse, Wasserfälle und Quellen in die Flüsse Karadsch und Jajrud, die die durstige Stadt bewässern. Wenn bei Tagesanbruch die Wolken tief über unserem Schieferdach hängen, klopfen Wanderer an unsere Tür. Sie bitten um eine Tasse heißen Tee, ein Glas Granatapfelsaft oder ein Omelett mit Datteln und Zwiebeln, bevor sie den Aufstieg zum Gipfel fortsetzen, bevor die Sommersonne die Felsen zu steinernen Öfen brennt oder die Winterwinde den Schneeteppich zu kristallenen Scherben peitschen. Die ständig wechselnden Schattierungen von Stein und Erde, Regen und Schnee lassen den Eindruck entstehen, die vier Jahreszeiten seien in einem einzigen Tag zusammengefaßt. Die Stille hier wird nur durch gelegentliches Hufklappern, Krähenkrächzen und Eselschreie unterbrochen und ist vollkommen anders als das sinnliche Chaos von Château Gabrielle.

Unser Boudoir ist denkbar einfach eingerichtet. Ein alter Spiegel gibt alles als fleckige Schemen wieder, den Diwan bedecken meine zusammengestichelten Unterröcke. Nach und nach enthüllt unser Haus seinen Charme, und ich weiß, hier ist denkbar, was im Château Gabrielle unmöglich gewesen wäre – einen einzigen Mann zu lieben. Hier ist es möglich, einen Mann zu lieben, der hoch im Gebirge Wildblumen von Dornen befreit, die mich in die Finger stechen könnten, der mich *jounam* – mein Leben – nennt, der sein schulterlanges, silbern gesprenkeltes Haar im Nacken zusammenfaßt und einen roten Diamantohrring trägt. In dieser rückständigen Gesellschaft, in der nackte Haut verpönt ist, läßt er unbekümmert sein weißes Hemd offen und zeigt seine muskulöse Brust, die die Farbe von Mandelschalen hat. Dies ist seine Art, seine Mißbilligung der starren Kultur auszudrücken, die seine Wahl einer Ehefrau nach wie vor in Frage stellt.

Doch in Mamas alter Truhe, die ich mitgeschleppt habe, sind Château Gabrielle und seine Frauen stets gegenwärtig. Ich hole ihre Kostüme, Capes und Masken hervor, um Erinnerungsfäden um die Berge zu winden und meine Familie lebendig zu halten.

Und auf dem Sims über dem Holzkamin liegt Cyrus' Tallitbeutel als stete Mahnung, was er verloren und was er gewonnen hat. Der Taftbeutel ist viereckig und flach, und wenn Sonnenlicht durchs Fenster auf einen gestickten Davidsstern fällt, werfen die Fäden silbrige Netze an die Decke. Drinnen stecken Cyrus' Altes Testament, sein Käppchen und sein Gebetsschal, der Tallit, mit den Schaufäden. Obwohl er dem Weltlichen zugeneigt ist, besucht er neuerdings regelmäßig die Synagoge in Mahaleh. Seine Bibel und der Gebetsschal, seine einzigen Erbstücke, haben ihn wieder mit seinem Glauben verbunden. Dieser Beutel erinnert ihn sicherlich an mehr, als ich ahnen kann.

»Dieser Gebetsschal und die Thora«, sagte seine Mutter, »sind alles, dem du dich zuwenden kannst, wenn du diese Goi heiratest.«

»Sie ist Jüdin«, sagte Cyrus.

»Sie ist die Tochter einer Prostituierten«, erwiderte seine Mutter.

2

Wir feiern die Frühlings-Tagundnachtgleiche, *Noruz*, das persische Neujahr. Auf unserem Zeremonientisch sind *haft-seen* ausgelegt, die sieben S, Symbole der Wiedergeburt, der Fruchtbarkeit und des Wohlstands. Großmutters freundlich gesinnte Geister leisten uns hier in den Bergen Gesellschaft – man muß besondere Ohren und Augen haben, um Geister zu hören und zu sehen, sagte Mme. Gabrielle, und dir, meine liebste Simone, ist diese Gnade gegeben. Sie haben sich zu dieser Feier selbst eingeladen, schweben über und um den Tisch; ihre durchscheinenden Abbilder werden von einem silbergerahmten Spiegel wiedergegeben, der Leben bedeutet. Sie umwirbeln Kerzenflammen, die Licht verkörpern, und hocken auf Goldmünzen, die Reichtum symbolisieren. Sie schlecken Weizenpudding für Süße, lassen sich auf Weizenkeimen für Fruchtbarkeit, auf Hyazinthen für Schönheit und Knoblauch für Gesundheit nieder. Einer Schale mit Essig für Geduld ausweichend, umrunden sie rosafarbene, nach Rosenwasser duftende Äpfel, die Gesundheit verkörpern, drücken Küsse auf bemalte Eier, auf Reiswaffeln und auf meine Wangen.

Wir sind weder allein noch einsam, Cyrus und ich, wie wir da auf die Ottomane gekuschelt liegen, gerötet vom Feuer in dem Kanonenofen und träge nach dem Essen von geräuchertem Weißfisch und Kräuterreis. Die abendlichen Muezzinrufe von den Moscheen rings um die Stadt hallen in den Bergen wider. Das Aroma des Jasmintees wirkt beruhigend.

»Komm näher, *jounam*«, flüstert Cyrus. Er schiebt seine Hand in meine kupferroten Locken, seine Zunge gleitet über meinen Hals. »Du sollst mich so kennenlernen, wie mich noch niemand kennt. Welch ein Genuß war die letzte Nacht, durchtränkt zu werden von deinem Ambraduft.«

»Sprich ein Gedicht für mich«, bitte ich.

Er trägt die Liebesgeschichte *Leila und Madschnun* von Nezami vor, dem Dichter aus dem zwölften Jahrhundert. Dann die Legende *Chosrau und Schirin* aus Ferdausis Epos *Shah-Name* aus dem zehnten Jahrhundert. Ich verliere mich im Auf und Ab seiner Stimme, während er sich auf eine mystische Reise in die Herzen altberühmter Liebender und die fatalistischen Gedichte des Sufi Saadi begibt. Warum sind persische Mythen und Romanzen immer unerfüllt? Ich finde langsam Frieden in der Einsamkeit der Berge, in dem Beisammensein mit Cyrus, das in einer vollendeten Gemeinsamkeit gipfelt, die Worte überflüssig macht.

Er klappt das Buch zu und legt es auf seinen Schoß, bevor er mir eine Schachtel gibt. Seine weit auseinander stehenden Augen suchen meinen Blick. »Der Elfenbeinrahmen ist aus Südafrika. Aber die Fotografie ist von Antonin Sevruguin, einem Russen, der in Persien aufgewachsen ist.«

Ich bin gebannt von der Anmut und Rätselhaftigkeit des Bildes. *Verschleierte Frau mit Perlenkette.* Ihr Profil scheint unter den Schleiern verführerisch durch. Eine Krone aus Goldmünzen umfließt kaskadenartig ihren Kopf, ihr Hals ist mit Perlen geschmückt. Obwohl sie verhüllt ist, strahlt sie gedämpfte, dennoch kraftvolle Sinnlichkeit aus.

Er streicht mir mit dem Daumen über die Wange. »Ein Tschador kann die Stärken und Fähigkeiten einer Frau verbergen und sie so besser unserer Kultur angleichen. Es könnte befreiend sein, alle zu beobachten und zu wissen, daß niemand dich erkennt oder weiß, wen du im Blick hast.«

»Ich werde nie einen Tschador tragen – nicht einmal für dich.«

»Es ist eine Möglichkeit, sich den öffentlichen Einschränkungen anzupassen, ohne sich ihnen zu unterwerfen. Man hat hier nicht immer die Wahl.«

»Wenn mir die Berge zur Heimat geworden sind, dann trage ich ihn vielleicht.«

»Laß uns für diesen Fall eine Vergangenheit und eine Geschichte für unser Haus erfinden.« Er legt sein Schreibzeug bereit, das lackmusrote Papier und die indigoblaue Tinte. Ich bin vernarrt in die exzentrische Art, in der Cyrus seinen Widerstand ausdrückt – das offene Hemd, die Farbe seiner Tinte und die breite Spitze seiner Feder, kühn wie ein Schrei. »Das sagt etwas über mich aus, *jounam*. Es ermahnt meine Feinde, sich fernzuhalten von denen, die ich liebe. Komm, meine süße Frau, wandere mit mir durch meine Vergangenheit.«

Ich bewundere seine Baritonstimme und seine Phantasie, während er eine ferne Zeit entstehen läßt, da der Vulkan Demawend noch nicht in rauchende Lethargie versunken war und die Gesteinsbrocken in der Rostamschlucht noch nicht von der Zeit geschliffen waren, als noch Sterne kollidierten und die Meere noch nicht zu ihrer heutigen Harmonie gereift waren. Schon damals, vor so langer Zeit, träumte ein Mann davon, auf dem Gipfel der schneebedeckten Berge ein Steinhaus für seine Braut aus Paris zu bauen. Ich versehe dieses lang vergangene Universum mit meinen eigenen Ausschmückungen, verziere es mit meinem persönlichen Geschmack, um uns noch fester in dieser Isolation zu verankern. Ich beschwöre ein fernes Land herauf, wo das Böse trotz Überfluß an Vogelbeeren und Bittergras gedeiht, wo in Herbstlaub und Tränen Geister lauern. Und ungeheure Wonnen, denke ich.

In seinen Geruch nach Kardamom, Rauch und Leder versunken, frage ich: »Warum trägst du diesen roten Diamantohrring?«

»Ich bekam ihn als Rohdiamant vom Vater meines Mitbewohners an der Sorbonne – dem Mann, der mich mit roten Diamanten bekannt machen sollte, Monsieur Jean Paul Dubois.

Dieser Riese mit seinem knochenbrechenden Händedruck schmückte sich gern mit Halstüchern in leuchtenden Farben und mit Seidenwesten, und er trug einen Regenschirm mit einem Medusengriff bei sich. Seine unerschöpfliche Energie und sein Charisma verhalfen ihm zu Bekanntschaften und Verbindungen in aller Welt. Das Bemerkenswerte aber waren seine eigenartigen Augen. Sie schienen nicht normal. Die erweiterten Pupillen und der hypnotisierende Blick nahmen jeden gefangen.

Mit der Zeit wurde ich unentbehrlich für sein Gewerbe. So unentbehrlich, daß mir in seiner Villa in Südafrika ein Zimmer zur Verfügung stand, wenn ich dort geschäftlich auf Reisen war. Auf einer Plakette war *Schlafgemach der persischen Nonnen* eingraviert. Ich fand das, und finde es immer noch, eigentümlich und frage mich, ob irgendeine Botschaft dahinter verborgen ist.

Eines Abends hatte sein Sohn ohne Wissen seines Vaters Gäste eingeladen. Simone, du wirst es vielleicht nicht glauben, aber vor meinen erstaunten Augen begrüßte er die Gäste seines Sohnes. Dann verschwand er in einem Zimmer und kam mit einer Tonschale zurück. Als würde er Kieselsteine austeilen, schenkte er jedem Gast einen roten Diamanten. Dann verabschiedete er sie und bat sie ohne das geringste Anzeichen von Mißmut hinaus. Die Tatsache, daß er mich an jenem Abend nicht fortschickte wie die anderen, gab mir das Gefühl, etwas Besonderes zu sein.«

Ich knabbere eine Reiswaffel, gefesselt von Cyrus' Schilderung dieses überspannten, beeindruckenden Mannes. Mit ihm bereiste Cyrus den Kongo, Rußland und Indien und lernte, wie wichtig Diskretion in seinem riskanten Gewerbe ist.

»Ich wurde einflußreichen Männern vorgestellt und in exklusive Clubs eingeführt. Ich fand heraus, wie Erdbeeren, Avocados und perlgroßer Belugakaviar schmecken. Meine Ehrlichkeit trug mir das Vertrauen der Kaufleute ein. Im Diamantengeschäft ist Korruption an der Tagesordnung. Es kann grausam und gefährlich sein. Mit dem Geld aus dem Handel werden Kriege und andere Abscheulichkeiten finanziert. Arme, notleidende Menschen werden nach Südafrika verschifft, um für skrupellose Minenbesitzer zu schuften.

Dann kam mein erster großer Handel. Nie werde ich den vergessen. Es war am 1. Juni 1898, als das Hotel Ritz an der Place Vendôme eröffnet wurde. Das elegante Hotel hatte als erstes Haus elektrisches Licht und Zimmer mit eigenem Bad und Telefon. Ich, ein Juwelenhändler aus Persien, stellte mich Grafen, Fürsten und Königen vor. Ich wurde von Mätressen belagert, die mit Perlen, Smaragden und Saphiren prunkten, die denen deiner Mutter und Großmutter vergleichbar waren.

Am erstaunlichsten aber war die unerhört hohe Anzahl an roten Diamanten, die von dieser feinen Gesellschaft getragen wurde. Ich bin mir nicht ganz sicher, aber es muß an diesem Abend gewesen sein, daß mir der Strom von roten Diamanten verdächtig vorkam, der in die elitären Kreise sickerte.

Rote Diamanten, Simone, sind eigentlich ein Irrtum der Natur. Eine seltene Anomalie – eine Abweichung in ihrer chemischen Struktur – verändert ihre Art, Licht zu absorbieren und auf Licht zu reagieren, weshalb sie farbig wirken. Für mich liegt ihre Schönheit nicht nur in der Farbe selbst, sondern auch darin, daß die chemische Abweichung, die einen so harten Stein verwandelt, winzig, ja brüchig ist. Sie kommt sehr selten vor, aber wenn, dann macht sie den Diamanten unendlich viel wertvoller.«

An jenem Abend im Hotel Ritz lernte Cyrus Monsieur Rouge und seine französische Geliebte mit der glatten roten Mähne kennen. Monsieur Rouge war ein exzentrischer Diamantenhändler. Sein richtiger Nachname und seine Nationalität waren unbekannt. Aber seine Vorliebe für Diamanten war legendär. Er hatte Schwierigkeiten, einen roten Diamanten für seine Geliebte aufzutreiben. Ehe der nächste Tag zu Ende ging, war Cyrus, der Neuling, mit einem fünfkarätigen roten Diamanten zur Stelle.

Er faßt an seinen Ohrring. »Das ist meine Provision aus dem Geschäft. Ich habe den Stein eigenhändig geschliffen, statt ihn einem Schleifmeister anzuvertrauen. In diesem schwierigen, präzisen Handwerk liegt große Magie, *jounam*. Ich habe jede Facette so vervollkommnet, daß das Licht angezogen und der Weg, den es zurücklegt, verlängert wird. Dadurch wandern die Strahlen eine weitere Strecke und vertiefen und verstärken dabei die Farbe. Dann habe ich dem Diamanten eine Vierkrappen-Platinfassung gegeben und ihn seither nicht mehr abgelegt. Er ist jetzt ein Teil von mir.«

Auch ich habe die Anmut und die Kraft schätzen gelernt, die Diamanten in ihren Tiefen bergen. Sie erzeugen eine Ehrfurcht, ähnlich derjenigen, die ich empfand, wenn meine Mutter, mit Diamanten überladen und in Samt und Seide gehüllt, die Treppe des Théâtre des Variétés hinabrauschte. Oder wenn ich in den Schlössern rings um Paris die Marmorbüste meiner Großmutter auf einem Podest entdeckte. Diamanten sind ähnlich wie Françoise und Mme. Gabrielle: um sie zu bekommen, vernachlässigen Könige ihre Staatsgeschäfte und vergessen die Verantwortung für ihre Familie, und gewöhnliche Männer bezahlen häufig mit dem Leben.

Vor allem aber verliebte ich mich in Diamanten, weil ein Armband aus roten Diamanten mich mit Cyrus zusammenbrachte, und weil sie für mich gleichbedeutend mit Freiheit wurden.

Den Blick auf den Teppich gerichtet, auf dem gewebte rote Blumen von einer Borte aus blauen Arabesken umrankt werden, murmelt Cyrus: »Ich muß nach Südafrika, um einen Diamantentransport vorzubereiten. Ich laß dich ungern allein, aber es wird die letzte Reise sein. Ich würde nicht fortgehen, wenn es nicht sein müßte.«

Panik befällt mich. Ich bin sprachlos vor Schrecken. Nicht die Berge fürchte ich, sie schirmen mich von der Stadt ab. »Ich habe Angst, Cyrus, Angst um dich, weil du riskante Geschäfte machst, und auch noch am Hof.«

»Es gibt nichts zu befürchten, glaub mir. Ich verschaffe der Kadscharen-Dynastie große Gewinne. Tatsächlich bin ich nicht nur geachtet, sondern beliebt.«

»Trotzdem, du bist Jude.«

»Ein guter Jude!« Er lächelt, beugt sich vor und streichelt meine Stirn. Seine Hand fühlt sich heiß an. »Bitte, *jounam*, hab Vertrauen zu mir. Bitte mach es mir nicht noch schwerer. Bart ist nicht weit weg und wird dir alles besorgen, was du brauchst. Ich habe Perle gebeten, nach dir zu sehen. Ja, du kannst sie nicht leiden, aber im Notfall weiß sie, an wen man sich wenden muß.« Er drückt eine Hand auf sein Auge, was besagt, er bittet um Verständnis und liebt mich mehr als seinen Augapfel.

Ich trinke heißen Jasmintee, der mir die Zunge verbrennt und weitere Fragen unterdrückt.

»Danke für dein Verständnis, Simone. Wenn du in der Zwischenzeit Hilfe brauchst, geh zu Mehrdad in Teheran. Er ist ein getreuer Kollege. Bart weiß, wo er zu finden ist.«

Cyrus nimmt mich an der Hand und führt mich

ins Schlafzimmer. Er holt sein Schreibzeug aus dem Schrank. Mit der breiten Spitze seiner Feder schreibt er Mehrdad und einen weiteren persischen Namen auf. »Hier, das ist noch jemand, den du aufsuchen kannst, wenn du Hilfe brauchst. Du siehst, du bist nicht allein.« Er nimmt seinen Tallitbeutel und steckt den Zettel zwischen die Seiten seiner Bibel.

3

Ist Ihre Periode ausgeblieben?« fragt Perle, die Hebamme.

»*Non*, noch nicht.« Während Cyrus' Abwesenheit bin ich froh, daß Perle da ist. Sie fährt mit der Seilbahn bis zu Barts Café und stiefelt zu meinem Haus hoch, um nach mir zu sehen. Der Säugling, den sie stillt, schaukelt auf ihrem Rücken in dem schwarzen Tschador, der sie umhüllt. Sie drückt ein Ohr an meinen Bauch, murmelt Beschwörungen, piekt mit ihren primitiven Gerätschaften in meinen Leib und meint tröstend, im Handumdrehen wird ein Sohn meinen Bauch schwellen lassen.

»Meine Söhne kommen mit einem breiten Lächeln auf die Welt«, sagt sie, als seien es ihre Kinder, als würde ihr Gebräu nur Söhne hervorbringen.

»Wünschen sich alle persischen Mütter Söhne?«

»*Albateh*«, antwortet sie, »natürlich! Und immer bin ich es, die sie stillt.« Sie tätschelt das schlafende Kind auf ihrem Rücken. »Sie werden mich freilich mehr brauchen als andere Mütter. Wenn die Wehen einsetzen, wird Ihnen in dieser gottverlassenen Hölle niemand zu Hilfe kommen. Und wenn meine Brüste, *astakhfol'Allah*, Gott bewahre, versiegen ...« Sie beißt in Daumen und Zeigefinger und spuckt nach links und rechts, um üble Gedanken abzuwehren; ihr vorwurfsvoller Blick wandert an meinem zierlichen Körper auf und ab. »Ich habe drei Hähne geopfert, damit ihre Seelen in Ihren Schoß eingehen und Sie fruchtbar machen. Jetzt werde ich den bösen Blick abwehren, damit Ihr Leib kein Blut mehr ausspuckt.«

Mein erschreckter Blick folgt ihrer Hand, die in der tiefen Tasche ihrer weiten Hose verschwindet und mit einem Ei wieder zum Vorschein kommt. Nein, beschließe ich, ich esse keine rohen Eier.

Sie setzt sich mit untergeschlagenen Beinen auf den Teppich. Ihrem Beutel mit Mixturen entnimmt sie ein Stück Kohle und zeichnet Kreise auf das Ei. Sie murmelt leise Beschwörungen vor sich hin, ich verstehe die Namen Bart, Cyrus und Yaghout. Sie preßt eine Münze auf jedes Ende des Eis, wickelt es in ein Taschentuch und zerdrückt es dabei mit der Hand. Ein Knacken, das nicht durch das bloße Zerbrechen einer Eierschale verursacht sein kann, birst aus ihrer geballten Faust. Das Baby in ihrem Tragetuch beginnt zu schreien. Das Taschentuch nimmt die Farbe von herbem Wein an.

Ich bin drauf und dran, mir Mamas Umhang um die Schultern zu werfen und hinauszulaufen, um dieser fragwürdigen Prozedur zu entkommen.

»Haben Sie das gehört? Das Auge mit dem bösen Blick ist zerplatzt! Er hat Sie eindeutig getroffen.« In ihrem Mund glänzt ein Goldzahn. Hoffentlich bezahlt Cyrus ihr nicht mehr, als sie verdient. Sie wiegt sich schneller auf ihrem Gesäß, um das erschreckte Kind zu beruhigen. Sie hält ein fleckiges Kattunbündel hoch, um es mir zu zeigen. Ihr gesundes Auge zwinkert heftig, und ich kann nicht sagen, ob sie erfreut ist oder betrübt. Ich schaue fort von den diversen Mixturen, mich ekelt bei dem Gedanken an weitere Scheußlichkeiten. Ich habe den Dreck zu mir genommen, den sie vorigen Monat in ihrem Mörser zusammengemischt hat. Jetzt, da Cyrus fort ist, kann ich es nicht riskieren, krank zu werden. Soll sie sich doch, was immer sie da auswickelt, in den eigenen Hals schieben. Sie schwört flüsternd bei allen großen Imamen, die Mittel kosteten sie mehr als die Schatztruhe eines Schahs.

Sie balanciert das offene Bündel auf ihrem Handteller, als sei es ein wertvoller Edelstein, den ein reicher Verehrer Françoise überreicht. Von einem rosa Haufen, wohl irgendein widerliches Teil von einem Tier, geht der beißende Geruch von faulendem Fleisch aus. »Nehmen Sie vierzehn Abende lang eine davon mit Rizinusöl, am besten warm.«

Ich versuche den anstößigen Gestank fortzuwedeln, dann trete ich näher und schnuppere. Kann das wahr sein? Ich packe die Frau am Kragen. Schüttele ihre fetten Schultern. Schubse sie vor und zurück, außerstande aufzuhören. »Vorhäute?« schreie ich wieder und wieder.

Sie schlägt mir so plötzlich auf die Hand, daß ich loslasse. »Frauen töten für Vorhäute!«

Ich packe ihr Bündel und laufe ans Fenster. »Verschwinden Sie! Wir machen schöne Babys ohne Ihre Zauberei.« Ich schleudere das Bündel hinaus, sehe entsetzt, wie sein Inhalt – Mörser, Mixturen, Kohle, Lumpen – sich im Garten verstreut.

»*Ahmagh* Ausländerin! Blöde Ausländerin«, zischt sie, stampft aus der Tür und spuckt auf die Schwelle.

»*Adieu*«, rufe ich ihr nach, froh, die Hexe los zu sein.

»Was immer das bedeutet, möge es auf Sie zurückfallen«, schreit sie hinter der Tür.

Ich muß lachen, als ich an ihre albernen Ratschläge denke: durch plötzliche Bewegungen schlingt sich die Nabelschnur um das Baby und erstickt es, eine Prise Safran stärkt das Herz, salzgetränkte Unterwäsche unter dem Kopfkissen vertreibt Alpträume. Tatsächlich habe ich letzteres versucht, ich gestehe es beschämt. Doch die Alpträume von meiner Schwiegermutter, die mich hinabzerrt in die fremde Stadt am Fuß der Berge, hat es nicht vertrieben. *A Dieu ne plaise,* möge Gott verhüten, daß ich Yaghout noch einmal von Angesicht zu Angesicht begegne, sie noch einmal ertragen muß. Aber wenn ich schwanger werde und Perle sich weigert, das Kind zu entbinden, muß ich es in Yaghouts Haus bekommen. Diese entsetzliche Aussicht läßt mich aufspringen und zur Tür stürmen. Perle ist am Tor. »Entschuldigen Sie, Perle. Kommen Sie zurück. Wir Ausländer können unsere Zunge nicht im Zaum halten. Ich heize den Samowar an, brühe Kardamomtee auf, Jasmintee, wenn Sie den lieber mögen.«

Sie bleibt abrupt stehen, geht nicht vorwärts, wendet sich auch nicht ab, erwartet wohl, daß ich zu Kreuze krieche. »Bitte, Madame Perle, wenn Sie nicht wären, würde ich einsam hier sterben. Sie sind wie eine persische Mutter für mich.«

Diese letzte Lüge scheint sie zu rühren. Sie wackelt mit dem Hinterteil, um den Säugling in seinem Tragetuch zurechtzurücken, murmelt, sie habe keine Lust, mir die Mutter zu ersetzen, und stürmt an mir vorbei ins Haus. Ich belade für sie einen Teller mit dem Essen von gestern abend, gebratenes Lammfleisch mit körnigem Safranreis. Ich breite ein Tischtuch auf dem Boden aus, stelle geschälte Gurken, geröstete Haselnüsse und Pistazien hin, bringe dann ein Glas dampfenden Tee. Als sie alles genossen hat, was die Küche an Eßbarem bietet, rülpst sie und gibt wieder einen Brocken Weisheit von sich. »Wenn Sie zufällig an etwas Eßbarem riechen, beißen Sie davon ab, sonst nimmt der Fötus keine Gestalt an. Und wenn Sie sich ängstigen, legen Sie eine Prise Salz unter Ihre Zunge, sonst schrumpft das Herz des Kindes. Aufregung ist tödlich.« Ihre Lippen schwirren wie Kolibris. »Die Plazenta schwillt zu einem derart fauligen Gewächs an, daß sogar Allah ...« Sie hebt ergeben die Hände, das heile Auge zugekniffen, das andere, das aussieht wie stumpfes Glas, starrt mich an. Dann setzt sie ihren Ausführungen die Spitze auf: »Kein Verkehr vom ersten Monat an, sobald die Periode ausbleibt, bis zur Geburt.«

Das Bild meiner Mutter in ihrem Bett, dem legendären Serail, wo sie sich nach einer erschöpfenden *ménage* die Brüste fächelt, huscht über meine innere Leinwand. Ich schürze die Lippen, um mein Gelächter in meiner Brust zu verschließen.

Perles schwieliger Finger zeigt auf mein Lächeln. »Ihre beschämenden Gelüste überraschen mich keineswegs, *khanom*, Sprößling von Prostituierten.«

»Außerordentlichen Frauen«, berichtige ich. »Nichts weniger als von königlichem Geblüt.«

4

Paris
2. August 1900

In Schichten von roten Schleiern, orangefarbenem Tüll und violettem Chiffon gehüllt, den Strohhut auf den bläulichen Locken, richtete Mme. Gabrielle den indigoblauen Blick auf den Horizont. Das ferne Rumpeln einer Kutsche und das synchrone Geklapper nahender Pferde hallten durch das Zibetkatzental.

Sie erwartete heute keinen Besuch.

Von ihrem Aussichtspunkt auf dem Kleehügel hatte sie einen Rundblick auf das Zibetkatzental und die umliegenden Lavendelhügel. Eine goldbeschlagene Kutsche preschte um die letzte Kurve der festgestampften Lehmstraße, die sich um die Nachbardörfer wand, und bog in die mit Kopfsteinen gepflasterte Auffahrt ein, die an Mme. Gabrielles Château endete. Zwölf Postillione trabten neben zwölf Goldfüchsen einher. Brüllende Kutscher peitschten einen Staubsturm auf.

Sie klappte ihr Tagebuch zu und schloß die Vergangenheit weg. Dann stützte sie sich auf einem Ellenbogen auf, griff nach dem Trinkglas neben sich, warf den Kopf zurück und trank den Absinth, der gewöhnlich dem Höhepunkt ihrer Nachmittagsséancen vorbehalten war. Der brennende Trank rann ihre Kehle hinab und erzeugte eine wohlige Wärme in ihrem Magen.

Je näher das Hufgeklapper kam, desto betäubender roch es nach Rosen. Das Wiehern von unruhigen Pferden aus den Stallungen vereinte sich mit dem Schnattern aufgeregter Gänse drunten am See und den Schreien balzender Pfauen droben auf der Anhöhe. Ringsum huschten Zibetkatzen aus Erdlöchern, zertraten den Lavendel, kletterten auf Kastanienbäume und markierten mit ihrem moschusartigen Zibetgeruch ihr Revier.

Das prachtvolle Tor, über dem Mme. Gabrielles bronzenes Familienwappen schimmerte, war von zwei Löwen aus rotgeädertem Marmor flankiert. Hier blieb die Kutsche abrupt stehen. Die schmiedeeisernen Torflügel gingen auf, um sie einzulassen. Die Postillione wurden langsamer, ebenso die keuchenden Hengste mit ihren erlesen gearbeiteten Backenriemen, dem mit karmesinroten Federn geschmückten Zaumzeug und mit Edelsteinen verzierten Geschirr. Die Kutscher zogen die Zügel an, um die Tiere in Reih und Glied zu halten und zu verhindern, daß sie die Rosen zu beiden Seiten der Auffahrt zertrampelten. Sechs uniformierte Männer sprangen aus der Kutsche. Sie marschierten schnurstracks in den Park und auf den Kleehügel zu.

Mme. Gabrielle stellte das Absinthglas auf einen kobaltblauen Untersetzer, nahm eine mit Schokolade überzogene Mandel von seinem vergoldeten Rand und steckte sie in den Mund.

Monsieur Günter, der boshafte Geist eines ehemaligen dämonischen Liebhabers, der sein Vergnügen im Mißgeschick anderer fand, beugte seine absinthgetränkte Gestalt zu Mme. Gabrielles Ohr und flüsterte, drohendes Verderben, *chère* Madame. Ihr Schicksal nimmt eine Wendung, und leider nicht zum Besseren.

Leichte Schwermut ließ ihre legendären Hände zittern. Waren am Ende Judenhasser ins Tal eingedrungen? War Frankreich vom Wahnsinn befallen? Es würde jedermann gut tun, von ihrem Freund Emile Zola die eine oder andere Lektion zu lernen. Alle Staatsbürger hatten das Recht, ihre Individualität gegen das Gleichförmigkeitsverlangen der Gesellschaft zu behaupten. Sie war, die sie war, Mme. Gabrielle d'Honoré, jüdisch und heidnisch, und stolz auf ihre Fertigkeiten. Mit einer behandschuhten Hand beschattete sie ihre Augen und blinzelte die Männer an, die zum Kleehügel marschierten, als gingen sie auf vertrautem Gelände. Als sie näher kamen, waren Einzelheiten ihrer Uniformen und Medaillen deutlich zu sehen. Was wollten hochrangige Regierungsbeamte von ihr? Abgesandte des Präsidenten der Dritten Republik, wahrhaftig!

Das war nicht gut. Gar nicht gut.

Im Château hörte Alphonse, Mme. Gabrielles Butler, das Getöse und lief hinaus. »Nein! Nein! Messieurs!« schnaubte er. »Madame darf nicht gestört werden. Das kann ich nicht dulden.«

»Wir überbringen Befehle des Präsidenten«, rief einer der Kuriere, der eine Zeitung in der Luft schwenkte. »Es ist etwas Furchtbares geschehen.«

Der entrüstete Butler richtete sich zu seiner vollen imposanten Größe auf. Seine Augen blitzten, seine vornehmen Züge nahmen wieder die gewohnte überhebliche Miene an. Er entriß dem Mann die Zeitung und ging überaus verstimmt und mit gestrafften Schultern voraus.

Die Schwerter an die muskulösen Schenkel gedrückt, schritten die Kuriere durch den Park, vorbei an Kanälen und Spiegelteichen, an Bächen, die verschlungene Pfade in Kalkstein höhlten und nach unzähligen Windungen in einen künstlichen See mündeten, der die Form eines Pfaus hatte. Zu Mme. Gabrielles Verdruß hatte er Scharen von Gänsen angezogen, was sie ungemein unfein fand.

Der Trupp blieb schließlich am Fuß des Kleehügels stehen. Die Männer schauten zu Mme. Gabrielles berühmten Galerien hinauf. Diese Ausstellungspavillons, ein exhibitionistisches Mekka, waren aus kilometerweiter Ferne zu sehen.

Außer Atem von der Anstrengung, seine Herrin zu warnen, kam Alphonse bei der Lichtung auf der Anhöhe an und reichte Mme. Gabrielle die Zeitung. Er verschränkte seine Hände hinter dem Rücken, stellte sich vor sie und schüttelte betrübt den Kopf. Die glatte Miene, welche er in den zweiunddreißig Jahren, die er seiner Herrin diente, zur Schau getragen hatte, blätterte ab wie Zwiebelschalen, und darunter kam ein älterer Mann zum Vorschein.

Mme. Gabrielle scheuchte eine Schar Pfauen fort und hob den Schleier von ihrem Gesicht. Ihr Blick glitt über die fette Schlagzeile von *Le Monde*: *Mordversuch an persischem König von Hofwesir vereitelt.*

»Wie spricht man den Namen deines Schahs aus?« fragte sie den persischen Butler. Das Dröhnen ihrer rauchigen Stimme verblüffte die Kuriere.

»Mosaffar Od Din Schah, Madame.« Alphonse zog jede Silbe in die Länge, wobei seine Nasenflügel entrüstet bebten. Dieser Tumult hier hing also nicht mit

Gabrielle zusammen, sondern mit seinem eigenen Land. Er hatte Persien aus Protest gegen die probritische Politik der Kadscharen-Dynastie verlassen, die sein Land an das unbarmherzige Empire verkauft hatte. Um Gabrielles willen hatte er sich in Frankreich niedergelassen, und sie machte sich nicht einmal die Mühe, den Namen seines Schahs richtig auszusprechen.

»Ah! *Oui*!« murmelte sie und wandte sich wieder der Zeitung zu.

Am Donnerstag, dem 1. August 1900, paßte ein französischer Anarchist die offene Kutsche des persischen Königs auf dem Weg nach Versailles ab. Mirza Mahmud Khan, der persische Hofwesir, vereitelte den Anschlag, indem er den auf den König gerichteten Revolver abwehrte. Mit dem Finger unter dem Abzug entwand er dem Anarchisten die Waffe und hielt den Mann bis zum Eintreffen der Polizei fest.

Mme. Gabrielle betrachtete die künstlerische Wiedergabe des Vorfalls in der Zeitung – das ängstliche Gesicht des Schahs, der sich hinter dem breitschultrigen Hofwesir verkroch. Sie blickte kurz auf die Fingerspitzen ihrer mit Druckerschwärze beschmierten Handschuhe und rieb damit über ihren Kokon aus bunten Schleiern, Tülls und Chiffons. Der Schah ließ sie unbeeindruckt, aber sein Wesir faszinierte sie. Seine Loyalität stand im Gegensatz zu der sinnlosen Kampagne von terroristischen Anarchisten, die ganz Europa überzog. Ein Italiener hatte Sadi Carnot, den Präsidenten der Republik, ermordet. Ein anderer hatte König Humbert von Italien umgebracht. Es ging das Gerücht, es seien

Verschwörungen im Gange, um die Regierenden sämtlicher europäischen Länder auszulöschen, während sie anläßlich der Ausstellung des Jahres 1900 in Paris weilten. Sie war ganz und gar abgestoßen von den unfähigen, hirnverbrannten Extremisten, die ihrer Meinung nach nur neidisch auf die Aristokratie waren. Sie faltete die Zeitung zu vier exakten Quadraten zusammen und legte sie auf den Kleeteppich. Ihr erschrockener Blick fiel auf ihr Tagebuch, das sie in dem vorangegangenen Tumult ganz vergessen hatte.

Alphonse, dem keine ihrer Gesten entging, trat vor, um die in Brokat gebundenen Pergamentblätter unter der Chaiselongue hervorzuholen. Dabei verscheuchte er die Geister, die immer an ihrer Seite Hof hielten, wenn sie ihre Geschichte aufzeichnete. Da ihnen die Rolle der Erinnerung bei der Darstellung der Vergangenheit bewußt war, halfen sie Gabrielles Gedächtnis nach, wenn sie die Wirklichkeit zu sehr ausschmückte oder in eigennützige Tagträumereien entgleiste. Unwissend, daß er die Geister erschreckt hatte, nahm Alphonse das Tagebuch an sich, um es bei späterer Gelegenheit zu verstecken.

»Nun, Messieurs, und was wünschen Sie von mir?« fragte Mme. Gabrielle, als ihr Tagebuch in Sicherheit war.

Ein Kurier, mit Wangen so rot wie das Fruchtfleisch der Wassermelonen, schlug die Hacken zusammen, salutierte und teilte ihr mit, Emile François Loubet, Präsident der Dritten Republik, verlange nach ihrer Anwesenheit im Palast.

»Ich bitte Sie«, fragte sie seufzend, »weswegen verlangt der Präsident nach mir?«

Ein anderer Kurier trat vor und überreichte ihr einen mit dem Emblem des Präsidenten versiegelten Umschlag. Mit leicht zitternden Händen riß sie ihn auf und überflog das handschriftliche Schreiben.

Der Puls in ihrem Hals flatterte schneller. Sie, Mme. Gabrielle d'Honoré, Tochter des Rabbis Abramowicz aus Warschau, wurde vom Präsidenten der Dritten Republik in den Palast befohlen, um den persischen König zu zerstreuen.

Luciano Barbutzzi, der Geist des italienischen Kastraten, festigte ihren Triumph mit seinem gratulierenden Sopran. Als er noch lebte und auf der Höhe seines Ruhms war, hatte er ihre berühmten Hände begehrt. Mme. Gabrielle stand in dem Ruf, mit der akrobatischen Beweglichkeit ihrer Hände jede Kreatur zum Orgasmus zu bringen, ohne daß sie mehr von ihrem Geschick einsetzen mußte. Und sie hatte auch Barbutzzi nicht enttäuscht. Nachdem er an vorzeitigem Knochenverschleiß gestorben war, einer unvermeidlichen Folge der Kastration, kehrte er wieder und quartierte sich unter ihrem Arm ein, wo er eine ideale Akustik vorfand. Je nach ihren Eroberungen oder Fehlschlägen erschallten Händelopern, Barockmusik oder fromme Hymnen in den flaumig weißen Falten ihrer Arme. Und würde sie nicht hin und wieder darauf beharren, ihre Ruhe zu haben, würde er ihre Achselhöhle dauerhaft in sein Opernhaus verwandelt haben. Jetzt feierte er mit einem Jubelwerk von Händel.

Man würde sie noch einmal am Hof empfangen.

Wieder einmal hatten sich ihre kostbaren Hände als Segen erwiesen. Deren Magie hatte ihr zu unvergleichlichem Reichtum verholfen. Und dieselbe Magie hatte den Präsidenten dermaßen beeindruckt, daß er ihr vor vielen anderen gewandten – und viel jüngeren – Pariser Kurtisanen den Vorzug gab. Nicht umsonst schlief sie stets mit Baumwollhandschuhen, die mit aromatischem Sesam- und Moschusöl getränkt waren. Sie wurden lokker an ihr Himmelbett gebunden, damit sie im Schlaf nicht versehentlich ihre konisch zulaufenden Finger oder polierten mandelförmigen Nagelbetten verletzte.

Sie fuhr mit den behandschuhten Fingern durch ihre Locken, die Alphonse mit der Farbe von Schnecken blau tönte. Sie war anmutig, elegant und ohne großes Aufheben gealtert, wie es ihrer Meinung nach alle Frauen sollten, aber selten tun. Und als vernünftige Frau mit Tiefe und Charakter hatte sie sich abgefunden mit den drei Falten zwischen ihren noch vollen Brüsten, die sie mittels hauchdünner Foulards abmilderte. Sie störte sich auch nicht an den halbmondförmigen Fältchen in ihren Mundwinkeln. Oder an den beiden um ihre Augen, die ihr den Anschein gaben, die Belanglosigkeit ringsum zu verhöhnen. Den muschelartigen Schimmer ihres Teints unterstrich sie mit Schleiern. Ihre milchige Haut verwöhnte sie mit *crème ancienne*, einem Elixier, das der hervorragende Claudius Gelenus, Marie Antoinettes Arzt, kreiert hatte. Infolgedessen sah Mme. Gabrielle sehr viel jünger aus als ihre erstaunlichen siebenundvierzig Jahre.

Der Butler half ihr aus dem Schleierkokon und warf ihr mit einer vollendeten Verbeugung ein Cape über die Schultern. Mme. Gabrielle musterte die Männer des Präsidenten, wie sie da wie festgenagelt um ihre berühmt-berüchtigten Galerien standen, welche die umliegende Bevölkerung zu hitzigen Debatten über ihre Frivolität und ihren Exhibitionismus veranlaßten. Auf solche

Vorwürfe hin zog sie die Schultern hoch und erklärte, die Galerien seien Spiegelbilder ihres triumphalen Lebens und es sei ihr gutes Recht, sich ihre Wirklichkeit so zu gestalten, wie sie sie haben wollte. Somit hatte sie ihr Ziel erreicht, schon zu Lebzeiten Debatten auszulösen und nicht erst, wenn sie tot war. Ihr Leben war schließlich eine Bühne, und sie war die Hauptdarstellerin auf der Höhe ihres dramatischen Auftritts. »Meine Herren«, gurrte sie und wies mit einer ausladenden Geste auf die Galerien. »Wenn die Zeit es erlaubt hätte, würde ich Sie herumgeführt haben. Aber den Präsidenten darf man nicht warten lassen!«

Und wieder einmal verwandelte sie mit wenigen schlichten Worten gewöhnliche Männer in mächtige Herrscher und bereitete gleichzeitig mit denselben Worten ihrem Butler unerträglichen Kummer. Es war Gabrielles Natur, ihre Sexualität zur Schau zu stellen, und dies war der Hauptgrund, weshalb Alphonse es nicht schaffte, sie aus seinen Adern zu waschen.

Eine Schar kreischender Pfauen folgte ihr den Kleehügel hinab; sie pickten an ihren Fersen, stolzierten herum und breiteten ihr prachtvolles Gefieder aus, als wollten sie um ein Weibchen werben. Sie ließ ihre Finger über die schillernden Köpfe tanzen, tätschelte die Ränder ihrer weichen Federn und kitzelte ihre öligen Unterflügel.

Sie durchquerte den Hof der Meerjungfrauen, wo neunundsechzig Statuen aus Mündern, Brustwarzen und anderen Öffnungen Wasser spien. Sie trat zurück, um *les grands jets d'eau* zu bewundern, eine arabeske Anlehnung an die Art nouveau, die gerade in Mode kam. Eine Zeit der Veränderung, sinnierte sie. Sie sah darin eine Aufforderung, ihre Träume neu zu entfachen.

Die Frau mit den indigoblauen Augen strebte ihrem Wohnsitz zu, einem Geschenk ihres ersten bedeutenden Beschützers. Es war ein lebendiges Gebäude, das prunkvoll schimmerte, im Mondlicht geheimnisvoll glänzte und in dessen Mauern unzählige Möglichkeiten pulsierten.

Das Château stand auf den Überresten eines längst verschwundenen Meeres, das reich gewesen war an Mineralen, Kalkstein und nahrhaften Algen, die den Pferden zu gesunden Knochen verhalfen. Duftende Felder voll Lavandin, einer Lavendelkreuzung, warfen einen lila Hauch auf die umliegenden Anhöhen. Am Abend kletterten Zibetkatzen zu Hunderten aus einem Geflecht unterirdischer Tunnels und verwandelten die Hügel in eine gefleckte Fellfläche.

Gefolgt von den Abgesandten des Präsidenten, erklomm Gabrielle die Kalksteintreppe, die sich zu einer weitläufigen Terrasse hinaufwand. Von dort gelangte man zur ersten Ebene des kunstvoll aus Backstein und Naturstein errichteten Châteaus im Stil Louis XIII. mit seinen fünfundzwanzig Schlafgemächern.

Eine Rose taumelte oben aus dem Fenster, kreiselte, tanzte und drehte sich im Wind, die rosa Blütenblätter flatterten vor dem Hintergrund des azurblauen Himmels. Der Stiel zitterte und landete mit einem dumpfen Schlag auf der Krempe von Gabrielles Strohhut. Sie sah zu dem offenen Fenster in der zweiten Etage hinauf, dem Hauptboudoir des Châteaus, das einst Zeuge ihrer Verhandlungen und ihres scharfen Geschäftssinns war. Heute war das Boudoir Schauplatz heimlicher Treffen ihrer Tochter Françoise mit den besten der Männer und den schlechtesten der Schlechten.

Just in diesem Augenblick führte ihre Tochter in ebendiesem Boudoir ihre Enkeltochter Simone in die wunderbare Welt der Damen d'Honoré ein.

5

Der persische König Mosaffar Od Din Schah lehnte sich in seinem hochlehnigen Sessel zurück. An seinem Bein ruhte ein mit einem roten Edelstein verziertes Zepter. Medaillen bedeckten seinen langen Rock, ein mit Smaragden, Saphiren und Rubinen besetzter Gürtel schmückte seine Taille. Tief zog er an einer Wasserpfeife. Die Reiherfeder an seinem Hut zitterte jedesmal, wenn er eine Rauchwolke ausstieß. Seine Nasenspitze berührte den Schnauzbart, den er zwirbelte, während er sich seinem Hofwesir Mirza Mahmud Khan zuwandte.

Nachdem der Wesir den Schah, der noch keine vier Jahre an der Macht war, neulich vor dem Tode bewahrt hatte, war er ihm unentbehrlich geworden. Der König war ein bevorzugtes Opfer für Manipulationen durch einen gerissenen Mann wie den Wesir, der Einblick in die geheime Politik der Kadscharen-Dynastie hatte. Und diese Politik wurde beherrscht von Gerüchten, Anspielungen und Propaganda. Der Wesir machte sich das Vertrauen des Schahs und dessen abergläubische Natur zunutze und beriet und beeinflußte ihn bei der Wahl seiner Vizekönige, seiner Ratgeber und seiner Haremsdamen. Und der Frauen, die ihn im Ausland beglückten.

Die Welt, in die Mme. Gabrielle eingetreten war, wurde eindeutig beherrscht von diesem Mann, den sie leibhaftig noch anziehender fand als auf dem Bild in der Zeitung. Die schwarzen Augen, das kräftige Kinn und der Hochmut, den er ausstrahlte, forderten Beachtung. Für den König mußte sie eine exotische Neuheit sein, eine Femme fatale, die ihn in fremdartige erotische Wonnen einführen würde. Der Wesir dagegen musterte sie mit der abschätzenden Miene eines Politikers. Sie hatte nichts dagegen, sich in sein politisches Spiel einbinden zu lassen. Tatsächlich beschloß sie, *ihn* einzubinden.

Die Gedanken des Wesirs gingen in die gleiche Richtung wie die Mme. Gabrielles. Sie war ihm vom Präsidenten der Republik wärmstens empfohlen worden. Die Beziehungen zwischen Frankreich und Persien waren durch den Staatsbesuch des Schahs und der Beteiligung Persiens an der jüngsten Pariser Ausstellung zwar freundlicher geworden, blieben aber mit Rücksicht auf britische und russische Interessen verhalten. Der französische Minister Ernest Bourgarel mußte sich erst noch als Verbündeter erweisen. Und Persien hatte agrarwirtschaftliche und finanzielle Konzessionen bitter nötig gehabt. Doch das Denken des Wesirs galt nicht in erster Linie seinem Land; seine persönlichen Interessen standen auf dem Spiel. Und hier, so dachte er, könnte Mme. Gabrielle von unschätzbarem Nutzen sein.

Im Laufe der letzten Jahre hatten in bestimmten Ländern – darunter Persien – rote Diamanten Gold als wirtschaftliches Rückgrat des Wohlstands abgelöst. Der persönliche Juwelier des Schahs hatte dem Wesir von einer roten Diamantenmine in Südafrika erzählt. Es hieß, sie fördere eine seltene Diamantenart in einer ausgefallenen karmesinroten Farbnuance.

Mme. Gabrielle hatte ein Heer einflußreicher Franzosen zufriedengestellt. Sie könnte womöglich Informationen über einen gewissen französischen Kunstsammler liefern, der die Förderlizenz für diese Mine erworben hatte.

Mme. Gabrielle trat hinter den König, wie es die königliche Etikette vorschrieb.

Der Schah forderte sie mit einer Handbewegung auf, näher zu kommen, was ein gewisses Maß an Vertraulichkeit gestattete.

»*A votre disposition*«, hauchte sie. Das V rollte sündhaft in ihrem Mund.

Nicht ein einziges Mal nahm der König Notiz von den zwei anderen Frauen, die, in seiner Gegenwart ziemlich nervös, auf der anderen Seite des Raumes standen. Die einzige Frau, deren unter flatternden Stoffschichten verborgene exotische Formen er gern erforschen würde, war Mme. Gabrielle. Da er jedoch abergläubisch war, verlangte er zunächst göttliche Unterweisung mittels seines Astrologen, um herauszufinden, ob die Vorsehung ihm empfahl, die Nacht mit der Elfe zu verbringen. Er schlug dreimal mit dem Zepter auf die Armlehne seines Sessels. Erwartungsvolle Stille schwebte im Raum.

Mme. Gabrielle erschrak durch das plötzliche Erscheinen eines schrumpeligen, weißbärtigen Mannes, der sich aus der Wasserpfeife des Schahs zu materialisieren schien. Das Gesicht runzlig wie eine vertrocknete Quitte, den Bart in der Mitte geteilt wie die zwei Hälften einer Axt, raffte der alte Mann seine lockere Tunika und setzte sich mit gekreuzten Beinen dem Schah gegenüber.

Der Wesir nahm hinter dem Sessel des Königs Aufstellung.

Gemäß dem uralten *Estekhareh*-Ritus suchte der Schah göttlichen Beistand hinsichtlich der Wahl seiner Frauen. Er schob die Hand in seine Rocktasche und zog drei Zettel hervor, ein jeder mit dem Namen einer der drei anwesenden Frauen beschrieben. Er faltete den ersten auseinander, schaute kurz darauf und übergab ihn seinem Astrologen.

Der alte Mann richtete den Blick auf den Wesir, wandte sich dann ab und musterte eine der Frauen. Als würden sich seine schlimmsten Alpträume auf dem Papier spiegeln, verwandelte sich sein Gesicht in eine Maske des Entsetzens. Er zerknüllte den Zettel in der Faust und schob ihn in die Tasche. Der Schah übergab ihm den zweiten Zettel. Der Astrologe las den Namen. Seine knochigen Beine zitterten, er zerriß den Zettel in winzige Fetzen und streute sie auf die Glut in der Wasserpfeife des Königs.

Mme. Gabrielle verschränkte die Arme, um Luciano Barbutzzi zu beruhigen, der seinem beträchtlichen Stimmumfang freien Lauf ließ. Er wollte wohl auf die Verständigung zwischen dem Astrologen und dem hinter dem Schah gestikulierenden Wesir aufmerksam machen. Die Sache mußte sehr verdächtig sein, mutmaßte Gabrielle, zumal laut den Worten des Kastraten auch die anderen Frauen aufgefordert wurden, den Schah zu erfreuen.

Weder die an seinem schmucken Rock befestigten

Medaillen noch die mit Edelsteinen besetzte Reiherfeder an seinem Hut, ja nicht einmal der riesengroße rote Edelstein in seinem Zepter vermittelten ihr eine Vorstellung von dem, was sie am Abend erwartete. Ihr geistiger Abakus begann klappernd zu addieren und zu subtrahieren. Sie mußte sich diese Begegnung zunutze machen, auch wenn sie langsam unerfreulich wurde. Sie dachte an ihre Enkeltochter Simone, die ihren Gedanken nie fern war. Es war höchste Zeit für das Debüt des rebellischen Mädchens. Ihr potentieller erster Liebhaber würde ausschlaggebend sein für den Erfolg oder Mißerfolg ihrer Zukunft als die nächste d'Honoré-Dame. Mme. Gabrielle begutachtete den Schah. War er ein geeigneter Kandidat, um Simone den Geschmack der Begierde zu vermitteln, ihren Eintritt in das d'Honoré-Universum zu begünstigen?

Seine Ausstrahlung war zwar nicht majestätisch, aber doch beeindruckend. Allerdings war er etwas unbeholfen, seine plumpen Gliedmaßen waren schwerfällig. Die Schatten, die seine Augenbrauen warfen, vermittelten den Eindruck von Jähzorn. Ihm mangelte es an Alphonse' Vornehmheit. Er taugte nicht für Simone.

Wie einen Funken Sonnenschein richtete Mme. Gabrielle ihren bewundernden Blick auf den Wesir, der sich als charmanter erwies, als sie gedacht hatte. Sein Reichtum an Erfahrung hatte den gut Fünfzigjährigen zu einem vielschichtigen Menschen geformt. Simone würde seine Weltklugheit zu schätzen wissen. Aber nachdem er alle Unschuld verloren hatte, war er ein harter, unbeugsamer und womöglich verbitterter Mensch geworden. Deshalb kam auch er für die idealistische Simone nicht in Frage.

Da Gabrielle als junges Mädchen dieselben romantischen Vorstellungen gehegt hatte, konnte sie sich in ihre Enkeltochter einfühlen. Aber auch Simone würde eines Tages lernen, daß unrealistische Ideale angesichts des universellen Bösen keinen Bestand haben.

In diesem Augenblick reichte der Schah seinem Guru den letzten Zettel, und der Hofwesir hinter dem Sessel des Königs nickte.

Der Schah wirkte sichtlich verärgert, als der alte Mann sich eine Träne aus dem Augenwinkel wischte und Worte auf Farsi murmelte, die abwechselnd grob und poetisch klangen. Er stand auf und schüttelte sich wie ein alter Löwe. Dann wandte er sich mit den Fingern schnippend Mme. Gabrielle zu.

Niemandem, nicht einmal dem König von Persien, gestattete sie, ihr zuzuschnippen. Sie sah sich um, als suche sie nach einer anderen Person, der sich der König auf solch ungehobelte Art zuzuwenden wagte. Sie ahnte freilich nicht, daß der Guru die Vereinigung als chaotisch für sie vorausgesagt, daß er dem Schah zugeredet hatte, sie fortzuschicken. Daß der Wesir aber eindringlich gestikulierend befohlen hatte, ihrem auf den letzten Zettel geschriebenen Namen seine Zustimmung zu geben.

Die schwarzen Augen des Wesirs blinzelten, als er Mme. Gabrielle am Arm faßte und aus der Tür geleitete. Dabei parlierte er in perfektem Französisch mit einem, wie Mme. Gabrielle fand, reizenden Akzent. Draußen in der Halle versicherte er ihr, sie werde mit weiteren Gepflogenheiten Bekanntschaft machen, die ihr womöglich abartig vorkämen, noch ehe die Nacht vorüber sei.

6

Die Gemächer des Schahs im Präsidentenpalast konnten mit der Eleganz und Vornehmheit von Mme. Gabrielles Boudoir nicht mithalten. Sie betrachtete die olivgrünen Wände, das Bett mit den vier Eichenpfosten, dem Samtbaldachin und dem Gobelin über dem Kopfteil, den eine Jagdszene schmückte. Unpassend für ein Schlafgemach, wie sie fand. Sie hatte nur das Ziel, den Schah zu beglücken. Sein flacher Atem, sein trunkener Blick und seine ungeduldigen Gebärden verrieten seine Begierde. So verscheuchte sie alle anderen Gedanken und klopfte auf das Bett, eine Aufforderung, neben ihr Platz zu nehmen.

Der Schah hatte sich vorgestellt, sie würde sich bauchtanzend aus ihren Kleiderschichten schälen, und wußte nun nicht, was er von ihr halten sollte. Er setzte sich zu ihr und plauderte von seinen Unternehmungen in Paris. Er besuchte jeden Abend das Theater und verließ es nach dem zweiten Vorhang, um seine Gebete zu verrichten. Er schlenderte durch die Parks und übte sich im Scheibenschießen, am meisten aber hatte es ihm der Tierpark angetan. Er hatte seinen *akkasbashi*, seinen Fotografen, angewiesen, die notwendige Ausstattung für ein Kino in

Persien zu kaufen. Er war überwältigt vom Eiffelturm, von den baumgesäumten Straßen, den Gaslaternen und den Cafés mit den zur Straße hin offenen Fenstern. Er plapperte und plapperte, gefesselt von Mme. Gabrielles tiefblauen Augen, eine Farbe, der er weder in seinem Harem noch sonstwo in seinem Land begegnet war.

Mme. Gabrielle, die der Redefluß des Schahs allmählich langweilte und die überdies sein Französisch nur schwer verstand, zupfte an den Fingerspitzen ihres Handschuhs aus durchbrochenem Seidengewebe und streifte ihn langsam ab. Mit kokettem Widerstreben ließ sie sich von dem Schah die Finger küssen, dann verlangte sie von ihm, auf ihre Fingerspitzen zu blasen, um sie zu wärmen. Ihrem Umhang entnahm sie ein Gefäß mit dem wachsartigen Parfüm aus dem Harz des Benzoe-Storaxbaumes, vermischt mit Walratöl. Ein paar Tropfen Ambra und Zibetfixativ, den Perinealdrüsen ihrer Katzen entnommen, ergaben einen ureigenen Duft, den die Französinnen zu kopieren suchten. Sie rieb jede Fingerspitze mit dem Balsam ein, glitt jeden Finger hinauf und hinab, über jede durchscheinende Ader, bot ihr gesamtes Repertoire an Savoir-faire, Sinnlichkeit und Verführungskunst auf.

Sie gehörte zu der seltenen Sorte Frauen, die glücklicherweise mit einer perfekten Balance zwischen den männlichen und weiblichen Eigenschaften versehen war, und machte sich diesen Vorzug auch zunutze. Männern fiel es nicht schwer, ihr zu vertrauen und in ihrer Gegenwart so derb zu sein wie in männlicher Gesellschaft. In dieser Weise war sie wie ein Mann. Doch besaß sie auch, was den meisten Männern fehlte – Empfindsamkeit, Nachsicht und eine gesunde Portion Intuition.

Sie beherrschte die Kunst vollkommen, einen Mann geistig herauszufordern, ohne aber seinem empfindlichen Ego zu nahe zu treten. Sogar Emile Zola suchte bei ihr intellektuelle Anregung. Sie verwickelte ihn in hitzige Diskussionen über Baudelaires *Fleurs du Mal,* darüber, ob bestimmte Gedichte von ihm der großen Kurtisane Apollonie Sabatier zugedacht waren. Sie debattierte mit ihm über das Für und Wider des Salons zeitgenössischer Künstler und über die Exotik von Mulattinnen. Sie stellte in Frage, ob Talismane das Böse abwendeten, und wenn, ob *la peau de chagrin,* die Kummerhaut, jedesmal schrumpfte, wenn sie einen Wunsch in Erfüllung gehen ließ. Und sie sann darüber nach, warum die Kummerhaut am Ende, wenn sie zu einem Nichts geschrumpft war, den Tod verkündete. Gabrielle hielt Zolas Blick stand und fragte ihn, ob er glaube, daß Balzac an Erschöpfung gestorben war, daß Spiegel die Wirklichkeit reflektierten, Courbet und Flaubert die zwei Säulen des Realismus seien und *Salammbô* das Sinnbild der Perversität. Sie protzte mit ihren Kenntnissen des Impressionismus, des Naturalimus und ihrer Vertrautheit mit Zolas Sozialgeschichte der schäbigeren Seite der Familie: *Les Rougon-Macquart*. Und sie fragte ihn stets nach seiner Meinung zum französisch-preußischen Krieg und ob Liebe und Haß Schwester und Bruder seien.

Auf dem absoluten Höhepunkt ihres mündlichen Exhibitionismus, als sie kurz vor der Eroberung stand und ihr Liebhaber, von ihr überwältigt, den starken Drang verspürte, sie zur Unterwerfung zu zwingen, verwandelte sie mit einem einzigen sinnlichen Blick und einer hauchzarten Berührung seine Beklemmung in ungeheure sexuelle Energie.

Als sie nun im Begriff war, den persischen König zu entwaffnen, ging die Tür auf. Ein gelbhäutiger Knabe in Pluderhosen trat ein. In der Hand trug er einen Käfig, in dem eine erschreckte Henne gackerte.

Der König griff in den Käfig und entnahm ihm zwei frisch gelegte Eier. Er warf Mme. Gabrielle einen bedeutungsvollen Blick zu. »Wir gehen nie ohne unsere Hühner auf Reisen«, erklärte er. »Es ist uns wichtig, nach bestimmten Verrichtungen, die unsere Kräfte erschöpfen, frisches Eigelb zu verzehren.«

Sie nahm die Hand des persischen Königs, und hinter ihren Schleiern richtete sie den indigoblauen Blick auf seine lüsternen Augen. Ihr Mund war ein sinnliches Fragezeichen, ihre rauchige Stimme heiser, als sie beteuerte, diesmal werde es ganz anders sein. Diesmal werde es eher belebend als erschöpfend sein. So belebend, daß er in Zukunft kein Bedürfnis mehr nach seinem Guru oder der Beratung durch seinen Wesir haben werde. Und ehe er noch auf ihre Dreistigkeit reagieren konnte, lehnte sie sich zurück und forderte ihn auf, jedweden Intimitäten zu frönen, nach denen es ihn gelüstete.

Mme. Gabrielle war eine Meisterin im Erspüren, eine Königin der Bewegung unter ihren Männern, die sie dann im passenden Augenblick anfiel wie eine Löwin. Als jüngere Frau hatte sie im Bett mit Königen, Grafen und Fürsten gerungen, sich in Vorspielen geübt, die ihre Männer zur Raserei trieben. Doch leider hatten sich ihre Knochen an die gemächliche Lebensweise einer Kurtisane im Ruhestand gewöhnt. Sie mußte das Ringen durch eine andere Methode ersetzen. »Was bedrückt Sie, mein König?« fragte sie, als sie bemerkte, wie er sich hin und her wälzte.

Wie, fragte er sich, hatte sie seinen Kampf mit dem peinlichen Schmerz in seinem Bauch erahnt? Er zögerte, von seinem Fiasko zu sprechen, aber nur einen Augenblick, weil es unmöglich wäre, vor einer Ungläubigen, noch dazu einer Kurtisane, das Gesicht zu verlieren. Und er wollte sich auf keinen Fall die lange Nacht der Wonnen verderben, die vor ihm lag. Ein Schweißtropfen rann von seiner Stirn und blieb auf seiner Nasenspitze hängen. Er straffte die Schultern, als sei er im Begriff, ein Urteil zu verkünden, das den Lauf der Geschichte verändern würde. »Wir haben Schwierigkeiten, westliche Toiletten zu benutzen.«

Mühsam verkniff sie sich ein Lachen. Von einem solchen Problem hatte sie noch nie gehört. Diese intime Mitteilung verlieh ihr jedoch ungeheure Macht über ihn. »*Oh! Pauvre, pauvre petit roi*«, murmelte sie. Ihre Hand tänzelte über seine Brust, tippelte seinen Oberschenkel entlang und kam auf seinem Geschlecht zur Ruhe, um dessen Größe zu messen. »Ich werde mich für Sie verwenden, mein Schah. Ich werde der Obrigkeit raten, den Toilettensitz zu entfernen. Dann können Euer Gnaden sich hinhocken und Euren königlichen Bedürfnissen Genüge tun. Unterdessen«, schnurrte sie und wies auf einen Wasserkrug neben dem Bett, »werde ich nicht Anstoß nehmen, wenn Eure Hoheit sich gleich hier erleichtert.«

Luciano Barbutzzis *Bravo! Bravo! Signora Bella!* kitzelte ihren Unterarm, und sie unterdrückte ein Lächeln.

Darauf ließ der »Löwe von Persien« ein wenig Wasser und entledigte sich ohne weiteres Getue seiner Kleider, indem er jedes einzelne Teil in eine Ecke warf, als seien seine Diener bei der Hand. Sodann erklomm er die Stufen zu dem hohen Bett, streckte sich auf dem Rücken aus und präsentierte seinen behaarten Körper.

Sie sah sich seinen schlaffen Penis an und erkannte, daß dieser Mann, umgeben von einem Harem voller schmiegsamer Frauen und einem Hofstaat von Schmeichlern, mehr oder weniger impotent war. Angespornt von Luciano Barbutzzis *potete farli,* streichelte und stimulierte sie ihn, doch es gelang ihr nicht, dem Schah eine Erektion zu entlocken, die länger als ein paar Seufzer anhielt.

Mit theatralischem Schwung warf sie ihren Federfächer, ihren wallenden Umhang und den breitkrempigen Hut auf seinen Kleiderhaufen. Sie zog ihre Plateauschuhe aus und zeigte sich in ihrer ganzen winzigen Herrlichkeit. Auf die sichtliche Entgeisterung des Schahs hin, der sich die verhüllte Frau mit den gepuderten Händen viel größer vorgestellt hatte, ließ sie ihr kehliges Lachen hören. Sie löste die blauen Locken, legte ihr Foulard ab und machte sich daran, die zahllosen Perlmuttknöpfe, die ihr Kleid von oben bis unten zierten, aufzuknöpfen.

Ihre Finger lösten jeden Knopf aus der seidenen Schlinge und gaben einen Blick auf ihren sahnigen Hals, den üppigen Busen und eine rötliche Brustwarze frei. Und jede neue Enthüllung pumpte einen Fingerhut voll Blut und eine Portion Sauerstoff in seine ermatteten Adern.

Sie streifte ihr Kleid ab und stand mit rotgefärbten Brustwarzen vor ihm.

Seine Frauen glätteten sich mittels Wachs, Zupfen und Fäden, bis kein einziges Haar mehr an ihrem Körper war. Er hatte nie gedacht, daß Körperbehaarung so erregend sein konnte. Der verblüffende Anblick der azurblauen Wolke an ihrer Scham und in ihren Achselhöhlen verschaffte ihm eine volle Erektion. Er vergrub seine Hand in ihren Schamhaaren, die ihre Schönheitspflegerin mit mehr Sorgfalt färbte, frisierte und schnitt als die Locken auf ihrem Kopf. Er hob sie hoch, drehte sie auf den Bauch, bestieg sie und peitschte ihr Gesäß mit seinem langen, dünnen Geschlechtsteil.

Ihre Gelenke ächzten unter seinem Gewicht, und sie fürchtete, seine akrobatischen Sperenzchen könnten sie verletzen. Sie winkelte ihren Unterschenkel an, hob die Ferse und tippte an sein Skrotum.

Aus Angst, von einem stärkeren Tritt verletzt zu werden, sprang er mit einer für ihn seltenen Behendigkeit fort. Da er nicht glauben konnte, daß sie die Dreistigkeit besaß, den König von Persien zu treten, und ihr verlockend perlendes Gelächter nicht zu deuten wußte, hob er sie an den Unterarmen in die Höhe und warf sie auf den Rücken.

Und ohne weitere Bedenken stieß er das königliche Antlitz in den Ozean ihrer Scham und ertränkte sich in dem, was er von Anfang an begehrt hatte.

Als der Morgen anbrach und er die Augen aufschlug, sah er eine Hofdame, die den königlichen Schweiß von Mme. Gabrielles Beinen wusch und ihre wirren Schamhaare schamponierte und bürstete. Die blauen Wolken zwischen ihren Beinen erregten ihn, was zu einer gewissen Bestürzung führte. Er hatte schließlich Verpflichtungen. Er wurde auf der Pariser Ausstellung erwartet. Es wäre unmöglich, jetzt wieder ins Bett zu steigen. Er atmete tief ein, fühlte sich verjüngt und kräftiger denn je. Sie hatte recht gehabt, Eigelb war überflüssig. Er zog an einer Klingelschnur und schnippte mit den Fingern.

Als hätte er die ganze Nacht an der Tür gelauscht, trat der Wesir unverzüglich ein. Auf die Frage des Schahs, warum sein Juwelier sich verspäte, rief der Wesir in den Flur hinaus.

Mme. Gabrielle wickelte ihren Umhang eng um sich und beschloß, sowohl Schah als auch Präsidenten zu vergessen, sollte eine Ménage à trois von ihr erwartet werden. Lieber schnurstracks den Palast für immer verlassen, statt sich in ihrem Alter in ein persisches Getümmel hineinziehen zu lassen.

Es klopfte einmal, und die Tür drehte sich in ihren gut geölten Angeln. Ein schlanker, tigerhafter Perser erschien auf der Schwelle. Mit ganzen Stapeln von Schmuckschatullen auf den Armen blieb er am Eingang stehen; durch seine unzeremonielle Art wirkte er dem Schah überlegen. Sein schulterlanges Haar war zurückgekämmt; eine romantische Traurigkeit trübte seine haselnußbraunen Augen, ein teilnahmsloses Lächeln kräuselte seine Mundwinkel.

Mme. Gabrielles Ungehaltenheit verflüchtigte sich. Eine Energieflut durchströmte sie, wie sie sie seit dem Tag, als sie aus dem Marais-Viertel heraus- und ins Herz von Paris hineinspaziert war, nicht mehr gespürt hatte. Sie beeilte sich, ihre Handschuhe abzustreifen und ihre Hände zu entblößen, und warf den Umhang um den Hals, um ihr Alter zu verbergen. Dabei wäre sie fast über ihre Plateauschuhe gestolpert, blieb aber durch dramatisches Schwenken ihres Umhangs im Gleichgewicht. Trotz ihrer reichhaltigen Erfahrung mit Männern waren ihr eine solch aristokratische Anmut, so wohlgeformte Schultern, so eine stolze Stirn nie begegnet. Sie war freilich zu alt, um den Perser mit dem abwesenden Blick und der scheuen Selbstsicherheit für sich persönlich in Betracht zu ziehen.

Aber Simone war nicht zu alt.

Dieser Perser wäre der ideale Kandidat, um ihre jungfräuliche Enkeltochter in das fabelhafte Universum der glanzvollsten, unabhängigsten und begehrtesten Frauen Europas einzuführen.

Ehe Mme. Gabrielle Gelegenheit hatte, ihre sinnlich theatralischen Handbewegungen zu wiederholen, trat er ins Zimmer. Er stellte die mit Satin ausgeschlagenen Schatullen auf einen Tisch und klappte sie auf, um eine Reihe Rubine, Smaragde und Diamanten zu präsentieren. Sie hielt die bereitliegende Lupe über die Halsketten, Armbänder, Ringe. Sie hörte den Wesir kaum, der sie flüsternd fragte, ob sie zufällig mit einem gewissen Minenbesitzer zusammengetroffen sei. Sie bemerkte auch nicht, daß der Wesir, nicht der Schah, den Juwelier anwies, was er zuerst vorzeigen solle. Sie besaß bereits einen Schatz an Juwelen, Geschenke von Königen, Grafen und Herzögen, aber nie hatte sie Diamanten von solcher Klarheit, Smaragde von solcher Reinheit, taubenblutrote Rubine von solcher Tiefe und Qualität gesehen. Sie strich mit den Händen über die Rubine.

Der persische Juwelier nahm die Halskette von dem Samtkissen und hielt sie unter den Kronleuchter. Er schloß die Kette um Gabrielles Hals, befestigte Ohrringe an ihren Ohren und schob einen Ring auf ihren

Ringfinger. Sie war verblüfft über die Wirkung, die seine flüchtige Berührung ihres Handgelenks auf sie hatte. Als er die goldene Schließe schloß, grub sein Atem an ihrem Hals einen Weg in ihr Herz. Sie erwog, ihren Vorrat an unschätzbaren Erfahrungen gegen einen neuen Schwung jugendlicher Vitalität einzutauschen, wenn das möglich wäre. Niemand, nicht einmal ihre starrköpfige Enkeltochter, würde einer solchen Romantik, einem solchen Zauber widerstehen und schon gar nicht einer Stimme, die Mme. Gabrielles vielbenutzte Herzsaiten zum Klingen gebracht hatte.

Der Schah tätschelte ihr Handgelenk unterhalb des Armbands, wo ihr Puls schneller schlug als an dem Tag, als sie ihren ersten Orgasmus mit Emile Zola erlebt hatte. »Ich nehme an, dies ist nach Madames Geschmack«, sagte Seine Königliche Hoheit mit neugewonnener Selbstsicherheit.

Sie sah ihm in die Augen, doch ihre Fingerspitzen suchten den Juwelier. Sie zog Kreise auf seinem Handteller, streichelte eine Ader und fuhr die Rillen hinauf und hinunter. »Wie heißen Sie, junger Mann?«

»Cyrus«, erwiderte er, und ein Schimmer trat in seine Augen. »Wie der große Perserschah.«

An den König gewandt sagte sie, es würde sie unendlich freuen, wenn Monsieur Cyrus mit Schmuck für ihre Enkeltocher ins Château Gabrielle käme. Und ehe der Schah dazu kam, sich mit dem Wesir zu beraten, griff sie in ihre Handtasche und zog eine Visitenkarte hervor. »Meine Enkeltochter Simone«, sagte sie seufzend, als sie das verblüffte Gesicht des Persers sah.

Cyrus war gebannt von dem Bildnis des Mädchens zu Pferde; ihr Profil mied den Fotoapparat, sie war begierig, in den Wald dahinter zu preschen. Ohne Zögern oder Scham hielt er die Lupe über ihre wilden Locken, ihre Schenkel, die sich an den Hengst drückten, und die Beuge ihres weißen Halses. Es erschreckte und faszinierte ihn, daß eine Pariserin Fremden ungeniert Visitenkarten mitsamt der Adresse und der Fotografie ihrer Enkeltochter übergab. Er steckte die Karte in seine Brieftasche. »Ich werde mich nach dem passenden Schmuck für Ihre Enkelin umsehen.«

Weil sie seine nichtssagende Antwort unakzeptabel fand, wollte sie ihre Einladung versüßen. Von welchem seltenen Edelstein konnte sie, Mme. Gabrielle d'Honoré, sich nicht vorstellen, ihn zu besitzen? Ihr Blick glitt durch den Raum, vorbei an dem Hofwesir, dem Juwelier, und kam auf dem Zepter des Schahs zur Ruhe. Die Antwort stach ihr ins Gesicht.

»*Cher* Monsieur«, schnurrte sie und umfaßte seine Hände. »Für meine auserlesene Enkeltochter kommt nichts Geringeres in Frage als ein roter Diamant.«

7

Persien
August 1901

Ich schließe die Augen und lausche in froher Erwartung dem Echo von Cyrus' galoppierendem Hengst, dem vereinzelten Wiehern, als das Tier die steilen Hänge erklimmt.

Mein Mann kehrt aus Südafrika nach Hause zurück. Er bietet einen aufwühlenden Anblick, wie er rittlings auf seinem weißen Hengst sitzt, einem Geschenk von Monsieur Amir, dem persischen Chefdiplomaten. Das taubenweiße Tier hat eine Mähne im Farbton von Mme. Gabrielles Armreifen aus getriebenem Gold. Außerdem schwarzgescheckte Ohren, die auf die leichten Schläge des silbern beschlagenen Stocks seines Herrn lauschen. Cyrus treibt das Tier durch die kleine Stadt, wo wie gewöhnlich Fußgänger, Maultiere und Kamele unterwegs sind, wo die Männer düstere Farben tragen und verschleierte Frauen umherschlurfen wie Wanderseelen.

Mein Herz hämmert in meiner Brust beim Anblick des Pferdes, das mit den scheckigen Ohren zuckt, um die Leuchtkäfer zu verscheuchen. Obwohl Leuchtkäfer harmlos wirken, locken die Luder sich gegenseitig die Männchen weg und fressen sie. Das hatte Mme. Gabrielle erzählt, als Cyrus bei seinem ersten Besuch im Château von einem Leuchtkäferschwarm empfangen wurde.

Was für ein Bild er damals abgab, als er aus der Kutsche des Präsidenten stieg, mit den zurückgekämmten Haaren, dem vollendet gestutzten Bart, dem silbern beschlagenen Stock, der sein Kommen verkündete, der im Sonnenlicht glänzenden Taschenuhr.

Jetzt, auf dem Weg zu mir, schwankt er im Rhythmus des trabenden Hengstes, den er um den Stadtplatz herum lenkt, vorbei an Buden mit geschälten Walnüssen und Mandeln in Wasserkrügen, auf Blechtabletts getürmten Pyramiden aus Maulbeeren und Johannisbeeren und Platten mit getrockneten Sauerkirschen. Hinter Mirza, dem Lebensmittelhändler und seinem Freiluftofen mit dampfenden Rüben, lenkt Cyrus den Hengst durch die Gasse der Juweliere, wo Turquoise, ein eigenständiger Kaufmann, am Straßenrand billigen Schmuck feilbietet. Cyrus hebt seinen Stock zum Gruß und bahnt sich einen Weg an der ersten scharfen Biegung vorbei und den schmalen Pfad hinauf, den die Zeit glattgeschliffen hat. Hinter Jaffars Teehaus vorbei, wo Gäste auf mit Teppichen bedeckten Pritschen ruhen, Tee trinken und Wasserpfeifen paffen. Ihr Atem bildet Dampfkringel, während wollbehandschuhte Hände in Blechbehältern unter den Maulbeerbäumen Feuer schüren. Von hier nimmt er den Weg zu unserem Haus, durch ein Tor, um eine steinige Biegung, wo der pfeifende Wind seinen Trommelfellen zusetzt. Er zuckt zusammen, nimmt die Zügel in eine Hand und drückt die andere ans Ohr. Seit einer Entzündung ist sein Ohr empfindlich gegen laute Geräusche und Lügen.

Der Wind trägt das Echo der Hufe heran, zuerst gedämpft und weit entfernt, aber deutlicher, als Cyrus sich Barts Café nähert. Ein Aushang an der schiefen Backsteinmauer verkündet das heutige Angebot: Schafsmilch mit Sahnehaube, Lavaschbrot mit Ziegenkäse, Zwiebel- und Dattelomeletts, scharfer Linsenbrei und – auf Wunsch – starker Kaffee.

Nahe bei unserem Haus ragt ein verlassenes Anwesen in den Himmel. Das Grundstück war einst mit Bäumen bepflanzt worden, die man mühsam in diese dürre Berggegend transportiert hatte. Der Garten hat einmal einer jüdischen Familie gehört, die vor dem Wüten eines schwachen Schahs geflohen ist, der sich bei seinen Formulierungen von einer Französin helfen ließ.

Cyrus zieht die Zügel an und umrundet den verlassenen Garten, dessen vernachlässigte Bäume alten bärtigen Männern und trübsinnigen versteinerten Frauen ähneln. Er wird sein Pferd hier einstallen, striegeln und füttern, bis neue Machthaber der Berge, wer immer sie sein mögen, ein weiteres Stück Land haben wollen und ihn gewaltsam vertreiben. Er gibt seinem Pferd einen Klaps, geht mit zügigem Schritt und betrachtet das gewaltige Tal drunten und die majestätischen Berge droben, die in die wilden Farben der aufgehenden Sonne getaucht sind. Er entleert seine Lungen von den Unreinheiten der langen Reise und füllt sie mit der kristallklaren Bergluft.

Ich prüfe mein Spiegelbild.

Das Knirschen von Stiefeln auf Kies läßt mich in den Garten laufen, dem Cyrus und ich zwischen Spalten, Steinen und Felsen etwas Vegetation entlockt haben.

Er schlendert zum Tor, entriegelt es und stößt es auf,

springt über einen Felsbrocken und noch einen, klopft mit dem Stock gegen seinen Stiefel. »Simone! Ich laß dich nie mehr allein«, ruft er und tippt sich mit den Fingerspitzen ans Auge, um sein Versprechen zu bekräftigen.

In seinen Armen bin ich leichter als ein Wunder. Das frühe Sonnenlicht wird von seinen silbernen Strähnen zurückgeworfen, von seinem feuchten Mund und dem roten Diamanten, den ich küsse. Er trägt mich hinein und wir kuscheln uns auf die Ottomane. Wir nisten uns in ihre samtene Umhüllung wie brütende Vögel, umgeben von unserem Kanonenofen und Sitzpolstern, auf denen Szenen aus der Mythologie dargestellt sind.

»Laß mich deine Haare fühlen«, murmelt er, »laß mich deinen Geruch einatmen. Schenk mir deinen Duft.«

Ich ziehe die Knie an meinen behaglich prallen Bauch. Ich lache. Ich bin glücklich. Ich möchte, daß die Zeit stehenbleibt, daß unser Begehren siedet und überfließt.

Seine Zunge umkreist meine Brüste, meine Brustwarzen erblühen, um ihn zu begrüßen.

»Ich bin schwanger«, flüstere ich.

8

Die Sonne über der Silhouette des schneebedeckten Demawend-Gebirges nimmt an Kraft zu, bescheint Barts Café, gleitet über die enge Biegung zum kleinen Tor, hinter die zum Schutz vor Frost zugedeckten Zweige, und schließlich über den Garten, wo Simone und Cyrus der Erde Ebereschen entlockt haben. Sie bescheint auch das Steinhaus, wo Cyrus an einem Tisch am Fenster sitzt, um die starken Strahlen der Mittagssonne einzufangen.

Die schwangere Simone schlummert im Schlafzimmer.

Cyrus ist trunken von ihrem Duft nach Ambra und Myrrhe, ihm bleiben ein paar Stunden, um ein seltsames chemisches Element zu prüfen, das er während seiner Reise in Südafrika entdeckt hat. Um Simone nicht unnötig zu beunruhigen, arbeitet er leise, breitet sein Taschentuch auf dem Tisch aus, fährt mit einer Lupe über das nahezu unsichtbare metallische Pulver. Er denkt an den Raum, den er im Haus des Minenbesitzers in Südafrika gesehen hat, an die Hochtemperaturöfen dort und die grelle Beleuchtung. Dort fand er auch das verdächtige Pulver.

Als er gestern abend am Stadttor ankam, hatte er überlegt, Gholam Ali um Hilfe zu bitten, den einäugigen Metallurgen, der sich darauf versteht, chemische Bestandteile zu identifizieren. Aber Gholam Ali der Einäugige ist ein chronisches Klatschmaul. Und das letzte, was Cyrus brauchen kann, ist die Verbreitung seines Verdachts. Folglich verläßt er sich auf seine eigenen gemmologischen Kenntnisse und bindet sich ein Taschentuch als provisorische Maske vor Nase und Mund, falls sich das Spurenelement als giftig erweisen sollte. Er schraubt Gläser mit Leichtelementen auf, die er auf dem Nachhauseweg in Teheran erworben hat – Chrysoberyll, Magnesium, Lithium, Aluminiumoxyd. Vergrößerungsgläser und Lederschnüre liegen geordnet vor ihm. Er zieht seinen Stuhl heran und stützt die Arme auf den Tisch. Vorsichtig, um die Pulver nicht zu verstreuen, sprenkelt er sie aus den diversen Gläsern über das Restchen aus Südafrika. Die Chemikalien werden eine Stunde brauchen, um zu reagieren.

Er reibt sich die blutunterlaufenen Augen und lehnt sich zurück. Vor ein paar Jahren kamen langsam rote Diamanten mit zwei, drei und vier Karat auf den Markt. Um diesen Irrtum der Natur zu erforschen, war er von Afrika nach Europa und schließlich nach Persien gereist, wo er gesehen hatte, wie die Diamanten aus Flüssen und offenen Gruben gewonnen wurden, um dann von Hand zu Hand zu wandern, vom Polierer zum Schleifer, von einem Diamantenhändler zum anderen. Mit kritischem Blick und starken Lupen prüfte er Tiefe, Farbe und Facette eines jeden gewonnenen Diamanten.

Weil es ihm nicht gelang, Beweise für die Veredelung durch Hitzebehandlung zu finden, verglich er seinen eigenen roten Diamanten mit denen am Markt. Sie waren ein beredtes Universum, als sei ein Blutstropfen in einen klaren Bach gefallen. Die wesentlichen Merkmale seines Diamanten waren mit denen der anderen identisch. So gut wie alle, sein Diamant eingeschlossen, stammten aus derselben Mine.

Durch das Fenster sieht er auf die Sonnenstrahlen auf den schneebedeckten Bergen. Es ist früher Nachmittag. Simone schläft noch. Er wird Vater, denkt er, und in seinem ernsten Gesicht erstrahlt ein breites Lächeln.

Er hält die Lupe über die Pulverspur, die er aus Südafrika gerettet hat, und beugt sich über die Tischplatte, um besser zu sehen. Er fährt so schnell zurück, daß er beinahe seinen Stuhl umstößt. Unter dem Einfluß der Chemikalien hat sich das Pulver metallisch grau gefärbt. Vor sich hat er eindeutig eine Restspur von Beryllium, ein hochgiftiges Metall, das vor gut siebzig Jahren erstmals isoliert wurde. Normalerweise ist es für das bloße Auge unsichtbar, sofern es sich nicht mit einem Metall wie Kupfer oder Nickel verbindet.

Er erinnert sich an einen sonderbaren Vorfall zu seinen Studentenzeiten, als er nach einem Aufsatzthema suchte. Versehentlich hatte er Chrysoberyll in ein Päckchen mit hitzebehandelten Saphiren geschüttet, und das hatte deren Farbe verändert. Er hatte sein Thema. Weitere Forschungen ergaben, daß mikroskopisch kleine Berylliumpartikel Saphiren einen lebhafteren Farbton verleihen konnten, wenn man sie in die winzig kleinen Poren des Edelsteins streute. Aber Diamanten sind viel härter, überlegt er. Ihre Kohlenstoffatome sind zu dicht und eng gepackt, als daß Beryllium hineingelangen könnte.

Äußerst mißtrauisch geworden, beschließt er, sofort zwei Versuche durchzuführen. Er nimmt seinen Ohrring ab und legt ihn auf den Tisch. Ihm bleiben nur wenige Stunden bis Sonnenuntergang, und er würde zügig arbeiten müssen. Aber seine Hände sind zittrig und seine Augen müde. Er läßt sich auf den Diwan in der Ecke fallen, schiebt die Hand unters Kissen, holt sein Altes Testament hervor und liest die ersten Seiten des Ersten Buches Mose. Mit der Bibel auf seiner Brust schließt er die Augen. Sollte sich sein Verdacht bestätigen, würde auf dem Diamantenmarkt Panik ausbrechen. Und das wirtschaftliche Rückgrat einiger Staaten würde splittern.

Er ringt mit seinen Möglichkeiten, der Torheit, einflußreiche Männer wie den Schah und den Hofwesir anzuzweifeln und sich und Simone in Gefahr zu bringen.

Nun, da er eine Familie haben würde, ist Vorsicht oberstes Gebot.

Er beschließt, seine Entdeckungen als Trumpfkarte zu benutzen. Nicht aus Habgier, sondern aus Prinzip und um seine schwangere Frau zu beschützen.

Seine Gedanken wandern vier Jahre zurück, als Monsieur Jean Paul Dubois Gefallen an ihm gefunden hatte. Er sprach akzentfrei Französisch und verhandelte mit Kunden, denen der Minenbesitzer lieber aus dem Weg ging. Er lernte bald, die Reaktion eines Käufers zu deuten, den Preis entsprechend festzusetzen und sowohl niedrig- als auch hochgradige Diamanten in großer Stückzahl in versiegelten Päckchen zu verkaufen. Wagte ein Händler die Qualität der vorsortierten Diamanten anzuzweifeln, verdunkelte ein Schatten die Augen des Minenbesitzers. Er bot dem Betreffenden eine Tasse Pfeffertee an und verabschiedete ihn mit einem warmen Händedruck und einem eiskalten Blick.

Was er damals in Namaqualand in Südafrika entdeckt hatte, hatte Cyrus nicht gefallen, und er hatte beschlossen, nach Hause zurückzukehren. Der Minenbesitzer mochte dies von ihm erwartet haben. Cyrus würde in Persien unendlich viel nützlicher sein, einem Land mit unermeßlichen Bodenschätzen, aber wenig Vertrauen zu Ausländern.

Er trat die Reise nach Persien an, im Gepäck einen Beutel roter Diamanten und einen Brief für den Hofwesir, der Cyrus als Dubois' Bevollmächtigten empfahl.

Man bot ihm mehr, als er erwartet hatte, nämlich den begehrten Posten des Hofjuweliers. Die darauffolgenden Reisen zwischen Persien und Südafrika dauerten Monate. Stürme, Taifune und tödliche Krankheiten waren eine ständige Bedrohung. Aber diese Expeditionen, um Rohdiamanten zu kaufen, gewährten auch monatelange Erlösung von höfischen Intrigen.

Dann kreuzte unter bemerkenswerten und unglaublichen Umständen Simone seinen Weg.

Er hatte sie in den Bergen nicht allein lassen wollen. Aber er war so tief verstrickt in den Import von Diamanten, die die königliche Schatzkammer und Mirza Mahmud Khan bereicherten, daß er erst eine annehmbare Alternative anbieten mußte, ehe er seinen Abschied einreichen konnte.

Der Tag, an dem er dafür um eine Unterredung bat, ist ihm ins Gedächtnis gebrannt.

Mirza Mahmud Khan lehnte sich auf seinem hochlehnigen Stuhl zurück und hörte sich Cyrus' Anliegen an. Ohne jegliches Anzeichen seiner typischen heftigen Wutausbrüche nahm der Wesir seinen Filzhut ab und warf ihn mit einem dumpfen Plumps auf den Tisch, so schwungvoll, daß die Medaillen an seinem Revers ins Zittern gerieten.

Cyrus wußte, daß die südafrikanischen Minen weiße Diamanten von guter Qualität und zu konkurrenzfähigen Preisen förderten. Er wußte auch, daß der Wesir alle weißen Diamanten bekommen konnte, die er begehrte. Wonach ihn gelüstete, war ein Anteil an dem ungeheuren Reichtum an roten Diamanten von einer Gesellschaft, die den Markt aufgekauft hatte. Cyrus war der einzige Händler, dem die Ehre zuteil geworden war, die versiegelten Päckchen, die anderen aufgenötigt wurden, zu öffnen und Diamanten auszusortieren und auszuwählen. Der Traum des Wesirs – die Verschmelzung seiner Handelsgesellschaft Mirza Diamant mit der Firma Dubois, um irgendwann mit den Aktiva den großen De Beers zu übernehmen, einen Mischkonzern zu gründen und ein Rote-Diamanten-Kartell ins Leben zu rufen – würde mit Cyrus' Fortgang zweifellos zunichte gemacht.

»Ich verstehe«, erwiderte der Wesir und sah Cyrus mit bohrendem Blick in die Augen. »Sie können denjenigen anlernen, den Sie für am kompetentesten halten, um Sie zu ersetzen. Sobald die erste Ladung Diamanten nach Khorramshar unterwegs ist, können Sie ausscheiden.«

Cyrus mußte also eine letzte Reise nach Namaqualand unternehmen. Und nicht nur um die Verschiffung von roten Diamanten ins persische Khorramshar in die Wege zu leiten.

Er traf am Vormittag ein. Monsieur Jean Paul Dubois war längst zu seinen Minen aufgebrochen. Sein Diener servierte Cyrus Pfeffertee und einen Eintopf mit Brotwürfeln, Eiern, Sahne und gebratenen Schinkenstücken. Cyrus gab nicht preis, daß er keinen Schinken aß, sondern forderte den Diener auf, ihm bei Tisch Gesellschaft zu leisten. Der Mann blieb stehen, während Cyrus eine Scheibe Brot mit gewürzter Butter bestrich und ihm reichte, zum Zeichen der Gleichheit zwischen Herr und Diener. Doch der Diener blieb unbeweglich stehen. »Lassen Sie die Förmlichkeiten«, sagte Cyrus. »Wir sind beide Diener. Ich bin Sklave bei Hofe, Sie bei Monsieur Dubois.« Als sei dies das Stichwort, seinen aufgestauten Verdruß herauszulassen, begann der Diener mit einer Klage über Sklaverei und den Raubbau an seiner geliebten Heimat, wo man kilometerweit Küstensand fortschaffte aus keinem anderen Grund, als Diamanten zu stehlen.

»Hier geht etwas Verdächtiges vor«, stimmte Cyrus zu, »direkt vor Ihrer Nase. Doch um Afrika zu helfen, brauche ich Ihre Hilfe.«

Der Diener sah ihn aus den Winkeln seiner sanften Augen an und schwieg lange Zeit. Als würde er sich aus einer Trance rütteln, bedeutete er Cyrus sodann, ihm zu folgen. Der mit der komplizierten Geographie des labyrinthartigen Hauses vertraute Diener ging voran, Cyrus folgte ihm so dicht wie ein Schatten. Sie durchquerten unzählige gepflasterte Korridore und stiegen schließlich eine Treppe in den Keller hinab. Hinter einer Tür war das gleichmäßige Dröhnen von Maschinen zu hören.

Der Diener legte einen Finger an den Mund und empfahl Cyrus, nach Mitternacht wiederzukommen.

Die Sonne schickt ihre Strahlen durchs Fenster und schreckt Cyrus wach. Er rappelt sich hoch und zieht seine Taschenuhr heraus. Die Kraft der Sonne läßt schon nach, ohne daß er mit seinen Experimenten begonnen hat.

Er legt das Alte Testament auf den Tisch und betrachtet seinen Diamanten. Er ist sich nicht sicher, ob er das Recht hat, Simones einzige finanzielle Sicherheit zu gefährden. Aber sie würden beide mehr verlieren als ihren Reichtum, wenn er dieses Risiko nicht einginge. Bei dem Gedanken an sie schnürt es ihm vor Freude die Brust ein. Er ist ein glücklicher Mann, sagt er sich, ein glücklicher Mann, weil er so eine wunderbare Frau hat.

Der erste Tritt meines Kindes rüttelt mich aus einem erschöpften Nachliebesschlaf. Ich drehe mich zu Cyrus' Seite hin, meine Hand gleitet über die leeren Laken. Mein Mund wird trocken. Waren seine Umarmung, seine Versprechungen, nie mehr fortzugehen, ein Traum? Der nächste ungeduldige Tritt schreckt mich aus dem Bett. »Du wirst deinen Papa in sechs Monaten sehen«, flüstere ich. »Fürs erste bleibst du am besten, wo du bist. Dort ist es sicherer als überall, wo du den Rest deines Lebens verbringen wirst.« Wird es für mein Kind anders sein, in Persien aufzuwachsen, als es der Aufenthalt hier für mich, die Ausländerin, ist? Werde ich mich jemals mit dieser Kultur anfreunden oder auf immer eine Fremde bleiben, trotz der innigen Vertrautheit mit meinem Mann?

»Cyrus«, rufe ich durch die geschlossene Schlafzimmertür. »Ich habe Hunger. Laß uns zu Bart zum Essen gehen.« Als ich keine Antwort bekomme, drehe ich den Knauf und öffne die Tür. Wie gelähmt bleibe ich auf der Schwelle stehen.

Mit angespannten Muskeln, das Kinn gestrafft, konzentriert sich Cyrus auf diverse auf dem Tisch verstreute Utensilien. Sein Diamant ist in eine Juwelierzange und an ein dreizackiges Gerät geklemmt. Eine Lederschnur verläuft horizontal von der Wand über dem Fenster bis zur Wand gegenüber. Lupen in verschiedenen Größen hängen an der Schnur. »Was tust du da?« rufe ich. »Unser Diamant!«

Er springt auf, kommt zu mir und packt mich an den Schultern. »Keine Sorge. Ich mache keine Dummheiten.« Er nimmt seinen Ohrring aus dem Gerät und steckt ihn ans Ohr. »Siehst du. Alles in bester Ordnung. Beruhige dich, *jounam*, Aufregung tut dir nicht gut.«

»Nie antwortest du auf meine Fragen. Du läßt mich immer im dunkeln. Was ist das für eine Liebe?«

»Die Liebe eines Mannes, der seine Familie beschützen will.«

»Das ist unerträglich! Warum hast du den Tisch verrückt? Die Stühle? Sag mir, was du da tust, auf der Stelle!«

»Ich habe alle brennbaren Gegenstände aus dem Weg geräumt, weil ich mit Hitze experimentiert habe. Und das ist alles, was ich vorerst sage. Komm, gehen wir zu Bart.«

»Ich hab keinen Hunger mehr.«

»Aber natürlich hast du Hunger«, sagt er und hebt mich auf seine Arme.

9

Die Kälte brennt mir im Gesicht und dringt in mein Herz. Mein Atem ringelt sich auf Cyrus' Wangen, als er mich auf dem festen Schnee den Berghang hinunter zu Barts Café trägt.

Das Teehaus steht auf einer Plattform am Berg, wo die Seilbahn Wanderer absetzt, wenn das Wetter es zuläßt. Im Winter kommen Kenner, die das Hochgefühl der Berge suchen, ins Café; ihre genagelten Wanderstiefel durchlöchern den festgestampften Lehm und die Kelims.

Dampfende Samowars, glühende Kohlepfannen, gluckernde Wasserpfeifen und der Geruch von Pfefferminz- und Jasmintee, Butter und Schafsfett empfangen uns.

Bart sieht nach unten, denn seine islamischen Prinzipien und der Anstand erfordern, daß er den Blick abwendet von meinen gelbgrünen Augen, die meine Weiblichkeit betonen, und von dem Dschungel roter Haare, die der Schal nicht ganz verdeckt. Schaut er fort, weil ihm die verruchte Vorstellung von Cyrus und mir im Bett – er ungewöhnlich groß, während ich ihm kaum bis an die Brust reiche – durch den Kopf schießt? Der *diable* in mir möchte ihn beschwichtigen, ihm beteuern, daß wir auf diesem Gebiet noch nie Schwierigkeiten hatten. Bart ist ein Freund von Cyrus, und ich fühle mich wohl in seinem Café, wo wir uns mit unseren jeweiligen Extravaganzen abgefunden haben.

Er ist ein stämmiger Mann, mittelgroß. Sein strohblonder Haarschopf steht von seinem Scheitel ab wie eine Bürste, sein Bart zeigt die Farbe von zu lange gekochter Hafergrütze. Er sitzt mit gekreuzten Beinen auf dem mit Kelims bedeckten Fußboden, nimmt seinen Bart vom Schoß und schlingt ihn unter dem Kinn zu einer Reihe kunstvoller Knoten. Stöhnend entwirrt er seine Beine, die spindeldürr sind, ein seltsamer Gegensatz zu dem von Fett und Ziegenkäse beleibten Oberkörper.

In seiner Jugend geschah ein Wunder, eine wenig glaubhafte Geschichte, die er aber mit solcher Inbrunst erzählt, daß wir höflich zuhören. Kaum fünfzehn Jahre alt, wurde er von einer Tarantel gestochen, und zwar an genau dieser Stelle auf diesem Berg. Hier baute er später sein Teehaus, um Allah und seinem Wunder zu huldigen. Mit geradezu masochistischem Vergnügen schildert er in allen schauerlichen Einzelheiten die siebzehneinhalb Zentimeter lange Tarantel – eine der größten und tödlichsten, die ihre Beute zuerst lähmt, bevor sie ihre Gewebeflüssigkeit aussaugt. Das Tier krallte sich in seine Waden und ließ nicht los; der scharfe, hohle Stachel zwischen dem Gliederschwanz drückte und pumpte Gift in sein Bein. Das Gift war mit solcher Geschwindigkeit durch sein Blut geströmt, daß er am ganzen Körper angeschwollen und lila war, als er schließlich entdeckt und auf einer provisorischen Trage hinuntergebracht und in der Hütte des nächsten Schamanen abgeliefert worden war. Im Delirium begann er, in einer unverständlichen Sprache Gedichte aufzusagen. Der Schamane hat ihm die Wade aufgeschnitten und so große Mengen Blut abfließen lassen, daß Barts Adern noch monatelang herausstanden wie trockene Äste. Er überlebte und baute sein Teehaus, doch seine Beine haben ihre frühere Kraft nie wiedererlangt.

Jetzt bahnt er sich einen Weg zu uns, seine Muskeln flappen wie wütende Schlangen gegen seinen Bauch und um seine Arme, seine rote Taranteltätowierung vollführt einen Bauchtanz auf seinem Bizeps. Wie zwei von der Taille abwärts getauschte Marionetten, die dünnen Beine der einen an dem bulligen Leib der anderen befestigt, mühen sich seine Beine, das schwankende Schiff seines Oberkörpers zu balancieren. Er bringt schmale Gläser mit heißem Tee und Messingschalen mit Würfelzucker, Datteln und getrockneten Maulbeeren. Er weicht nie von der gebührenden Form ab, den Tee zu servieren – feierlich, kochendheiß und in schmalen Gläsern, die von der Redlichkeit seines Tees künden. »*Shab bekeir, khosh amadid*«, guten Abend, willkommen.

»Guten Abend. Es ist viel zu lange her«, erwidert Cyrus. »Und wie ist es dir in diesen drei Monaten ergangen?« Er klopft Bart auf den Rücken, wie er es bei einem geliebten Bruder tun würde.

Bart sieht mich von der Seite an, ehe er den Blick Cyrus zuwendet. Obwohl ich das Teehaus seit Monaten besuche, scheine ich ihm immer noch ein Rätsel zu sein. Was würde er zu Françoise' Dekolleté sagen, frage ich mich, zu Mme. Gabrielles blauen Haaren, zu den hauchdünnen Fähnchen, die ich zu Hause trage im Gegensatz zu dem wollenen Rock und dem schwarzen Pullover, in denen ich jetzt schwitze.

Cyrus zieht meinen Schal hoch und schlingt den Knoten unter meinem Kinn fester. »Sei mir nicht böse. Nicht heute abend. Was möchtest du essen?«

Wir sind hungrig, mein Kind und ich, aber ich antworte nicht. Zum ersten Mal bin ich Cyrus tatsächlich böse. Ich wende mich von ihm ab und höre Bart zu.

Bart steht auf dem Fell eines gemeingefährlichen Tigers, den er vor Jahren selbst erlegt hat, und trägt die Speisen des heutigen Abends vor, eine Litanei von appetitlichen und weniger appetitlichen Gerichten: Hirn und Extremitäten vom Schaf, Leber und gebratene Eier, brutzelndes Zwiebelkebab mit knusprigem Schafsfett.

Cyrus bestellt warmes *Barbary*-Brot, langes flaches Weißbrot und Täbris-Käse, dazu große Gläser gesüßten Tee. Ich lehne mich an die Polsterkissen, Speichel sammelt sich unter meiner Zunge.

Bevor ich den letzten Brotkrümel mit süßem Tee hinunterspüle, zieht Cyrus die Taschenuhr aus seiner Weste, um zu sehen, wie spät es ist. Ich atme seinen Tabakduft ein und den Geruch nach Kardamom, das er kaut, um den Geruch seiner Kunden von sich fernzuhalten – den Geruch ihrer Betrügerei, wie er sagt. Violette Halbmonde umschatten seine Augen, Blässe umrahmt seinen Mund.

»Ich bin müde von der langen Heimreise«, sagt er und schiebt seinen unangerührten Teller fort.

Er überquert die steinige Straße, die schlüpfrige Plattform, trägt mich den Berg hinauf, als wäre ich eine Ladung kostbarer Diamanten. Er geht auf dem kurzen

Kiesweg zu unserem Haus, entriegelt das Tor, schreitet durch den mit glitzerndem Schnee bedeckten Garten und die drei Stufen hinauf in unser Haus. Sein Mund streift meinen Bauch. Der Glanz in seinen Augen läßt ihn jünger aussehen als seine zweiunddreißig Jahre, während er meine einst schmale Taille streichelt und den ehemals flachen Bauch, der stündlich anzuschwellen scheint. Seit heute morgen keimen neue Arterien in Cyrus' Herzen, um es wachsen zu lassen und mit unserem ungeborenen Kind zu verbinden.

»Es ist ein Junge. Nenne ihn Elija.«

»Ein Mädchen wäre auch reizend«, erwidere ich. »Sagst du mir, was du tust, wenn ich dir einen Jungen schenke?«

Er birgt das Gesicht in meinen Locken, nuckelt an meinen Ohrläppchen. Seine Zunge gleitet über meinen Hals und verweilt unter der Rundung meines Kinns. »Gute Nacht, *jounam*. Wir unterhalten uns morgen, das verspreche ich. Ich muß frühmorgens in die Stadt, wenn du noch schläfst.«

»Wer treibt so früh Geschäfte?«

»Mitglieder des Königshauses.« Er lächelt bitter. »Im Morgengrauen. In der Abenddämmerung. Wann immer Schuldgefühle sie wach halten.«

»Woran sind sie schuldig?«

»An mehr, als du dir vorstellen kannst.« Sein entschlossener Mund und der sture Ernst in seinem Blick lassen keine weiteren Debatten zu.

Ich befürchte, unsere finanzielle Lage bereitet ihm Sorgen. »Verkauf doch das Pferd. Das bringt gutes Geld.«

»Nein! Nicht das Pferd. Es wird eines Tages Elija gehören. Unser Sohn wird kein richtiger Mann sein, bevor er gelernt hat, mit Pferden umzugehen.« Er zieht an dem Band um seinen Pferdeschwanz, und es schnippt gegen seine Hand. Er zuckt zusammen, fährt mit den Fingern durch seine offenen Haare. »Versprich mir, daß du unseren Sohn zu einem ehrenhaften Menschen erziehst, Simone. Und lehre ihn, seinen Dolch für alle sichtbar zu tragen.« Er wendet sich ab, das Mondlicht umrahmt sein Profil, mit der silbernen Spitze seines Stocks stößt er unsere Schlafzimmertür auf.

10

Paris
1900

Françoise stieß die Tür zu ihren Gemächern auf. »Komm mit mir auf eine Reise, die du nie vergessen wirst.«

Simone zögerte auf der Schwelle zum Ankleidezimmer ihrer Mutter – einem Kosmos aus Sehnsüchten und Exzessen, Liebe und Haß, Neid und Besessenheit. Ihre Wimpern warfen verwegene Schatten auf ihre Wangen, das Kerzenlicht färbte die Sommersprossen an ihrem Hals bernsteingold. Sie trug Reithosen, kniehohe Stiefel und ein um die Taille geschnalltes Halfter mit einem Revolver.

Mit sechzehn Jahren war sie endlich eingeladen worden, das Serail kennenzulernen, das legendäre Bett ihrer Mutter. Trotz ihres Desinteresses an einem Gewerbe, das sie weder achtete noch auszuüben beabsichtigte, hatte die Neugierde auf das Bett sie verlockt, die Einladung anzunehmen.

Postkarten von diesem Bett gab es an ausgewählten Ständen im ganzen Land zu kaufen. Die Zeitungen berichteten von seinen aphrodisischen Eigenschaften. Davon, daß ein berühmter Fotograf, der gewöhnlich Tausende Francs für seine Dienste berechnete, keine Kosten scheute, um das Bett zu fotografieren. Er mußte auch neugierig gewesen sein, dachte Simone, die sich an die ausführlichen Debatten zwischen Mutter und Großmutter erinnerte. Sie waren zu dem Schluß gekommen, die Ablichtung durch einen so berühmten Fotografen werde den Ruf des Bettes als Sinnbild fleischlicher Genüsse nicht schmälern, sondern steigern. Und sie hatten recht gehabt. Das Serail wurde berühmt-berüchtigt unter den Aristokraten von Paris, von denen einige das Glück hatten, in seinen Satinfalten zu versinken. Unter der Herrschaft von Mme. Gabrielle hatte sich der Ruf des Bettes als Aphrodisiakum über Paris hinaus bis in andere Städte und Landstriche verbreitet. Als Françoise an Einfluß gewann, eroberten die geflüsterten Geschichten von Serails legendären Eigenschaften Salons und Maskenbälle, Clubs und Casinos und würzten den Klatsch von eifersüchtigen Ehefrauen und Geliebten.

Seidengepolsterte Wände mit applizierten Phantasievögeln und eine üppige Garderobe mit kostbaren Stoffen, luxuriösen Schuhen und bunten Sonnenschirmen empfingen Simone. Sie sah ihr Spiegelbild in einer auf Hochglanz polierten Tür am anderen Ende, die ins Boudoir ihrer Mutter führte. Die Härchen auf Simones Arm stellten sich erwartungsvoll auf.

Warum lockte das Bett Serail sie wie eine mächtige Umarmung? Sie hatte andere Vorstellungen als Françoise, die Liebe und Ehe nur verächtlich darstellte. Simone könnte freilich immer noch umkehren und hinausgehen. Da sie bei Mutter und Großmutter lebte, hatte sie deren Lebensweise zur Genüge kennengelernt. Sofern sie nicht mit geschlossenen Augen schlafwandelte, konnte sie dem permanenten theatralischen Vorspiel, das rings um das Château aufgeführt wurde, nicht entkommen. Es begann mit dem Rattern einer nahenden Kutsche, dem schöntuerischen Geflüster eines Freiers an Françoise' Schultern im Foyer, gierenden Küssen auf Mme. Gabrielles Hände am Fuß des Treppenaufgangs und schamlosen Schmeicheleien oben auf dem Treppenabsatz. Und wenn Simone zufällig über die Terrasse unter Françoise' Fenster ging, versuchte sie zu erraten, welcher Freier endlos seufzte, welcher herzlich lachte, welcher ausgiebig schluchzte.

Ihre sexuelle Aufklärung bezog sie aus der einzigen Broschüre, die ihre Mutter ihr zu lesen empfahl – laut Françoise ein weiterer Beweis dafür, wie das männliche Geschlecht die Weibchen behandelte. Zu ihrer Belustigung hatte Simone bei der Lektüre erfahren, daß der Riesenpenis der Bananenschnecke bei der Kopulation in der weiblichen Schnecke steckenbleibt, so daß sie ihn abnagen muß. Löwenmännchen konnten in weniger als einer Stunde hundertsiebenundfünfzigmal mit zwei verschiedenen Weibchen kopulieren. Männliche Honigbienen platzten beim Höhepunkt und ließen ihr Geschlechtsteil in der Bienenkönigin zurück, um weitere Paarungen zu unterbinden.

Nun schwebte Françoise durch ihr Ankleidezimmer, unter den wogenden Schleierschichten war ihre Nacktheit zu ahnen. Sie spähte in Truhen, klappte Hutschachteln auf, kramte seidene Bettjäckchen hervor und warf sie beiseite. »Simone, schnall deine Pistole ab und zieh die Reithose aus.«

Simone gehorchte zögernd und schlüpfte in ein gefälteltes pistaziengrünes Negligé, das ihr bis auf die Füße fiel und hinten nachschleppte. Françoise stülpte ihr einen breitkrempigen, orange eingefaßten Hut schräg auf die Locken.

Effat, Françoise' persische *femme de chambre*, trat so graziös ein, wie es ihr Gewicht und die krummen Beine zuließen. Über ihrem ansehnlichen Bauch spannte sich knisternd eine gestärkte Schürze. Sie strich sich über die ergrauten Haare und verdrehte die Augen. Ihre nadelkopfgroßen Iris, die in den weißen, vorquellenden Augäpfeln kaum sichtbar waren, ließen auf Blindheit schließen. Doch ihr Blick erfaßte alles.

Alphonse hatte Effat bei seinem wöchentlichen Besuch des Sonntagsmarktes entdeckt, wo Händler der vier Jahreszeiten ihre Karren mit Obst, Nüssen und Käse aufstellten. Er sah Effat, als sie mit der Hand in einem Stoß Kabeljau wühlte, um den größten auszusuchen. Sie hatte an den Augen geprüft, ob er frisch war, an den Schuppen geschnuppert, ob er stank, in den Bauch gedrückt, ob er fest war. Daraufhin hatte der Butler ihr gleich eine Stelle im Château Gabrielle angeboten. Damals war sie bei einer persischen Familie angestellt gewesen, die in Paris Ferien machte, und der Gedanke, die heimischen persischen Mahlzeiten aufzugeben, war für sie Grund genug gewesen, abzulehnen. Woche für Woche machte der Butler ihr den Wechsel schmackhafter, indem er das Angebot versüßte. In der Zwischenzeit überzeugte er Mme. Gabrielle, daß Perserinnen exotische Leckereien backen konnten, die an Köstlichkeit nicht zu übertreffen seien. Bald erwiesen sich die Verlockungen der Seine, das jüngst eingeführte elektrische Licht, die bezaubernden Frauen und die französischen Delikatessen, von denen Effat in ihrer eigenartigen Logik annahm, sie würden das überschüssige Fett an ihren dicken Beinen schmelzen lassen, als unwiderstehlich. Sie trat nicht nur in den Haushalt ein, der sie mit reichlich Nahrung für Klatsch versorgte, sondern heiratete den Verwalter und machte sich in jeder Hinsicht unentbehrlich. Ihr durchdringender Blick durchstreifte jetzt das Gemüt ihrer Herrin und stromerte in Tiefen, zu denen Françoise selbst keinen Zugang hatte.

Stubenmädchen, Kammerfrauen und livrierte Diener beeilten sich, Françoise' höchst profane Anweisungen zu befolgen. Der größte Teil des Tages verging mit den Vorbereitungen für den Abend. Der Mittag begann mit einem Bad in einer Eisenwanne, dem Sarah Bernhardts Nervensedativum, Kampfer, Meersalz und Baldriantinktur zugesetzt waren. Während Françoise sich anscheinend von den Anstrengungen des vergangenen Abends erholte, pflegte Effat ihre glatten Haare mit Kräuterölen und machte ihre Haut mit Cremes geschmeidig. Den Rest des Tages streute Françoise auf dramatische Weise Rosen, wie es die Stummfilmschauspielerinnen machten. Ihr Verstand aber war alles andere als müßig. Jeden wachen Augenblick verbrachte sie damit, sich den Körperbau ihres letzten Liebhabers vor Augen zu führen und sich neue Methoden auszudenken, ihn zu erfreuen.

»Effat, das Negligé ist nicht das richtige«, sagte Françoise, während sie die Finger in einen Tiegel mit Lippenbalsam tauchte. »Sie soll diesen Rock probieren und, *oui,* das Mieder. Vielleicht das Cape mit dem Hermelinbesatz. Was meinst du, Simone?«

»Die Sachen sind häßlich«, sagte Simone verärgert. Schon eine ganze Stunde war mit An- und Auskleiden verplempert worden, und sie hatte das eigentliche Boudoir noch nicht betreten.

»Ah! Das wird dir bestimmt gefallen. Effat, beeile dich.«

Effats Nicken war weder zustimmend noch ablehnend. Sie watschelte zum Schrank und wählte ein Ballkleid mit einem enganliegenden Oberteil und einem mit Volants besetzten Rock.

Simone hatte große Lust, etwas Gemeines mit der sündhaft teuren Robe anzustellen, die ihre Mutter im Varietétheater getragen hatte. Ein Kleid hatte ihrer Meinung nach schlicht und zweckmäßig zu sein – Volants behinderten die Beweglichkeit, steife Korsetts waren wie Rüstungen, und Reifröcke gehörten ins Museum. Sie fühlte sich sehr wohl in Stiefeln und Hosen, die die Bewegung nicht einschränkten und Platz boten für Halfter und Revolver. Sie würde sich vielleicht mit einem weniger auffälligen Kleid abfinden. Aber der gräßliche Rock, den Effat in die Höhe hielt, kam nicht in Frage. Auf keinen Fall. Sie wünschte, sie würde zu Pferde das Zibetkatzental durchstreifen, zusammen mit ihrem Freund Sabot Noir, dem wundervollen Stallburschen, frei und unberechenbar wie die Hengste, die er trainierte.

»Vorsicht, Simone«, sagte Françoise. Sie klappte einen Fächer aus Pfauenfedern auf, eine phantastische Kreation des berühmten Monsieur Rimbaud. Sie wedelte mit den Federn, nickte, als hätte sie und nicht Effat den Rock ausgesucht.

Simone stieg in den Rock, direkt in die Naht eines Volants, stolperte und landete kopfüber auf dem Sofa.

Françoise kreischte auf.

Effat beeilte sich zu retten, was zu retten war.

Erschrocken über den Gesichtsausdruck ihrer Mutter, mühte sich Simone, den Absatz loszubekommen. Dabei bohrte sich die Stiefelspitze in den Saum und riß ihn mit einem köstlichen »Ritsch« auf. Sie brach in Gelächter aus.

Françoise schlug sich mit dem Fächer an die Stirn, tröstete sich damit, daß sie mit dem Rock sowieso nichts mehr anfangen konnte, weil sie ihn schon mehrmals getragen hatte. Ja, jeder Aristokrat, der den Namen verdiente, hatte sie darin bewundert. »Wenn ich dich erst fertig unterwiesen habe, Schmuckstück«, seufzte sie und schürzte den hinter Pfauenfedern verborgenen Mund, »wirst du Herzen brechen, nicht dein Fußgelenk.«

Die in ihrem Kosenamen enthaltene Anspielung entging Simone nicht, während sie in den Rockfalten über ihrem Kopf nach Luft schnappte. »Diese Kleider gehören ins Museum. Ich sehe lächerlich aus in dem vielen Stoff.«

Das stimmte, gestand Françoise sich ein. Sie waren zarte Frauen – sie, Mme. Gabrielle und Simone –, infolgedessen mußten sie mehr Mühe auf die Wahl ihrer Kleidung verwenden. Männer zogen zierliche Frauen vor. Neben solchen Frauen fühlten die Männer sich groß und mächtig. Den meisten Männern – den impulsiven, die schnell zufriedenzustellen waren – war dies allerdings nicht bewußt. Aber Françoise war Mme. Gabrielles Tochter, und wie sie konnte sie eine Rose riechen, bevor der Samen in die Erde gelegt war. *Certainement* war sie ein Abkömmling der listigen Mme. Gabrielle. Einer Frau, die Könige gezähmt hatte. Einem Idol ihrer Zeit. Und das würde auch sie sein, Françoise d'Honoré, solange sie sich ihre Jugend bewahrte.

Beim Gedanken an die Unvermeidlichkeit des Alterns wedelte sie mit dem Fächer, schlug sich damit auf die Wangen und warf ihn schließlich durchs Zimmer. Das Alter machte Frauen wie ihr schwer zu schaffen. Im reifen Alter von dreißig Jahren drohte Gefahr, bergab zu rutschen. Sie zog Perlenschnüre aus ihrer Schmuckschatulle, dekorierte sie um Hals und Haar. Sie warf einen abfälligen Blick auf ein Paar Ohrringe und hielt sie Simone vor die Nase. »Ein billiges Geschenk von einem noch billigeren Kerl. Der Dummkopf dachte, ich würde Glas für Diamanten halten.« Sie warf die Ohrringe in eine Schachtel mit Haarklammern.

Simone nahm die Ohrringe heraus und hielt sie sich an die Ohren.

»Oh, *non*, non«, rief Françoise schrill. «Mittelmäßiger Geschmack ist der Untergang einer Frau.» Sie stöberte in ihrem Schrank und fand einen zehnkarätigen Diamanten mit Smaragdschliff. »Den hat mir dein Vater geschenkt.« Bei der Erwähnung von Graf Mirfenderesky, einem Bayern, der ihr unendlich weh getan hatte, glitzerten ihre Augen eisenhart. Nachdem er sich mit einem abstoßenden billigen Flittchen aus dem Staub gemacht hatte, hatte Françoise die gesamten neun Monate ihrer Schwangerschaft im Serail Zuflucht gesucht. Er hatte sich als Graf ausgegeben, war aber in Wirklichkeit ein einfacher Parfümeur. Er hatte ihr Herz gestohlen, indem er ihr jedesmal einen explosiven Orgasmus verschaffte, sobald er einen seiner Parfümflakons entstöpselte. Nachdem sie ihn, ihren einzigen *amant en cœur*, verloren hatte, hatte sie keinen anderen mehr geliebt. Sie gab ihrer Tochter den Ring. »Der ist viel besser als die billigen Ohrringe.«

»Nein«, sagte Simone und steckte sich die Ohrringe an. »Von *dem* will ich keinen Ring. Ich trage lieber die hier.«

»Liebste Simone«, stöhnte Françoise. »Du hast die große Auswahl, *ma chère.* Gib dich nicht mit etwas Geringem zufrieden. Du bist viel schöner als ich oder deine Großmutter. Die Männer würden sterben, um ihren Mund in deinen Locken zu vergraben. Gib ihnen, was sie sich wünschen – Qualen und nochmals Qualen.« Sie warf den Kopf zurück, als wollte sie ihre Gedanken zur Ordnung rufen. »Aber dir fehlt dieses gewisse Etwas. An die Arbeit. Du mußt noch viel lernen, Schmuckstück.«

Während Françoise ihren Monolog fortsetzte, dessen einziges gebanntes Publikum ihr eigenes narzißtisches Ich war, und während Simone sich bemühte, ihre wachsende Ungeduld zu verbergen, hatte Effat Simone in ein Gewand gesteckt, das Françoise zuletzt im Bois de Boulogne getragen hatte. Sie hatte darin Furore gemacht, als sowohl der Comte Valois de Medici als auch der Duc de Soissons über Monate um ihre Zuneigung gewetteifert und sie mit Geschenken überhäuft hatten. Schließlich hatte sie ihre kleinlichen Eifersüchteleien satt gehabt und beide nach Hause zu ihren frigiden Ehefrauen geschickt.

Die Satinhose kniff Simone in den Schritt, und das Spitzenoberteil quetschte ihre Brüste zusammen wie Granatäpfel. Sie wollte schon abwinken und das Serail vergessen, als Françoise sie mit einer ausladenden Geste ihres weißen Armes in ihr Reich der Sinne einlud.

11

Serail, das legendäre Baldachinbett, präsentierte sich in seiner ganzen goldenen Pracht. Die am Betthimmel zusammengerafften Schleiervorhänge bildeten eine Art arabisches Zelt um das Ebenholzgestell, in das feiste Putten geschnitzt waren. Goldene Kordeln baumelten an den Stützpfeilern. Drehspiegel mit bronzenen Puttenstatuetten warfen aus ihren Tiefen das üppige Bild des Bettes vielfach zurück.

Geschwungene Alkoven und geschickte Verkleidungen beherbergten die jüngst im Zimmer verlegten elektrischen Leitungen. Die beschwingten Töne von Chabriers *Souvenir de Munich* durchdrangen das Boudoir.

Françoise streifte die hauchdünnen Stoffe von ihren Schultern und räkelte sich in ihrer nackten Herrlichkeit auf dem Serail. Sie ließ ihre metallisch glitzernden Augen über Gegenstände gleiten in der Gewißheit, daß sie und nicht das Serail die Glieder der Männer mit Begierde erfüllte. Eine lavendelblaue Rose steckte in ihren flachsblonden Haaren. Als sie kobragleich die Beine streckte, erzitterten die Perlenschnüre um ihren Hals.

Sie warf den Kopf zurück und ließ ihre gepuderten Achselhöhlen sehen.

Simone staunte über den Überfluß ringsum – Gold und Silber aus Limoges-Kästchen quellend, mit kostbaren Steinen übersäte Nachtkonsolen, seidene Unterwäsche, Haarschmuck aus Elfenbein, Reitkleidung mit passenden Peitschen und ein Abguß von Françoise' berühmten Füßen auf einem Bronzesockel. Ihre Mutter war so versessen auf Maßlosigkeit. Und auf Parfüms. Düfte wehten aus Räucherfässern, Draperien und Wandtäfelungen. Simone strich über die Sitzbank, auf der sie saß. Der Rahmen aus poliertem Rosenholz war mit Zibet geölt. Ihre Brüste fühlten sich steinhart an. Trotz oder wegen des mißbilligenden Blicks ihrer Mutter war sie nicht zu einer Beinhaltung zu bewegen, die sie unbequem und geziert fand.

Effat erschien mit einem Zerstäuber bewaffnet; sie umrundete Françoise und besprühte sie mit *Rose de Mai.* »Sei so lieb, Simone«, murmelte Françoise, »reich mir noch eine Rose.«

»Mir ist schwindlig. Zu viele konkurrierende Gerüche.«

»Sich ergänzende, nicht konkurrierende«, wies ihre Mutter sie zurecht. »Erinnerungen und Gerüche sind in unserem Gefühlsgedächtnis miteinander verschmolzen. Die Männer werden dich vermissen, wenn du deinen Duft zurückläßt.«

Simone zupfte eine gelbe Rose aus einer von Blumen überquellenden Vase.

»*Non, ma chère*! Nie, niemals gelb, rosa ist am besten, es läßt die Männer an rosa Brustwarzen denken. Gib mir die mit den kräuseligen Blütenblättern.«

Simone suchte die verlangte Rose heraus, befestigte sie hinter dem Ohr ihrer Mutter und widmete sich wieder der Betrachtung des Serail. Trotz des Lüftchens, das durch die Fenster hereinwehte, fiel ihr das Atmen schwer. Am liebsten wäre sie hinausgelaufen. Sie brauchte frische Luft.

Von der Mitte des gewaltigen Bettes aus, wo sie über ihre Männerwelt herrschte, richtete Françoise den Blick zwischen die Beine ihrer Tochter. »Die Begierde hält uns lebendig, Simone. Benutze deine Sexualität wie ein Mann sein Schwert oder seine Pistole. Nähre seine Begierde, die vitalste aller Gefühlsregungen.« Sie zupfte die Rose aus ihrem Haar und schnippte sie zum Ruhm ihrer Vergangenheit, Gegenwart und Zukunft aus dem Fenster.

Die Rose taumelte vor der Kulisse des wolkenlosen Himmels, kreiselte abwärts, dem Park mit seinen Jasminhecken und stolzierenden Pfauen entgegen, und landete auf der Krempe des Strohhutes von Mme. Gabrielle, die gerade über die Terrasse unterhalb des Fensters schritt.

Françoise griff nach einer Banane.

Simone sprang auf, ihre gelben Augen glühten. »Mama, *non*! *Assez*! Genug!« Das gigantische Bett, das von den Begierden und Träumen ihrer Mutter zeugte, erdrückte sie. Wenn sie nicht sofort hinausging, würde sie mit Sicherheit ein wesentliches Stück von sich aufgeben.

»Steh nicht so breitbeinig da, Schmuckstück«, schalt Françoise. »Hast du jegliches Gefühl für Etikette verloren? Zuerst verlange eine Privatloge in der Oper, laß dir eine Villa versprechen, dann, vielleicht *oui,* vielleicht *non,* mache nie ohne jede Menge Schmeicheleien seinerseits die Beine breit. Bitte schau nicht dauernd aus dem Fenster. Du gehst vorläufig nirgendshin, *ma chère*. Und schlag die Augen nicht nieder. Sie sind dein kostbarster Schatz.« Françoise dachte einen Moment über diese Bewertung nach. »Hm, eigentlich sind sie das Zweitbeste an dir«, korrigierte sie sich.

Sie bog den Hals nach hinten und schob sich die Banane in den Mund, was keinerlei Spuren hinterließ außer einem seligen Ausdruck in ihrem Gesicht.

Simone glaubte vor Scham zu sterben.

»In solchem Überfluß zu leben«, gurrte Françoise, »eine feine Dame zu sein und keine Straßendirne, Ansichten zu pflegen, so ganz anders als die anderer Frauen, das ist ein Grund zum Feiern.«

»Das Glück zu haben, dem Mann zu begegnen, der jeden anderen Mann unbedeutend macht, *das* ist ein Grund zum Feiern«, erwiderte Simone.

»*Pour l'amour de Dieu*! So ein Unsinn. Wenn du das Glück hast, den Tag zu beginnen ohne ein anderes Anliegen, als eine Vielzahl Männer selig zu machen und zu gängeln, warum solltest du dem Gefängnis einer tyrannischen Liebe den Vorzug geben, die auch noch unweigerlich zur Schwangerschaft führt?» Nachdem sie mit sechzehn Simone geboren hatte, war sich Francoise dieser Gefahr stets bewußt und hatte mehrere Abtreibungen hinter sich. Sie verwendete regelmäßig mit Essig und Alaun getränkte Vaginalschwämme, Spülungen mit mineralischen und pflanzlichen Lösungen, machte häufig Gebrauch vom Bidet und bestand wenn möglich auf Coitus interruptus. «Die Liebe ist wie leicht entflammbares Material, Simone, wie Ätzkalk oder Naphtha. Die Liebe verzehrt ihresgleichen.»

»Die Liebe ist für die emotionale Entwicklung einer Frau unerläßlich«, hielt Simone dagegen.

Unter Mißachtung der Etikette spie Françoise einen Speichelstrahl in einen Aschenbecher auf dem Beistelltisch und drückte ein seidenes Taschentuch hinein, als wollte sie ein Insekt zerquetschen. »Die Liebe führt zur Ehe, und die raubt uns unsere Persönlichkeit.«

»Ich glaube an die Liebe«, sagte Simone schlicht.

12

In einem entfernten Winkel des Anwesens verfolgte Sabot Noir mit einem Opernglas in der Hand die rosa Rose, wie sie im Bogen aus Françoise' Fenster taumelte und auf der Hutkrempe von Mme. Gabrielle landete. Das Glas auf Françoise' Schlafzimmer gerichtet, brummelte er vor sich hin. Nun da er Simone nicht mehr so oft sah, würde er einen Stall voll Araberpferde dafür geben, um mehr über das Drama zu erfahren, das sich da oben im Boudoir abspielte.

Sabot Noir war groß und mager, seine glänzenden braunen Locken wallten auf seine Schulterblätter, die so dicht beieinander lagen wie Vogelschwingen. Die Kette aus kastanienbraunen Perlen, die er um den Hals trug, sein *café-au-lait*-Teint und die zarte Statur ließen ihn – ganz im Gegensatz zu seiner männlichen Wollust – weibisch aussehen. Seine Eltern waren mit Unterstützung der französischen Kolonialregierung aus Algier ausgewandert und hatten sich in Frankreich niedergelassen. Der Vater hatte als Stalljunge in Mme. Gabrielles Diensten angefangen und war zum Stallmeister und Aufseher aufgestiegen.

Seine Mutter hatte ihn Sabot Noir genannt, Schwarzer Huf, weil er mit einem hufartigen Mal auf der linken Fußsohle geboren war. Sie glaubte, er sei verwandt mit dem schwarzhufigen Büffel, der wie ihr Sohn einen tänzelnden Gang hatte. Sie brachte ihm die Fortpflanzungs- und Wandergewohnheiten der Tiere bei und lehrte ihn, sie respektvoll zu behandeln, sogar bei der Jagd, damit ihre Geister ihm beistünden.

Um sich die Kraft der Pferde anzueignen, aß die Mutter eines Sommers Schwingelgras und Weißklee von den Weiden. Sie starb an Vergiftung. In seiner Trauer hüllte Sabot sich in ein Büffelfell, stieg auf einen der höchsten Zibetkatzenhügel und warf Büffelfleisch gen Osten als Opfergabe für den Geist seiner Mutter.

An jenem Tag kam ihm das Lächeln abhanden.

Bald wurde er unentbehrlich für Mme. Gabrielles Vollblütergestüt. Er hielt Raupen in Schach, spaltete Würmer und legte Pferden Maulkörbe an, um sie bei Frost am Verzehr von schädlichen Pflanzen zu hindern. Obwohl der Boden im Zibetkatzental reich war an Mineralstoffen, die für gesunde Pferdeknochen sorgten, kräftigte Sabot Noir die Pferde zusätzlich, indem er sie für Rennen zuritt. Er war ein unschätzbarer Tierpfleger, Trainer und Züchter. Und seiner Spielgefährtin und Vertrauten Simone brachte er die Kunst des Handlesens und das Geheimnis des Pferdezähmens bei. Sie lehrte ihn dafür lesen und schreiben, zeigte ihm, wie man vollendet Walzer tanzt und eine Pistole benutzt – nur um seine Ehre zu verteidigen, niemals, um zu morden.

Mit ihren fuchsroten Haaren, ihrem scharfen Verstand und ihrem Gespür für Pferde paßte sie in seine Welt. Wie seine Mutter hatte sie sich die Kraft der Pferde angeeignet, aber nicht auf tödliche Art. Er sah in ihr seine Seelengefährtin. Seine mythologische Göttin. Er reagierte seine Vernarrtheit ab, indem er die Pferde striegelte, fütterte und anspannte und die Kutschen für Ausfahrten bereitmachte.

Er wurde von den Damen als der gewissenhafteste Stallbursche bewundert und von den Jungen um sein fieberhaftes Tempo beneidet, bei dem sie unmöglich mithalten konnten. Niemand ahnte die Quelle seiner Energie. Jeder Bürstenstrich am Kamm einer Stute, jede Untersuchung eines Hufes und jede Versorgung einer an der Brustwand verlaufenden großen Vene dienten der Vorbereitung auf Simones Aufforderung, zusammen ins Zibetkatzental zu reiten.

Für ihn waren Mme. Gabrielle und Françoise bloß Frauen, die auf Balzac, Flaubert oder Nabis ins Wäldchen ritten, wohin er ihnen den Mittagsimbiß trug und ein lockeres Geschirr oder notfalls ein Hufeisen befestigte. Françoise' gelbliche glatte Haare durchstachen messerscharf die Luft, wenn ihre Stute in gestreckten Galopp verfiel, Mme. Gabrielles blaue Mähne wogte wie das Meer. Aber Simone war ganz anders. Eine brennende Illusion, die er festhalten wollte, wenn er ihren Hengst striegelte und seine Nase ans Fell drückte, wo ihr Geruch haftete.

Nicht lange nach dem Tod seiner Mutter hatte sein Vater Effat geheiratet, Françoise' persische Zofe, und Sabots Leben hatte sich geändert. Der Vater verbrachte seine freie Zeit in Effats Gesellschaft. Simone besuchte das Lyzeum und vertiefte sich in ihre Bücher. Sie holte ihn nicht mehr aus dem Stall, damit er ihr aus ihren Handlinien die Zukunft las oder ihr ein neugeborenes

Hengstfohlen zeigte. Sie versteckten sich nicht mehr an der Brücke, die über den See führte, wo sie ihm Klatschgeschichten erzählt hatte, von denen ihm die Ohren brannten. Sogar Simones Urgroßvater, der Rabbi, war nicht ausgenommen von den Phantasien des Stallburschen. Er stellte sich vor, wie jener im Wohntrakt herumstreunte und in die märchenhaften Boudoirs seiner Enkeltochter spähte, um sie wegen ihrer Frevel zu schelten.

Ab und zu fand Simone Zeit, mit Sabot Noir auszureiten, ihm Geschenke zu machen – ein Paar Manschettenknöpfe aus Onyx, ein Mythologiebuch, das elfenbeinerne Opernglas –, aber er sah sie nicht oft genug. Er bezweifelte allmählich, ob es klug war, in einem Paradies zu leben, das immer trügerischer wurde. In diesem Haus der unerreichbaren Frauen fürchtete er das Höllenfeuer seines Fleisches.

Aus Angst, nicht dazusein, wenn Simone ihn suchte, verließ er das Gelände kaum, außer wenn er in der Zeitung las, daß eine bedauernswerte Frau unter die Guillotine kommen würde. Dann ging er hin, lehnte sich an die Mauer von La Roquette Prison zwischen der Bastille und dem Friedhof Père Lachaise, um der Seele, die derjenigen seiner Mutter Gesellschaft leisten würde, ein stilles Lebewohl zu sagen.

Oder er ritt zum Cour d'Assises, dem obersten Strafgerichtshof, wo Verbrechern der Prozeß gemacht wurde. Wenn er den Menschen, der vor dem Richter stand, eindringlich ansah, die Muskeln angespannt vor Vergnügen an dessen Gefahr, dann erlebte er die körperliche Erregung, nach der er sich sehnte.

Jetzt sah er zu Françoise' Schlafzimmer hinauf, um

festzustellen, ob sich Simone ungeachtet des Versprechens, das sie ihm gegeben hatte, die Lebensweise ihrer Mutter und Großmutter aneignete. Er richtete das Opernglas auf die Fassade des Châteaus mit seinen zweiunddreißig Fenstern. Er hatte Simone gründlicher belauert, als er zugeben wollte, mit oder ohne Sehhilfe, vom entferntesten Winkel des Geländes bis zum nächstgelegenen Standpunkt, den er sich hinter dem Hof der Meerjungfrauen einzunehmen getraute. Die neunundsechzig Statuen, die zwischen ihren Beinen Wasser hervorspien, setzten seine Adern unter Strom.

Er stellte sich Simone vor, wie sie im Fensterrahmen stand, die Arme auf dem Sims ausgebreitet, und ihn aufforderte, sich in ihrer Nacktheit zu suhlen, ihren prallen Beinen – ihrer schmerzhaft süßen Verruchtheit –, sie, die Hure aller Huren, er der Liebhaber, der in ihrem Bett das Regiment führte.

Als er eine Bewegung am Fenster sah, reckte er den Hals. Das Opernglas vergrößerte den Kranz ihrer roten Locken oberhalb des Fensterbrettes. Sie war in Françoise' Boudoir. Sie hatte der Versuchung nachgegeben. Sie hatte ihr Versprechen gebrochen. Sabot Noir stand da wie gelähmt, sein Herz zuckte wie ein in Öl brutzelnder Fisch. Ihr Anblick versetzte ihn in Erregung. Die Entdeckung, daß sie in diesem Schlafzimmer war, vernichtete ihn.

13

Grâce à Dieu, dachte Mme. Gabrielle. Sie schloß die Augen, deren blaue Wimpern im Sonnenschein glitzerten. Ihre behandschuhten Finger streichelten die Rubine, von denen ihr Herz sich nicht trennen konnte. Rubine, die bald Françoise' Neid erregen sollten. Mme. Gabrielle seufzte, froh, wieder in der vertrauten Umgebung ihres Gartens zu sein. Obwohl die im Palast verbrachte Nacht ein Triumph gewesen war.

Sie war von keinem Geringeren als dem Präsidenten persönlich aufgefordert worden, den Schah zu beglükken, obwohl viele jüngere Frauen verfügbar gewesen wären. Sie hatte einen König gefesselt, indem sie ihn über Nacht in einen bedeutend weniger kraftlosen, viel entschlosseneren Mann verwandelt hatte. Sie hielt ihren Arm ins Sonnenlicht, drehte das Armband, so daß es ein zartes Netzmuster auf ihren Rock warf. Während die Kutsche des Präsidenten durch die Straßen von Paris zu ihrem Stadthaus rumpelte, hatte sie das Geschenk getragen, zu müde, um Passanten zuzuwinken, aber wach genug, um sich an ihren Rubinen zu erfreuen.

Ehe sie sich weiterhin an der glücklichen Wendung freuen konnte, die ihr Leben genommen hatte, sprang ihr der Geist von Oscar Wilde in den Schoß. Sie blickte erschrocken auf die Erscheinung des attraktiven Schriftstellers, der zu seinen Lebzeiten von ihren Brüsten entzückt gewesen war. »Was ist mit dir passiert, Oscar? Du bist erst sechsundvierzig, zu jung zum Sterben.«

Er hielt seinen Mund an ihre rechte Brustwarze wie an ein Mikrophon. Seine Stimme dröhnte auf dem dichten Gewebe ihrer Brust – glaub nicht den Gerüchten, daß ich an einer Mittelohrentzündung gestorben bin, liebste Gabrielle, eine Seuche, schlimmer als alle anderen, hat mich umgebracht.

Eine tiefe Traurigkeit drang ihr bis ins Mark.

Oscar Wilde gehörte zu den ganz wenigen Liebhabern, an denen sie wirklich gehangen hatte. Ihre Affäre hatte sich ereignet, bevor er Bosie begegnet war, während er noch mit seinen widersprüchlichen Neigungen gerungen hatte. Als er sie verließ, um seiner angeborenen sexuellen Veranlagung nachzugeben, vermißte sie seine Romantik und seinen Esprit.

Als sei das nicht genug, mußte sie auch noch seinem Drängen nachgeben, ihr Tagebuch zu holen und sich an die Arbeit zu machen. »Ja, auch ich halte es für notwendig, die Vergangenheit lebendig zu halten. Simones Leben kann viele unvorhergesehene Wendungen nehmen, und sie muß vorbereitet sein.«

Oscar Wilde seufzte durch bauschige Wattewölkchen – wer mit einem goldenen Löffel im Mund geboren wird, ist und bleibt naiv.

»Es schmerzt und macht mich traurig, Simone aus

ihrer Unschuld und ihrem Idealismus zu rütteln«, sagte Mme. Gabrielle nachdenklich, »aber es muß sein.«

Sie waren sich in vielem sehr ähnlich, die junge Ester Abramowicz und Simone d'Honoré. Simone mit ihrer wilden, fast grausamen Schönheit und ihrem listigen, trotzigen Geist war im Grunde ihres Herzens eine Revolutionärin. Sie hatte idealistische Ambitionen, die niemand aus ihrem Sturkopf reißen konnte. Das Mädchen sah sich als Reiterin, Handleserin und Akademikerin, der es um die Kunst der Konversation zu tun war und nichts sonst.

Mme. Gabrielle schnippte Oscar von ihrem Busen in die geheiligte Stätte ihrer Locken. »Ja, *cher* Oscar, Simone ist mein Daseinszweck geworden. Jetzt laß mich in Ruhe.«

Sie schlug das Tagebuch auf. In die silbernen Schließen war ein Monogramm aus Emailbuchstaben eingelassen. Das Wiegenlied ihrer Feder mit der goldenen Spitze lullte Oscar Wilde in den Schlaf.

Die Tochter des Rabbis
1865

Ich bin Ester Abramowicz, in Paris bekannt als Mme. Gabrielle d'Honoré.

Heute, einen Tag nach Deinem sechzehnten Geburtstag, chère Simone, beginne ich mit der Aufzeich-

nung meiner Geschichte, einer Vergangenheit, die ich über fünfunddreißig Jahre weggeschlossen habe, was mir nun aber nicht mehr möglich ist.

Denn ab jetzt ist es an Dir, das Vermögen der d'Honorés zu übernehmen, die Würde zu tragen und Dein Erbe zu erhalten.

Ich habe die Vision, daß die d'Honoré-Frauen als die drei Grazien in die Geschichte eingehen werden, als die drei begehrtesten Grandes Dames Europas. Dann wirst Du selbst entscheiden müssen, ob Du Deine jüdische Herkunft offenbarst oder unter der Fassade Deiner vergoldeten Gegenwart schlummern läßt. Ein weiser Entschluß muß nicht nur Deine Gegenwart, sondern auch Deine Vergangenheit einbeziehen.

Folge mir in die Rue des Rosiers 13, die Rosenbuschstraße im Marais-Viertel, in eine baufällige Villa aus dem siebzehnten Jahrhundert, die Papa, Dein Urgroßvater, der autodidaktische und selbsternannte Rabbi Abramowicz aus Warschau, in eine Synagoge umgewandelt hat.

Jeden Sabbat fand sich eine Schar orthodoxer und weniger orthodoxer Juden ein, reiche und arme, trübsinnige und frohgestimmte, um in unserer unkonventionellen Synagoge Zeugen von Papas Wundern zu sein. Männer und Frauen buntgemischt unterhielten sich und tanzten, als sei dies die natürlichste Sache der Welt.

Mit wenigen Schlägen ließen Papas Hände, lange nachdem die Traubensaison vorbei war, Wein in Fässern perlen, gären und überlaufen, Wein von der Farbe von Granatapfelsaft, der süßer schmeckte als Manna, der Frauen veranlaßte, sich an ihre Männer zu schmiegen, und Männer, ihre Frauen bezaubernder zu finden als Michelangelos Engel. Ein sanfter Hauch aus Papas Mund zündete am Sabbat exakt zur Stunde des Sonnenuntergangs die Kerzen an. Sein herzerwärmender Blick machte unansehnliche Frauen schön, sobald sie den Fuß auf unsere Schwelle setzten. Ein Krümel von unserem Challahbrot stärkte die Lahmen und Hilflosen. Und einerlei, wie draußen das Wetter war, die Sonne strahlte in unserem Hof, der getränkt war mit dem Duft der Rosen, die Papa liebevoll hegte. Ich wässerte sie mit hochfliegenden Ambitionen, die aus dem Brunnen meiner Phantasie emporstiegen, um aus meinen Fliederträumen herabzuregnen.

»Sie ist eine Schönheit, die Tochter unseres Wunderrabbis, mit ihren roten Locken und dem verhaltenen Feuer«, flüsterten die Versammelten hinter vorgehaltener Hand, während sie mit der anderen Hand an einem Ärmel zupften oder auf eine Schulter klopften.

»Und sie ist kaum zwölf? Gewiß, ein Kind noch, aber in ein paar Jahren wird aus ihren blauen Augen das gewisse Etwas funkeln, und sie wird unwiderstehlicher sein als unser Rabbi.«

Ich nahm vor fünfunddreißig Jahren süße Loblieder in mich auf, während die gleichaltrigen Jungen sich auf ihre Bar-Mizwa vorbereiteten. Und obwohl es nicht üblich war, daß Mädchen die Thora studierten, sah Papa so wenig wie ich einen Grund, warum ich oder ein anderes Mädchen, das es wünschte, es nicht tun sollte. Daraufhin erschütterten Tumulte unsere orthodoxe Gemeinde. Aber Papa kümmerte das nicht. Er war aus Polen geflüchtet, um sein Amt auszuüben, war mit Frau und Tochter auf der Suche nach Freiheit nach

Frankreich immigriert. Er ließ sich nicht von den überkommenen Anschauungen seines Volkes behindern.

Papa konnte freilich nicht ahnen, daß ihn neunundzwanzig Jahre später die Dreyfus-Affäre zwingen würde, den Judenhaß wahrzunehmen, den es in Frankreich immer gegeben hatte.

Dank der Freundschaft mit Emile Zola erfuhr ich als eine der ersten, daß Dreyfus, ein jüdischer Hauptmann in französischen Diensten, aufgrund von Schreiben im Papierkorb eines deutschen Militärattachés in den Verdacht geriet, militärische Geheimnisse an die deutsche Regierung verraten zu haben. Trotz seiner Unschuldsbeteuerungen wurde Dreyfus des Verrats für schuldig befunden, degradiert, gedemütigt und auf die Teufelsinsel verbannt. Die rechtsgerichtete Zeitung La Libre Parole stellte den Vorfall als weiteren Beweis für eine jüdische Verschwörung mit dem Ziel dar, Frankreich zu vernichten. Als Emile von Dreyfus' Unschuld erfuhr, war er wütend. »J'accuse«, klagte er in seinem offenen Brief die Vertuschung durch das Militär an. Der Verleumdung für schuldig befunden und zu einer Gefängnisstrafe verurteilt, floh der gute Emile nach England, bis ihm Amnestie gewährt wurde. Das war eine schwere Zeit für uns alle.

Die Affäre zerstörte Papas Illusionen. Wenn er in Frankreich nicht als freier Jude leben konnte, folgerte er, konnte er es nirgendwo auf der Welt.

Im Marais waren mittlerweile alle weiblichen Mitglieder unserer Gemeinde insgeheim oder offen bezaubert von Papas Charme und seinen scharfgeschnittenen Zügen, die seiner Erscheinung etwas Aristokratisches verliehen. Er behielt seine umsichtige Geduld selbst *dann, wenn er allen Grund hatte, die Beherrschung zu verlieren – ein an unser Fenster geschleuderter Stein, eine an unsere Tür geworfene Flasche mit brennendem Alkohol, unser verwüsteter Garten. Papa war fest entschlossen, das Leben zu genießen. Er tanzte zu jüdischen Gesängen. Sein kleiner behender Körper hüpfte umher, die roten Schläfenlocken wippten an seinen Wangen, die Schaufäden seines Tallit schwangen an seinen Hüften. Er schmetterte biblische Psalter, pries seine Frau und hieß Elija in seinem Heim willkommen. Wenn er seine Pelzkappe hochwarf, setzte er den Orangenblütenduft seines Cologne frei. Es waren schon so viele Kappen an den Armen unseres Kristallkronleuchters gelandet, daß es aussah, als hingen lauter Zibetkatzen kopfüber von der Decke, um uns alle mit Papas Parfüm zu besprenkeln.*

Nach ein, zwei Gläsern Wein kniff er Mutter in den Po und rief mit seiner Baritonstimme, die ich so liebte: »Ein ehrenwerter Mann gräbt seine Zähne gerne in üppiges Fleisch wie es meine reizende Frau hat, nicht in die knochigen Schenkel einer Dünnen!«

Augenzwinkernd versicherte er mir, ich sei weder dünn noch dick, nur drall an den richtigen Stellen. Ich habe Papas kobaltblaue Augen geerbt, seine Lebenslust und die schmeichelnde Stimme, die für unseren kleinen Wuchs entschädigt. Auch Du, Simone, bist ihm in vieler Hinsicht ähnlich. Du hast seine Haarfarbe und seinen Dickkopf geerbt. Er muß die Dinge auf seine Weise regeln, er muß alles in die Hand nehmen, muß notfalls intrigieren, um unser Glück zu gewährleisten.

Heute, im Rückblick, bin ich zu der Erkenntnis

gelangt, daß sein Hang zu übertriebener Fürsorge mich zur Flucht getrieben und meine Mutter ihres Selbstbewußtseins und ihrer Individualität beraubt haben könnte.

Die leckeren Eclairs und Napoleontorten, die Mama für jeden Sabbat buk, erregten den Neid der beiden Bäcker am Ort – einer an der Rue Pont aux Choux, der andere an der Rue des Mauvais Garçons, benannt nach den Verbrechern, die hier im vierzehnten Jahrhundert wohnten. Du mußt wissen, Simone, das Marais, ein dreihundertzehn Morgen großes dreieckiges Areal am rechten Seineufer, war einst ein Sumpfgebiet, das im siebzehnten Jahrhundert eine elegante Wohngegend wurde. Zu meiner Zeit aber war es zu einem Armeleuteviertel mit engen gewundenen Gassen und Holzläden an den Fenstern verkommen. Hier ließen sich nahe den Synagogen Patisserien nieder, um die Gläubigen nach dem Gottesdienst zu verpflegen. Überbleibsel wurden in Tüten gesammelt und an die Armen verteilt. Doch unser Wunderhaus an der Rue des Rosiers 13 bedurfte keiner Patisserie. Niemand wurde abgewiesen, auch nicht die Armen, die vor dem Sabbat zu wenig Schlaf bekamen, weil sie von Mutters Köstlichkeiten träumten. Die Träume ließen ihnen das Wasser dermaßen im Munde zusammenlaufen, daß sie unzählige Male aufstehen mußten, um in den Nachttopf zu spucken.

Ich war erst zwölf Jahre alt, aber ich gelobte mir, alles in meiner Macht Stehende zu tun, um niemals eines Eclairs wegen in Eimer oder Töpfe zu spucken. Ich gelobte, meinen Horizont niemals dem klaustrophobischen Einerlei einer beengten Küche auszusetzen.

In unserem Keller, wo gärender Wein gluckerte und der Duft von Orangenblüten, Butter und karamelisiertem Zucker hing, erklärte mir Papa, daß orthodoxe Juden die Volljährigkeit von Mädchen nicht feierten, bei Jungen hingegen würde dieser Meilenstein mit Gebeten und Festlichkeiten begangen. Natürlich waren auch Mädchen von da an für ihr Handeln selbst verantwortlich, aber es gab keine Feier zu diesem Anlaß.

Jetzt wirst Du verstehen, warum ich Dich ermutige, Dich an der Universität einzuschreiben, Simone, warum ich es befürworte, daß Du Kunst und Musik studierst. In mancher Hinsicht sehe ich die Welt so wie Papa.

»Ich bin ein meschugger Rabbi«, sagte Papa. »Wenn ich etwas von Festen hielte, um das Frauwerden zu begehen, dann hätte ich eins veranstaltet, Ester. Ich hätte eine Feier erwogen, eine Art Volljährigkeitszeremonie ähnlich wie Bar-Mizwa. Aber was ist schon ein Fest? Spaß und die erforderlichen Gebete natürlich. Aber das zählt nicht viel, wenn du nicht auf eigenen Füßen stehst und dich und deine Welt gestaltest.«

Sein Blick erhitzte den Keller, und meine Mutter brach in eine Flut von Klagen aus, weil der Wein in seiner Gegenwart sauer wurde. Also legte er die Hände auf die geschlossenen Augen, und als sie abgekühlt waren, fuhr er fort: »Studiere die Thora, Ester, aber besuche auch den Louvre. Seit über vier Jahren studieren Künstler in dem Museum die großen Meister. Eines unserer zentralen Gebote ist es, unsere Neugierde zu stillen. Betrachte die Meister, deute und erforsche sie, dann experimentiere mit der Loslösung von der Tradition. Ich habe meine Identität selbst geprägt. Warum solltest du das nicht auch tun? Ich bin ein seltsamer Kauz in unserer Gemeinschaft, mit einem Fuß im Warschauer Schtetl und dem anderen im französischen Marais. Doch wenn für meine Seele die Zeit kommt, in das zukünftige Zeitalter aufzubrechen, werde ich nichts bereuen, weil ich gelebt, geliebt und mich verändert habe. Nun geh hin und mach was aus dir.«

Das habe ich am meisten geliebt an Papa, meinem Mentor, seine Wertschätzung von Musik und Kunst und seine Überzeugung, daß Frauen ebenso große geistige Leuchten sein können wie Männer.

Auch Dir, Simone, wünsche ich, daß Du niemals auf andere angewiesen sein wirst. Und das, ma chère, geht mit höherer Bildung und finanzieller Unabhängigkeit einher.

Ich habe Papas Rat befolgt und täglich den Louvre besucht. Ich war gebannt von den Meistern – Wagner, Vermeer und Delacroix. Auf meinem Weg zwischen der Rue des Rosiers und dem Museum ging ich durch die gewundenen Kopfsteinpflasterstraßen mit den schiefen, melancholischen Häuschen. Ich liebte die Place des Vosges mit den vollkommen symmetrischen Arkaden. Der von Henri IV. im siebzehnten Jahrhundert angelegte Platz war durchdrungen vom Duft nach Apfelstrudel, Zimt und Mohnkuchen. Und ja, hier versammelten sich die Armen, die nichts besaßen als den Speichel, der ihnen im Mund zusammenlief.

Dann aber entdeckte ich auf der anderen Seite der Seine in der pulsierenden Stadt das Architekturgenie

Eugène Haussmann. Das moderne Paris und ich sind in demselben Jahr geboren; 1853 setzte der Stadtplaner Haussmann seinen großartigen Entwurf um. Vor Haussmann gab es keine breiten Boulevards, keine Gaslaternen, keine Steinfassaden und Bogengänge mit kunstvollen Meißelarbeiten. Und ganz gewiß keine Châteaus mit schmucken Fresken und Vergoldungen. Ich habe Haussmann bewundert, diesen wagemutigen Perfektionisten, der das Paris geschaffen hat, das einen immer wieder aufs neue überrascht.

Du, Simone, hast meine Haussmannsche Zielstrebigkeit und Kreativität geerbt. Und deswegen bist Du die beste Kandidatin für die Übernahme des Imperiums, das ich geschaffen habe.

In den folgenden Jahren des Nachdenkens, der Veränderung und der Jugend nahm eine gewisse melancholische Einsamkeit mich gefangen. Ich sehnte mich nach einem anspruchsvolleren Leben als dem, das das Marais zu bieten hatte. Ich betrachtete mich fortan als eine Intellektuelle. Ich weigerte mich, meiner Mutter in eine bourgeoise Zukunft zu folgen, die ich verachtete. Zu Papas Verdruß begeisterte ich mich für Wagneropern, die Papa infolge seiner antideutschen Gesinnung ablehnte. Ich sah mich an vorderster Front der Avantgardebewegung, mit Wagner als Fackelträger eines neuen, dem Vergnügen geweihten Zeitalters. Papa war ein Romantiker und Nationalist. Er förderte mein Interesse an Lully und Rameau. »Unsere unbezahlbaren Schätze«, sagte er. »Ihre Melodien dringen in unsere Seele und in unsere Phantasie und tauchen vertieft und verschönt wieder auf.«

Ich mißachtete überkommene Sitten. Eine all-

mähliche Verwandlung – eher Evolution als Revolution – bestimmte mein Verhalten.

Nun, da ich meine Erinnerungen auf diesen Seiten festhalte, blicke ich verwirrt und verwundert zurück. Wie ist es möglich, daß Papa nicht vorausgesehen hat, daß sein Zuspruch meinen Bruch mit meiner Familie und meinem Erbe begründen würde? Wie konnte ein so weitsichtiger und intuitiver Mensch wie er seine Tochter nicht kennen? Ich möchte nicht denselben Fehler begehen, Simone. Ich möchte Dich nicht ermutigen, Dich von Château Gabrielle zu lösen. Aber ich weiß nicht recht, wo der schmale Grat zwischen der Unterstützung Deiner Eigenständigkeit und der Betonung der unumgänglichen Loyalität gegenüber dem d'Honoréschen Erbe verläuft.

Mme. Gabrielle klappte das Tagebuch zu und schnalzte mit der Zunge. Sie hatte die Geschichte ihrer Kindheit in der Rue des Rosiers 13 erfolgreich ausgelöscht, erwartete aber von Simone, das Erbe und die Tradition der d'Honorés lebendig zu halten. Als sei es damit nicht genug, verlangte sie, die ihrem Papa so viel Leid bereitet hatte, daß Simone *ihren* Wunsch respektierte.

Nun ja, *c'est la vie*. Rabbi Abramowicz' Tochter hatte sich nicht die Hände schmutzig gemacht, indem sie buk, einen jüdischen Jungen heiratete, die Haare mit schäbigen Kopftüchern bedeckte. Sie war aus dem Marais ins Herz von Paris gewandert und als die unvergleichliche Mme. Gabrielle d'Honoré herausgekommen, eine

Künstlerin, die sich ihre eigene Wirklichkeit schuf, aber niemals die von jemand anders kopierte.

Alors! Im Verlauf der Selbstgestaltung ihres Daseins würde ihre Enkeltochter lernen, daß das Leben aus einer Reihe von Triumphen bestand, welche die Männer als ihr gutes Recht ansahen, um welche die Frauen aber kämpfen mußten.

Mme. Gabrielle scheuchte Oscar Wildes Geist aus ihrem Ohr, wo er sich einzuschmeicheln suchte, indem er ihr Trommelfell ableckte. Sie richtete ihren tiefblauen Blick auf den Horizont und die fernen Hügel, die in melonenfarbene Strahlen getaucht waren. Alphonse erwartete sie zum Essen, und sie verspätete sich. Sie raffte ihre Röcke und machte sich auf den Weg.

14

Alphonse unterbrach das Tischdecken, steckte das Poliertuch in seine Schürzentasche und trat ans Fenster. Draußen stieg die berückende Gabrielle die Treppe hinauf und rauschte über die Terrasse, um mit ihm zu speisen. Er wäre überglücklich, wenn das Glühen auf ihren verschleierten Wangen ihrem Rendezvous zuzuschreiben wäre und nicht ihrer gestrigen Begegnung mit dem Schah. Sie verblüffte ihn immer wieder mit ihrer klugen Weltgewandtheit, ihrem prophetischen Geist und damit, daß sie ihre Pferde nach Schriftstellern, Künstlern und Philosophen nannte – Balzac, Flaubert, Zola, Cézanne. Sie trat ins Château. Es schnürte ihm das Herz zusammen wie einst, da sie das erste Mal zu ihm kam, als er noch ein frommer Moslem war und sich grämte, sie könne sich als unrein erweisen und ihm eine unheilbare Krankheit bescheren. Damals hatte er wieder und wieder den Koran gelesen – *o Gläubige, wahrlich die Götzendiener sind als unrein zu betrachten, und sie dürfen daher sich dem heiligen Tempel nicht mehr nähern*. Am Ende hatte die Liebe triumphiert. Er war nicht besudelt.

Wenn Alphonse die Nasenflügel blähte, trat das Aristokratische seiner Züge besonders hervor. Seine langen Beine und seine außergewöhnliche Größe wurden durch den entschlossenen, aufrechten Gang noch unterstrichen. Mit sechsundfünfzig Jahren hatte ihm diese Haltung dauerhafte Rückenschmerzen beschert, die er vergeblich mit schmerzhaften Streckapparaturen zu kurieren suchte. Daraufhin hatte er sich ein Fahrrad angeschafft, ein neuartiges Vehikel, das die Krämpfe im Rücken linderte und ihm Zeit ließ, darüber zu meditieren, warum er aus Persien fortgegangen war und welche Überraschungen die Vorschung wohl noch für ihn bereithielt.

Wenn er seinen häuslichen Aufgaben nachging, auch die Bereiche inspizierte, die von den Bediensteten fortwährend übersehen wurden, schützte er seine elegante Aufmachung mit einer Lederschürze, deren Tasche das Polierzeug enthielt. Er hatte die Aufsicht über mehr als fünfundsiebzig Hausangestellte, die die Wäsche besorgten, Wasser, Holz und Kohle holten, Geflügel rupften und Kamine säuberten.

Er fuhr mit der Hand über seinen aristokratischen Kopf; die sich lichtenden Haare waren sorgfältig über eine kahle Stelle gekämmt. Er färbte seine Haare mit den Resten von Mme. Gabrielles Färbecremes aus den Drüsen hermaphroditischer Schnecken. Die Tönung wandelte er mit einer Prise pulverisiertem Lapislazuli ab, um nicht Gabrielles exakte Farbe nachzuahmen und Anlaß zu skandalösen Klatschgeschichten zu geben. Ein Becher Farbstoff aus fermentierten Färberwaidblättern ersetzte neuerdings die Indigopflanze. Da Gabrielle das grelle Kobaltblau mochte, das ihren Haaren und Wimpern den Farbton von Meer und Wolken verlieh, weigerte sie sich, die Rezeptur durch das jüngst entdeckte synthetische Indigo aus Steinkohlenteerderivaten zu ersetzen.

Alphonse kontrollierte noch einmal das Speisezimmer, den für zwei gedeckten Tisch, die schimmernden Kandelaber, die silbernen Menagen, die Tellerwärmer; überall war das verschlungene MGH eingraviert, das d'Honoré-Monogramm. Er faltete die Schürze zusammen und legte sie in die Mahagonianrichte. Ein letztes Mal überprüfte er seine Erscheinung – die seidenen Strümpfe, die weiße Krawatte und die Rockschöße. Er rückte sein wertvollstes Anhängsel zurecht, eine Goldkette. Er hatte sie von Gabrielle während einer frivolen Flirterei geschenkt bekommen, nachdem er eine Melodie auf seiner Sitar gespielt hatte, einem asiatischen Instrument, das sie entzückte.

Sie rauschte ins Speisezimmer und reichte ihm ihren Hut. Alphonse zog einen Stuhl heran und ordnete ihre Röcke. Mit zitternden Händen streifte er ihr die Handschuhe von den Fingern, als hätte er es mit kristallenen Zweigen zu tun.

Sie lächelte, als er ihre bloßen Finger streichelte, ergriff seine Hand und drückte einen Kuß auf die Innenfläche. Er war eine unschätzbare Stütze. Sein würdevolles Auftreten und sein Geschick, Gespräche aller Art zwischen Adeligen aus aller Welt wiederzugeben, hatte Würdenträger immer wieder zu der irrigen Annahme verleitet, er stünde im Dienst einer hochgebildeten Aristokratin. Vor allem aber war er der einzige Mensch, der alles über sie wußte – ihre Geheimnisse, ihre Triumphe und jeden Fehlschlag. Bei ihm konnte sie Ester sein, selbst dann, wenn sie Mme. Gabrielle d'Honoré blieb. Er entfaltete ihre Serviette und legte sie ihr auf den Schoß. Ihr Blick wurde sanft, als sie ihm in die Augen sah, und sein Zorn über ihre Gleichgültigkeit gegenüber dem Mordversuch an seinem Schah verflüchtigte sich. Es war ihm nicht mehr wichtig, daß sie weder ein einziges verständnisvolles Wort verloren noch sich bemüht hatte, den Namen des Schahs richtig auszusprechen.

Sie hieß ihn auf dem Stuhl neben ihr Platz nehmen. »Alphonse, ich habe einen persischen Juwelier eingeladen. Bitte beaufsichtige die Vorkehrungen für sein Kommen.«

»Einen Perser?« fragte Alphonse. Wie und wo war Gabrielle einem anderen Perser begegnet? Er stand auf und sah hinter der Tür nach, um sich zu vergewissern, daß niemand lauschte. Dann kam er zurück, schenkte Wein in einen handgeschmiedeten Probierbecher, den er an der Kette trug, die sie ihm geschenkt hatte. Er bewegte den Wein einige Male im Mund, ehe er ihren Kelch füllte. »Wer ist der Mann?« fragte er; seine Unterlippe zitterte ein wenig. »Muß ich jetzt einen persischen Rivalen dulden?«

»Nein«, antwortete sie, und ihre Finger schoben sich über den Tisch zu seinen. »Es ist nicht, was du denkst. Du bist der einzige Perser, den ich je begehren würde. Dieser ist Simone zugedacht – der Juwelier des Schahs. Auch du wirst ihn mögen. Ich hoffe, er regt ihren Appetit auf Männer an. Danach wird es leichter sein, sie in das Gewerbe der d'Honorés einzuführen. Sie hat alle Voraussetzungen für eine *maitresse en titre.* Um eines Tages bei Hof vorgestellt zu werden. Empfangen zu werden wie eine Königin.«

Alphonse schickte den Kellner fort, der sie bedient hatte, und setzte Mme. Gabrielle einen Teller mit *asperge à la dente* vor. Er wollte nicht, daß Simone in Gabrielles und Françoise' Fußstapfen trat. Er erwartete, ja hoffte, daß Simone, unehelicher Sproß dieses hundsgemeinen Schurken von einem bayerischen Grafen, ihre Zukunft selbst in die Hand nehmen werde, eine Zukunft, die allerdings nicht nach dem Geschmack ihrer Großmutter ausfallen würde. Françoise hätte das Goldkind nicht ausgetragen, wäre sie nicht von dem Feigling besessen gewesen. Beim ersten Anblick ihres schwangeren Bauches hatte er sich mit einem schwindsüchtigen Flittchen aus dem Staub gemacht – nicht etwa mit einer Halbweltdame, die wenigstens eine Spur von Stil hatte.

Glücklicherweise hatte Simone nicht die Feigheit ihres Vaters geerbt. Auch nicht die kapriziöse Natur ihrer Mutter, wohl aber das trotzige Temperament ihrer Großmutter, dessen Potential er entdeckt hatte, als ihre blauen Locken und Wimpern dunkler gewesen waren als Wein.

Alphonse sammelte seine Gedanken. »Diese Angelegenheit ist auch für mich wichtig, Gabrielle. Was weißt du über den Juwelier?«

»*Bien sur, cher* Alphonse. Er ist anders als die Franzosen, denen Simone hier begegnet ist. Er hat so einen tragischen Ausdruck, als quäle ihn ein großer Kummer. Simone wird ihn romantisch finden. Wichtiger noch, er wird Paris mit dem Schah verlassen müssen, so daß sich keine dauerhafte Romanze ergibt. Es wird eine Liaison, eine Leidenschaft für eine Nacht, um Simone auf den Geschmack zu bringen. Danach wird sie bereitwillig weitere Freier empfangen.« Mme. Gabrielles Blick fiel auf Alphonse wie ein Saphirschauer. »Ich möchte, daß Simone erlebt, was uns beiden beschieden war. Es war herrlich, nicht wahr, *mon cher*?«

Er beobachtete, wie sie Wein trank, an einer Spargelspitze lutschte, und er staunte über seine Faszination, die auch mit jeder ihrer Tragödien und Triumphe nicht nachgelassen hatte, sondern gewachsen war. Sicher, er litt an ihrer Seite ebensoviel, wie er frohlockte, wenn nicht mehr. Er hatte seinen Reichtum an sie verschwendet, hatte seinen Wunsch, ein erfolgreicher Geschäftsmann zu werden, erstickt und war Butler geworden, um an ihrer Seite zu bleiben. Jeden Abend, wenn sie in ihre Kutsche stieg, riß sie ihm das Herz heraus, um es im Bett eines anderen Mannes zu zermalmen. Die Kreuze, die er mit einem Rasiermesser in seine Wand ritzte, um der Zahl ihrer Liebhaber auf der Spur zu bleiben, hatten ihre Narben an seiner rechten Daumenkuppe und in seiner Brust hinterlassen. Dennoch betete er, der von ganzem Herzen an Seelenwanderung glaubte, jeden Abend, Allah möge seine Seele dorthin schicken, wo immer Gabrielles hinging.

Jetzt unterhielt sie sich mit ihm nicht als ihrem Liebhaber, sondern als getreuem Freund, einem Vertrauten, dessen Rat sie suchte. »Ich warne dich, Gabrielle, die persische Kultur ist ganz anders als die, an die Simone gewöhnt ist.«

»Ich bin schließlich auch Französin«, erwiderte sie. »Und ich habe nie bedauert, dich zu kennen.«

»Wir sind nicht alle gleich. Persische Männer können starrsinnig sein, zumal, was Frauen anbelangt. Du verstehst meine Kultur nicht, Gabrielle. Ich habe mir deine zu Herzen genommen und dir meine nie aufgezwungen. Ich will nicht, daß Simone leidet.«

»Genau das wird sie faszinierend finden. Das Geheimnis des Unbekannten. Das Exotische daran.«

Alphonse sagte nichts mehr. Vielleicht würde Simone sich in den Perser verlieben. Vielleicht würde der Juwelier sich als so ergeben erweisen wie er selbst. Vielleicht würde er Simone heiraten und in ein anständiges Leben einführen.

»Dann rede Simone zu, den Perser besser kennenzulernen. Vielleicht behält sie ihn an ihrer Seite, wie du mich behalten hast.«

»Nein, Alphonse, niemals! Ich hege große Hoffnungen für sie. Betrachte den Perser als Ansporn, um ihren Eintritt in ihre zukünftige Welt zu beschleunigen.«

Er seufzte über Gabrielles entschlossene Worte. Ihr Traum verfestigte sich bereits zu Wirklichkeit. Auch er hatte in der zufälligen Begegnung mit ihr zunächst eine flüchtige Ablenkung nach monatelanger Abstinenz gesehen. Aber ihre Beziehung hatte sich zu einer Ergebenheit entwickelt, die nun seit dreißig Jahren bestand. Gabrielle hatte ihre stählerne Kette um ihn gewunden, ihm den Namen Alphonse gegeben, einen Namen, der gewichtig genug war, um keinen Nachnamen zu benötigen. Aber für Simone wollte er mehr, einen Mann, der ihr weder unter- noch überlegen war. »Was kann ich für dich tun, Gabrielle? Was kann ich für Simone tun?«

Mme. Gabrielle setzte sich auf seinen Schoß. »Schmükke die magischen Aspekte Persiens aus; schildere ihr einen Helden, so unwiderstehlich, daß sie ihn kennenlernen will. Erinnerst du dich an unsere erste Begegnung,

Alphonse? Du hast mir das Herz gestohlen, als du deine Hand auf meine Schulter gelegt und mich zum Diner eingeladen hast. Weißt du noch, wie du dir die Haare hinter die Ohren gekämmt hast? Ich möchte, daß Simone sich einen Mann von diesem Schlag vorstellt.«

15

Noch bevor der Juwelier das Château betrat und Simone ahnen konnte, was hinter ihrem Rükken gespielt wurde, machte sich Mme. Gabrielle daran, ihr Vorhaben zum Erfolg zu führen, mit derselben Entschlossenheit, mit der sie alle ihre Kampagnen betrieb.

Auch Alphonse vertiefte sich mit Feuereifer in das Unterfangen, aber aus einem anderen Grund. Während Mme. Gabrielle in dem neuen Bett, das Alphonse anschaffte, eine Einführungsstation sah, von der aus Simone den Weg in die ihr zugedachte Zukunft antreten würde, hoffte Alphonse, es werde am Ende ihr Brautbett sein. Mme. Gabrielle und Alphonse suchten das Dekor gemeinsam aus, damit sowohl Simone als auch Cyrus ihre Freude daran haben würden. Das Rosenholzbett hatte elfenbeinerne Einlegearbeiten in Gestalt von Nachtigallen, die einen festen Platz in der persischen Dichtkunst und Mystik hatten. Die Laken waren weiß, weil die Farbe für Alphonse Reinheit verkörperte. Die Draperien waren so hauchdünn wie die flüchtige Liebe, in der Gabrielle die Ursache für zahllose Tragödien sah. Obwohl Spiegel ein unerläßliches Utensil ihres Gewerbes waren, hatte sie auf jeder Seite des Bettes nur einen anbringen lassen. Die in Bambus gerahmten Spiegel zeugten von Zurückhaltung – ungewöhnlich im Château, aber passend für Simone.

Während Alphonse daran lag, daß das Paar sich in einem Brautgemach wähnte, ließ Mme. Gabrielle sich von Baudelaires *Einladung zur Reise* inspirieren. Die Wandpaneele stellten Szenen aus der Oper *Carmen* dar. Die Zigeunerin tanzte zwischen Kirschblüten und persischen Zwerggurken – Alphonse' Beitrag –, das mittlere Paneel war mit Baudelaires Zeilen beschriftet:

»Wie andre Geister auf Musik und Stimmen fluten:
Der meine, o mein Liebling,
schwebt auf deinem Duft.«

Alphonse suchte bei jeder Gelegenheit die Weissagungen seines geliebten Mystikers Hafis. Er setzte sich mit seinem Buch aufs Bett. Der Ledereinband roch nach Heimat. Auch nach so vielen Jahren hatte Alphonse die französische Kultur nicht angenommen. Da er in Simone eine begeisterte Schülerin fand, hatte er sie in Farsi unterrichtet. Dabei besuchte er im Geiste das Land, das er vermißte. Da die Vorsehung ihr jetzt einen Perser schickte, würden ihre Kenntnisse ihr gute Dienste leisten.

Alphonse fuhr mit dem Zeigefinger über den ausgefransten Rücken seines abgenutzten Buches. »Oh! Hafis der Große, dessen Weisheit ewig, dessen Erbarmen unendlich ist, erleuchte mich mit deiner Weissagung. Wird der Besuch des Juweliers so ausgehen, wie Gabrielle es wünscht, oder wie ich, ein geborener Isfahaner, es möchte?«

Er reinigte seinen Geist vom alltäglichen Unrat, versenkte sich in Trance und schlug das Buch auf. Er hätte gerne die Augen verschlossen vor den verhängnisvollen Worten, die auf ihn einstürmten. Ein Vers nach dem anderen kündete von Einsamkeit, Entfremdung und Verrat. Er klappte das Buch zu. Sogar der große Hafis konnte sich irren.

Mit einem Mal fühlte er sich angegriffen von den Lavendelblüten ringsum, von Françoise' betäubender Leidenschaft. Er ging hin und her, riß Rosen aus Vasen und warf sie fort, als seien sie und nicht Hafis das unselige Orakel. Atemlos hielt er ein, strich seine Haare über die Kopfhaut, die nach zahllosem Auftragen die blaue Farbe absorbiert hatte. Simones Brautgemach verdiente angemessene Blumen. Er hatte sich oft genug Gabrielles Wünschen gebeugt. Jetzt wollte er die Sache selbst in dic Hand nehmen. Beschwingt überlegte er, welches die richtige Blume sei, die Simones wunderbaren Duft nicht erdrücken würde. Er rief sich die rosa Rosen vor Augen, die er für Françoise kaufte, den blutroten Ritterstern, den er Gabrielle verehrte und der ihn an ihr Herz erinnerte. Dann fiel ihm die Blume ein, die er für sich selbst kaufte, wenn ihre Zeit war. In Persien wurde sie Frostblume genannt. Manche Franzosen nannten sie Hexenhaselnuß, andere fanden sie zu exotisch, um ihr einen Namen zu geben. Die Blume wurde von einem anderen Erdteil nach Frankreich verschifft, sie blühte einmal im Jahr am 21. März, zur Frühjahrs-Tagundnachtgleiche, am ersten Tag des persischen neuen Jahres. Der blattlose hellbraune Stiel und die glasigen, gelb geäderten Blütenblätter beschworen die frische Bergluft seiner Jugend herauf.

Er hatte Simones Blume gefunden, und dazu eine, die auch der Perser schätzen würde.

16

Gaslaternen leuchteten im Garten, Kronleuchter schimmerten im Haus. Das Wiehern unruhiger Pferde hallte durch die Schlafgemächer, deren mit Seide gepolsterte Wände auch Eselschreie nicht erstickten. Das Kreischen balzender Pfauen zwang die Gänse zum vorzeitigen Fortzug; ihre Schwingen schickten einen Wirbelwind durchs Tal.

Schneiderinnen nähten, stickten und säumten Kleider für Françoise und Mme. Gabrielle. Musselingardinen lösten die Samtvorhänge ab, um das Sonnenlicht hereinzulassen. Standspiegel und Gestelle mit Françoise' bunten Capes wurden als Hintergrund für die Anprobe von Schmuck bereitgestellt. Der *chef au pâtisserie* besorgte Safran, Anis, Kardamom, Koriander und Muskat – er rührte, buk und probierte persische Köstlichkeiten nach Effats Rezepten.

Bald würde ein Perser aus einer exotischen Welt zu Besuch kommen.

Ein Anflug von Eitelkeit erfaßte das Personal; Dienstboten und Zeremonienmeister vernachlässigten ihre Pflichten und verweilten vor den Spiegeln. In Rosenduft versunken und von ansteckender Vorfreude berauscht, tänzelten die Hausmädchen die linke Seite der Haupttreppe hinauf, wo Schwarzweißfotografien von Mme. Gabrielles verstorbenen Liebhabern kokett wisperten. Vorfahren, die auf den Familienporträts nicht fehlen wollten, lugten hinter einer Schulter, über einem Kopf hervor oder posierten in voller Größe neben dem Abbild des Rabbis Abramowicz aus Warschau.

Die Diener gingen lieber auf der anderen Seite der Treppe hinauf und hinunter, um einen Blick auf Simones lebensgroße Fotografie zu werfen, auf die unnahbare junge Dame zu Pferde, deren Blick sie verfolgte, wohin sie auch gingen.

Außerstande, ihre Neugierde zu zügeln, bestürmten die Hausangestellten Effat und Alphonse mit Fragen nach dem Juwelier des Schahs.

Sabot Noir, den man in dem Tohuwabohu ganz vergessen hatte, richtete sein Opernglas auf Françoise' Fenster. Die Vorstellung von Simone mit einem anderen Mann im Serail trieb ihn an den Rand des Wahnsinns.

Während ihres täglichen Schönheitsbades las Françoise grausige billige Kriminalgeschichten, sogenannte *romans feuilletons*. Mittels Gruseln sollte ihre Haut noch bleicher werden. Wenn ihr bei einer besonders gräßlichen Geschichte das Herz aber bis zum Halse schlug, warf sie das Heft aus dem Fenster. Naß und nackt lief sie dann zum Spiegel, um ihre Alabasterhaut und die zarten Adern darunter zu begutachten.

Mme. Gabrielle strich mit der Hand über Möbel, Gemälde, Bücher und Skulpturen, um nicht vorhandenen Staub aufzuspüren. In ihren Satinpantoffeln tänzelte sie über die venezianischen Fußböden, glitt in Salons hinein und wieder hinaus, in denen Muster in Form von konzentrischen Kreisen, Kuben und Rhomben zu sehen waren, aus griechischem und Veroneser Marmor in den Farben von Leber und Milz. Das Glitzern ihrer indigoblauen Augen und das spöttisch-verächtliche Lächeln verbargen das Gesicht einer intrigierenden Frau. Sie, die jedes Detail erfaßte, deren prüfender Blick sich nichts entgehen ließ, tolerierte jetzt den besessenen Wunsch ihrer Tochter nach einem Armband aus roten Diamanten. Der persische Juwelier würde das Armband freilich nicht liefern. Rote Diamanten waren die seltensten Edelsteine, und soweit bekannt, existierte nur eine Handvoll – nicht genug für ein Armband.

Sie ertrug sogar den Pianisten Franz Liszt, dessen zynisch-diabolisches Gesicht ein wilder Lockenkranz umgab. Er hörte auf, auf ihre Fingernägel einzutrommeln wie auf die Tasten seines Klaviers, und kletterte mit seinem Taktstock in ihr Ohr, um eine Symphonie zu dirigieren.

»Genug!« befahl sie. Die symphonischen Schwingungen hallten in ihrem Schädel und bereiteten ihr arges Kopfweh. »Mein Trommelfell ist keine beliebige Trommel! Und wenn ich fragen darf, Monsieur, für wen komponieren Sie so eine große Symphonie?«

Für Cyrus, tönte seine Antwort in ihrem Kopf, den Ehemann Ihrer reizenden Simone.

17

Persien
1901

Ich erwarte meinen Mann aus der Stadt zurück. Ich werde das Gegenteil von dem tun, was Perle mir geraten hat. Ich will mich aufreizend herrichten. Um Cyrus zu beweisen, daß seine Frau schwanger noch begehrenswerter und williger ist.

Heute nacht will ich seine persönliche Kurtisane sein.

Ich durchwühle Mamas Truhe. Jedes Kostüm hat eine faszinierende Geschichte, deren leuchtendes Kolorit auf ihr Leben abgefärbt hat. Ich schlüpfe in einen Rock aus Shantungseide, hochhackige Schuhe aus Ziegenleder und ein Spitzenkorsett. Zufrieden, einen einzigen Mann zu beglücken, grüße ich die Welt von Françoise und Mme. Gabrielle aus der Ferne.

Françoise liebte ihre theatralischen Auftritte, wenn sie aus ihrem glänzenden Landauer stieg, um ins Maxim zu gehen. Kirchenglocken läuten, die Seine plätschert und schimmert in der goldenen Sonne. Pferde werden gestriegelt und Kutschen gewienert, Kleider gedämpft und Gesichter gepudert. Françoise hat die Haare aufgetürmt wie ein Büschel goldene Rosenknospen; ihr Blick erfaßt die Menge, die sich um ihre Kutsche versammelt. Sie wird von Comte Jacques Saris von Bordeaux begleitet, der so wild an ihren Ohren geknabbert hat, daß ihre wunden Ohrläppchen im Lauf ihrer Affäre zur Linderung mit Schlangenöl eingerieben werden mußten. Sie hebt den Rock aus Shantungseide leicht über das zierliche Fußgelenk. Sie kennt genau den Abstand zwischen der Stufe der Kutsche und dem Bürgersteig und stellt einen Pumps mit Diamantenschnalle auf das Kopfsteinpflaster. Und bevor ihre Verehrer Gelegenheit haben, einen Blick auf ihr bloßes Fußgelenk zu erhaschen, kommt unter den Unterröcken, die sie kurz hochrafft, um über Spitzenstrumpfbändern ihr Geschlecht zu enthüllen, der zweite Fuß zum Vorschein.

Ich schlinge falsche Perlen um meine mit Rouge gefärbten Ohrläppchen und winde eine Seidenstola um meine bloßen Schultern. Meine gelbgrünen Augen leuchten, meine Sommersprossen treten in freudiger Erwartung hervor. Ich knöpfe die winzigen Perlmuttknöpfchen auf der Vorderseite des Korsetts auf, um meinen herrlichen Bauch zu entblößen.

Cyrus' Kurtisane ist prall von seinem Kind.

Ich habe Mamas Abschiedsgeschenke zurückgewiesen, den zehnkarätigen Smaragdschliff-Diamanten, den mein Vater ihr geschenkt hat, die Schildpattkämme und mit Federn besetzten Masken, die sie zu den jährlichen Karneval-Soireen trug, die im Farbton ihrer grauen Augen gehaltenen Emaillearmbänder, die ihren großen Auftritt im Café de la Paix begleiteten. Zu ihr passen sie am besten. Wozu wäre Schmuck hier oben nütze, außer um Diebe anzulocken?

Wir werden freilich nicht für immer hier in den Bergen bleiben. Der Tag wird kommen, da Cyrus und ich eine Villa im Schemiranbergland bewohnen werden. Ich werde den Eingang mit goldenen Nägeln beschlagen, die Tür mit silbernen Bändern umkränzen und eine laute Glocke anbringen, die Ankommende ankündigt. Wir werden verschwenderische Soireen veranstalten und Mama und *grand-mère* aus Paris einladen. Sommeliers werden Wein in Kristallkelchen servieren, Kellner in gestärkten Hemden mundgerechte Häppchen reichen, gefüllte Pilze und Teigschälchen mit Kaviar. Mit meinem Sohn an meiner Seite werde ich auftreten, wie es sich für eine Nachfahrin ruhmreicher Frauen geziemt. Und auf Yaghout herabsehen, die mich verachtet hat.

Ich gehe in die Küche und sehe nach der Kasserolle auf dem mit Holz befeuerten Herd, in der eine marinierte Hammelkeule brutzelt. Cyrus hat sich noch nie so arg verspätet. In meinem Kopf überschlagen sich die Gedanken. Zum ersten Mal in unserem Eheleben ist Cyrus gestern abend vor mir ins Bett gegangen. Ist er böse mit mir? Dabei bin ich es doch, die verärgert sein sollte. Ist er in etwas Unrechtes verwickelt? Etwas, das mit den Versuchen zu tun hat, die er gestern gemacht hat? Mit gerafften Röcken schreite ich durchs Haus, unterdrücke das Bedürfnis, Schubladen aufzuziehen, Bücher durchzublättern, auf dem Kaminsims – irgendwo, überall – nach etwas zu suchen, das mich beruhigt.

In Françoise' Robe, Lippen und Ohrläppchen mit Rouge gefärbt, kuschle ich mich auf die Liege in der Ecke und warte auf Cyrus.

18

Paris
August 1900

Ein persischer Juwelier kommt mit einem Armband aus roten Diamanten«, flüsterte Alphonse in verschwörerischem Ton und sah Simone an. »Wissen Sie, daß rote Diamanten mit Legenden und Mythen verknüpft sind? Sie glauben mir nicht, wie? Dann sehen Sie sich doch um im Château und in unserem Tal. Die bloße Erwähnung von roten Diamanten bewirkt einen Wetterumschwung, beeinflußt das Verhalten unserer Tiere und jedermanns Stimmung außer Ihrer.« Dann empfahl er, ausnahmsweise seinen Rat zu befolgen und die Schneiderin zu bitten, ihr ein neues Kleid zu nähen. »In dem weiblichsten Stil, zu dem Sie sich aufraffen können, meine Liebe.« Und mit seiner überzeugendsten Miene fügte er hinzu: »Vieles kann ich nicht enthüllen über den Monsieur – etwa aus welchen Gründen er hierherkommt, außer um Schmuck zu verkaufen.«

Seit vergangene Woche eine Prunkkarosse mit zugezogenen Vorhängen und goldenem Zierat ihre Großmutter vom Präsidentenpalast gebracht hatte, sie mit einer neuen eleganten Rubingarnitur ausgestiegen und in ihrem Schlafgemach verschwunden war, hatte Simone das aufkeimende Drama mit distanziertem Interesse verfolgt. Sie erfuhr, daß Mme. Gabrielle in einer einzigen Nacht den ziemlich unentschlossenen Schah in einen selbstsicheren König verwandelt hatte, der den Mut aufbrachte, sich seinem Hofwesir entgegenzustellen. Jetzt platzte Alphonse schier vor unbegreiflicher Aufregung über den Besuch eines weiteren Juweliers.

»Seit wann ist der Kauf von Schmuck hier so wichtig?« fragte sie.

»Es ist nicht die Ware, Mademoiselle, sondern der Herr, der die Damen in Zustände versetzt«, antwortete er mit gerunzelter Stirn. »Ich an Ihrer Stelle würde ihn mir genau ansehen. Besagter Herr stammt aus meinem Land, wo die Männer für ihren Charme und ihre Hingabe an die Frauen bekannt sind.« In Wirklichkeit war Alphonse keineswegs von der Anhänglichkeit der persischen Männer überzeugt. Seinerzeit war er brutalen Männern begegnet, die er mit bloßen Händen hätte erwürgen können. Aber es gab Ausnahmen. Der Juwelier mochte sich Simones würdig erweisen.

Obwohl Simone die ausschweifenden Neigungen ihrer Mutter gewöhnlich nicht billigte, fand sie ihre Aufregung wegen des Armbands verständlich. Doch warum überlegte ihre Großmutter trotz ihrer ewigen Furcht vor drohender Armut ernsthaft, ein so teures Stück zu kaufen? In diesen Tagen schien alles durcheinandergeraten zu sein. Etwas hatte sämtliche Lebewesen in Wallung gebracht; selbst bei dem Butler machte sich eine untypische Begeisterung bemerkbar. Gewöhnlich war er die Stimme der Vernunft in Simones flatterhafter Welt. Jetzt wurde seine Begeisterung ergänzt vom Scharren brünstiger Rösser, von den Schreien erregter Pfauen und dem

Rascheln duftender Rosen. »Warum wollen Sie mich unbedingt beeindrucken?« neckte sie ihn und streifte dabei ein Blatt von seinem Revers. »Mama ist diejenige, die man beeindrucken muß. Sie wird diesen Monsieur mit Freuden empfangen. Und da Sie das Château in Blumen erstickt haben, stecken Sie ein paar in die Gaslaternen, und wenn Sie schon mal dabei sind, die Meerjungfrauenstatuen können auch welche vertragen. Wirklich, Alphonse, ich bin nicht im geringsten interessiert.« Sie warf die prächtigen Haare zurück und sagte: »Nichts und gewiß niemand ist diese Aufregung wert. Es wäre nicht das erste Mal, daß Mama und *grand-mère* Schmuck kaufen, und es wäre nicht der letzte Händler, der uns besucht.«

Darauf warf sie Alphonse einen strengen Blick zu, machte auf dem Absatz kehrt und schlenderte in den Park.

Sie sah Mme. Gabrielle und Françoise in ein hitziges Gespräch vertieft. Anscheinend hatte ihre Mutter ihr ganzes sexuelles Talent darauf verwendet, Monsieur Gerald de Fontanel, ihren gegenwärtigen Gönner, zu überreden, das rote Diamantenarmband zu kaufen. Er war wohlhabend und ganz von ihr besessen, aber alles andere als spendabel. Weil er Françoise' Tränen nicht ertragen konnte, hatte er aber schließlich versprochen, das Armband zu erwerben, und wenn er sich das Geld dafür leihen müßte. Begierig, das Gespräch von Mutter und Großmutter zu belauschen, stahl sich Simone hinter die Jasminsträucher.

»*Ma chère*«, sagte Mme. Gabrielle, »sieh bitte in diesem Mann einen Schmucklieferanten und nichts weiter. Ich möchte, daß er Simone entjungfert. Sie ist sechzehn und zeigt keinerlei Interesse daran, in unsere Fußstapfen zu treten. Weißt du noch, wie sie den armen Engländer davongejagt hat, der sie nach Grand Seize einlud? Sie hat seinen fliehenden Schritten Kugeln hinterhergeschickt. Du und ich, wir wissen, *chérie*, daß das erste Mal entscheidend ist. Ein guter Liebhaber ist ein Segen. Ein schlechter Liebhaber ... Oh! *Non*! Ein Graus, nicht auszudenken.«

Françoise schlug sich mit einer Rose an die Brust, die Blütenblätter fielen in ihren Ausschnitt. »Simone ist noch nicht soweit. Sie hat nicht den geringsten Fortschritt gemacht, im Gegenteil, sie wehrt sich dermaßen, daß sie ihren natürlichen Duft nicht entweichen läßt. Und sie hat kein Interesse daran, den Perser kennenzulernen.«

Simone lächelte und duckte sich tiefer, als die zwei Frauen an der Hecke vorbeigingen.

Mme. Gabrielle zupfte die restlichen Blütenblätter ab, die noch an Françoise' Rose hafteten, und streute sie in den Brunnen. »Ich sorge dafür, daß sie zugegen ist. Was dich betrifft, *chérie*, verzichte auf deine dornigen Blumen und achte besser auf deine kostbaren Hände. Unterdessen steht es dir frei, in einer Welt von Männern die Wahl zu treffen. Stell dir vor, wie langweilig, mit einem einzigen Mann eingesperrt zu sein. Überlaß den Perser Simone.«

19

Françoise' Kopf brummte, und ihr Mund war trocken vom Bordeauxgenuß am Vorabend. Einem Tiegel neben ihrem Bett entnahm sie Öl und massierte damit ihr Gesicht. Weil sie nicht mehr einschlafen konnte, setzte sie sich mit einem Becher heißer Schokolade ans Fenster. Die Erde glänzte im Sepiaton der Morgendämmerung. Pferde grasten, Pfauen drängten sich auf den Hängen des Kleehügels. Es gefiel ihr gar nicht, ohne ihren Morgenschlaf auskommen zu müssen, der ihr Gehirn immer in köstlichen Phantasien schwelgen ließ. Träume waren lebenswichtig für sie. Sie waren ihre Wirklichkeit. Bei diesem Gedanken erschien ein schiefes Lächeln auf ihren Lippen. Was war eigentlich ihre Wirklichkeit? Die Lektionen, die sie Simone erteilte? Ihre Empfehlungen, die Identität zu beschränken auf Kleidung, auf die Art, Obst zu essen und auf die Stunden, in denen sie Männer beglückte? Trotz ihrer Talente und des Titels d'Honoré blieb ihr die wirklich feine Gesellschaft verschlossen. Die Adeligen gingen in ihrem Boudoir aus und ein, als sei es das eigene Schlafzimmer, aber sie selbst war in den Salons der Oberschicht nicht willkommen.

Sie hörte Schritte unten auf der Terrasse und stützte sich auf die Fensterbank. Alphonse schlich mit dem Tagebuch ihrer Mutter in der Hand die Stufen hinunter. Jetzt bot sich ihr die Gelegenheit zu entdecken, warum ihre Mutter, die ein freies und offenes Leben führte, sich soviel Mühe gab, ihr Tagebuch zu verstecken. Françoise hastete in ihr Ankleidezimmer und warf einen Morgenrock über. Leise lief sie in den Park und folgte Alphonse in gebührendem Abstand. Er stieg geradewegs den Kleehügel hinauf und verschwand in der Bougainvillea-Galerie. Françoise versteckte sich hinter den Spalieren, die von Blumen überquollen, und wartete. Sie kam sich köstlich ungezogen vor, als Alphonse schließlich ohne Tagebuch erschien und den Hügel wieder hinabstieg.

In der Bougainvillea-Galerie bewunderte sie wie jedesmal die Kühnheit, die sich ihr präsentierte. Gemälde von Mme. Gabrielle in den Armen von englischen Prinzen vom Haus Hannover bis zum Haus Sachsen-Coburg, von russischen Alexandern, die später Zaren wurden, und mittelöstlichen Sultanen mit riesigen Vermögen und einzigartigen Gestüten waren hier ausgestellt. Zwischen in Rahmen gefügten Bougainvilleazweigen gab es französische Minister zu sehen, die später ins Präsidentenamt aufgestiegen waren. Liebhaber waren liegend porträtiert oder in kniender Anbetung ihrer Mutter in Posen, die von ihrer Erhabenheit und ihrer unermeßlichen Begierde kündeten.

Doch der Mann, der Françoise am meisten fesselte, fehlte in der Galerie – ihr Vater. Vielleicht würde Gabrielles Tagebuch seine Identität endlich preisgeben.

Françoise ging mit zitternden Beinen durch die Galerie und blieb bei einem Porträt stehen, das ihr einen

Schauder über den Rücken jagte. Sie fuhr mit der Hand über die Leinwand, wie um sich zu vergewissern, daß das Bild nicht aus Fleisch und Blut bestand.

Zeit ihres Lebens hatte Mme. Gabrielle jeden Mann gehabt, den sie begehrte. Mit Ausnahme des Mannes, vor dessen Bildnis Françoise nun stand. Grigori Jefimowitsch Rasputin, der charismatische Bauer und selbsternannte Heilige, zur Legende geworden durch seine Trinkgelage und Weibergeschichten, hatte Mme. Gabrielle fasziniert. Doch sein wahnhafter Spiritismus und seine mutmaßlich hypnotisierende Kraft hatten sie geängstigt. Folglich entschied sie sich dagegen, ihn als Liebhaber zu nehmen. Als nächstbeste Alternative hatte sie einen Künstler beauftragt, den nackten Rasputin in Ekstase zu malen, die Brust mit Schweiß beperlt, die Beine um sie geklammert wie ein Schraubstock.

Unter Rasputins einschüchterndem Schatten entdeckte Françoise ein Stück frisch zertretenes Moos. Vorsichtig grub sie in der Erde, und in einer mit Leder ausgekleideten Vertiefung fand sie das Tagebuch. Sie ließ sich unter dem Porträt nieder und schlug die Chronik der eifersüchtig gehüteten Vergangenheit ihrer Mutter auf.

Sie konnte nicht ahnen, daß sich Oscar Wildes Geist auf einem Bougainvillea-Ast ausgestreckt hatte, ein Kichern in der Kehle, begierig, seiner Geliebten mitzuteilen, daß ihre Geheimnisse direkt unter Rasputins bösem Blick ausgegraben worden waren.

Der Krieg
1870

Meine liebste Simone, Kriege und Plagen gehören zum Leben. Nur viel Zuversicht und ein wenig Geld können uns und unsere Lieben in so schweren Zeiten retten.

Ich war kaum siebzehn, als der Französisch-Preußische Krieg über Heim und Familie hereinbrach, ein unbarmherziger Wirbelwind, der alles vernichtete, was in seine Bahn geriet.

Paris war von den Preußen belagert.

Die Pariser hungerten, trotz des spärlichen Bestands an Ochsen und Schafen, die als Nahrungsvorrat in dem einst luxuriösen Bois de Boulogne weideten, wo vorher die Pferderennen des Grand Prix de Paris stattgefunden hatten.

An einem frostkalten Abend gingen wir drei – Mama, ich und Papa – auf die Champs-Elysées. Mit schweren Herzen und schwachen Armen standen wir mit Hunderten von anderen in einer Schlange. Mit unseren Tränen wässerten wir die majestätischen Bäume, die die Champs-Elysées säumten, und dann fällten wir sie. Wir brauchten Feuerholz, sonst wären wir an der grausamen Kälte zugrunde gegangen.

Trotzdem blieb die Rue des Rosiers 13 kalt und still wie eine Eishöhle.

Der Wein gefror in den Fässern, die Dauben wurden trocken und rissen knackend auf. Die Augen meines Vaters büßten ihre Hitze ein, seine Berührung verlor ihre Magie. Die Gemeindemitglieder blieben am Sabbat fort und kuschelten sich in ihren Winkeln zusammen, um sich zu wärmen. Der Speichel trocknete aus in den Mündern der Gläubigen, die einst zu wenig Schlaf bekommen hatten, weil sie von Mutters Eclairs träumten. Mama hätte mit ihren kalten Fingern kaum Brot kneten können, außerdem waren die Zutaten rar.

Ihre flinken Hände wurden zum Beruhigungsmittel für ihr Gemüt. Sie riffelte ihre Pullover, Schals und Strümpfe auf und strickte daraus Handschuhe für ihren Mann und ihre Tochter. Je schlimmer unsere Lage, desto schneller riffelte und nähte sie und zog sich dabei immer mehr in sich selbst zurück. Die Geschwindigkeit ihrer Finger wurde der Maßstab, an dem ich unsere wachsende Not ablas.

Mein Vater sprach klagend zu seinem Gott, als sei er ein guter Freund, der mit uns das Brot brach. »Haschem, bitte laß unsere Stadt kein Ort von Elend und Asche werden. Nicht noch einmal! Nicht noch einmal!« Und als sei dem Allwissenden das finstere, schlammige Paris, das im Gestank von kochendem Fisch und faulendem Käse versank, nicht längst bekannt, wiederholte Papa ihm fortwährend unsere trostlosen Zustände. »Wie sollen deine Auserwählten überleben?« rief er seinem Herrn zu.

Aber der Herr antwortete nicht.

Ich habe das Auf und Ab des Daseins erlebt, chère Simone, aber Du nicht. Du hattest das Glück, im Schoß des Luxus geboren zu sein, von zwei hingebungsvollen Frauen aufgezogen und geliebt zu werden. Du magst es daher für unnötig halten, über Deine Gegenwart hinauszusehen und das Fundament für

Deine Zukunft zu legen, solange Du noch jung und zuversichtlich bist.

Meine versammelten Geister haben mich vor der Pestilenz des anschwellenden Judenhasses gewarnt. Doch das Zibetkatzental mit dem Aroma seiner Katzen und dem Lavendelduft wird als letztes infiziert werden. Für meinen Papa habe ich daher die Errichtung eines neuen Flügels an der Westecke meines Châteaus in Auftrag gegeben. Ich glaube, und hoffe vor allem, daß, wenn Du, Simone, mit Deiner Rechtschaffenheit und Rührigkeit auf dem Anwesen d'Honoré das Heft in die Hand nimmst, Papa sich mit dem Zibetkatzental anfreunden wird.

Der Vorsehung obliegt es, ein bestimmtes Familienmitglied zu erwählen, das über das Wohlbefinden der übrigen Sippe wacht. Ich war diese ausersehene Tochter. Du bist es auch. Wie Du weißt, habe ich mein Schicksal selbst in die Hand genommen und mich in unsere gegenwärtige Wirklichkeit gelenkt. Zu gegebener Zeit wirst Du erkennen, wie wichtig es ist, Deine Zukunft und die Deiner ganzen Familie zu sichern.

Françoise klappte das Tagebuch zu, vergrub es in der Vertiefung und trat mit ihren Satinpantoffeln das Moos fest. Ihre Wangen glühten. Die Erinnerungen ihrer Mutter waren an Simone gerichtet statt an die eigene Tochter. Womit hatte sie, Françoise, ihre Mutter enttäuscht? Hatte sie sich nicht in das Leben gefügt, für das sie erzogen worden war? Dasselbe Leben, gegen das Simone sich immerzu sträubte? Es war gewiß wahr, daß Simone besser gebildet war und ungeheure Reserven an Willenskraft und Vernunft besaß, aber sie hatte diese Eigenschaften darauf verwendet, gegen die ihr zugedachte Zukunft zu kämpfen. Abrupt wandte Françoise sich wieder den Porträts zu, funkelte Rasputin böse an und schlug mit ihrem Fächer auf sein muskulöses Bein.

Ihre Mutter war im Begriff, sich mit siebenundvierzig Jahren zur Ruhe zu setzen, recht spät für eine Kurtisane. Anstatt ihr Vermögen an Besitztümern, Kunstwerken und Schmuck, das sie im Laufe ihres tätigen Lebens über nahezu dreißig Jahre angehäuft hatte, zu verschwenden, hatte sie es klug angelegt. So gehörte sie nach wie vor zu den reichsten Frauen von Paris. Durch ihren Geschäftssinn hatte sie ihrer Familie einen extravaganten Lebensstil ermöglicht. Françoise zog ihren Morgenrock eng um die nackten Brüste. Ihr Mund stieß eine nach Neid schmeckende Luftwolke aus. Es war vielleicht das beste, den gegenwärtigen Frieden nicht zu stören. Sie hatte nicht den Wunsch, sich die drückende Verantwortung für die Verwaltung des d'Honoré-Imperiums aufzubürden. Tatsächlich mochte Simone keine schlechte Kandidatin sein, um in die Fußstapfen ihrer Großmutter zu treten, andernfalls würde der Wohlstand, den eine Generation angehäuft hatte, mit der nächsten verschwinden.

Françoise versuchte, die Vergangenheit ihrer Mutter aufzublättern. Sie war begierig, alles ausfindig zu machen, was die Identität ihres Vaters erhellen würde – ein Balsam, um den chronischen Schmerz in dem vernachlässigten Winkel ihres Herzens zu lindern, der ihr Gefühlsleben bestimmte. Das tat ihr wohl, weil es von

Vertraulichkeiten abschreckte. Aber nachdem sie es sich zur Aufgabe gemacht hatte, die Männer auszubeuten, war sie sich nun nicht mehr sicher, wer am Ende wen ausgebeutet hatte.

Mme. Gabrielles zauberhafte Kindheit und ihre jüdischen Wurzeln waren faszinierend, schien sie doch heute mehr Atheistin als Jüdin zu sein. Aber warum ließ sie willentlich Lücken in ihrer Geschichte? Warum versagte das Geflecht ihrer Erinnerungen, wenn es um Françoise' Vater ging? Alles, was sie über ihren Vater wußte, war, daß Mme. Gabrielle von Absinth berauscht gewesen war in der Nacht, in der sie Françoise empfing. Er war ein Liebhaber für eine Nacht gewesen. Und ohne weitere Erwähnung aus dem kollektiven Gedächtnis der d'Honorés gestrichen worden.

Sie hätte ebensogut von Vollmond und Absinth gezeugt worden sein können.

20

Persien
1901

Der Geruch von angebranntem Fleisch hat mich geweckt, und ich laufe in die Küche. Die Hammelkeule ist verkohlt und ungenießbar. Ich werfe Erde auf die Holzscheite im Herd, warte, bis die letzte Glut erloschen ist und gehe wieder ins Schlafzimmer. Etwas muß geschehen sein. Es ist nach Mitternacht, und Cyrus ist nicht nach Hause gekommen.

Ich ziehe Françoise' Robe aus, wasche das verschmierte Rouge von Gesicht, Lippen und Ohrläppchen und werfe mir Cyrus' Mantel über die Schultern. Draußen versinkt der bleiche Mond hinter den gespenstischen Umrissen der Berge. Nordlicht leuchtet am unendlichen Himmelszelt. Grüne, rote und violette Wirbel blitzen auf und ab. Das Firmament klingt wie ein Bachkonzert, wie das Klagen von hundert Geigen, der Chor von tausend Harfen. Nordlicht! Hier!

Die nackten Jasminzweige und die persischen Rosen in ihren Töpfen sind zum Schutz vor frühem Frost in Sackleinen gehüllt. Cyrus hatte erfolglos versucht, an unserer Grundstücksgrenze Gurken in Töpfen und Rabatten zu ziehen. Es ist noch nicht Winter, doch hier in den Bergen ist schon Schnee gefallen. Insekten huschen in eisige Höhlen. Eine schillernde Schlange schlüpft unter einen Felsbrocken. Das Krächzen der Krähen hallt über die indigoblau beschatteten Berge, die von den blitzenden Lichtern flüchtig in Feuer getaucht werden. Ich werfe einen Kieselstein nach dem Krähenbaldachin – die Vögel machen so einen Lärm, wenn es dunkel wird. Ich vermisse Großmutter und ihre Geister. Sicherlich hätte sie diesen frühzeitigen Winter und das verirrte Nordlicht zu deuten gewußt. Ich wische Schnee von einem Felsbrocken und setze mich darauf, um den Zauber über mir zu betrachten. Gewöhnlich macht mir ein drastischer Temperaturwechsel nichts aus, aber jetzt durchrieselt mich ein Schauder.

Das Knirschen von Stiefeln auf Schnee.

»Cyrus!« Ich springe auf und gehe zum Tor, vorsichtig, um nicht auf der festen Schneedecke auszurutschen. Nichts, nur Schatten von Steinen und Bergen und die Lichtstreifen, die sich am Himmel drehen und winden.

Ich setze mich wieder, schließe die Augen und versuche mich um meines Kindes willen zu beruhigen.

Als ich das metallische Geräusch des Riegels am Tor höre, reiße ich erschrocken die Augen auf. Ich habe weder Hufgeklapper von seinem Hengst noch das Klirren beim Absatteln oder seine Schritte gehört. »Cyrus?« Das prasselnde Orchester des Nordlichts erstickt meine Stimme. In dem Licht sehe ich flüchtig seine Silhouette hinter dem Tor. Und weiter weg die öden Umrisse einer in ihrer Einsamkeit tieftraurigen Welt.

Ich stehe auf und gehe ihm entgegen.

Doch eine gesichtslose Gestalt, groß und beleibt, in einem schwarzen Umhang mit Kapuze, ragt plötzlich vor mir auf. Ich mühe mich, das Tor zuzustoßen, das Gleichgewicht zu halten, nicht auf dem Schnee auszurutschen. Die Gestalt kommt näher. Stellt sich mir in den Weg. Verhindert, daß das Tor zufällt. Ich mache den Mund auf. Ein stummer Schrei bildet sich in meiner Kehle. Ich ringe um die Kraft, zum Teehaus zu laufen und Bart zu Hilfe zu holen.

Gewaltige Blitze flammen auf. Das Nordlicht scheint den Umhang des Fremden flüchtig mit Feuer zu bestreichen. Er stellt mir einen Karton vor die Füße. Packt mich um die Taille, klemmt mich an seine Brust, sein Atem dampft.

Meine Schreie hallen rings um die Berge, schnellen zurück, wieder und wieder, ein Echo meiner Angst.

Der Umriß eines Arms schiebt sich unter seinem Umhang hervor.

Das silbrige Glitzern einer Klinge vor dem Zelt des wütenden Himmels.

»Hier!« sage ich zu dem auf mich gerichteten Dolch und biete meine Brust dar. »In mein Herz! Nicht in meinen Bauch.« Ich fürchte mich nicht mehr. Ich will nur noch die geballte Faust in meinem Leib beschützen. Das Nordlicht verschluckt meine Worte. Ich schiebe mich dicht an ihn, um meinen Bauch zu schützen.

Wie ein Eisblock verharrt sein Arm über mir. Er lokkert den Griff um meine Taille. Er taumelt zurück. Torkelt wie ein Betrunkener, zerrt mich hinab. Wie eine leblose Puppe falle ich auf ihn. Ich befreie mich. Rolle fort und rapple meine eiskalten Knochen hoch.

Jemand stürzt sich auf meinen Angreifer. Drückt ihn in den Schnee. »Cyrus!« schreie ich.

Die Klinge glänzt bald dicht bei dem einen, bald bei

dem anderen. Laß es nicht Cyrus sein! Bitte nicht! Der Dolch dreht sich in der Luft, saust herab und bleibt mit dem Heft nach oben im Schnee stecken. Die Männer kämpfen weiter. Einer drückt den Kopf des anderen nach unten. Verstopft ihm den Mund mit Schnee, der sich dunkel färbt von Blut.

»Cyrus?« rufe ich den Dämonen oben zu, und meine Stimme hallt und wird kräftiger, treibt überall aus Ritzen und Felsbrocken auftauchende Phantome aus dem Schatten. Mein Kind zuckt in meinem Bauch, mein Herz in meiner Brust. Ein ganzes Heer? Feinde? Warum? Feuerbänder erhellen den Himmel, und für einen Augenblick wird die Nacht zum Tag, beleuchtet zahlreiche zurückweichende Gestalten in den Bergen. »Cyrus!«

»Ich bin es, Bart.«

Mit einer Handvoll schneidend kaltem Schnee reibe ich mir das Gesicht ab. »Wo ist Cyrus?«

»Das weiß ich nicht«, antwortet Bart außer Atem. »Ein Fremder kam am Café vorbei, weitere folgten – eine ganze Menge. Ich bin mißtrauisch geworden.« Er tritt gegen den Karton zu meinen Füßen. »Was ist das?«

Ich deute auf die Gestalt am Boden. »Den hat der Angreifer gebracht. Ist er tot?«

»Ja, lieber nicht hinsehen. Warten Sie, fassen Sie nichts an.« Er beugt sich hinunter, um sich den Karton anzusehen, dreht ihn herum und streicht mit den Händen über die Pappe. Er sucht nach dem Dolch, der bei dem Kampf verlorengegangen ist, zieht ihn aus dem Schnee und schneidet die um den Karton gebundene Schnur durch. Er hebt den Deckel ab. Läßt den Karton fallen und springt zurück.

Ich stehe wie gelähmt da, als er sich bückt und einen Gegenstand herausnimmt.

Unter dem chaotischen Lichtorchester am Himmel fällt mein Blick auf das Ding, das Bart in die Höhe hält. Von dem sauren Verwesungsgestank dreht sich alles vor meinen Augen. Ich klammere mich an das Tor, um nicht in Ohnmacht zu fallen. Das Nordlicht beleuchtet das scheckige Ohr von Cyrus' Hengst. Die bleigrauen Sprenkel. Das abgeschnittene, am Rand blutsteife Ding verbreitet einen üblen Gestank.

Den Blutgeruch in der Nase, sinke ich auf die Knie. »Bart! Bart ... wo ist er?«

Bart brummt etwas von Dschinns im Himmel – eine Vorwarnung weiteren Unglücks. Er versucht mich hochzuheben. »Er muß tot sein, *khanom*, tot.«

Ich schlage ihn ins Gesicht. Stoße ihn von mir. Trete ihn fort. Ich kralle mich an sein Hemd, reiße es ihm vom Rücken. »Wie können Sie es wagen zu sagen, er ist tot!? Lassen Sie mich allein! Er *ist* nicht tot.«

Aber die Wahrheit sticht in meinen Bauch.

Ich presse die Beine zusammen, um meinen Sohn festzuhalten.

Den feuchten Schmerz zwischen meinen Beinen.

21

Yaghout wirft sich auf das imaginäre Grab ihres Sohnes, auf die dürren Zweige von Rosenstöcken und Jasmin.

Vereintes Wehklagen steigt auf und hallt von den Bergen wider.

Zwei Männer heben sie auf und stützen sie.

Ich schmiege mich in ihre Arme. »Sprechen sie das Kaddisch-Gebet für Cyrus? Ist er wirklich tot?«

Sie stößt mich mit einer Hand fort.

In dem roten Jerseykleid, das er so gern mochte, stehe ich in seinem Garten, umringt von seiner Familie, einem schwarzen Dunst. Die Trauerzeremonien sind ein verschwommenes Leiern, gelegentlich unterbrochen von unerträglicher Klarheit. Ich habe nur den einen Wunsch, den Leichnam meines Mannes zu finden und vor den Verheerungen der Zeit zu bewahren, ihn mit kostbaren Ölen und den Perlen meines sterbenden Duftes zu erhalten.

Wie ordinär, zu einem solchen Anlaß Rot zu tragen, flüstert jemand. Cyrus trug Weiß als Ausdruck seines Widerspruchs. Ich trage Rot.

Mein Bauch ist fast flach, die Binde zwischen meinen Beinen blutgetränkt. Schweben irgendwo da oben Seelen herum wie Motten, wie *grand-mères* vom Absinth berauschte Geister? Ist Cyrus tot? Weiß er, daß er seinen Sohn verloren hat, dem er beibringen wollte, mit Pferden umzugehen und seinen Dolch für alle sichtbar zu tragen?

Ohne zu blinzeln, spricht Rabbi Schlomo der Bußfertige das Kaddisch in Cyrus' Garten, dessen Boden er mühevoll Vegetation entlockt hat. Der Rabbi betet zum Allmächtigen, er möge den Seelen von Cyrus und Elija Frieden einhauchen und ihren Angehörigen Geduld und ein langes Leben schenken. Während er zu der unbarmherzigen Sonne am blassen Himmel aufschaut, bittet der Rabbi den Herrn inständig um ein Wunder. »Damit ich wieder blinzeln kann, o Herr, hab Erbarmen mit deinem Diener.«

Etwas birst in meinem Leib, ein trockener, hartnäkkiger Zweig, der sich an eine zwielichtige Hoffnung geklammert hatte. Ich packe den knochigen Arm des Rabbis und versichere ihm, in diesem Haus werde kein Wunder geschehen. »Drum blinzeln Sie, wenn Sie müssen, Rabbi. Quälen Sie sich nicht.«

Mit dem Buch in der Hand murmeln die Männer Gebete, die meinen Sohn nicht zurückbringen werden. Würde Cyrus zurückkommen? In Trauer zerreißen sie ihre Hemden. Ich bohre einen Finger in einen Volant an meinem Kleid und reiße ihn ab. Ich zerreiße, was ich will.

Droben kreisen Bussarde, bereit herabzustoßen, als seien sie zu einem Fest geladen. Was bleibt ihnen als Beute?

In unserem Haus, sagt man mir, dürfen keine Süßigkeiten angeboten und keine Blumen hingestellt werden. Verwandte, die uns geächtet hatten, haben den schwierigen Paß erklommen, um mit Tränen getränkte Speisen zu bringen. Sie lassen ihre Schuhe an der Tür und versammeln sich auf Sitzkissen, auf dem Teppich, auf dem Steinboden, überall. Tabletts mit Tee ohne Zucker werden herumgereicht. Minzebündel, geschälte Gurken und Flaschen mit Rosenwasser werden beschnuppert und Segenswünsche gemurmelt. Kupfertabletts mit dampfendem Linsenreis, Kartoffel-Zwiebel-Omeletts, Minze und Frühlingszwiebeln durchdringen das Haus mit ihrem Geruch nach Tod. Gesichtslose Frauen klagen und schneuzen die wunden Nasen in Tschador-Zipfel. Männer wiegen sich im Gebet. Kinder verziehen sich in Ecken, improvisieren Spiele mit Töpfen, Bechern und Kellen, oder sie schlafen auf den Schößen ihrer Mütter. Niemand setzt sich auf Cyrus' Diwan. Ich male mir aus, wie er hereinkommt, mit dem Stock an seinen Stiefel schlägt und mich in seine Arme nimmt, um weiterzumachen, wo wir aufgehört haben, fortzufahren mit der Schöpfung unserer Geschichte und der Chronik unserer Liebe.

Über Nacht ist mitten in meinen Haaren ein rauchgrauer Streifen erschienen. Das geteilte Rote Meer, damit die Trauer passieren kann, vermute ich. Ein weiteres mit Cyrus' Verschwinden verbundenes Mysterium.

Ein Markenzeichen französischer Huren, flüstert eine Frau und hält sich dabei die Hand vor den Mund, als würde das den Stachel mildern. »Nicht weinen«, sagt Perle, die schwarzen Tee trinkt. »Sie sind stark, Sie werden das überstehen. Nein, nein, verkneifen Sie's sich, bloß nicht fluchen. Gott ist groß. Die Zeit heilt alles.« Warum ist Perle hier? Ich brauche sie jetzt nicht mehr. Mein Gemüt ist von Fassungslosigkeit überschwemmt, mein Blick schweift umher auf der Suche nach Yaghout – ich brauche Cyrus' Mutter. Ihre Stimme kommt aus der Küche. Wie kann sie sich jetzt ums Essen kümmern? Wie eine Marionette nicke ich einer ausgemergelten Frau zu, die ihre Haare auf dem kegelförmigen Kopf hochgesteckt hat, zwei stillenden Frauen, die sich die nassen Wangen abtupfen. Bart sitzt mit gekreuzten Beinen in einer Ecke auf dem Teppich, er trägt das weiße, fettfleckige Hemd, das seinen wulstigen Bizeps betont; die Taranteltätowierung auf seinem Arm ist düster und leblos. Er hält den Kopf gesenkt, als sei er verlegen, und hantiert mit einem Beutel in seinem Schoß. Ich würde gern zu ihm gehen, aber das gehört sich nicht. Er hält den Beutel in einer Hand und zeigt mit der anderen darauf.

Ich stehe auf, begleitet von mißbilligendem Schnalzen, und setze mich zu ihm. Als habe er auf diesen Augenblick gewartet, legt er mir den Beutel in den Schoß. Durch das Leder fühle ich kieselsteinartige Gebilde.

»Das gehört Ihnen«, flüstert er, den melancholischen Blick abgewandt. »Sie müssen Persien verlassen. Sofort!«

Ich stehe auf und gehe ins Schlafzimmer. Sicher, ich bin in Trauer und sollte nicht umhergehen, sollte mich von anderen bedienen lassen, wenn ich etwas brauche – einen Happen zu essen, ein Glas Wasser – aber das hier muß ich selbst tun. Mein Absatz verfängt sich in einem Volant, so daß mein Ausschnitt heruntergezogen wird.

Ich stehe Yaghout gegenüber.

Ihre einst roten Lippen sind blaß und leblos, ihre Haut ist fahl. Die dichten, gewölbten Brauen sind gerunzelt, die dattelbraunen Augen haben Falten in den Winkeln. Sie ist alt geworden. Ihre Finger bohren sich in meine Schultern. Ich möchte mich gern in ihren Armen vergraben und auf ihrer Schulter meinem Tränenstau freien Lauf lassen.

»Ich habe meinen Sohn verloren«, sagt sie, als ob ich es nicht wüßte.

Ihre gramerfüllten Augen fixieren meine, als wollten sie Cyrus' Los ausgraben, als sei ich der Grund, weshalb sie sich den Berg hinaufbequemen mußte.

Sachte löse ich ihre Hände von meinen Schultern, halte sie fest, suche Cyrus in ihr. »Khanom Yaghout, ich bin so verzweifelt wie du, glaub mir.«

»Dann schlendere nicht umher, als wäre uns ein wertloser Gegenstand abhanden gekommen.«

Ich nehme sie in meine Arme und lehne den Kopf an ihre Schulter. »Khanom Yaghout, du hast auch ein Enkelkind verloren. Mein Kind.«

Von ihren Armen umschlungen, ihr Wehklagen in meinen Ohren, weiß ich, daß sie mir vergeben hat.

22

Der alte Spiegel in meinem Schlafzimmer wirft Bilder von Haarbürsten zurück, von Gesichtspuder, Lippenbalsam mit Ingwergeschmack – lecker, hat er gemurmelt – Rouge in Rottönen für den Abend, in Mandarine für den Tag, Puder zum Aufhellen von Sommersprossen – er klopfte mit dem Zeigefinger auf jede einzelne, kleine Schätze, die mußt du nicht verdecken. Ich fahre mit der Bürste durch den wundersamen Silberstreifen, der sich durch meine Haare zieht. Ein Zeichen von Cyrus? Wird er sich im Spiegel zeigen, wenn ich lange genug hinschaue?

»Geister lieben Spiegel«, hatte Mme. Gabrielle gesagt, »sie reflektieren ihr früheres Leben.« Ist sein Geist jetzt bei ihr? Sie glaubte auch, ich hätte die richtigen Augen und Ohren, um Geister zu sehen und zu hören.

Cyrus' Hosenträger sind über den Spiegel gehängt – ein weiteres Zeichen seines Widerspruchs, da Perser Hosenträger befremdlich finden. Er ließ sich nicht drohen, ließ sich nicht zur Anpassung zwingen.

Ist er deswegen verschwunden?

Ich werfe den Beutel, den Bart mir gegeben hat, auf

den Bettüberwurf, den ich aus Negligés, Unterröcken und Büstenhaltern zusammengestückelt habe. Es wäre Cyrus' Wunsch gewesen, daß ich sein Geheimnis auf eigene Faust aufdecke. Er hat nichts mehr verabscheut, als sein Privatleben zu enthüllen, Einzelheiten preiszugeben, die zu wissen die Welt kein Recht hatte. Ich leere den Beutel auf der Bettdecke aus. Ein zusammengefalteter Zettel und winzige runde Blutstropfen fallen heraus. Ein Stein rollt fort und bleibt in der Naht eines auf ein Chiffonquadrat aufgenähten Seidenstreifens stecken.

Mir kommt der Gedanke, daß es sein roter Diamant war, der Cyrus in Gefahr gebracht hat, der Ohrring, der seinen ersten Erfolg symbolisierte. Er trug sein Vermögen gut sichtbar am Ohr.

Und man hat ihn beraubt. Nicht seines Lebens, bete ich.

Die schnörkelige Schrift auf dem Zettel rät mir: *Chance Banu, verschwinden Sie aus Persien, oder Sie folgen Ihrem Mann in den Tod. Sie haben einmal Glück gehabt. Das geschieht kein zweites Mal. Nehmen Sie dieses Vermögen, das für den Rest Ihres Lebens reichen wird, und fliehen Sie.*

Chance Banu – Madame Fortune – wiederhole ich immer wieder. Wie soll ich mein Heim verlassen, wo Elijas Geist umherwandert? In das Cyrus jeden Augenblick hereinspazieren kann? Ungeachtet der vielen Trauernden im anderen Zimmer, ungeachtet Barts ernster Feststellung, ungeachtet des abgeschnittenen Pferdeohrs wird Cyrus für mich nicht tot sein, ehe ich seinen Leichnam sehe.

Chance Banu. Hat er mich je so genannt? Madame Fortune.

Und auch wenn ich nicht da bin, werde ich Mittel und Wege finden, bei dir zu sein, hat er mir versichert.

Ich springe auf und suche nach einem Zeichen.

Cyrus wird ein Testament, ein Schriftstück hinterlassen haben. Ich suche unter dem Bett, in Schränken und Schubladen, sehe hinter dem Spiegel nach. Mein Blick fällt auf das Kaminsims und den Tallitbeutel, und da weiß ich, Cyrus ist hier bei mir. In seiner Bibel versteckt sind die Namen der Menschen, die mir beistehen werden. Ich streichle den Taft, schiebe eine Hand hinein und kämme die Schaufäden. Ein Zettel und ein Pergamentkuvert flattern aus der Bibel. Ich klappe die Kuvertlasche auf und ziehe ein einzelnes Blatt Papier heraus, das mit Cyrus' kühner Handschrift bedeckt ist; bei einigen Buchstaben ist die Tinte verwischt. Ich stelle mir vor, wie der Schweiß an seinen Fingern das Schreiben befleckt hat. Er muß Angst gehabt haben.

Liebe Simone!

Wenn Du diesen Brief liest, bin ich ermordet worden. Betrauere meinen Tod nicht. Du warst das Glanzlicht in meinem Leben, und ich würde Dich nicht gegen irgendwen oder irgendwas eingetauscht haben, nicht einmal gegen mein Leben. Ich dagegen habe Dir nichts als Kummer beschert. Bleib nicht in Persien. Es gibt nichts, was Dich hier hält. Erziehe unseren Sohn in Frankreich zu einem freien Menschen. Ich bedaure, während Deiner Schwangerschaft nicht an Deiner Seite zu sein, aber was ich in Afrika entdeckt habe, hat den Verdacht bestärkt, der mich dorthin geführt hat. Sei mir nicht böse, weil ich Dir meine Entdeckung nicht mitgeteilt habe. Solltest Du verhört werden, wird ein aufrichtiges »Das weiß ich nicht« Dich retten.

Erzähle unserem Sohn von mir.

Lehre ihn, Rechtschaffenheit über alles andere zu stellen.

Ich falte den Brief zusammen und wieder auseinander, rieche daran und reibe ihn an meiner Wange. Die Enthüllung, daß Cyrus ermordet worden sein muß, droht den letzten Hoffnungsfunken zu ersticken. Ich sammle die auf dem Diwan verstreuten Steine auf und lasse sie auf seinen Körperabdruck auf unserem Bett rieseln. Sind das Granate? Oder taubenblutrote Rubine? Ich kullere einen herum, Licht prallt von den nahtlosen Facetten zurück. Sie leuchten wie birmanische Rubine aus der ausgebeuteten Region Mugak. Etwas Zitterndes, Wäßriges in ihrer Mitte läßt mich nach der Lupe auf dem Nachttisch greifen. Trotz intensiver Unterweisung durch Cyrus bin ich mir nicht ganz sicher, doch auf den ersten Blick haben sie wegen des funkelnden Wassertropfens in ihrer Mitte eine größere Transparenz als Rubine.

Ich hatte Cyrus einmal gefragt, wie Monsieur Jean Paul Dubois an so viele rote Diamanten gekommen war. Rote Diamanten, hatte Cyrus geantwortet, sind nahezu unmöglich zu finden. Sie sind ein Irrtum der Natur. Eine Abweichung in ihrer chemischen Zusammensetzung beeinflußt ihre Art, das Licht zu absorbieren. Der Minenbesitzer, fügte Cyrus hinzu, war in Südafrika auf ein seltenes Vorkommen mit einer ungewöhnlichen Sorte roter Diamanten gestoßen, die nicht nur heil aus der Polierscheibe hervorgingen, sondern durch sie noch veredelt wurden.

Ich sacke zusammen, mein Schoß ist weich, mein Kopf hämmert. Jetzt besitze ich einen Schatz von roten Diamanten – fünf Stück, um genau zu sein. Nein! Sechs. Einer hat sich in einer Naht verfangen. Ich suche in Wulsten, Falten, Einsätzen, und befreie Cyrus' roten Diamantohrring in seiner Vierkrappen-Fassung aus der Naht. Stift und Schieber sind intakt.

Dann hatten die Mörder es gar nicht auf seinen roten Diamanten abgesehen.

23

Die orangerote Sonnenscheibe verweilt träge auf den Gipfeln; sie nimmt sich Zeit bis zum Einbruch der Nacht. In meinem Steingarten zupfe ich Unkraut und hacke auf Wildpflanzen ein, die in Cyrus' Abwesenheit gewuchert sind. Ich schütte meinen Kummer in die Erde, zerhacke widerspenstige Wurzeln, säe Samen aus und vernichte Insekten. Meine Figur gewinnt ihre schlanke Kontur zurück, meine Schale wird hart von Gram.

Namen, die Cyrus früher erwähnt hat, kommen mir in den Sinn. Monsieur Jean Paul Dubois. Monsieur Amir. Monsieur Rouge. Mehrdad.

Yaghout kam zu Besuch. Ich wollte wissen, ob sie einen Mehrdad kennt, aber sie verneinte. Sie wußte aber, daß es ein kluger Brauch ist, Trauernden Gesellschaft zu leisten. Wird ein trauernder Mensch allein gelassen, kann sein Kummer zu Wahnsinn führen. So rührte sie Zuckerklümpchen in einer Teetasse um und reichte mir einen Teller mit Safran-Halva. »Das wärmt deinen Leib und stärkt dein Herz. Sag niemandem, daß ich dir Süßigkeiten gegeben habe.« Ich trank den süßen Tee. Ich aß das Halva. Ich wünschte mir nichts sehnlicher, als allein gelassen zu werden. Yaghout ging. Dafür ist Bart hinter meinem Gartenzaun zu einer dauerhaften Einrichtung geworden. Ich rufe ihm zu: »Bart, möchten Sie auf eine Tasse Tee hereinkommen?«

Er senkt den Kopf und murmelt, er fühlt sich ganz wohl da, wo er ist; sein Gesicht zeigt einen gereizten Ausdruck – vielleicht Zorn, gewiß aber Besorgnis.

Ich öffne das Tor, klettere um einen Felsbrocken und noch einen herum, weiche den gezackten Kanten aus, bis ich vor Bart stehe. Ich schiebe die Gartenschaufel, die er mir aus Teheran besorgt hat, von einer Hand in die andere, bemüht, meinen Sturkopf zu vernünftigen Worten zu überreden. Ich bin drauf und dran, ihn aufzufordern, mir endlich zu sagen, was er befürchtet, oder mich – für immer – in Ruhe zu lassen. Einen Aufpasser brauche ich nicht. Doch das stimmt nicht ganz. Abends, wenn ich meinen Kummer nicht ertragen kann, besuche ich sein Café und nehme ein paar Züge von seiner Wasserpfeife. Weil ich seine Gefühle nicht verletzen will, zögere ich, ihm die Schaufel vor die Füße zu werfen. »Was gibt's, Bart? Sagen Sie es mir?«

Da nimmt dieser Mann, der genötigt ist, in meiner Gegenwart die Augen niederzuschlagen, dem es schwerfällt, mich direkt anzusprechen, meinen Arm. »*Beh harf man goosh bedeh*! Hören Sie! Man wird Sie ermorden, wenn Sie nicht fortgehen.«

»Wer?«

»Es ist besser, wenn Sie es nicht wissen.« Er schlägt eine Zeitung auf und streicht sie auf seinem Knie glatt. »Hier steht nichts! Keine Nachricht von seinem Tod. Nichts! Das hat bestimmt einen Grund.«

Er hat recht. Auch ich habe mich über das ungewöhnliche Schweigen gewundert, wenn ich die Zeitungen durchsah und Gespräche in seinem Café belauschte. Ich hatte sogar erwartet, daß Bart mir ein paar Fragen über jene Nacht stellen würde. Aber nicht ein Wort. Als ob Cyrus, der geschätzte Juwelier des Schahs, nie existiert hätte. Als ob er nicht eines einzigen Satzes in den Nachrichten würdig gewesen wäre.

Bart neigt den Kopf. »Allah ist mein Zeuge, ich habe Cyrus geliebt wie einen Bruder. Ich achte auch Sie, *khanom* Simone. Bitte kehren Sie in Ihre Heimat zurück!«

»Dann haben sie, wer immer sie sind, gewonnen. Dann werde ich Cyrus' Leichnam nie finden.«

Er schüttelt bedauernd den Kopf und murmelt, da ich Französin sei, verstünde ich nichts von den persischen Gepflogenheiten. »Diese Welt ist sehr gefährlich. Eine alleinstehende Frau kann hier nicht überleben.«

»Cyrus würde gewünscht haben, daß ich seinen Leichnam beanspruche«, versuche ich Bart zu überzeugen, um mich selbst zu überzeugen.

»Nein! Er hat Sie geliebt. Er würde wünschen, daß Sie leben und in Sicherheit sind.«

Er stützt sein dürres Bein auf einen Stein. Seine schwieligen Fersen, die unempfindlich sind gegen das Eis am Boden, haben die Hinterkappen seiner Stoffpantoffeln heruntergetreten. Er schiebt die Hand in seine Hosentasche, seine Taranteltätowierung krabbelt auf seinem Bizeps. Er zieht einen Umschlag hervor, faltet ihn auf seinem Bein auseinander und entnimmt ihm einen Brief, den er sorgfältig glattstreicht.

Er ist auf dem gleichen bläulichen Lackmuspapier geschrieben, auf dem Cyrus auch unsere abgebrochene Geschichte aufgezeichnet hat. Seine sinnliche Handschrift, die breite Spitze seiner Feder, die Tinte, die er aus Lapislazuli und Algengrün mischte, sehen mich an. Mein Leib schaudert, klagt gegen seine Leere.

Bart wendet den Blick von der Hand, die sich auf meinen Bauch preßt. Durch die gezwirbelten Zöpfe seines Bartes sind seine kleinen gelben Zähne zu sehen. Ich ziehe den Knoten meines Kopftuchs fester und stopfe meine Haare darunter. Ich lehne mich an den schneeverkrusteten Hang. Die Handschrift meines Mannes verschwimmt auf dem Blatt.

Wenn mir etwas zustößt, schreibt er, *kümmere Dich um Simone und meinen Sohn.*

Ein einziger Satz, und Cyrus bindet mich an Bart auf eine Weise, die ich nicht annähernd verstehen kann.

»Cyrus hat gewußt, daß er in Gefahr war!« stelle ich murmelnd fest, als ob mir das nicht schon klargewesen wäre.

»Ja, *khanom* Simone. In meinem Café werden regelmäßig geheime Informationen ausgetauscht. Wenn ich etwas mithöre, streiche ich es gewöhnlich aus meinem Gedächtnis. Fragen Sie bitte nichts mehr«, warnt Bart. »Sprechen Sie mit niemandem. *Motevajeh hastid*? Haben Sie verstanden?« Er zieht einen weiteren Umschlag aus der Tasche. »Alles, was Sie brauchen, um nach Paris zu gelangen, ist hier drin. *Khoda Hafiz,* Allah beschütze Sie.«

»Wer hat Ihnen eigentlich den Beutel mit roten Diamanten für mich gegeben? Wie sah der Mann aus?«

»Er hatte nichts Außergewöhnliches an sich, außer daß er einen roten Diamantohrring trug wie Cyrus.«

24

Paris
August 1900

»Rote Diamanten sind langweilig, *grand-mère.* Der persische Juwelier interessiert mich nicht.« Simone sah Mme. Gabrielle über den Schreibtisch hinweg an.

Darauf war ein Stadtplan von Paris ausgebreitet. Mme. Gabrielle tauchte ihren Federhalter in ein Tintenfaß. Auf dem Diagramm aus Straßen und Avenuen markierte sie mit einer roten Linie den Weg, den die Kutsche des Persers vom Präsidentenpalast zum Château nehmen würde. An die Stelle, wo das Château auf dem Plan hätte liegen müssen, setzte sie ein Ausrufezeichen. »Die Stadt ist in diesen Tagen wegen der großen Ausstellung hoffnungslos verstopft«, erklärte sie. »Was meinst du? Wird er rechtzeitig zum Tee oder zum Souper eintreffen?«

»Spielt das eine Rolle, *grand-mère*? Er kommt nicht wegen des Tees oder Soupers, sondern um deine Gesellschaft zu genießen.«

Mme. Gabrielle versuchte es noch einmal. »Auch du wirst die Gesellschaft des vornehmen Herrn genießen und ihn vielleicht sogar näher kennenlernen wollen. Er ist mit dem Schah und seinem königlichen Gefolge den ganzen Weg von Persien gekommen.«

»Die Pariser Ausstellung hat fünfzig Millionen Menschen angezogen«, warf Simone ein, »da kommt es auf einen mehr nicht an. Bist du in letzter Zeit nicht aus dem Haus gewesen? Vom Champ de Mars bis zu Les Invalides und drüber hinaus ist alles verstopft. Drum wird er sich verspäten, wie wir alle zur Zeit.«

»*Oui, c'est vrais*, trotzdem, kultivierte Damen wie wir müssen Fremde in jeder Situation mit unseren guten Manieren beeindrucken. Es gehört sich einfach, daß wir d'Honoré-Gastgeberinnen einen solchen Gast zu dritt empfangen. Du würdest mir einen großen Gefallen tun, *chérie*, wenn wir den Perser vollzählig willkommen heißen.«

Simone trat näher an den Schreibtisch und beugte sich über den Stadtplan. Sie würde freilich lieber lernen oder mit Sabot Noir die Hügel durchstreifen. Andererseits war die Vergeudung von ein paar Stunden kein schwerwiegender Verlust für sie, zumal sie ihrer Großmutter damit eine große Freude machen würde. »Wenn du das möchtest, *grand-mère*, werde ich mich bemühen, dazusein«, erwiderte sie und drückte ihrer Großmutter einen Kuß auf die Stirn.

Mme. Gabrielle lächelte nicht und ließ sich ihre Freude nicht anmerken. Rote Diamanten erzeugten bekanntlich eine romantische Stimmung. Ihre Hengste waren außer sich und in ständiger Erregung, die Pfauen paarten sich wie wild. Françoise hatte ihre Verabredung in der Omnibus-Bar des Maxim abgesagt, wo sie sich mit dem Prinzen von Wales hätte treffen sollen. Mme. Gabrielle hatte auf ihren Abend in der Oper verzichtet und die Eintrittskarten für Balzacs *Glanz und Elend der Kurtisanen* Effat und ihrem Mann überlassen. Effat hatte sich von Françoise für den Abend ein Leopardencape geliehen.

Simone ging in ihr Boudoir, um das Kleid zu probieren, das die Näherin für den Anlaß bestickt und das sie bislang unbeachtet in ihrem Schrank gelassen hatte. Sie sah in den Spiegel und erschrak über ihren gräßlichen Anblick. Der Taft war zu rot und biß sich mit ihrer Haarfarbe, die Falten im Oberteil waren zu dicht und die Rüschen übertrieben. Sie riß den Spitzenkragen herunter. Bohrte einen Finger in einen Volant und rupfte ihn ab. Gerade, als sie einen weiteren Volant abreißen wollte, hörte sie fernes Hufgeklapper. Sie verließ ihr Zimmer, überquerte den Flur und trat auf den Balkon, von dem aus sie den Park und die Straße, die sich zu ihrem Heim wand, überblicken konnte.

Dieser Balkon war ihr regelmäßiger Aussichtspunkt, von dem aus sie Freier erspähte, die ihre Mutter erwartete, Besucher, die ihre Großmutter als »alte Freunde« bezeichnete, und hier empfing sie gewöhnlich Rabbi Abramowicz, der dafür sorgte, daß sie in der Wirklichkeit verwurzelt blieb, und sie an die Entartung ringsum gemahnte.

»Die von Gelüsten geprägte Luft, die du atmest, ist giftig«, erklärte er regelmäßig, »nichts als ein Haufen verlockende Trugbilder.«

Er war es, der sie ohne das geringste Anzeichen von Verlegenheit über intime Belange aufklärte. Während ihre erste Periode ihrer Mutter und Großmutter Anlaß gab, Soireen zu planen, um sie mit wohlhabenden Gönnern bekannt zu machen, geizte ihr Urgroßvater nicht mit vernünftigen Ratschlägen. Eine Frau mußte am siebten Tag ihres Monatszyklus die Mikwe aufsuchen, bevor sie sich mit ihrem Ehemann vereinte. Es war eine zwingende Mitzwa, daß ein Ehemann am Sabbat Geschenke brachte und seine Frau im Bett befriedigte – sonst hatte sie das Recht auf Scheidung. Während Françoise und Mme. Gabrielle in ihrem Leben keinen Platz für Rabbi Abramowicz' Tradition fanden, vermittelte er Simone die Bedeutung des Glaubens als Zuflucht in schweren Zeiten. Er verglich seine verstorbene Frau mit den großen jüdischen Stammesmüttern: Sarah, Rachel und Rebekka. »Pflichterfüllung und Achtung sind die Grundfesten jeder Beziehung«, sagte er. »Das ist das elfte Gebot.«

Das Rattern von Wagenrädern kam näher, zeitweise unterbrochen, zeitweise gedämpft vom zunehmenden Wind, und einen Augenblick lang fragte sich Simone, ob rote Diamanten tatsächlich die Elemente beeinflußten. Sie entdeckte eindeutig Begierde im Wind, im Schweiß der Pferde und im öligen Geruch von abgetragenem Leder. Würde der Perser etwa in seiner Volkstracht kommen, mit komischen Stoffschuhen und einem kegelförmigen Hut?

Das Rattern wurde lauter. Die Kutsche kam näher, jetzt konnte sie sie sehen. Sie beugte sich weit über das Geländer, um einen besseren Blick zu haben. Dabei verlor sie das Gleichgewicht, ihr Herz hämmerte. Sie schrie. In dem Moment packte ihre Großmutter sie von hinten, strich ihren Rock glatt und legte ihr den Arm um die bebenden Schultern.

Die von zwölf weißen Hengsten gezogene Kutsche donnerte um die Kurve und preschte zum Château Gabrielle. Das große Tor flog auf, um die Kutsche einzulassen, die eine Runde drehte und dann vor der Treppe zur Terrasse anhielt.

Ein Leuchtkäferschwarm flackerte wie winzige grüne Flämmchen, es wurden immer mehr, und sie ließen sich auf den Pferden nieder. Die vier Lakaien auf dem Bock wurden der Hengste nicht mehr Herr, die die Nüstern blähten und mit den Schweifen zuckten, um die Leuchtkäfer zu verjagen, die ihnen surrend in die Ohren flogen.

Der boshafte Geist von Monsieur Günter zischte Mme. Gabrielle ins Ohr, Leuchtkäfer mochten dem ungeübten Auge wohl harmlos erscheinen, in Wirklichkeit aber lockten diese Luder sich gegenseitig die Männchen weg und fraßen sie. Erschrocken über dieses schlimme Vorzeichen, ließ Mme. Gabrielle mit einem raschen Ruck ihres Handgelenks ihren Fächer aufschnappen und verscheuchte den Geist. Dies gefiel ihr ganz und gar nicht. Die flatterhaften Geschöpfe waren zur ungelegensten Zeit aus heiterem Himmel erschienen.

Nachdem die Lakaien die Leuchtkäfer verscheucht hatten, sprangen sie hinab, klappten einen Fußschemel auf und öffneten den Wagenschlag.

Ein Riese stieg aus.

Er hob die stämmigen Arme, die mit kämpfenden mythologischen Kriegern tätowiert waren. Mit einer Hand trug er eine eiserne Kassette mit einem dicken Schloß. Er sah nach rechts und links; sein kahlrasierter Schädel glänzte in der Sonne, seine Pluderhose flatterte im Wind, die Leuchtkäfer ließen sich auf ihm nieder. Er dröhnte etwas in einer fremden Sprache, was Mme. Gabrielle und Simone fürchterlich erschreckte und auch die Leuchtkäfer verjagte.

Simone stöhnte und schlug sich mit der Hand auf den Mund.

Mme. Gabrielle, die ihren Augen nicht trauen wollte, drückte ihre Hand aufs Herz, als wollte es aus der Brust springen und vom Balkon stürzen. »*C'est ne pas vrais*«, murrte sie vor sich hin. Was war aus dem persischen Juwelier geworden? Wer war dieser Koloß? Was für ein Ungeheuer hatte der hinterhältige Hofwesir zu ihr geschickt? Sie nahm Simones Arm und führte sie hinein.

Simone frohlockte. Was ihre Großmutter mit großem Tamtam angekündigt hatte, entpuppte sich als lebendiger Alptraum. Sie blieb auf der Schwelle stehen und warf ihrer Großmutter einen überheblichen Blick zu.

Doch Mme. Gabrielle hörte gerade das leise Klikken eines Riegels, sah sich um und trat mit Simone im Schlepptau wieder auf den Balkon.

Der persische Juwelier sprang auf der anderen Seite aus der Kutsche. Er streckte die langen Beine, schüttelte den schlanken Körper wie eine Rassekatze und stieß mit der silbernen Spitze seines Stocks den Wagenschlag zu. Seine schulterlangen Haare waren zu einem Pferdeschwanz gebunden, der nußbraune Bart war akkurat gestutzt. Sein schwarzer Rock stand lässig offen und zeigte die muskulöse, sonnengebräunte Brust, was Simones Vorstellung von einem in einer Werkstatt eingeschlossenen Juwelier widersprach.

An seinem Ohr funkelte ein roter Diamant.

Er nahm zwei Stufen auf einmal, schlug mit dem Stock auf jede Stufe, schlenderte dann über die Terrasse ins Haus.

Simone folgte ihm mit den Blicken. Ihr Revolver schlug an das schmiedeeiserne Geländer, als sie ihr Spitzentaschentuch aus ihrem Mieder zog und vom Balkon flattern ließ.

Er hörte das metallische Klicken, sah kurz hoch und hob den Stock, um das Taschentuch mit der silbernen Spitze aufzufangen. Er richtete seine haselnußbraunen Augen auf die zwei Frauen, nickte einen Gruß und verschwand im Haus.

25

Françoise stand am Fenster, halb in durch Musselin gefiltertem Licht, halb in geheimnisvollem Schatten. Der mit Perlen überladene tiefe Ausschnitt ihres Organzakleides ließ volle Brüste sehen.

Ehe Alphonse den Perser melden konnte, trat Mme. Gabrielle vor, so daß sie die Sicht auf Françoise verdeckte, und reichte dem Juwelier die Hand.

Simone beobachtete, wie der Perser ihre berühmten Finger, die für diesen Anlaß entblößt waren, an seinen Mund führte, die konischen Spitzen, die elfenbeinfarbenen Nägel berührte. Wie lange wird er ihre Hand halten? Einen wie langen Kuß wird er auf die legendären Finger drücken? Seine Lippen verweilten neun Herzschläge lang.

Dann trat er auf Simone zu, neigte den Kopf, drückte seinen Mund auf ihre rechte Hand und das Taschentuch in ihre linke.

Achtzehn Schläge lang, zählte sie, ruhten seine Lippen auf ihrer Hand. Schweiß rann ihr den Rücken hinunter. Erst als er ihre Hand losgelassen hatte, ging ihr auf, daß sie sich seine Handlinien nicht angesehen hatte. Sie erinnerte sich nicht, wann sie es das letzte Mal versäumt hatte, sich mit Hilfe der Handlinien mit einem neuen Bekannten vertraut zu machen. Warum küßte er ihre Hand doppelt so lange wie die berühmte Hand ihrer Großmutter? Wieso verdienten Hände, die Pferde striegelten, mit Revolvern hantierten und Handlinien betasteten, so viel Aufmerksamkeit?

Monsieur Gerard Fontanel, Françoise' Gönner, hatte sich entschlossen neben sie gesetzt. Der korpulente Mann suchte seinen mächtigen Bauch mittels zweireihiger Jacken und lockerer Krawatten zu kaschieren. Er hatte einen zittrigen Schnurrbart und einen dichten pechschwarzen Haarschopf, der einer Pelzperücke glich. Die karamelbraunen Augen hinter dem Kneifer standen im Widerspruch zu seinem gewieften Gesichtsausdruck. Als er sich erhob, um den Perser zu begrüßen, ruhte sein Arm auf einer Aktentasche auf dem Beistelltisch.

Mme. Gabrielle fragte sich, ob er mit der vor lauter Millionen aus den Nähten platzenden Aktentasche direkt von der Bank gekommen war. Sie glaubte, Françoise würde, wenn schon kein Armband aus roten Diamanten, so doch ein anderes kostspieliges Schmuckstück verehrt bekommen.

Beim Anblick des Freiers ihrer Mutter, der wie ein protziger Kunstgegenstand im Salon postiert war, färbten sich Simones Wangen granatrot.

Alphonse, der in der Nähe blieb, um sicherzugehen, daß alles in Ordnung war, geleitete sie zu einem Stuhl und reichte ihr ein Glas mit eiskaltem Wasser.

Der Perser war gebannt von bleicher Haut, von blauen, blonden und roten Haaren, türkisfarbenen, schiefergrauen und gelbgrünen Augen, die ihn umringten.

Jede Einzelheit an den Damen d'Honoré – ihre Selbstsicherheit, das kultivierte Auftreten, der erschreckend freimütige Blick – wirkte fremdartig. Am meisten aber fesselte ihn Simone. Ihr Duft beschwor den Geruch seiner heimatlichen Gewürze herauf – Zimt, Kümmel, Ingwer. Er war überwältigt von der schrägen Haltung ihres Kopfes, als sei sie sich nicht ganz sicher, was sie als nächstes tun oder sagen sollte. Sie schien nichts mit dieser ganzen Dekadenz zu tun zu haben; die trotzige Geste des abgerissenen Kragens bewies, daß sie nicht hierhergehörte. Als ihm klar wurde, daß er die ganze Zeit überlegte, wann er dieses zauberhafte Anwesen wieder besuchen würde, besann er sich auf den Grund seines Kommens. Ein gewissenhafter Mann – und erst recht der persönliche Juwelier des Schahs – betrat ein solch berüchtigtes Gelände natürlich nur, wenn es die Geschäfte erforderten.

Mme. Gabrielle bemerkte seine hingerissene Miene, Françoises wachsende Verärgerung und Monsieur Fontanels Bemühungen, ihre Aufmerksamkeit wieder auf sich zu ziehen. Mme. Gabrielle wandte sich an den Perser: »*Alors*! Ist es Ihnen gelungen, ein rotes Diamantenarmband aufzutreiben?«

Der Riese trug einen Lehnstuhl zum Tisch, wo er die Kassette vor den Perser hingestellt hatte. Zur größten Verwunderung aller streckte er sich dann zu Füßen des Juweliers auf dem Teppich aus. Jetzt war er ein menschlicher Schutzschild für den Fall, daß die Diamanten zufällig herunterfielen. Sein grimmiger Blick von unten nach oben war eine wirksame Abschreckung gegen Diebstahl.

Cyrus schloß die Kassette auf.

Françoise raffte ihre raschelnden Röcke, breitete ihren Fächer aus, trat näher und setzte sich auf das Kanapee gegenüber dem Tisch.

Mme. Gabrielle warf ihrer Tochter einen tadelnden Blick zu.

Monsieur Fontanels dünner Schnurrbart zuckte.

Cyrus legte eine Lupe auf den Tisch, entnahm der Kassette ein samtenes Futteral und schlug es auseinander. Er klappte ein Satinkästchen auf und schob es in die Mitte des Tisches.

Françoise trat auf den Perser zu, legte ihm eine Hand auf die Schulter, während sie mit der anderen hektisch die zitternden Brüste fächelte. Sie beugte sich über seine Schulter, um die auf Samt ruhende Kostbarkeit zu betrachten, und ein Schweißfilm bildete sich zwischen ihren Brüsten.

Achtzehn einkarätige rote Diamanten in einem erlesen gestalteten Platinarmband schimmerten und funkelten in herrlichen Rot-, Violett- und Purpurtönen. Jeder einzelne der seltenen Steine versprühte eine unvergleichliche Lebendigkeit.

Cyrus nahm das Armband und trat zu Simone, ohne Françoise' ausgestreckten Arm zu beachten. Er befestigte das Armband an ihrem Handgelenk, als sei sie die potentielle Käuferin. Zuerst hob er ihren Arm an den Kronleuchter, dann führte er sie ans Fenster, um die Magie des Armbands zu demonstrieren. Das auf die Steine fallende Sonnenlicht vollbrachte ungeahnte Tricks und ließ die Steine beinahe flüssig erscheinen.

Monsieur Fontanel, der genug von den Possen hatte, auch weil er es war, der sich vermutlich von Millionen trennen würde, marschierte zu Simone und ergriff ihre

Hand. Mit dem kurzen, zweimaligen Fingerschnippen des Kenners hakte er das Armband auf. Doch ehe er zur Lupe greifen konnte, um sich den ersten Diamanten anzusehen, wurde er von dem Riesen in die Luft gestemmt. Vor Schreck und Zorn wehrte er sich nicht, nicht einmal, als seine Knochen im Griff des Monstrums ächzten.

»Laß ihn herunter«, befahl Cyrus.

Mit aschfahlem Gesicht wurde Monsieur Fontanel wieder auf den Teppich gestellt. Er rückte seine Krawatte zurecht, ließ Françoise' entzücktes Quieken unbeachtet und sackte auf den Stuhl, den Cyrus hinter ihn schob. Fontanel wartete, bis sein Herz sich beruhigt hatte, legte das Armband auf das Futteral und richtete die schwenkbare Lampe darauf. Seine Wangen brannten, nicht nur von der Anstrengung, seinen Zorn zu zügeln, sondern auch vor Staunen über den Schatz, den er vor sich sah. Er nahm sich Zeit, um jedes Detail zu untersuchen. Das waren die seltensten Diamanten, die er je zu Gesicht bekommen hatte. Wo um alles in der Welt kamen sie her? Wer war der Lieferant? Wie war der Perser daran gekommen?

Mme. Gabrielle beobachtete, wie Fontanel von den Edelsteinen besessen wurde. Mit zunehmender Bewunderung drehte er das Armband müßig hin und her, um jeden einzelnen Stein zu prüfen, sein Karamel-Blick wurde sanft und weich.

Schließlich legte er das Armband hin, fuhr mit dem Finger über jeden schillernden Stein, als würde er die Augenlider einer Liebsten streicheln. Sein Blick wanderte zur Decke, zu den erlesenen Fayencen, und blieb dort, wie es Françoise schien, eine Ewigkeit haften. Vor

Aufregung löste sich eine Träne aus ihrem Auge und blieb zitternd auf den Spitzen ihrer Wimpern hängen.

Mme. Gabrielle, die die Perlenschnur um ihren Hals so fest gepackt hielt, daß sie sie beinahe würgte, folgte Fontanels Blick. Sicherlich dachte er darüber nach, welche außerordentliche Gunst seine Großzügigkeit auslösen und welch peinliche Folgen es für ihn haben würde, den Kauf zu verweigern.

»*Non*! *C'est n'est pas vrais*!« schrie Fontanel plötzlich, so daß die Vokale aufeinanderprallten. »Unmöglich! Eine Unverschämtheit!« Er schleuderte das Armband in die Luft.

Mit einer Behendigkeit, die bei einem so großen Menschen selten war, sprang der Riese hoch und fing das Armband auf.

»Eine Schande!« schrie Fontanel, »mich mit Granaten statt roter Diamanten abspeisen zu wollen!«

Françoise stieß einen Schrei aus und sank ohnmächtig in das Satinmeer ihrer Röcke.

Mme. Gabrielle war nicht im geringsten enttäuscht. Im Gegenteil, sie bewunderte Monsieur Fontanel, weil ihm eine wohlverdiente Rache gelungen war.

Simone blieb am Fenster stehen, die Zähne in ihre Lippe gebohrt. Die sinkende Sonne ließ ihre Haare lodern, ihre Sommersprossen leuchteten bernsteingolden.

Cyrus klappte die Kassette auf, nahm das Armband an sich und schloß es wieder ein. Als sei nichts von Bedeutung geschehen, wandte er sich an Mme. Gabrielle und Françoise, die mit Alphonse' Hilfe wieder zu sich gekommen war. »*Mesdames*«, sagte er mit einer tiefen Verbeugung, »ich verabschiede mich jetzt.« Er zog seine Taschenuhr hervor, ließ sie aufschnappen und drückte seine Fingerspitze kurz in den gewölbten Deckel. Dann trat er zu Simone und berührte eine Sommersprosse an ihrem Hals. Er nahm ihre Hand und legte etwas hinein, das sich wie ein Reiskorn anfühlte. Er schloß ihre Finger zur Faust. »Ich schulde Ihnen noch zwölf, Mademoiselle. Einen für jede Sommersprosse.«

Er schritt aus dem Château. Das Tor schloß sich klirrend hinter ihm. Das Echo der Hufe erstarb.

Simone öffnete die Faust. Ein roter Diamantsplitter steckte in der Lebenslinie, die auf ihrem Handteller verlief.

Er würde wiederkommen. Noch zwölfmal.

26

Simone schob eine Hand in die Tasche ihrer Reithose; in der anderen trug sie eins von Alphonse' Büchern über persische Geschichte. Sie rollte den Diamantsplitter zwischen Daumen und Zeigefinger. Wann würde Cyrus wiederkommen? Würde er den nächsten Diamanten in einer weißen Rose verstecken, im Saum eines kurdischen Kasacks oder zwischen den Seiten eines Gedichtbandes? Sie drückte den Mund auf ihren Handrücken, wo der Abdruck seiner Lippen glühte. Entzückt erinnerte sie sich daran, wie er die gezierte Flirterei ihrer Mutter und den dümmlichen Monsieur Fontanel ignoriert hatte. Weil sie nicht schlafen konnte, wollte sie den Tag mit dem Hengst Zola, der nach Mme. Gabrielles Gefährten Emile benannt war, im Gehölz am Ende des Zibetkatzentals verbringen.

Der rote Diamantohrring, den Cyrus trug – ein mysteriöses Universum aus faszinierenden Farben –, hatte Alphonse veranlaßt, ihr ein Buch über die mythologische Bedeutung und geographische Herkunft der Edelsteine zu geben. Er hatte verschiedene Kaufleute belauscht und herausgehört, daß Diskretion in diesem

Gewerbe unerläßlich war und daß sich Händler aus Ländern wie dem Kongo, Rußland und sogar Indien mit Diamanten für einige wenige elitäre Kunden rund um Paris aufhielten.

Sie war vom Ursprung der Diamanten gefesselt – Kohlenstoff, vor mehr als hundert Millionen Jahren unter enormem Druck und bei gewaltiger unterirdischer Hitze entstanden, bis Regen und Erosion sie aus der Erdkruste befreiten, fortspülten und im Kies von Flußbetten, auf dem Meeresgrund oder in der roten Erde von Lunda Sul ablagerten. Die Auslese der Natur faszinierte sie. Warum entwickelten sich bestimmte Kohlenstoffe zu Diamanten, während aus anderen gewöhnlicher Graphit wurde? Sie vertiefte sich in Geschichten über bestimmte namhafte Diamanten, die in der Werteskala ganz oben standen: Braganza, ein faustgroßer Diamant, nach dem portugiesischen Königshaus benannt, war angeblich aus der Krone Portugals geraubt und in einer Schatulle mit vierzigtausend Goldmünzen nach Frankreich geschafft worden.

War der Ursprung der roten Diamanten Blut von mißhandelten Schürfern, waren es flammende Augen der Drachen, die illegale Minen bewachten, oder Tränen der Kinder, die man zu harter Arbeit zwang? Konnten die Geister ihrer Großmutter Weisheiten über Cyrus und seine Diamanten vermitteln? »Cyrus!« wiederholte sie immer wieder, und dann »Simone«, und sie schmeckte die Ähnlichkeit auf der Zunge.

Als sie sich etwas vom Château entfernt hatte, lief sie zum Stall; ihre Stiefel versanken im tauschweren Gras. Sie ging um den Stall herum und trat von hinten in Zolas Box. Sie bewegte sich leise, um die Stallburschen nicht zu wecken, vor allem nicht Sabot Noir. Er würde ihren Wunsch nicht verstehen, mit dem Hengst allein zu sein, auch noch ohne Sattel oder Zügel. Sie streichelte Zolas vertrautes Fell, das sich wie Rohseide anfühlte, betrachtete seinen gefügigen Blick – das war nicht das, wonach ihr im Moment der Sinn stand. Ein Pferd, das nicht zur Unterwürfigkeit gezähmt war, entsprach heute morgen eher ihrer Stimmung. Sie ging von einer Box zur anderen, berührte jedes Pferd, roch an ihm, flüsterte ihm zu. Molière stand unruhig in der Sattelkammer, warf mit den Hufen den Geruch nach Heu und Erde auf, verlangte nach Freiheit. Simone strich über seinen Halfter, tätschelte den Araber und murmelte leise.

Hinter der hölzernen Trennwand beobachtete Sabot Noir, wie Simone den Schopf des Pferdes streichelte, den Mähnenkamm tätschelte und ihre Wange an seine Flanke schmiegte. Niemand, noch nicht einmal er selbst, hatte diesen Hengst zähmen können. Würde es Simone gelingen? Sie konnte die Emotionen der Tiere wahrnehmen, konnte sie dazu bringen, zu gehorchen, zu laufen oder zu galoppieren. Pferde reagierten auf ihren Geruch, als wäre sie ein übermenschliches Wesen. Aber der Araber Molière war wild und unzähmbar. Beim Anblick, wie er besänftigt in seiner Box stand und ein gutmütiges Schnauben von sich gab, verlangsamte sich Sabot Noirs Herzschlag. Zum erstenmal, seit er Simone an Françoise' Fenster entdeckt hatte, wurde sein Verstand wieder einigermaßen klar. Simone zog also die Gesellschaft von Tieren der von Menschen vor. Wie er hatte sie animalische Instinkte und eine besondere Verbindung zu Pferden. Nach dieser Erkenntnis tröstete er sich damit, daß sie beide verwandte Seelen in einer verkehrten Welt waren, die sie nie zu würdigen wissen würde.

Auf einem Pfad hinter dem Stall führte Simone das Pferd aus dem Gelände heraus. Das Wasser, das täglich zum Reinigen der Ställe benutzt wurde, lief den abfallenden Weg hinunter, und die feuchte Erde dämpfte das Hufklappern.

Sabot Noir folgte Simone aus dem Stall. Er hatte Hufpolster, die er erfunden hatte, um Geräusche zu dämpfen, an die Hufe seiner Stute gebunden und einen Lappen in ihr Maul gestopft, um Laute zu unterdrücken. Ein Urinstrahl entströmte dem schnaubenden, stampfenden Araber. Das vertraute Paarungstänzeln bestärkte Sabot Noir in seiner Annahme, daß Simone auf dem Weg war, mit Pferden zu kopulieren.

Als sie das Gelände von Château Gabrielle hinter sich hatte, umrundete sie die Zibetkatzenhügel und galoppierte tief in den Wald hinein. Sie grub ihre Hacken in die Flanken, ihre Schenkel umfaßten das Tier. Tief über den Pferdeleib gestreckt, die Mähne fest gepackt, verschmolz ihr Körper mit dem des Arabers. Der Hengst lief unter einem Baldachin aus Ästen den gewundenen Weg entlang, mal in Sabot Noirs Sicht, mal nicht.

Sabot Noir trabte hinter der Frau her, deren Haare von einem tieferen Rot waren als die Mähne irgendeines Tieres, selbst die edelste, die er mit Leinsamenöl striegelte. Er folgte ihr, als sie tiefer in den Baumbaldachin eintauchte. Er stellte sich vor, nein, erwartete, daß sie sich umdrehen und ihm winken, den Rock abstreifen und in Korsett und Reithose den Revolver hinter sich werfen würde, als Zeichen für ihn, zu ihr zu kommen.

Simone ahnte nicht, daß Sabot Noir hinter ihr war.

Methodisch wie bei einem Reinigungsritual tilgte sie die vielen Männer aus ihrem Bewußtsein, die unaufhörlich das Château Gabrielle durchschritten. Sie war innerlich bereit für Cyrus – einen Mann, der ganz anders war als die Horde von Freiern, die in die Boudoirs ihrer Mutter und Großmutter einfielen.

Sie zog an der Mähne des Pferdes und hielt unter einer Kastanie an.

Ein Rosenschnäpper flog in sein Nest aus Spinnweben und Flechten. Insekten verstummten und suchten unterirdisch Schutz. Zibetkatzen huschten in ihr Höhlenlabyrinth. Simone stieg ab, band den Hengst aber nicht an, sicher, daß er in der Nähe grasen werde. Sie ließ sich auf dem Blätterteppich nieder und lehnte den Kopf an einen Baumstamm.

Etwas entfernt verlangsamte Sabot Noir hinter einer Baumgruppe das Tempo. Die Muskeln straff gespannt, mit schmerzender Leiste, richtete er seinen wilden Blick auf Simone. Er fand es äußerst eigenartig, daß sie ins Gehölz ritt, um zu lesen.

In die persische Geschichte vertieft, ohne auf Durst, Hunger oder die Feuchtigkeit der Erde zu achten, die ihre Reithose durchdrang, ließ Simone einen Großteil des Nachmittags verstreichen. Sie war ins alte Persien eingetreten, in eine Zeit, als König Cyrus der Große mit der Errichtung der herrlichen Stadt Persepolis begann, der Zeremonienresidenz und geistigen Hauptstadt des persischen Reiches. Sie wanderte durch die Halle der hundert Säulen. Sie war an der Seite von König Cyrus, als er in seiner prachtvollen Halle Kriegstrophäen verteilte. Er geleitete sie eine monumentale Treppe hinab, mit Schnitzereien, die die Völker der Alten Welt darstellten, mit Symbolen seines zarathustrischen Gottes Ahura Masda. Manchmal lachte sie laut heraus, wollte Alphonse unbedingt an ihren historischen Entdeckungen teilhaben lassen.

Sabot Noir war angespannt. War sie gekommen, um mit Pferden zu kopulieren? Und wenn ja, warum verschwendete sie dann Zeit? Er zog sein Opernglas aus der Satteltasche und richtete es auf ihr Buch. *Umfassende Geschichte der Perser*. Der Baldachin aus Ästen verwandelte sich in zischende Tentakel. Es war also der persische Juwelier und nicht der Araber, der sie beschäftigte. Er schlich näher und beobachtete, wie sie einen Zweig über sich abbrach und den Horizont betrachtete, dann Blätter und zerdrückte Beeren von ihrer Reithose wischte. Sie schwang sich auf Molière, trieb das Tier mit leichten Schlägen in einen vollen Galopp. Sabot Noir grub seine Fingernägel in seine Handflächen und die Fersen in die Stute. Die Trense riß am Maul und drückte das Gebiß noch tiefer hinein. Er ritt jetzt schneller über nasse Erde und nasses Gras, näherte sich der Frau, die nichts ahnte von seiner Wut.

Simone wich Bäumen aus und mühte sich, ihre Locken aus niedrigen Zweigen zu befreien, während sie tiefer in das üppige Geflecht drang. Ein Gelbbauchdickkopf flog aus den Zweigen und verfing sich in ihren Haaren. Sie befreite den flatternden Vogel, und als sie sich umdrehte, um ihm nachzusehen, wie er im hohen Bogen davonflog, entdeckte sie Sabot Noir. Er war näher gekommen, da er sich hintergangen fühlte, doch sie scheuchte ihn fort und ritt langsamer, als sein Pferd aufholte und neben Molière trabte. »Ich will allein sein«, rief sie.

Die Zügel fest in einer Hand, packte er Molière an der Mähne, so daß sie alle abrupt zum Stehen kamen.

»Loslassen!« rief sie. »Was tust du?«

Sie bemerkte den Lappen im Maul des Pferdes, die an die Hufe gebundenen Polster, die Adern an seinem Hals, die vorstanden wie verschlungene Schnüre. »Was ist?« fragte sie.

Er sprang vom Pferd, ohne Molières Mähne loszulassen.

Sie griff nach einem Ast über sich, hielt sich mit aller Kraft daran fest, schwankte und stieß sich von dem Hengst ab. Sie landete rücklings auf dem Boden aus vertrocknetem Laub, Kiefernnadeln und Beeren und wollte sich hochrappeln. Ein Zweig verfing sich in ihrem Hemd, zerriß den Stoff und ritzte ihre Schulter auf.

Er starrte sie an, bereit, sich auf sie zu stürzen.

Sie richtete den Revolver auf sein Herz. »Geh nach Hause!« befahl sie, als spräche sie zu einem streunenden Hund. »Was ist denn mit dir? Ich bin's, Simone!«

Er kratzte seinen Nacken, bis es blutete. Tränen liefen ihm über die Wangen. »Ich dachte, du liebst Tiere, kopulierst mit Pferden. Wir waren verwandte Seelen.« Die nächsten Worte schossen aus ihm wie Kugeln. »Ich kann das nicht ertragen. Erschieß mich.«

Sie zitterte beim Anblick seiner Brust, die er ihr darbot, als wollte er eine Medaille empfangen. Die Konturen seiner schmalen Schultern zeichneten sich unter seinem Hemd ab; es schien, als würde er sie bitten, ihn vor sich selbst zu retten. Die innere Verfassung eines Wahnsinnigen nahm in ihrer Vorstellung Gestalt an. Als Kinder hatten sie gemeinsam in Phantasien geschwelgt – Nährstoff für eine schwungvolle Erfindungsgabe. Sie hatten damals, wie es schien, unschuldige Spiele gespielt. Sie übernahm die Rolle eines Fuchses, er die des Jägers, oder er war ein wütender Stier und sie der Matador. Aber sie hatte nicht damit gerechnet, daß diese Phantasien seine Wirklichkeit werden, ihn eifersüchtig machen und vernichten würden. Wie kam er nur auf die Idee, daß sie mit Pferden kopulierte? Glaubte er, sie sei durch ihre angebliche Wesensverwandtschaft mit Tieren auf irgendeine Weise mit seiner verstorbenen Mutter verbunden?

Sabot Noir schnüffelte die Luft ringsum, jedes winzige Teilchen von faulendem Gras, trockener Rinde und sonnengereiften Kastanien. Selbst aus der Entfernung schmeckte er Simones Duft eines läufigen Weibchens. Verströmte der Perser ebenfalls den strengen, klebrigen Geruch von Füchsen? War *er* Simones Seelenverwandter? Obwohl Sabot Noir an ihren Lippen saugen wollte, die so rosa waren wie die Nase eines Kätzchens und so weich wie Bärenpfoten, obwohl ihn die Eifersucht wie mit Nadeln stach, erkannte er, daß Simones animalischer Instinkt nicht ruhen würde, bis sie den Perser gehabt hatte.

Sabot Noir hörte auf, sich blutig zu kratzen. »Vielleicht wird der Perser dich glücklich machen. Beeil dich, kehr um. Ich hab seine Kutsche zum Château preschen sehen.«

Ihr Herz zog sich für ihren Freund zusammen. Trotz seines vermeintlichen Anspruchs auf sie gab er diese Mitteilung preis, als würde er seinem Lieblingshengst ein Stück Zucker, einem Wallach eine Möhre oder dem Wind, der den Geist seiner Mutter trug, fettes Büffelfleisch anbieten.

»Verzeihst du mir jetzt?« murmelte er.

»Ja, mein Freund, das hab ich schon.«

Eine seltsame Pflanze schlug in Sabot Noir Wurzel, verbreitete sich in seinen Gliedmaßen, verströmte einen starken halluzinatorischen Duft, wirksamer als sonnige Gerstenfelder, frisch geputzte Ställe und der Geruch sich paarender Füchse. Er warf ihr das Opernglas vor die Füße. Zum erstenmal, seit er seine Mutter und dann Simone verloren hatte, lachte er laut.

27

Alphonse erschien in Frack und Zylinder auf der Terrasse und stieg die Treppe hinab, um Cyrus und seinen Riesen in den Park zu führen. Dort umringten zahlreiche Steinöfen mit glühenden Öffnungen Mme. Gabrielle, als sei sie eine zoroastrische Göttin. Goldverzierte Tassen aus Limoges-Porzellan waren für den Nachmittagstee gedeckt. Der *chef au pâtisserie* hatte gezuckerte Mandeln, Reiswaffeln und Kichererbsenplätzchen zubereitet.

Mme. Gabrielles ausgefallener blauer Lockenschopf und ihr Halsband aus getriebenem Silber, das vorn in ihrem Ausschnitt als Schlange endete, rüttelten Cyrus auf und ließen ihn wieder vernünftig denken. Er hatte ihre Einladung nur angenommen, weil es ihm nicht gelungen war, sich von dem Duft des Mädchens zu befreien. Was würde seine fromme jüdische Mutter von Simones wilden Haaren halten, von Fançoise' schamlosen Brüsten und Mme. Gabrielles erotischen Händen? Seine Mutter hatte verbissen mit ihm gestritten, als er der persönliche Juwelier eines moslemischen Königs wurde. Doch das hier war etwas ganz anderes, ein persönlicher Affront gegen seine Mutter, die sich weigerte, nach Frankreich zu reisen, weil die Frauen hier liederlich, die Männer leichtsinnig und die gesamte Nation korrupt seien. Und es würde überhaupt keine Rolle für sie spielen, daß Simone die Urenkelin eines geachteten Rabbis war.

Cyrus hatte gründlich nachgeforscht, um die Vergangenheit der Damen d'Honoré aufzudecken. Doch Erfolg hatte er erst gehabt, als er von einem Juwelierkollegen namens Monsieur Rouge in die Rue des Rosiers 13 im Marais geschickt worden war. Er war geradewegs in Rabbi Abramowicz' Synagoge gegangen und, weil Sabbat war, mit Palmenkätzchen und Backwaren begrüßt worden. Er erfuhr, daß Mme. Gabrielle im Jahre 1853 als einzige Tochter, Ester Abramowicz, geboren worden und später aus dem Marais ausgebrochen war. Aber auf seine Frage nach ihrem Butler hatte der Rabbi sich eine Träne aus dem Winkel seiner blauen Augen gewischt und war stumm geworden wie ein Golem.

Der Besuch im Marais überzeugte Cyrus erst recht, daß Simone rein und unschuldig war, ein Abkömmling von Rabbis und der jüdischen Ester Abramowicz. Nicht von Kurtisanen.

Er würde diesen Ausflug als Geschäftsangelegenheit betrachten. Das königliche Gefolge würde in zwei Wochen nach Persien zurückkehren. Und die Affäre d'Honoré würde nichts weiter sein als eine Fata Morgana.

Mme. Gabrielle hüllte Cyrus in Schleierschichten und Lavendelduft. »Willkommen, willkommen«, zirpte sie, dann wandte sie sich an ihren Butler und wies auf den Riesen. »Sei so lieb, Alphonse, führe Monsieur hinein und gib ihm zu essen und zu trinken.«

»Ich komme gleich zurück, Madame«, erwiderte Alphonse, bevor er mit dem Riesen fortging.

Und Mme. Gabrielle hatte keinen Zweifel, daß er umgehend wieder auftauchen würde. Er war zu bewegt von dem anstehenden Thema, um es allein der Vorsehung oder Mme. Gabrielles Diskretion zu überlassen.

»Wir sind hier allein, *cher* Monsieur«, sagte Mme. Gabrielle und bedeutete Cyrus, Platz zu nehmen. »Ich möchte jetzt etwas im geheimen besprechen.«

Cyrus blickte über die getrimmten Hecken und versuchte, Simone jenseits der prächtigen Gartenallee ausfindig zu machen. Doch sie war nirgends zu sehen.

Pfauen stolzierten den Hang hinunter und scharten sich um Mme. Gabrielle. Der Duft des Pfefferminztees, den sie einschenkte, versetzte Cyrus zurück in das Teehaus, in das er so gern einkehrte, zu Hause in den persischen Bergen in der Umgebung von Teheran – einer Stadt, die schön war und verfallen zugleich.

»Die Wahrheit, Monsieur Cyrus«, sagte Mme. Gabrielle und klappte ihren Straußenfedernfächer auf, »ist nämlich die: Das Armband interessiert mich nicht, auch kein anderer Schmuck. Tatsächlich möchte ich *Ihnen* einen seltenen Edelstein anbieten, den Sie sonst nirgends finden werden.« Sie strich über den Pelzbesatz ihrer Handschuhe, zupfte an den Fingern und streifte die Guipurespitze ab, als wollte sie das besagte unbezahlbare Juwel enthüllen.

Cyrus, den Blick auf den Opalschimmer der berühmten Fingernägel gerichtet, war verwundert. Litt die Frau unter Geldmangel? Beabsichtigte sie, ihren persönlichen Schmuck zu verkaufen?

Mme. Gabrielle, die nie genug bekommen konnte

von der Bewunderung, die ihre Hände auslösten, legte sie voll sichtbar in den Schoß. »Ich bin eine freimütige Frau, *cher* Monsieur, darum komme ich ohne Umschweife zur Sache. Ich habe Ihre Bewunderung für Simone bemerkt – und Simones für Sie. Ich möchte Ihnen eine große Ehre erweisen, eine wahrhaft große Ehre, Monsieur. Das Vorrecht, meine jungfräuliche Enkeltochter in die Liebe einzuführen. Doch sind bestimmte Bedingungen daran geknüpft. Die erste ist, daß sie ihr das Erlebnis so angenehm machen, wie es gewiß für Sie sein wird. Die zweite ist, daß Sie ohne weitere Umstände für immer aus ihrem Leben verschwinden. Betrachten Sie dies als eine Transaktion, die uns allen, insbesondere aber Ihnen, zugute kommt.«

Er lehnte sich mit steifem Rücken an den Stuhl, verschränkte die Finger, so daß die Knöchel weiß hervorstanden. Alles mögliche und unmögliche schoß ihm durch den Kopf. Sein erster Impuls war, aufzustehen, und da er nichts von den aufgetischten Leckereien zu sich genommen hatte, würde es nicht ungehobelt sein zu gehen, ohne sich bei der Gastgeberin zu bedanken. Aber dann würde er Simone nicht näher kennenlernen. Dennoch, es war geschmacklos und unannehmbar von jedermann, besonders aber von einer Großmutter, die Enkeltochter auf so demütigende Weise feilzubieten. Er erhob sich, wandte sich seiner Gastgeberin zu und verbeugte sich. »Ich bedaure, Madame, Sie lassen mir keine Wahl, als mich zu verabschieden.«

Mme. Gabrielle setzte gerade zu einem neuen strategischen Zug an, als Simone sich durch die Jasminhecke kämpfte. Sie wischte Blätter von ihrer mit Matsch bedeckten Reithose und pflückte weitere Blätter aus ihren

Haaren. Durch den zerrissenen Stoff ihrer Bluse war eine klaffende Wunde an ihrer Schulter zu sehen. Eine Hand am Revolver, schritt sie auf Cyrus zu. »Gehen Sie nicht, Monsieur, ehe meine Großmutter sich für ihr unmögliches Benehmen entschuldigt hat. Ich habe sie gehört, ich konnte nicht anders. Daß sie ihre Enkelin auf diese aberwitzige Weise verkaufen wollte, geht über jegliches Verständnis.«

Mme. Gabrielle zog ihre Handschuhe an, raffte ihre Röcke und rauschte ins Château.

Simone nahm Cyrus bei der Hand. »Kommen Sie, Monsieur, ich verspreche, Sie zu entschädigen.«

28

Trotz des intensiven Geruchs nach Heu, Zibet und Beeren ringsum war Cyrus überwältigt von Simones Duft, der ihn immer stärker gefangennahm, während sie ihn durch den Park zum Château führte. Im Zorn war sie reizender denn je. Die Antwort, die sie ihrer Großmutter gegeben hatte, hatte ihn beeindruckt und sie ihm noch liebenswerter gemacht. Er war sicher, es sei in Frankreich wie bei ihm zu Hause für ein Mädchen unabdingbar, intime Begegnungen ihrem Ehemann vorzubehalten. Dann fiel ihm die Visitenkarte ein, die Mme. Gabrielle ihm im Präsidentenpalast gegeben hatte. Diese unverhüllte Aufforderung steckte in seiner Brieftasche als umfassender Beweis, daß die französische Welt sich stark von der persischen unterschied. Zuerst zweifelte er an seinem Sittenkodex und seinen Überzeugungen, dann redete er sich ein, Simone werde sowieso, obwohl sie sich dagegen sträubte, als Kurtisane enden.

Er hielt sie zurück. »Liebe Mademoiselle, ich beabsichtige, Ihnen gebührend den Hof zu machen und dann um Ihre Hand anzuhalten, wie es sich bei einer

Dame geziemt. Aber ich bin nicht sicher, ob ich Erfolg haben werde, und ich bin mir absolut nicht sicher, ob sich mir die Chance bieten wird, Ihnen alle Diamanten zu schenken, die Sie verdienen.«

»Es wird andere Gelegenheiten für Diamanten geben«, flüsterte sie, »aber nicht für einen ersten Kuß.« Sie stellte sich auf die Zehenspitzen und umfing seinen Mund mit ihrem.

Er vergrub seine Hand in ihren Haaren. Ihre Wimpern streiften sein Gesicht, ihre Zunge suchte seine. Er ließ sie behutsam los. »Guten Abend fürs erste. Ich komme morgen wieder.«

Sie lachte und zog ihn hinter sich her in die Halle. »Jetzt ist besser als morgen.«

Er war gefesselt von der Fotografie am Fuß der Haupttreppe, einer lebensgroßen Variante der Visitenkarte in seiner Brieftasche. Simone in Reithosen, einen Revolver im Gürtel, das Profil abgewandt. Sie verweigerte sich dem Fotoapparat so energisch, wie sich die Simone aus Fleisch und Blut der ihr zugedachten Lebensweise verweigerte.

Sie zupfte an seinem Arm und lockte ihn fort von ihrem hypnotischen Bild, führte ihn die Treppe hinauf in die Gemächer, die Mme. Gabrielle und Alphonse für sie hergerichtet hatten. Benebelt von ihrem aufsteigenden Duft folgte er ihr begierig in das von Baudelaire inspirierte Schlafzimmer, das in verführerischen Farben gehalten war.

Sie verschwendete keine Zeit damit, sich den getrockneten Schlamm aus dem Gesicht zu waschen, hielt es auch nicht für nötig, sich hinter dem Trennvorhang auszuziehen. Unter d'Honoré-Frauen aufgewachsen, hatte sie kaum Hemmungen. Sie stieg aus ihrer Hose, zog die Bluse über den Kopf und entblößte ihre jungen stolzen Brüste.

Cyrus erkannte eine gewisse Schamlosigkeit, ja Vulgarität in ihr und hatte dementsprechend keine Mühe, seine einengenden kulturellen Tabus abzuschütteln. Er hob Simone auf die Arme und trug sie zu dem Teppich unter dem Paneel, auf dem Amoretten über die liebestolle Carmen wachten. Umringt von Nachtigallen und Zwerggurken, labte er sich an ihrer Nacktheit, als breche er ein lebenslanges Fasten. Er trank den berauschenden Duft ihrer Alabasterhaut in sich hinein, der noch stärker wurde, wenn er mit der Zunge über die Sommersprossen strich, die zwischen ihren blassen Schenkeln verstreut waren und sich weiter oben bernsteingolden sammelten. Er legte sich auf sie, näßte seinen Finger in ihrem Mund und streichelte die Außenmuschel ihres Ohrs. Als er sich behutsam in sie hineinschob, küßte er ihre Schmerzen fort und schluckte ihre Wonneseufzer. Er leckte Schlamm und Tränen von ihren Wangen, liebte sie weder mit der Hast eines Unberührten noch mit der Wehmut des Alters, sondern mit der lässigen Gewißheit eines Mannes, der keinen Verlust befürchtete.

Ihre Brustwarzen erblühten in seinem Mund, ihre Schenkel legten sich um ihn wie warmer Honig, umschlossen den Schmerz ihres ersten Mals und das warme Blutrinnsal, das sie später am entferntesten Ende des pfauenförmigen Sees abwuschen. Sie lachten und tobten im Wasser, ohne Mme. Gabrielle zu bemerken, die sie vom Kleehügel aus beobachtete, überglücklich, daß ihre Enkeltochter endlich ihr gehörte.

29

Mme. Gabrielle schlug mit der Hand auf den Stapel Reiseunterlagen, die Simone auf ihren Schreibtisch gelegt hatte – Pässe, russische und türkische Visa und einen Geldgürtel mit russischer, türkischer und persischer Währung. Während sie angenommen hatte, Simone befinde sich im ersten Stadium von Entdeckung und Betörung, war das Mädchen hingegangen und hatte sich direkt vor ihrer Nase verliebt. Zu ihrer noch größeren Verärgerung beabsichtigte sie, mit diesem Juwelier, an dessen Namen ihre Großmutter sich kaum erinnerte, nach Persien zu gehen.

Die Beweise lagen vor ihr. Eine Karte, auf der die Reise von Deutschland durch Rußland nach Baku markiert war, und Schiffspassagen durch das Kaspische Meer bis zum persischen Hafen Anzali. Die Route war klug gewählt, wie sie widerwillig zugeben mußte. Sie war kurz und leicht im Vergleich zu der strapaziösen Reise zu Pferde über unwegsame Berge. Der Orientexpreß, der von Paris nach Konstantinopel fuhr, könnte sogar vergnüglich sein, wäre da nicht die Angst vor Räubern. Sie war selbst einmal mitgereist im L'Orient Express, dem ersten öffentlichen Schnellzug der Compagnie des Wagons Lits. Jung und unerfahren, wie sie war, fand sie es aufregend, daß die Reisenden Pistolen und Gewehre mit sich führen sollten. Trotzdem hatte sie die ganze erste Nacht mit ihrem Gewehr hellwach und aufrecht im Abteil gesessen. Dieses Gewehr hätte sie jetzt gerne bereit, um es über ihren Schreibtisch hinweg auf Simone zu richten, die ihr mit Augen, dunkler als Messing, gegenüberstand.

Ihre Hand fuhr wieder hinab und verstreute die Unterlagen rund um den Schreibtisch. »*Non*! Das ist inakzeptabel. Ausgerechnet du, Simone! Ich hatte dich für klüger gehalten. Dem allen hier den Rücken zu kehren.« Mit einer weitschweifenden Geste wies sie auf das Château und die Umgebung. »Ich verbiete dir diese Torheit! Wenn du Persien noch einmal auch nur erwähnst oder daran denkst, den Mann wiederzusehen, nehme ich dir deine Bücher fort, laß dich nicht unterrichten und streiche dich, wenn nötig, aus meinem Testament.«

Von Natur aus rebellisch, war Simone in den vergangenen Wochen zu einer eigensinnigen Frau gereift, so berechnend und unerschrocken wie Mme. Gabrielle, deren Mißbilligung sie erwartet hatte. Sie erwiderte deren wütenden Blick. »*Grand-mère*, es ist ein *fait accompli*; also gib uns bitte deinen Segen.«

Mme. Gabrielle d'Honoré drückte ihre elegante Hand auf ihr aufgebrachtes Herz. »Hör zu, *chérie*. Er ist ein feiner Kerl, ja, sieht gut aus, *oui*. Charmant, *mais bien sur*. Aber du verwechselst Betörung mit Liebe. Ich will nichts davon hören. Du sollst nicht in einer gottverlassenen persischen Küche verrotten, wo du die Knöpfe an seinem Hosenschlitz annähst. Darauf weißt du scheint's keine Antwort. Dann geh! Und wenn du mir nicht gehorchst, wird dir nichts bleiben außer deinem Revolver und deinem Spitzentaschentuch.

Und, *chérie*, bitte mich auch nicht um meinen Segen. Ich bin weiß Gott keine Heilige.«

Obwohl ihre Liebe niemandes Segen nötig hatte, brachten die letzten Worte ihrer Großmutter sie auf eine Idee, und Simone schlug die Augen nieder, als sei sie zur Einsicht gelangt. Sie küßte Mme. Gabrielle auf beide Wangen, gab ihr obendrein noch einen Kuß auf die Stirn und ging aus dem Schreibzimmer.

30

Mit Alphonse an seiner Seite ruckelte Rabbi Abramowicz in der dahinpreschenden Kutsche umher. Der Kutscher peitschte die Pferde zur Raserei. Der rote Bart des Rabbis, der in der Mitte geteilt und an den Seiten aufwärts gezwirbelt war wie umgedrehte Hörner, zeigte dank der für diesen Anlaß aufgetragenen Farbe keine Spur von Grau. Die scharlachrote Schleife um seinen Hals fühlte sich an wie ein Strang, die Messingmedaillen an seinem Revers wogen schwer, und das Cape über seinen Schultern war ihm eine Bürde, die abzuwerfen er nicht erwarten konnte. In der Annahme, daß unerfreuliche Umstände Simone zu ihrer dringenden Nachricht bewogen haben mußten, und in der Gewißheit, daß ihre sechzehn Jahre ein Alter waren, das Diplomatie erforderte, hatte er sich als Freund auf den Weg gemacht, nicht als Autorität. Da er sich entsprechend anziehen wollte, von der heutigen Mode aber keine Ahnung hatte, hatte er sich an einigen Fotografien junger progressiver Künstler orientiert. Infolgedessen fühlte er sich jetzt sehr unbehaglich, als hätte er die eigene Haut abgeschüttelt und sich in eine fremde gequetscht.

»Alphonse«, sagte der Rabbi, »noch nach all den Jahren fällt es mir schwer, mich mit Esters Verwandlung in, in diese ...«, er stammelte, um eine Formulierung verlegen, mit der sich die Lebensweise seiner Tochter beschreiben ließe. Weil ihm der richtige Ausdruck nicht einfiel und er wußte, daß von Alphonse kein Trost zu erwarten war, begann er zu beten.

Alphonse, der zwar gelernt hatte, die Berührung eines Juden hinzunehmen, schreckte immer noch zurück, wenn der Name fiel, den man Gabrielle bei der Geburt gegeben hatte. Die vielen Jahre in Frankreich, seine Treue zu ihr und seine Verehrung für sie ließen ihn an der Warnung des Korans zweifeln, die Berührung durch einen Juden sei *najes*, unrein. Er hatte sich auf die Liebe zu einer Jüdin eingelassen und war auf die Konsequenzen in der nächsten Welt gefaßt. Aber er mußte sich immer noch einen Stoß geben, um freundlich zu dem Rabbi zu sein und dessen unendlichem Gram Beachtung zu schenken.

Der Rabbi, den es wurmte, herzlich zu dem Mann sein zu müssen, der zumindest mit schuld war an diesem Gram, wenn er ihn nicht geradezu verursacht hatte, schlug Alphonse auf den Rücken, als wollte er ihn aus einem Alptraum wecken. »Guter Mann, ist Ihnen klar, daß ich Ester immer noch enterben kann, wenn ich es für richtig halte?«

Alphonse sah unverwandt aus dem Fenster. Er hatte Gabrielle geholfen, ihr dichtes Lügengewebe zu spinnen und bis heute Teile ihrer Vergangenheit vor ihrer Tochter und ihrer Enkelin zu verbergen. Er war so sehr in diese Lüge verstrickt, daß es ihm schwerfiel zu glauben, daß der fromme Mann, der die Vergangenheit wiederbeleben wollte und damit Alphonse' Gegenwart erschüttern würde, tatsächlich Gabrielles Vater war.

Der Rabbi schwenkte Simones Brief in der Luft. Sie hatte ihm mitgeteilt, eine Kutsche werde geschickt, um ihn ins Château zu bringen. Sie brauche ihn unbedingt, erklärte sie, und ihre rote Tinte betonte die Dringlichkeit einer nicht näher genannten Angelegenheit. Das Kuvert war mit Mme. Gabrielles Siegel versehen. »Was kann so dringend sein?«

»Das weiß ich nicht, Monsieur«, sagte Alphonse. »Die Damen teilen sich mir nicht mit.«

Der Rabbi nahm unwillkürlich Alphonse' Hand, als wollte er ein Mitglied seiner Gemeinde trösten, wodurch er Alphonse erst recht verstörte. »Guter Mann, Sie und ich wissen mehr über diese Frauen, als uns lieb ist.«

Rabbi Abramowicz zupfte seinen Bart zurecht, wischte den Straßenstaub von den Ärmeln und kletterte aus der Kutsche. Er stieg die Treppe zur Terrasse hinauf und trat in die Halle, schritt über die weitläufigen Marmorböden, die die Vorlieben seiner Tochter zeigten. In jedem Salon prangte ein anderes Marmormotiv – Würfel, die den *dreydl* glichen, die Ester zu Chanukka kreiseln ließ, Mosaikdiamanten, die ihn tief erschütterten, weil sie Ähnlichkeit mit Davidsternen hatten, und herzförmiger Veronamarmor in der Farbe von verbotenem Schinken. Er gluckste über die Torheit, Geld für Steine zu verschwenden, die keinen praktischen Nutzen hatten als den, Gottes fruchtbare Erde zuzudecken, und auf denen wichtigtuerische Leute gingen, die vielleicht nie nach unten schauten, um den ästhetischen Wert zu würdigen. Als er die Treppe zur ersten Etage nahm, sah er sich von Geisterfotografien an der Wand gegenüber gescholten. Sicherlich machten ihm seine Vorfahren Vorwürfe, daß er seine Tochter zu der Person werden ließ, die sie war. Sie wies zu gerne darauf hin, daß sogar ihre toten Vorfahren ins Château Gabrielle gezogen waren und sich in Familienfotografien zeigten, offensichtlich, um sich an dem friedlichen Ambiente zu ergötzen. Aber es waren alles andere als echte Familienbilder, stellte der Rabbi seufzend fest. Seine Tochter hatte ihre Geschichte gründlich umgewandelt, und die einzig erkennbaren Gesichter auf den Schwarzweißfotografien waren Ester, Françoise, Simone und er selbst – allerdings unendlich viel schlanker, eleganter, ohne Käppchen, die Schläfenlocken zu eleganten Koteletten gestutzt.

Er stürmte die Treppe hinauf, als sei er ein junger Herr und kein achtundsechzig Jahre alter Rabbi, und rief: »Simone! Liebchen, Simone!« Seine Stimme hallte von der hohen Decke wider, was seinen Bariton verstärkte und neugierige Dienstboten aus allen Winkeln des Hauses herbeilockte.

Mme. Gabrielle spähte aus der Tür ihres Boudoirs. Fast hätte sie ihren herausgeputzten Vater nicht erkannt. Sie schürzte die Lippen und schloß die Tür wieder. Was hatte ihr Vater vor? Es war recht ungewöhnlich für ihn, uneingeladen und unangemeldet zu kommen. Tatsächlich hatte er wiederholt ihre Einladungen zum Essen ausgeschlagen. Und warum kam er zu Simone, als wollte er sie zu einem Maskenball abholen?

Als Simone vom Stall aus die Kutsche sah, die ihren

Urgroßvater brachte, ließ sie ihr Pferd stehen und lief ins Château. Kaum imstande, ihre Belustigung angesichts der sonderbaren Gestalt zu verbergen, die trotz aller Anstrengungen immer noch aussah wie ein Rabbi, schlich sie sich auf Zehenspitzen von hinten heran und legte die Arme um ihn.

»*Alors*!« rief er, »fast hättest du mein rostiges Herz zum Stillstand gebracht.«

»Hübscher Umhang. Schicke Schleife.« Sie zupfte an den Medaillen an seinem Revers. »Welchen Rang hast du denn? Seit wann bist du beim Militär, *papa*?«

»Ah! *Ma chère*, reizendes Mädchen, der alte Mann hat immer noch ein paar Tricks im Ärmel. Hast du mich nicht deswegen mit solchem Trara herbestellt? Rote Tinte, und dann Alphonse persönlich, um mich abzuholen. Es muß etwas Wichtiges sein. Laß uns hinausgehen und die herrliche Sonne genießen.«

Sie nahm seinen angebotenen Arm, stieg aber weiter die Treppe hinauf. Sie wollte ihn nicht dem Park aussetzen mit seinen wasserspritzenden Meerjungfrauen oder dem Kleehügel mit den Galerien der sinnlichen Handschuhe und obszönen Porträts, die Mme. Gabrielles intimste Scheußlichkeiten preisgaben. Ehe sie ihn zum Treppenabsatz locken konnte, befiel sie eine andere Sorge. Wenn er nun ihren Plan, die Heimat wegen eines Persers zu verlassen, genauso inakzeptabel fand wie seine Tochter? Er hatte aus seiner Abneigung gegen Alphonse und dessen Heimat nie ein Hehl gemacht. »Schön, *papa*«, gab sie seinem Wunsch nach, drehte um und folgte ihm die Treppe hinab. »Wenn es dir lieber ist, gehen wir nach draußen.«

Sie führte ihn am See vorbei, wo sie und Cyrus vor

wenigen Tagen gebadet hatten. Mit dem Gefühl, selbst verrucht und verderbt zu sein, geleitete sie ihren Urgroßvater zum Kleehügel.

Er mühte sich die Anhöhe hinauf, fand den Aufstieg beschwerlich, wollte aber unbedingt der jugendlichen Erscheinung entsprechen, die er sich für diesen Tag zugelegt hatte. »Weg da!« schalt er einen Pfau, der an seinem Cape pickte, klemmte sich den Saum unter die Arme und setzte den Aufstieg fort. »Wohin gehen wir, *ma chère*? Sind da oben nicht die berüchtigten Galerien deiner Großmutter?«

Sie ging langsamer, wartete auf ihn. »Ja, *papa*. Ich weiß, du hast sie nie gesehen. Ich weiß, es ist ungehörig, und ich entschuldige mich dafür, daß ich dich hierherbringe.« In ihrem Kopf verwirbelten mögliche Argumente für die Galerie mit ihren Schuldgefühlen und mit der vermutlichen Reaktion ihres geliebten Urgroßvaters auf das schamlos zur Schau gestellte Leben seiner Tochter.

Als er oben stehenblieb, um zu verschnaufen, war er überwältigt von der Schönheit der von Blumen überquellenden Galerien und von ihrer erschreckenden Dekadenz. »Nein, Simone, ich geh da nicht rein.«

»Bitte«, bettelte sie. »Dieses eine Mal, mir zuliebe.«

»Das ist ungehörig.«

»Ja, und grausam von mir, aber ich weiß mir nicht anders zu helfen. Bitte, *papa*, meine Zukunft steht auf dem Spiel. Und du verstehst nicht, warum, bis du die Galerien gesehen hast.«

Er atmete tief durch. Ester hatte immer für schmerzliche Überraschungen gesorgt, aber vielleicht war es bei seiner geliebten Urenkelin ja anders. Er ließ sich in die

Galerie führen, die Simone für die am wenigsten anstößige der drei hielt. Den Kumquat-Pavillon.

Capes, Foulards und Fächer waren hier zur Schau gestellt. Türkisfarbener Samt, hauchdünnes Netzgewebe, Leopardenfell oder Schleiercapes mit Ton in Ton eingefärbten Federn und Netzen. Fächer aus Schwanen-, Straußen- und sogar Reiherfedern, über deren Rändern Mme. Gabrielles Augen funkelten wie Juwelen. An aufgehängten Ästen flatterten feinstgewirkte *Drap d'or*-Schals wie flüssiges Gold und dazu passende durchsichtige Foulards wie luftige Schneeflocken.

Der Rabbi blickte sich verwundert um, berührte die fedrige Spitze eines Fächers, zog die Hand fort wie elektrisiert. Er ging in die Knie, reckte den Hals und betrachtete ohne ihn anzufassen einen weißen Fächer von hinten, um zu sehen, woraus er gemacht war. Als er Federkiele entdeckte, stieß er einen bestürzten Schrei aus. »Welcher arme Vogel wurde hierfür gerupft?«

»Du hast keine Ahnung«, murmelte Simone verlegen. »So viele Schwäne, Pfauen und andere liebe Vögel werden für einen einzigen Fächer geopfert – manche werden lebendig gerupft, damit man kräftigere Federn erhält.« Sie nahm den Fächer und erschreckte den Rabbi noch mehr, als sie damit wedelte. »Fühl mal, wie Menschenhaar. *Grand-mère* flirtet durch die zwei Schlitze.«

Der Rabbi nahm Simone den Fächer ab, und weil er das Gefühl der Federn in seiner Hand sehr befremdlich fand, ließ er ihn fallen, als hätte er sich verbrannt.

Simone hob ihn auf und blies den Staub weg, bevor sie ihn zurücklegte. Sie trat beiseite, um zu kontrollieren, ob er wieder korrekt an seinem Platz lag.

Der Rabbi war gebannt von diesen Fächern aus exotischen Federn und Farben, aber die Enthüllung dieser Facette aus dem Leben seiner Tochter bereitete ihm Unbehagen. Er drehte sich auf dem Absatz um und ging hinaus.

»Halte es mir zuliebe noch ein bißchen aus«, rief Simone.

Er seufzte, schloß die Augen, verließ die Galerie der Fächer und betrat den Pavillon, der Handschuhen gewidmet war. Seine erste Reaktion war Staunen über Esters Bedarf an so vielen Handschuhen. Gehörten sie zum Rüstzeug ihres Gewerbes, und wenn ja, warum? War eine nackte Hand nicht verführerischer als Stoff, Pelz und Leder? Seine Tochter verbarg ihre Hände wie ihre Vergangenheit. Aber ihre Hände waren schön, ihre Vergangenheit ebenso. Nichts, wofür sie sich schämen müßte. Er erkannte verzagt, daß seine Tochter ihm noch fremder war, als er gedacht hatte.

Auch Simone begriff nicht, warum berühmte Männer in Scharen auf den Kleehügel pilgerten, um Mme. Gabrielles legendären Händen zu huldigen. Handschuhe aus schwarzer Spitze mit winzigen Seidenschleifchen und Diamanten als Zierknöpfen, goldene Tüllhandschuhe, bis zum Ellenbogen geschnürt, kamellederne mit Satinbesatz, die ihre Handgelenke umflatterten, Chinchillafäustlinge und an den Fingern offene Organzahandschuhe, die Fingernägel sehen ließen so delikat wie Bonbons. Simone zog ein Paar mit Lochstickerei über und imitierte das verführerische Fingerballett ihrer Großmutter, schwenkte den Handschuh vor der Nase des Rabbis.

»Weg da, weg da!« Er wedelte das unziemliche Gefühl von Velours und den Parfümgeruch seiner Tochter fort. »Pfft! Was ist das? Was nützen Handschuhe mit Löchern? Sie halten im Winter nicht warm. Nicht mal die Bettlerin Sara würde solche *schmattehs* anziehen! Zieh sie aus, Simone, ich bestehe darauf. Auf der Stelle!«

Simone streifte die Handschuhe von den Fingern und legte sie wieder auf das Bord. Sie überdachte ihr Vorhaben. Hatte sie den Mut, den Rabbi den Porträts auszusetzen, die seine Tochter umschlungen von ihren Liebhabern zeigten? Die Fächer hatten ihn verstört, die Handschuhe hatten ihn sichtlich gekränkt. Aber da sie nun einmal hier waren, mußte sie es zu Ende bringen.

»Komm! Komm!« sagte sie, als würde sie ihn in den Garten Eden führen.

Er rührte sich nicht vom Fleck. Die Erschütterung über die Handschuhe und Fächer hatte ihn gelähmt. Der Beweis, daß seine Tochter sich mit derlei anstößigen Dingen umgab, hatte ihn vernichtet. Er wollte sich nicht noch mehr demütigen lassen. »Ich habe genug gesehen. Geh du in den dritten Pavillon, wenn du mußt, Simone.«

Sie schmiegte schluchzend den Kopf an seine Schulter. »Es tut mir leid. Ich hätte das nicht tun sollen. Ich rufe nach der Kutsche, daß sie dich nach Hause bringt.«

»Du hast mir nicht erzählt, warum du mich überhaupt kommen ließest.« Er konnte ihre Tränen nicht ertragen.

»Ich habe dir genug Schmerz zugefügt.«

»Schon gut, schon gut, du hast gewonnen. Zeig mir diesen auch noch, wenn du dann zu weinen aufhörst. Aber versprich mir, daß es der letzte ist.«

Sie standen auf der Schwelle zur letzten Galerie und

hielten sich an den Händen. Simone war ebenso entsetzt wie der Rabbi. Er zog ein großes Schnupftuch aus seiner Tasche und wischte sich die feuchte Stirn ab. Konnte es wahr sein, dieses Schauspiel, das über ihn hereinbrach? War seine Tochter mit allen diesen Männern ins Bett gegangen? Welche Frevel hatte seine Ester, das schüchterne kleine Mädchen, das gebannt seinen Erzählungen gelauscht hatte, in ihrem Leben sonst noch begangen?

Er wollte gerade den Blick senken, als er ein auffällig plaziertes Bild entdeckte. Er starrte entgeistert darauf. Täuschten ihn seine Augen? War seine Tochter so weit gegangen, hatte sie sich so mit Schande besudelt, sich auf ein Verhältnis mit dem berüchtigten Rasputin einzulassen? Der Rabbi brach vor dem Bild seiner nackten Tochter in Rasputins Armen in die Knie.

Simone kniete sich neben ihn, ihre Schluchzer hallten durch den Pavillon. »Ich bitte dich um Verzeihung, *papa.* Wirst du mir je verzeihen, daß ich dir das angetan habe? Aber du mußtest meine Zukunft sehen.«

Sie traten hinaus, setzten sich auf Mme. Gabrielles Rattan-Chaiselongue und blickten auf den mit Kastanienbäumen gesprenkelten lavendelblauen Horizont.

Er löste die Schläfenlocke, die er hinters Ohr geschoben hatte. Er, der an *tikkun olam* – die Genesung der Welt – glaubte, hatte eine Reihe Verfehlungen begangen, die nichts als sündiges Schwelgen gefördert hatten. »*Ma pauvre chérie,* daß du so einen Urgroßvater hast, aus dem Schtetl, allen und allem entfremdet. Deswegen wollte ich nicht, daß Ester ein Außenseiter wurde wie ich. Aber ich hatte nie gedacht, daß sie so weit vom rechten Weg abkommen würde.« Er wies auf die Galerien, während er eine Schläfenlocke um den Finger wand. »Ich bitte dich, Simone, sei dir deiner Umgebung bewußt, schnuppere in die Luft und erkenne die verschiedenen Schattierungen der Begierde und Wollust, die du meiden mußt.«

»Genau deswegen, *papa*, solltest du dies alles sehen.«

»Wollust wie diese vergiftet die Seele. Leidenschaft als Folge ehelicher Liebe ist wünschenswert, aber durch Verderbtheit erzeugte Leidenschaft, wie wir sie da drinnen gesehen haben, gilt es um jeden Preis zu meiden.«

»Ja. Und darum mußt du mit *grand-mère* sprechen. Du mußt sie überzeugen, daß ich eine andere Zukunft verdiene. Ich liebe jemanden, *papa*, einen wunderbaren Perser. Ich möchte mit ihm nach Persien gehen.«

»Na, na, nun mal langsam, Liebchen. Ein Perser! Wo um alles in der Welt hast du einen Perser kennengelernt? Das kommt ganz überraschend. Damit habe ich ganz und gar nicht gerechnet. Bitte nicht wieder weinen. Liebst du ihn aufrichtig, oder bist du nur neugierig? Sind alle französischen Männer in der Versenkung verschwunden, daß du dich mit einem Perser einläßt?«

»Was nützt es, wenn ich es erkläre«, sagte sie und suchte Halt in der wohligen Wärme seiner Augen. »Du wirst es nicht verstehen, genau wie alle anderen.«

»Ah! Auf einmal bin ich wie alle anderen?« Er ließ ihre Hand los, tat beleidigt. »Na hör mal! Was weißt du über Persien, diese rückständige Wüste? Was weißt du über diesen Mann? Willst du deine Familie verlassen? Hast du die Folgen bedacht? Willst du dich in eine rückständige Welt von Nomaden in Schafsfellen verbannen?«

»Ja, weil ich dort vielleicht Aussicht auf ein anderes Leben habe. Andernfalls machen mich Versuchung und *grand-mères* Einfluß zu einem Schmuckstück am Arm des einen oder anderen Mannes, zu einer *grande horizontale.*«

Der Rabbi hörte nicht nur auf Simone, sondern auch auf sein Herz, das sich nicht beruhigen wollte. Er war sich der Absicht seiner Tochter bewußt, ihre Dynastie zu erhalten, er wußte auch, daß Françoise unfähig war, einen solchen Reichtum zu verwalten, und er wußte, daß Simone als Erbin vorgesehen war. Er blickte in seinen Schoß, als stehe dort die Lösung geschrieben.

Sie drückte seine Hand. »Sag, *papa*, was für eine Zukunft habe ich in Paris, ich, die uneheliche Tochter eines bayerischen Parfümeurs?«

Rabbi Abramowicz rang mit seinen eigenen Verfehlungen. Er hatte im Angesicht des Himmels droben und der Erde drunten gesündigt. Er hatte eine Tochter aufgezogen, die wie ein Pfeil vom Bogen abgeschwirrt und im Herzen der Unzucht gelandet war. Er hatte es nicht gebilligt, aber er hatte auch nicht energisch seine Mißbilligung von Esters Lebensweise geäußert, weil er ein Feigling war und ihre Liebe zu verlieren fürchtete. Jeden Morgen und jeden Abend, wenn er das Schema betete, kämpfte er mit seinem Gewissen. Hatte er Ester über Bord gestoßen, indem er sie ermutigte, auszugehen und das Leben kennenzulernen? Wäre sie wieder nach Hause gekommen, wenn er gedroht hätte, sie zu enterben? Hätte er sich nicht behaupten und mit jedem Atemzug und bis auf den letzten Tropfen seines jüdischen Blutes kämpfen müssen?

Jetzt bot sich ihm endlich die Gelegenheit, es wiedergutzumachen. Er wollte seine Tochter zur Vernunft bringen, selbst wenn er sie verlöre, selbst wenn er gezwungen wäre zu lügen – ein geringer Preis, um Simones Unbescholtenheit zu schützen. Er legte seine Hand auf ihren Kopf und sprach den Kohanim – den Segen eines Urgroßvaters für seine geliebte Urenkelin. »*Yevarechcha adonai wejischmerecha*. Der Herr segne und behüte dich. *Ya-er adonai elecha wichuneka*. Der Herr sei dir gnädig ...

Geh nur, mein Kind. Folge deinen Träumen, wohin sie dich führen, solange es fort von hier ist.«

31

Paris
Winter 1901

Simone verließ Persien, fünfzehn Tage nachdem das Nordlicht Cyrus' Tod verkündet hatte. Sie hatte nicht geahnt, daß die Bewohner Teherans in dieser Nacht wie gelähmt waren vor Furcht vor dem bislang unbeobachteten Phänomen Aurora Borealis, diesen zischenden Himmelsschlangen und dem Wahrsagerchor, der Unheil prophezeite.

Die Juden flüsterten sich zu, das Lodern am Firmament sei eine Vorwarnung für ein drohendes Pogrom. Moslemische Fundamentalisten wehklagten, das Feuer am Himmel sei ein Beweis, daß sich die Ungläubigen der Welt zusammenscharten und das große persische Reich überfallen werden – diesmal mit weit schlimmeren Folgen als bei der arabischen und der mongolischen Invasion. Die Zoroasten waren überzeugt, daß die Kräfte des Guten und des Bösen am Himmel kollidierten, und jubelten über den unvermeidlichen Ausgang: Der gerechte Prophet Ahura Masda werde wieder an die Macht kommen.

Für Simone hatte die Aurora Borealis nichts bedeutet. Doch Cyrus' zahlreiche Versuche, sie von irgendwoher zu warnen, hatten schließlich ihren Tribut gefordert. Sie beschloß, Persien zu verlassen, bevor sich eine weitere Katastrophe entwickeln konnte.

Die erste Strecke ihrer Reise nach Frankreich legte sie in einer Postkutsche zurück. Nach zahllosen Pausen, die der Kutscher brauchte, um eine Opiumpfeife zu paffen, ließ sie Teheran gottlob hinter sich und kam zum Hafen von Anzali südwestlich des Kaspischen Meers. Von hier legte ein russischer Dampfer nach Baku ab, gedrängt voll mit schwitzenden Leibern und von der Sonne ausgedörrten Gesichtern, zappeligen Kindern und Säuglingen. Die blasige Haut der hundert murrenden Seelen blätterte ab wie alte Farbe. Das Schiff schäumte dahin, und die Wellen besprühten ihr tränennasses Gesicht. Heiße Südwinde stürmten in den purpurnen Horizont, während sie versuchte, ihren Kummer ins Meer zu schütten. Es gelang ihr nicht. Sie wollte die Weiterreise nicht verschieben und nahm den nächsten Zug von Baku über Tiflis, St. Petersburg, Warschau, Hamburg und traf an einem klaren Abend in Paris ein. Der Himmel war so lebhaft, daß er auf Armeslänge über ihr zu schweben schien.

Erst jetzt, in den vertrauten Straßen ihrer Stadt, wurde ihr bewußt, daß weder ihr Gepäck noch ihre Handtasche mit den roten Diamanten an den vielen Kontrollstellen durchsucht worden waren, während ihre roten Haare und die weiße Haut Aufmerksamkeit erregt und alle möglichen Leute veranlaßt hatten, sie von oben bis unten anzustarren.

Wachte jemand über ihre Sicherheit? – *Chance Banu.*

Françoise und Mme. Gabrielle empfingen sie mit

stummen Umarmungen, gezügelter Neugier und gemurmelten Beileidsbezeugungen. Sie wunderte sich, ob sie sie als ihre Simone umarmt hatten oder als die Fremde, die sie geworden war. Als sie sagte, sie brauche Zeit zu gesunden, ließen sie sie allein. Alphonse übergab ihr die Tehillim von ihrem Urgroßvater; das Morgengebet war mit einem silbernen Lesezeichen markiert.

Sie zog im Zibetkatzental in die Räume, in denen sie und Cyrus sich zum erstenmal geliebt hatten, und warf sich mit weit offenen Augen auf das Rosenholzbett. Sie drehte sich fort von ihrem Bild in den bambusgerahmten Spiegeln auf beiden Seiten. Die Zwerggurken auf den Wandpaneelen erinnerten sie an die Gurken, die Cyrus erfolglos auf dem Berg anzubauen versucht hatte. Baudelaires *Einladung zur Reise*, der Versuch ihrer Großmutter, sie in die Lebensweise der d'Honorés einzuweihen, hatte zu einer Tragödie geführt. Hatte ihre Mutter am Ende doch recht? War die Liebe das größte Verhängnis einer Frau, die Ehe ein Bund, der Kummer begründete?

Der Abend ihrer Hochzeit war ihrem Gedächtnis für den Rest ihres Lebens eingeprägt. Sie beide in Weiß. Bart als Trauzeuge und Brautjungfer in einem. Der Himmel ihr Brautbaldachin, die frischwürzige Luft berauschender als der Wein, den Bart auf den Berg geschmuggelt hatte. Obwohl er Moslem war, hatte Bart, ihr improvisierter Rabbi, sie unter Rezitieren von Gedichten getraut. Später hüllte sie sich in Schafsfell, weil ihre kühle Haut kribbelte. Sie suchte Zuflucht in der Umarmung ihres Mannes mit einem Berglöwen als einzigem Zuschauer.

Jetzt öffnete sie einen Koffer und packte nur das Nötigste aus – Nachthemd, Unterwäsche, Kämme und die Reithose, die sie trug, als Cyrus sie zu Pferde mit den Bergen bekannt gemacht hatte. Sie legte seinen Tallitbeutel auf das Kaminsims. Ungeachtet Barts Warnung, daß übermäßig viel Gepäck sie behindern und Räuber anlocken würde, waren weitere Truhen mit Cyrus' Habe im Zimmer verteilt.

Sie befühlte den Beutel mit den roten Diamanten und schob ihn unter die Matratze. So leicht. Unberührbares Blutgeld. Und an ihrem linken Ohr hatte Cyrus' Diamant eine neue Bleibe gefunden.

Sie lehnte sich aus dem Fenster und blickte in den Park des Châteaus. An demselben Fenster hatte Cyrus den Kleehügel entdeckt, getaucht in den Sepiaschimmer köstlicher Sünden. Sie hatte damals mit ihm hinausgesehen, aber jetzt war der Hügel von aschgrauen Wolken umwälzt, die Galerien hoben sich gespenstisch von der Silhouette des Zibetkatzenhügels ab. Nichts als gestutzte Hecken und Künstlichkeit. Würde der Zauber ihres Urgroßvaters, die Tehillim-Psalmen, ihren Tagen so etwas wie Normalität zurückgeben?

Sie wühlte in einer der Truhen, die ihre Habe enthielten, und suchte die Sachen heraus, die sie in Barts Café angehabt hatte – Wollrock, brauner Pullover, eine langärmelige Weste und undurchsichtige Strümpfe. Sie warf sie in den Kamin und sah zu, wie sie sich knisternd zu grauen Büscheln kringelten und zischend vergingen.

Sie zog ein farbiges Negligé nach dem anderen hervor – orange, golden, violett –, hielt sie alle ins Licht, drapierte sich Spitze und Satin um die Schultern, wand sie um ihre Taille und ließ sie an den Beinen bis zu den Knöcheln hinabwallen. Sie hob die Säume, atmete Cyrus' Geruch nach Liebe und Lust ein, der mit dem Stoff verwoben war.

Mit einer Schere schnitt sie das Oberteil von einem Negligé, hielt den abgeschnittenen Stoff an der Taille fest und zerriß den Rest. Sie suchte durchsichtige Nichtigkeiten aus ihrem Gepäck, Stück für Stück, zerrupfte sie mit Händen, Zähnen und Schere, schnitt sie in Streifen, zerfetzte sie sorgfältig, systematisch. Ein Ritual, um ein Ende zu begehen. Sie kehrte dem Haufen aus Flor-, Rohseiden- und Schleierstreifen den Rücken. Sie löste das schwarze Samtband aus ihrem Haar, zog Cyrus' Trauring vom Finger, wand das Band hindurch und legte es sich um den Hals. Sie berührte seinen Ohrring – deine süßen Ohrläppchen, hatte er gemurmelt. Und um seinetwillen behielt sie den Ohrring an.

Sie wollte Cyrus' Simone begraben, seine sinnliche, lustvolle Frau. Sie wollte dieses Kapitel ihres Lebens für immer schließen. Sie wollte nie einen anderen Mann an ihre kostbare Wehrlosigkeit heranlassen. Nie einem anderen Mann die Intimität gewähren, die sie mit Cyrus genossen hatte. Während sie sich im Spiegel musterte, die sommersprossige Blässe der Schultern, die Brüste, die nach der Fehlgeburt voller waren, sah sie sich in Laken und Kissen herumwälzen, in Seide gehüllt, feucht und empfänglich, angebetet wie keine Frau je zuvor. Sie waren wunderbar gewesen, diese Stunden mit ihm hinter verschlossenen Türen, wenn sie ihre Sexualität entfesselt hatte, prall von Begierde, begehrt und verehrt. Sie streichelte die Truhen mit seinen Sachen, machte eine auf. Sie suchte das weiße Hemd heraus, das er in einer Welt düsterer Schwärze getragen hatte. Sie streckte sich darauf aus, wickelte sich auf dem Bett darin ein.

Ohne sich Vorwürfe zu machen, weil sie ihn so bald nach seinem Tod begehrte, weil sie sich mit ihren Fingern streichelte, die mit ihrem Körper vertraut waren, brachte sie sich zu Ende und sank in einen erschöpften Schlaf.

32

Nach fünf schlaflosen Nächten und ebenso vielen Tagen, an denen sie wenig Appetit gehabt hatte, höchstens auf ein, zwei Gläser Wein, hatte sie endlich geschlafen. Sie war übermannt gewesen von der Besessenheit, sich zu befriedigen, als wollte sie Cyrus aus ihrem Körper vertreiben.

Ein in Brokat gebundenes Heft aus Pergamentblättern in der Hand, hielt Alphonse sich in ihrer Nähe, als sei er einer von den Geistern ihrer Großmutter. Weil ihm die passenden versöhnlichen Worte fehlten, stellte er eine Sèvres-Schale mit Schokolade und eine Schale Obst an ihr Bett. Er schlug das Heft an einer markierten Stelle auf und legte es auf die Fensterbank. »Ihre Großmutter möchte, daß Sie das lesen. Sie sind furchtbar blaß, Simone, Sie müssen etwas essen.«

»*Merci*, vielleicht später.«

»Brauchen Sie irgend etwas? Sagen Sie es mir, bitten Sie um etwas, von dem Ihnen besser wird. Ich fühle mich so hilflos.«

»Ich mich auch, hilflos und hoffnungslos.«

Alphonse senkte den Kopf und ging hinaus.

Simone fing an, Mme. Gabrielles schwungvolle Handschrift zu lesen, die sich über die gekennzeichneten Seiten schlängelte wie vergoldete Ballerinas.

Mein Liebling, Simone, als ich anfing, meine Erinnerungen aufzuzeichnen, tat ich es in der Absicht, sie Dir auszuhändigen, nachdem Du eingewilligt hattest, die Würde der d'Honorés zu tragen. Aber schwere Zeiten erfordern drastische Maßnahmen. Ich habe beschlossen, Dir vom Krieg zu erzählen, den ich überlebt habe, denn Du führst Deinen eigenen Krieg. Vielleicht hilft die Enthüllung dieses Abschnitts meiner Vergangenheit, Deine Genesung zu beschleunigen. Vielleicht läßt meine Geschichte Dich erkennen, warum mein Schicksal diese Wende nahm. Vielleicht lernst Du dann die Lebensweise schätzen, die Dir ermöglicht wurde. Zumindest aber wirst Du wissen, daß Du nicht allein bist.

Ma chérie, Krieg ist ein unbarmherziges Untier. Zumal für ein junges Mädchen, wie ich es war – von ihrem wundertätigen Vater geliebt, aufgewachsen in einem Zauberhaus mit traumgenährten Rosen und liebesgetränkten Fässern mit Wein, der das Marais in seinem berauschenden Griff hielt.

Heimgesucht vom Französisch-Preußischen Krieg, stand ich plötzlich statt dem besänftigenden Gluckern gärenden Weines dem Grollen des Hungers gegenüber. Statt Papas Duft nach Orangenblüten drang beißender Schießpulvergestank durch die Fensterritzen. Statt be-

haglicher Wärme von zerlassener Butter und gebräuntem Zucker, von frisch gebackenen Eclairs und Napoleontorten, bildeten sich Eiszapfen in unsern Adern.

Und Papas warme Augen, deren Ausdruck meine Mutter einst zu einem Wust von Beschwerden veranlaßt hatte, weil ihre crème brûlée *gerann und der Wein in den Fässern sauer wurde, verwandelten sich in schwarze Brunnen.*

Den Kriegsgestank in der Nase und das Hungergrollen im Bauch, ging ich von einem Lebensmittelgeschäft zum anderen, um ein Stück fauliges Obst, eine Innerei oder, wenn ich Glück haben würde, einen nackten Hühnerknochen für Kartoffelsuppe zu ergattern. Das Viertel war in grauen Qualm gehüllt, und an den Eßständen war nichts zu finden. Am verstörendsten aber war die Wolke der Hoffnungslosigkeit, die über dem Marais schwebte.

Zwei Kinder liefen an mir vorbei. Ich folgte ihnen, weil sie einem Ball nachzulaufen schienen. Der Gedanke, daß sie ein Spiel spielten, gab mir einen Hoffnungsschimmer. Sie hasteten dahin, ihre dünnen Beine bewegten sich wie die Marionetten in den Vorstellungen, die Papa am Purimfest veranstaltet hatte. Ein Junge blieb stehen und wartete auf den anderen. Ihre skelettartigen Gestalten huschten in eine stinkende Röhre, die in eine Kloake führte.

Sie jagten Ratten, um sie zu essen.

Der Kummer, den ich vor meiner Familie verborgen hatte, strömte mir plötzlich übers Gesicht. Ich wischte die Tränen mit den Ärmeln, dem Rock, dem Handrükken fort, ließ den lauten Schluchzern freien Lauf, die ich viel zu lange in mir verschlossen hatte. Zerrissen von Schuldgefühlen, weil ich genug Geld besaß, um ein Stück verfaulten Kohl für Suppe zu kaufen, während Kinder in stinkenden Kloaken Ratten fingen, stand ich da, unentschlossen, wohin ich nun gehen sollte.

Ein junges Mädchen mit dunklen Ringen um die tiefliegenden Augen näherte sich einem Passanten. Seine große Silhouette bleibt mir klar im Gedächtnis, chère Simone; du wirst mehr wissen, wenn Du zu den letzten Seiten kommst. Er bot einen ungewöhnlichen und aufmunternden Anblick vor dem schwarzgefleckten Horizont meiner Nachbarschaft. Er wirkte wie ein Gespenst aus einer besseren Welt. Er trug einen Anzug mit weißen Revers und eine seidene Krawatte. Seine Haltung war würdevoll, die eines Aristokraten, der sich ins Marais verirrt hatte. Und dann riß mich die schrille pubertäre Stimme des Mädchens in die Wirklichkeit zurück. »Un centime, s'il vous plaît, pour acheter du pain pour ma famille. Alors j'irais avec vous.» *Sie bot diesem Herrn ihren Körper an für einen Laib Brot für ihre Familie.*

Ohne zu zögern, zog er eine Handvoll Münzen aus der Tasche, viel mehr, als ich seit Beginn des Krieges auf einmal gesehen hatte. Er ließ sie in ihre Hand fallen und schickte sie mit einem freundlichen Klaps auf den Rücken fort.

Ich hielt meinen Bauch, beugte mich vornüber und erbrach meinen Gram, meinen Hunger und meine Verzweiflung an den Straßenrand. Ich bekam einen Schrecken, als ich seine großen schönen Hände auf meinen Schultern spürte. Seine ausdrucksvollen Augen blickten aus seiner imponierenden Höhe auf mich herab. »Ist dir übel?« fragte er mit einem eigenartigen Akzent. »Hast du vielleicht Hunger?«

Ich richtete mich rasch auf, wischte mir den Mund sauber und brachte den Anschein einer stolzen Miene zustande. »Ja«, sagte ich, selbst erschüttert über dieses Bekenntnis und verlegen wegen des sauren Geruchs, der mir entwich.

»Mohammed aus Isfahan«, sagte er und reichte mir auf aristokratische Weise die Hand. »Darf ich um die Ehre bitten, Mademoiselle zum Diner einzuladen?«

Trotz meines Schweigens und meines ehrfürchtigen Gesichtsausdrucks, oder gerade deswegen, wie er später bekannte, faßte er den Mut, meinen Arm zu nehmen und mich von den Kloaken wegzuführen. Wir überquerten die Rue des Rosiers, gingen vorbei an Moses koscherer Schlachterei, der Bäckerei Sabbat Bagel und dem Delikatessengeschäft der Gebrüder Goldstein. Dabei schilderte er fesselnde Details seiner langen Reise. Er war mit der Eisenbahn von Teheran nach Täbris gefahren, dann weiter mit dem Schiff nach Badkoubeh, dann nach Tiflis und Moskau, und schließlich zu Pferde und mit der Kutsche nach Frankreich.

»Ich habe meine Heimatstadt Isfahan vor mehr als fünf Monaten verlassen«, sagte er, »aus Protest gegen die probritische Politik des Kadscharen. Ich konnte nicht mit ansehen, wie der Schah mein Land und meinen Glauben an das skrupellose Empire verschacherte.« Er sah zu mir herab und lächelte, wodurch seine breite Stirn noch breiter wirkte. »Ich habe Überschwemmungen, Erdbeben und Straßenräuber überlebt, um zu dir zu kommen.«

Und ich lächelte zurück. Ich fand es charmant, wie freimütig und unbekümmert er log, wie er an seinem Geburtsort hing, genau wie ich an meinem, und Isfahan, einen Ort, von dem ich noch nie gehört und den ich nie auf einer Landkarte gesehen hatte, als »das halbe Universum« betrachtete. Sein nobles Auftreten, die gloriose Schilderung seiner Reise, unsere zufällige Begegnung und seine Tasche voll Münzen machten ihn in meinen Augen zum Helden und Retter.

Er führte mich aus dem Marais-Viertel mitten ins Herz von Paris und in ein erstklassiges Modegeschäft, wo er mir Seidenstrümpfe und ein Kleid aus Crêpe de Chine kaufte, um das mich eine Kaiserin beneidet hätte. Dann ging er mit mir in ein Restaurant, das uns ein komplettes Menü servierte, mit Artischockenherzen, Gänseleberpastete, Lammnüßchen und flambiertem Pfirsich. Es sollten noch viele derartige Mahlzeiten und viele weitere Geschenke folgen. Unsere Beziehung läßt sich am besten so beschreiben: Mohammed verliebte sich in mich, und ich wurde von ihm abhängig.

Im Laufe der Jahre wechselte unsere Beziehung von Liebenden zu zuverlässigen Freunden. Wir haben uns gegenseitig gestützt. Wir sind uns bis heute unentbehrlich.

Mit Mohammed an meiner Seite stürzte ich mich ins Pariser Gesellschaftsleben. In den ersten Monaten war mein Hauptanliegen, meine Familie vor dem Hungertod zu bewahren. Und das tat ich, da Mohammed mir und meiner Familie bereitwillig von seinem Reichtum abgab.

Wir hielten die kalten Winter 1878 und 1879 durch, Mohammed und ich, und feierten, als die Neue Repu-

blik ausgerufen wurde. Paris erholte sich allmählich. Ich verliebte mich in ein Paris, das nach dem Krieg wieder auflebte. Ein Paris, das in unbeschädigter üppiger Schönheit wieder auftauchte, das zögernd die gesellschaftlichen Barrieren senkte und mich von seiner blendenden Dekadenz kosten ließ. Ich wollte Vergnügen und Eleganz, wollte zur Beau Monde gehören – der schönen Welt und der feinen Gesellschaft. Ich besuchte häufig die Oper, die Grands Boulevards und die Straßencafés, diskutierte mit den Bohemiens, Künstlern und Freigeistern von Montmartre und Montparnasse. Ich war überzeugt von den revolutionären Ideen von Mahler, Klimt und Schnitzler.

Doch das alles genügte mir nicht. Ich wollte Ruhm und Macht. Ich wollte Pferde, Prachtkarossen, Einspänner besitzen und ein Schloß, das meinen Namen trug. Ich wollte mich in Schmuck ertränken, in jeder Saison die Mode diktieren und als die grande dame *von Paris gekrönt werden.*

Ich nahm mir wohlhabende, einflußreiche Liebhaber mit goldverbrämten Uniformen und herablassendem Benehmen. Ich besuchte private Salons, in denen Könige und Grafen verkehrten. Und ich geriet tiefer in ihre Ausschweifungen. Ich wollte einen so großen Reichtum anhäufen, daß Kriege und Seuchen ihn mir nicht nehmen und ihn nicht überdauern konnten.

Mohammed hingegen war verblüfft über diese Entwicklung und traurig über den tiefen inneren Wandel, den ich durchlebte. Er war an meiner Seite zufrieden. Mehr wollte er nicht. Er hatte kein Verständnis für meinen Hang zu sorgloser Hemmungslosigkeit. Er erkannte nicht, daß mein Entschluß, unabhängig zu sein, eine Auswirkung des Krieges war, unabhängig nicht nur von ihm, sondern von allen Dingen und Menschen, die meine Freiheit einschränken könnten.

Ma chère Simone, jetzt weißt Du, woher ich komme und auf wen Du Dich in dieser schweren Zeit verlassen kannst. Dein Urgroßvater wird stets seinen Zauber auf Dich ausüben. Deiner Urgroßmutter hat der französisch-preußische Krieg das Herz gebrochen, aber ihre Seele wird stets über Dich wachen. Dein Großvater Mohammed, den Du als Alphonse kennst, ist ein großherziger Mensch mit strengen Wertmaßstäben, der unserem Leben weiterhin eine gesunde Dosis Realismus verleihen wird. Ich werde über das wenige, das Du über Deinen Vater weißt, nicht hinausgehen. Männer wie er überläßt man am besten der Vorsehung. Und Françoise, Deine Mutter, wird mit ihrer unaufhörlichen joie de vivre *Dein Leben bereichern. Ich liebe sie mehr als mein Leben, Du aber bist das Samenkorn, das zu einem robusten Baum ausgewachsen ist.*

Schüttle Deine Trauer ab. Der Fortbestand des Namens d'Honoré hängt von Dir ab.

Alphonse! Ihr Großvater! Für Simone war diese Enthüllung weniger erschütternd als überraschend. Sie hätte es längst ahnen sollen. Für sie war er immer eine Vaterfigur gewesen, ebenbürtig mit ihrem Urgroßvater. Sie, der uneheliche Sprößling eines verachtenswerten Niemand, hatte jetzt einen Großvater aus Fleisch und

Blut. Robuste Wurzeln, um zukünftige Stürme zu überstehen.

Ungeachtet Mme. Gabrielles Merkzeichen an den Seiten, die sie lesen sollte, blätterte Simone weiter, lechzend nach mehr und erfreut über ihren neuentdeckten Familienstand.

Alphonse erschien auf der Schwelle, in einer Hand eine Tasse heiße Schokolade, in der anderen ein Glas Pampelmusensaft.

»Mohammed«, flüsterte Simone und lief in seine Arme.

»Mein Kind, mein liebes Kind«, murmelte er, während er die zwei Getränke in den Händen balancierte und heiße Schokolade auf der einen, Pampelmusensaft auf der anderen Hand verspritzte. Er stellte die Gläser ab, als Simone ihn loßließ und mit den Händen über die Konturen seines Gesichts strich, als wollte sie sich das Wunder seiner Existenz bestätigen.

»Komm, mein Kind, setz dich zu mir. Es gibt noch mehr zu erfahren, Dinge, die deine verehrte *grand-mère* niemandem anvertrauen kann, nicht einmal ihren Erinnerungen. Trink ein wenig heiße Schokolade, während ich erzähle. Nach deiner Geburt haben deine Großmutter und ich dem Standesamt die Beurkundung unserer heimlichen Heirat vorgelegt und dich und Françoise als unsere Töchter ausgegeben. Wir glaubten, mit gesetzmäßigen Eltern hättet ihr die Freiheit, euch in der gesellschaftlichen Hierarchie zu bewegen.«

»Damit ist Françoise meine Schwester«, sagte Simone.

»Auf dem Papier ja, in Wirklichkeit ist sie deine Mutter.«

»Und du bist auf dem Papier mein Vater und tatsächlich mein Großvater.«

»Ja, wie du siehst, ist rund um das Zibetkatzental selten etwas so, wie es scheint. Gabrielle ist Jüdin, wie du weißt, die Tochter eines polnischen Rabbis, aber sie sieht sich als eine französische Kaiserin und dich als ihre Thronerbin.«

»Eine unwahrscheinliche Erbin.« Simone seufzte.

»Ja, zugegeben, unsere gute Gabrielle hegt trügerische Zukunftshoffnungen für dich. Trotzdem, als Familie müssen wir alle Zugeständnisse machen. Ich trage meinen Teil dazu bei. Weil deine Großmutter sich nicht binden, weil sie als die wahrgenommen werden wollte, die sie war, wurde ich ihr Butler. Ich blieb auch bei ihr, um meiner Tochter und später dir nahe zu sein. Ich habe mein Wort gehalten und meine wahre Identität verheimlicht, vor der Gesellschaft und sogar vor dir und meiner Tochter. Und jetzt tu ich alles, was in meiner Macht steht, um Gabrielles Angst zu mildern, die ihre sich ständig vermehrenden Geister ihr einflößen. Sie muß sich oft fragen, wie und warum sie einem moslemischen Perser aus Isfahan die Treue hielt und bis heute hält. Sogar Françoise mit ihrem liebenswerten, aber unsteten Temperament erkennt an, welche Gefahren ihre Mutter auf sich genommen hat, um sich aus eigener Kraft in einer Welt zu behaupten, in der Mädchen ihr Platz in der Gesellschaft bei der Geburt zugewiesen wird. Und sie tut, was sie kann, um den Reichtum der d'Honorés zu mehren. Was dich betrifft, Simone, auch du wirst deinen Platz finden müssen, jedoch mit Hilfe deiner klugen Großmutter. Mach dir ihre unschätzbaren Erfahrungen zunutze. So tapfer du bist, du mußt einsehen, daß es schwer ist, sich mit zusammengebundenen Flügeln emporzuschwingen, zumal für eine Frau.«

33

Mme. Gabrielle zog die Vorhänge beiseite und riß die Fenster auf. Françoise ließ sich in einen bequemen Sessel fallen. Fünf Tage waren genug für Simone, sich in ihren Räumen einzuschließen, befanden die beiden Frauen, und es war höchste Zeit, daß sie der Welt gegenübertrat – wenn nicht von sich aus, dann eben mit etwas Unterstützung.

»Auf, auf!« zirpte Mme. Gabrielle. »Es ist schon Nachmittag. Es würde dir guttun, *ma chère*, mit Sabot Noir auszureiten. Er konnte dich schon immer aufheitern, und genau das hast du jetzt nötig.«

Simone rieb sich die Augen, denen das grelle Licht weh tat, das durchs Fenster fiel. Obwohl sie benommen war und nicht recht wußte, was für ein Wochentag heute war, hatte sie nichts gegen einen Ritt durchs Tal.

Mme. Gabrielle hüllte Simone in ihren Duft nach Veilchen und Puder mit einer Spur Absinth. »Weißt du, *chérie*, es ist nicht alles verloren. Jetzt nimm dich zusammen und zieh dich an. Ich laß Sabot Noir eine Stute mit sicherem Tritt satteln.«

»*Grand-mère*«, flüsterte Simone. »Du hast einmal gesagt, ich hätte besondere Augen und Ohren, um Geister zu sehen und zu hören wie du. Aber Cyrus hat sich mir nicht gezeigt.«

»Es ist noch zu früh, *chérie*. Geister nähern sich nicht gerne trauernden Verwandten. Das ist zu schmerzhaft für sie. Wenn du bereit bist, wird er zu dir kommen«, antwortete Mme. Gabrielle, und mit einem vulkanartigen Sodbrennen, das Günters Kommen ankündigte, rauschte sie hinaus, um ihre Séance abzuhalten.

Françoise stand auf, spitzte den Mund und schickte Simone einen Luftkuß durchs Zimmer. »Das mit Cyrus tut mir schrecklich leid. Ich hatte gebetet, daß diese Liebesaffäre dir Glück bringen möge. Aber Liebe ist immer ein Schmerz, *chérie*. Und jetzt reiß dich zusammen und nimm wieder am Leben teil.«

»Erst wenn ich Cyrus' Mörder gefunden habe.«

»Muß das wirklich sein, Schmuckstück? Mußt du dich noch mehr quälen?« Die Zornesblitze in den Augen ihrer Tochter erschreckten Françoise. »Sicher wirst du tun, was du tun mußt, wie immer, aber gib auf dich acht. Damit du nicht ein weiteres Opfer der Liebe wirst.« Sie warf ihre Haarpracht zurück und wollte gehen.

»Mama«, sagte Simone und sprang aus dem Bett. »Geh noch nicht. Bitte. Ich brauche deinen Rat.«

Françoise verdrehte erstaunt die Augen nach rechts und links, als suchte sie nach einer anderen Person, die ihre Tochter gemeint haben könnte. »Meinen?« fragte sie.

»Ja, deinen, aber zuerst muß ich mich bei dir entschuldigen. Ich war jung, als ich nach Persien ging. Damals wollte ich nicht auf dich hören, ich habe deine

Klugheit nicht zu schätzen gewußt. Ich verspreche dir, jetzt werde ich eine gelehrige Schülerin sein.«

»*Je suis choquée*! Was um alles in der Welt könnte ich dir beibringen?«

Mit geröteten Wangen blickte Simone nach unten. Ihre Mutter konnte ihr beibringen, wie man an die Verletzlichkeit der Männer herankam, wie man sie für Fragen empfänglich machte. Sie wollte keinen Rückzieher machen und erwiderte den fragenden Blick ihrer Mutter. »Bring mir bei, einen Mann zu befriedigen, ohne …« Sie zögerte.

»Nun, Schmuckstück, sag mir genau, was du möchtest.« Françoise rückte ihre Perlen zurecht. »Du darfst dich nie schämen, wenn du einen Mann erfreust.«

»Ich will wissen, wie man das macht«, murmelte Simone schließlich, »ohne ihn eindringen zu lassen.«

Françoise drehte sich auf ihren zierlichen Füßen, ihre Chiffonröcke umflossen ihre Knöchel, als sie sie abstreifte. Sie räkelte sich auf den Laken, die Simones Duft angenommen hatten. Sie nahm eine Erdbeere aus der Schale, die Alphonse auf den Beistelltisch gestellt hatte, leckte daran, bis sie glänzte, lutschte an dem weichen Fruchtfleisch in ihrem Mund. Den Kopf zurückgeworfen, ließ sie den Weg sehen, den die Frucht durch ihre Kehle nahm, warf den Stiel in ein Porzellanschälchen, wischte mit den schlanken Fingern die roten Reste aus ihren Mundwinkeln. »Deine erste Lektion, *chérie*, lautet, Früchte zu genießen.«

Simones Blick folgte der Rundung des weißen Halses ihrer Mutter, dem Streicheln der zarten Finger über die Mundwinkel, dem Gleiten der roten Zunge über die vollen Lippen. Sie beschlich das unangenehme Gefühl, daß sie ihre Bitte um Rat womöglich bereuen würde. Sie war gefangen von dem sinnlichen Tanz von Françoise' Mund und erinnerte sich, daß sie einmal entgeistert mit angesehen hatte, wie ihre Mutter sich eine Banane in den Hals schob. Doch ihre Welt hatte sich inzwischen verändert. Sie selbst war ein anderer Mensch geworden. Es war viel geschehen in den knapp zwei Jahren, seit Cyrus aus der Präsidentenkutsche gestiegen war, mit seinem silbern beschlagenen Stock an die Stufen geschlagen hatte und ins Château Gabrielle getreten war. Die Liebe hatte sie auserwählt und gesegnet, aber nicht für lange. Dieser Verlust hatte ihre Jugend beeinträchtigt und ihr einen Zynismus beschert, der einer viel älteren Frau anstünde.

»Die körperliche Liebe ist eine Kunst. Du mußt den Mann vor Begierde wahnsinnig machen, aber ohne daß ihm wirklich bewußt wird, wie ihm geschieht. Um das zu erreichen, halte ihn so lange wie möglich in der Schwebe – und sieh mich nicht so an – du weißt, was ich meine. Laß ihn sich nicht ergießen. Halte ihn im Zustand der Erregung, je länger, desto besser. Je mehr Kraft ein Mann darauf verwendet, sich seinem *bâton* zu widmen, desto mehr Gehirnzellen verbrennt er dabei, was es wiederum leichter macht, ihn zu gängeln. Und wie hältst du ihn in diesem Zustand? Indem du ihn mit deinen Augen, deinem Atem, deinen Zehen erregst – ja, auch Zehen können erotisch sein. Dann versprich ihm erotische Abenteuer, versprich sie mit solch schamloser Unschuld, daß er alles tut, was in seiner Macht steht, um sich zurückzuhalten, weil das Ziel aufregender zu sein verspricht als der Weg.«

Françoise zeigte auf das Samtband, das Simone durch

Cyrus' Ehering gefädelt hatte. »Und ersetze dies durch Perlen. Schillernde runde Perlen wirken anziehend auf Männer.«

Simones Hand fuhr an ihren Hals und faßte nach Cyrus' Ring. Das zornige Funkeln in ihren Augen verbot jede weitere Diskussion.

Françoise ließ ein Bündel Kirschen an den Stielen baumeln. »Kirschen haben ihren Namen von der türkischen Stadt Kerasus. Sie sind der Grund, warum Männer Frauen mit ›Lippen wie Kirschen‹ suchen.« Sie wälzte eine im Mund, das gemächliche Hin und Her ihres Kiefers zeugte von der anmutigen Kunst, den Fruchtsaft zu genießen. »Weißt du, daß Katharina de Medici wegen ihrer sinnlichen Art, Artischocken zu essen, als skandalös galt? Sie war eine außergewöhnliche Frau von quirligem Wesen, die sich ständig selbst neu erfand. Sie verstand sich darauf, das Bild einer verbotenen Frucht zu zeichnen, eines Juwels, in dessen Besitz man durch große Gefahr und Kosten gelangte. Deswegen hat ihr ein Heer von Männern – abgesehen von den Pferden – ständig die Zehen geleckt.« Sie streckte ihren schlanken Arm aus und nahm ein Stück Schokolade aus der Sèvres-Schale. »Die unbestrittene Königin der Aphrodisiaka. Nahrung der Götter. Trau keiner Frau, die keine Schokolade mag.« Sie umschloß die Süßigkeit mit dem Mund, als wäre es ein Edelstein, nahm noch ein Stück und biß die Hälfte ab, so daß die Mitte zu sehen war. »*Chérie*, schau, die rosa Füllung. Köstlich zu lutschen.«

»Mama, es bräuchte bestimmt mehr als ein Stück Schokolade, um einen Mann meinen äußerst widernatürlichen Wünschen gefügig zu machen.«

»Dazu komme ich gleich, Schmuckstück. Das Vorspiel ist wichtiger als das eigentliche Liebesspiel, und man darf es niemals auslassen.«

»Das ist ja das Problem«, erwiderte Simone. »Das Vorspiel führt zum Eindringen, und das will ich vermeiden.«

»Was du wirklich vermeiden mußt, *chérie,* ist ein Kuß. Der ist beträchtlich intimer und infolgedessen gefährlicher als das Eindringen.«

»Besonders *mein* Kuß, der jeden Mann vergiften würde.«

»Ich bin nicht um irgendwelche Männer besorgt, *du* machst mir Sorgen. Jetzt sei geduldig und hör zu. Es ist sehr wichtig, die Erwartungen eines Mannes nicht zu enttäuschen. Denke an die drei magischen Worte, die die Lenden eines Mannes anschwellen lassen: ›Ich bin dein.‹ Und fürchte dich nicht, Regeln zu verletzen oder dich ordinärer Reize zu bedienen, was die Männer erregt, bis es schmerzt. Sieh nie herunter, sondern verblüffe sie mit deinem schamlosen Blick. Und vergiß das Überraschungsmoment nicht. Das ist ein wichtiges Aphrodisiakum.

Nun zu deinem Hauptanliegen. Die körperliche Liebe ist, anders als du vielleicht denkst, nicht in erster Linie ein körperlicher Akt, sondern eine Illusion, *chérie*, das Umschalten zwischen Tun und Phantasie, das gewitzte Frauen wie wir vollbringen. Mit Verschleierung durch feinste Seiden und hauchdünne Gewebe um deine Hände, unter deinen Achselhöhlen, über deinem Gesäß und zwischen deinen Beinen kannst du eine derart wirksame Illusion schaffen, daß er das Eindringen ganz vergißt, weil er soeben seinen explosivsten Orgasmus erlebt hat.

In Wahrheit kann ein Mann in den Fängen der Leidenschaft nicht zwischen der weichen Berührung von Seide und Innenschenkeln, von Musselin und Vagina unterscheiden.«

Simone rutschte auf die Stuhlkante. Diese Empfehlung war vielversprechend, sie könnte praktikabel sein.

Françoise erhob sich aus dem Satinmeer, plustrige Kissen hinter sich, zwei rosa Perlen an den Brustspitzen. »Nahezu alles, was ich dir bislang gesagt habe, mag hin und wieder von der einen oder anderen klugen Frau praktiziert worden sein. Aber nicht, was ich dir jetzt verraten werde. Nämlich der Grund, weswegen mich die Männer virtuos verderblich finden. Und warum die Frauen mich für eine Zauberin halten. Ich habe es noch niemandem verraten, nicht einmal *mama*.

Ich habe ein weiteres sinnliches, höchst empfindsames Organ in der Anatomie des Mannes entdeckt; ich nenne es die Lustader. Sie geht von der tiefsten Stelle des Rückgrats aus, wo die Begierde sitzt, und schlängelt sich hinauf bis zum Hals und zum Gehirn, wo Illusionen entstehen. Komm, Liebling, leg dich auf den Rükken, und ich zeige dir, wie du die Lustader des Mannes aufspüren, massieren und seine Sinne wecken und somit versklaven kannst, ohne selbst Sklavin zu werden.«

34

Simone rief die d'Honoré-Frauen zum Familienrat zusammen.

Wieder einmal wurden Spiegel auf Hochglanz poliert, und Dienstmädchen in gestärkten Uniformen steckten sich Blumen in ihre Chignons. Wieder einmal standen Stallburschen im Morgengrauen auf, um Pferde zu striegeln und die Ställe zu putzen.

Françoise war angewiesen worden, sich am Vorabend zeitig zurückzuziehen. Und Alphonse verdünnte Mme. Gabrielles nachmittäglichen Absinth. Das Personal richtete den Salon *Algerische Frauen* her, einen Raum, der nach Delacroix' berühmtem Gemälde gestaltet war. Hier empfing Mme. Gabrielle für gewöhnlich wohlhabende Freier und präsentierte ihren wertvollsten Besitz auf einem Emaillepodest.

Jetzt traten die Damen d'Honoré in den Salon. Simone schloß die Tür hinter ihnen. Bedienstete lungerten herum und hofften, ein, zwei Wörter aufzuschnappen, die ihnen den Grund für eine derartige Heimlichkeit verraten würden.

»Ist eine von euch schon mal jemandem begegnet, der

sich Monsieur Rouge nennt, oder einem gewissen Monsieur Amir?« fragte Simone ohne Umschweife.

Die zwei Frauen sahen sich zuerst verwundert an, dann brach die Erinnerung durch. »Monsieur Rouge – ja, den kenne ich«, antwortete Françoise. »Er ist Diamantenhändler. Seine Liebesaffäre mit roten Diamanten ist legendär. Ich hatte eine interessante und nicht ganz einträgliche Begegnung mit ihm. Damals suchte er eine Heilige, die ich nicht bin. Und er ist besessen von Rothaarigen, was ich auch nicht bin. Du dagegen bist eine. Du könntest seine Besessenheit sicherlich zu deinem Vorteil nutzen, da er Verbindung zu den meisten, wenn nicht allen Diamantenhändlern hat. Wie ich höre, bietet er gerade einen seltenen fünfkarätigen Diamanten zum Verkauf. Aber ich muß dich warnen. Der Zutritt zu seinem Haus ist allen Frauen untersagt. Mach dich auf Schwierigkeiten gefaßt.«

»Ich bin auf alles gefaßt«, erwiderte Simone. »Und du, *grand-mère*, hast du von einem Monsieur Amir gehört?«

»Ich bin nicht sicher«, sagte Mme. Gabrielle nachdenklich.

In diesem Moment schwebte der Geist von Doktor Jacques Mercier hinter Delacroix' Gemälde hervor. Er kitzelte sie an den Fußsohlen und wirbelte zu ihren Füßen. Weil er seinen Standort ungeeignet fand, flatterte er hoch und quetschte sich zwischen ihre Brüste. Der lästige Zwerg verordnete ständig ausgefallene Arzneien, um ihrem Gedächtnis nachzuhelfen. Jetzt bestand er darauf, daß sie zur Auffrischung ihrer Erinnerung mit Dunkelkäfern versetzte *citron pressé* trank.

»Jetzt, wo ich darüber nachdenke, *chérie,* ich hatte einmal eine flüchtige Liaison mit Monsieur Amir.« Darauf steckte der Zwerg triumphierend den Kopf aus ihrem Busen. Sie drückte die Brüste zusammen, um sein Kichern zu ersticken. »Monsieur Amir war nicht sehr mitteilsam, was seine Tätigkeit betraf; darum kann ich dir da nicht weiterhelfen. Außerdem bekannte er, seine frigide Frau sehr zu lieben. Er wünschte, sie hätte etwas von meiner Urteilskraft und Leidenschaft. Du könntest seine unglückliche Ehe zu deinem Vorteil nutzen und ihm mit ein wenig Geschick seine tiefsten Geheimnisse entlocken. Du darfst deine Tricks allerdings nie verraten, weil die Schlichtheit, die ihnen zugrunde liegt, die Männer unabänderlich enttäuscht. Ach übrigens, *chérie*, würdest du dich diesen Männern als eine d'Honoré vorstellen?«

»Wie denn sonst, wenn ich als deine Enkelin bekannt bin? Das freut dich, nicht wahr?«

»Ja, ungeheuer. Sei nicht böse, *chérie,* gestatte deiner Großmutter eine kurze Abschweifung. Du bist jetzt noch nicht bereit, aber eines Tages wirst du es sein. An dem Tag, *ma chérie*, mußt du knetbar erscheinen wie Teig, in Wirklichkeit aber unbiegsam sein wie Eisen.«

»Danke für deinen Rat, *grand-mère*«, sagte Simone. »Sag, kennst du einen gewissen Monsieur Jean Paul Dubois?«

»Nein«, antwortete Mme. Gabrielle. »Kennst du einen solchen Monsieur, Françoise?«

Françoise schüttelte den Kopf.

»Noch etwas, *ma chère«,* sagte Mme. Gabrielle. »Da du dich nun überall umsiehst, laß die Möglichkeit nicht außer acht, daß der persische Hofwesir in Cyrus' Ermordung verwickelt ist.«

Simone wußte, daß Monsieur Jean Paul Dubois Cyrus mit dem persischen Hofwesir bekannt gemacht hatte. Sie hatte sich immer gewundert, wieso der Wesir einen Juden zum Hofjuwelier erwählt hatte, in einem Land, wo Juden verfolgt und gezwungen wurden, Erkennungszeichen zu tragen, damit Moslems nicht mit ihnen in Berührung kamen und sich beschmutzten. War es leichter, Juden zum Stillschweigen zu bringen, sie als Schachfiguren zu benutzen? »Warum verdächtigst du ihn?« fragte Simone ihre Großmutter.

»Ich kenne mich mit Charakteren aus, *ma chère*. Als ich dem Wesir im Präsidentenpalast begegnete, schien er alles in der Hand zu haben. Nicht nur Cyrus' Angelegenheiten, sondern auch die des Schahs.« Mme. Gabrielle knöpfte ihre Handschuhe zu, während sie über ihren nächsten Schachzug nachdachte, Simones Einführung in die Pariser Gesellschaft. »Ich habe eine geniale Idee«, sagte sie schließlich. »Wir veranstalten eine Silvester-Soiree. Laden vornehme Persönlichkeiten ein, solche, die wir kennen, und solche, die wir nicht kennen. Das ist die beste Art, dich mit Amir, Rouge und allen anderen, die du verdächtigst, bekannt zu machen. Wir müssen auch eine Einladung in den Präsidentenpalast schicken, für den Fall, daß der Hofwesir in der Stadt ist.«

35

Von vier berittenen Leibwächtern flankiert, rollte und schaukelte die Kutsche durch Straßen, Tunnels und über Brücken zur Place Vendôme und dem Hotel Ritz. Eine Kassette, die an einen Sarg erinnerte, stand zwischen Simone und Monsieur Rouge auf dem Sitz. Es war schwierig gewesen, ihre Mutter und Großmutter zu überzeugen, daß sie auf sich selbst aufpassen konnte; sie hatte mit ihrem Revolver in die Luft gezielt und einen Vogel im Flug abgeschossen und, als das nichts fruchtete, einem vorübergehenden Diener den Absatz in die Kniekehle gestoßen. Er schrie auf, konnte sich aber wankend wieder ins Gleichgewicht bringen. »Seht ihr«, sagte sie, »ich kenne jede empfindliche Körperstelle. Sogar den Nervenstrang in der Kniekehle. Ein kräftigerer Tritt, und er wäre zu Boden gegangen.«

Sie hatte keinen Zweifel, daß ein Tritt von ihr den schlanken Monsieur Rouge verletzen würde. Die anmutige Form seines Kopfes und seine zarten Züge erinnerten sie an den Kastraten Luciano Barbutzzi, den verstorbenen Liebhaber ihrer Großmutter, der einst den Kleehügel als sein privates Opernhaus betrachtet hatte. Monsieur Rouge hatte ungleiche Augen – das eine schmal mit einem gequälten Ausdruck, das andere weit und wachsam. Depressiv würde sie sagen, wenn sie seine Augen beschreiben sollte.

Die Kutsche umrundete die Place Vendôme und hielt vor dem Haupteingang des Ritz. Simones mit Volants besetzter Rock rauschte grell in ihren Ohren, als sie dem Mann durchs Foyer in die plüschige Stille einer Suite in einer oberen Etage folgte.

Monsieur Rouge, der sich gerade vorstellte, wie er sie von ebendiesem Rock befreite, blieb vor dem großen Spiegel im Flur stehen, um seine Krawatte zurechtzuzupfen. Beim Anblick seines Spiegelbildes so dicht bei ihr berührte sie das Samtband an ihrem Hals, bevor sie in die mit Eichenpaneelen ausgekleidete Suite trat.

Seidenvorhänge faßten zwei Fenstertüren ein, die einen geschnitzten Schrank umrahmten. Auf einem Mahagonischreibtisch standen ein Tintenfaß und die Bronzeskulptur eines Arabers auf einem Hengst. Ein niedriger Tisch bot exotische Delikatessen – Baklava, Halva, gefüllte Weinblätter und in Honig getauchte Küchlein. Monsieur hatte die Hotelleitung von ihrer Ankunft verständigt.

Er schnippte mit den Fingern, und die Leibwächter traten mit der Kassette herbei. Noch bevor die schicklichen Formalitäten ausgetauscht werden konnten, fragte er, wobei das tragische Auge sich zusammenzog und das andere erstaunt blickte: »Ist das Ihre natürliche Haarfarbe, Mademoiselle?«

»Natürlich nicht«, flüsterte sie ihm ins Ohr. »Und ich bin Madame.«

Er zeigte auf den Silberstreifen in ihrem Haar, der

nach Cyrus' Tod entstanden war. »Ist dies das Werk einer *coiffeuse*? Dann ist Madame keine echte Rothaarige!«

Ihr Blick glitt über seine geknickte Miene, und sie empfand Mitleid. »Verzeihen Sie die Neckerei, Monsieur. Selbstverständlich bin ich von Natur aus rothaarig. Tatsächlich ist nichts an mir künstlich bis auf das hier«, flüsterte sie, zog flugs ihr Taschentuch hervor und wischte den Glanz ab, den Françoise ihr auf die Augenlider gerieben hatte. Sie klopfte ihm kumpelhaft auf die Schulter, was ihn noch mehr erstaunte und endgültig entwaffnete.

»Haben Sie die Güte, mir den roten Diamanten zu zeigen, der zu verkaufen ist«, sagte sie.

Bei der Erwähnung seines Diamanten wurde sein Blick verträumt. Als zählte er die Vorzüge einer innigst Geliebten auf, pries er Farbe, Rundiste und Facetten des fünfkarätigen Steins. Anschließend streichelte er seine Krawatte, als sei sie mit dem erwähnten Diamanten verziert.

Simone kämmte ihre Locken mit den Fingern. »Monsieur Rouge, bitte spannen Sie mich nicht länger auf die Folter.«

»Liebe Madame, die Kosten für den sicheren Transport des Diamanten waren astronomisch. Ich habe sie auf mich genommen in der Annahme, der interessierte Kunde werde Sie begleiten. Dennoch würde ich jetzt eine Besichtigung in Erwägung ziehen, wenn Sie mir anvertrauen, wer er ist.«

Sie wickelte eine kupferrote Haarsträhne um einen Finger. »Ich bedaure das Mißverständnis, Monsieur, aber der Kunde bin ich.«

Monsieur Rouge war maßlos erstaunt, wie es sonst nicht seine Art war. Er hatte in seinem Gewerbe viele sonderbare Vorfälle erlebt, und dieses Treffen hatte er sorgfältig vorbereitet. Aber daß sie persönlich ein Geschäft in Millionenhöhe abwickeln würde, damit hatte er nicht gerechnet.

Sie stand auf und reichte ihm die Hand. »Monsieur, entweder Sie vertrauen mir und zeigen mir den Diamanten, oder ich verabschiede mich.« Sie fühlte seine weiche Handfläche, glatt wie ein unbeschriebenes Blatt. Dieser Mann von vierzig Jahren, dessen tragische Jugend immer seine Zukunft überschatten würde, lebte fortgesetzt in der Vergangenheit. Aber sein kleiner Finger war ziemlich gerade, vielleicht war er doch nicht so verschlagen, wie seine Augen vermuten ließen.

Als er mit Mühe die Fassung wiedererlangt hatte, rief er nach den Wächtern draußen. Sie stellten die Kassette auf einen Rolltisch vor Simone. Ein Wächter legte sich zu ihren Füßen.

Monsieur Rouge löste das Schloß und hob den Deckel. Er schlug einen samtenen Stoff auf, öffnete einen Beutel, entnahm ihm ein Satinkästchen und ließ mit großer Gebärde den Deckel aufschnappen.

Simone rutschte auf die Stuhlkante.

Ein fünfkarätiger Edelstein mit blendenden Facetten schimmerte in herrlichen Rot- und Purpurtönen. Von über zehntausend natürlichen Diamanten habe nur einer eine ausgefallene Farbe, hatte Cyrus gesagt. Und darunter sei Rot die seltenste. Kenner würden ihre Seele verpfänden für einen einzigen Blick auf so ein Juwel. Wie war Monsieur Rouge an diesen Diamanten gekommen? Sie richtete die schwenkbare Lampe, die neben dem Tisch stand, nach unten und betrachtete den Diamanten durch Monsieur Rouges Lupe. Die Intensität, die Tiefe und die kunstvoll ausgeführten Facetten schienen keine Anzeichen von Hitzebehandlung aufzuweisen, aber bei ihrer begrenzten Kenntnis konnte sie nicht sicher sein. Sie nahm Cyrus' Ohrring ab und verglich beide Steine. Auf den ersten Blick wirkten sie ähnlich in Farbton, Schliff und Reinheit, außer daß der eine um vier Karat größer war. War dies derselbe rote Diamant, den Cyrus am Abend der Eröffnung des Hotels Ritz für die Geliebte von Monsieur Rouge erworben hatte? Warum war er dann jetzt zu verkaufen? Was würde der Preis für Auskünfte über Cyrus sein? Monsieur Rouge hielt den Diamanten ins Licht, seine ungleichen Augen fanden vorübergehend Erlösung in der Bewunderung. Sie steckte Cyrus' Ohrring wieder an. »Wir zwei könnten gut zusammenarbeiten, Monsieur Rouge. Wie Sie sehen, habe ich eine besessene, manche würden sagen abwegige Liebesaffäre mit Diamanten.«

Er ließ den Diamanten zwischen zwei Fingern kreisen, dann umschloß er ihn mit der Faust. Er öffnete die Faust und hielt ihr den Diamanten hin.

Sie nahm ihm den Edelstein aus der Hand und sah ihm direkt in die Augen. »Was ist der Preis, Monsieur?«

Seine Augen klappten zu, als hätten die Worte ihn verletzt. »Meine entzückende unschuldige Liebe, ich weiß nicht, was ich darauf sagen soll. Wie Sie selbst zugeben, haben Sie eine besessene Liebesaffäre mit Diamanten. Deshalb ist es mir unmöglich, einen Preis zu nennen. Sie, und Sie allein, die Liebende, müssen über seinen Wert entscheiden.« Nachdem er die Antwort auf ihre Frage spannungsvoll offengelassen hatte, nahm er den Diamanten wieder an sich. Er hatte berühmte Kurtisanen verführt, um ihre Namen seinem renommierten Verzeichnis hinzufügen zu können, aber diese Rothaarige war von ganz anderer Art. Er hatte sie zuerst auf der Fotografie im Château Gabrielle entdeckt. Ihre zahlreichen Sommersprossen und die messingfarbenen Härchen an ihren Armen hatten ihn rasend gemacht vor Hoffnung, er könnte endlich der Frau seiner Träume begegnen.

Nun, da sein Diamant sie verlockt hatte, wollte er sie nicht verlieren. Er taxierte die entstehende Beziehung zwischen ihr und dem Juwel, wägte ab, ob sie das Objekt ihrer Begierde um jeden Preis haben mußte. Er deutete jede ihrer Bewegungen – wie lange ihre Finger auf dem Diamanten verweilten, wie rasch sie ihn losließ und wie das Glitzern in ihren Tigeraugen nachließ. Kein gutes Zeichen. Sie verlor das Interesse und würde ihn bald machtlos und ratlos zurücklassen. Er folgte ihrem Blick an die Zimmerdecke mit den vergoldeten Fayencen. Er verging in ihren Augen, die den Farbton von Diamanten annahmen. Er verlor sich zwischen ihren sommersprossigen Beinen, hüllte sich in ihre Seufzer und saugte sich voll mit ihrem weiblichen Geruch, der das Zimmer durchdrang.

Sie legte den Diamanten wieder auf die samtene Unterlage und strich mit dem Finger über die schimmernde Fläche, als würde sie die Augen eines Leichnams schließen. Wie ein Hieb erschütterte Enttäuschung seine Brust. Doch die Worte, die sie dann äußerte, ließen ihn zittern.

»Ich will den Diamanten, Monsieur; ich will ihn mehr, als ich jemals etwas gewollt habe.«

Geschwind entließ er den menschlichen Schutzschild zu ihren Füßen, der nervös zuckte bei jeder Bewegung ihrer Hand, die den Diamanten hielt. Als Monsieur Rouge mit ihr allein war, nahm er ihre Hände. »Ich erwarte nichts als einen ruhigen Abend in Ihrer Gesellschaft, Madame.«

36

Monsieur Rouge stöhnte aus purer Freude über den Anblick von Simone an seiner Tür. Ihre glänzenden Locken loderten, der Silberstreifen in ihrem Haar glitzerte in der sinkenden Sonne. Seit ihrem letzten Besuch vor fünf Tagen im Hotel Ritz war er in erotischer Erwartung verharrt, außerstande, das Verlangen zu zügeln, sein Gesicht in ihre Locken zu drücken. »Mein reizender Engel«, wiederholte er immerzu im Verein mit dem leisen Gurren der Tauben auf dem Vordach.

Drinnen wurde sie erdrückt von scharlachroten Vorhängen, kastanienbraunen Teppichen und Möbeln aus Roteichenholz, die mit leberfarbenem Lack überzogen waren. Weil sie in Blut zu ertrinken meinte, faßte sie nach seinem Arm. Er führte sie geradewegs ins Schlafzimmer. Er hielt sich eine Strähne von ihrem Haar an die Nase und atmete ihren ureigenen Duft ein.

Sie dachte an Cyrus, an sein Gesicht in ihren Locken, an ihrem Hals, auf der weichen Haut ihrer Lider – du riechst göttlich, ich hatte keine Ahnung, daß es möglich ist, so zu lieben. Sie zügelte ihre Erinnerungen, um das Entweichen ihres Parfüms zu unterbinden. Sie wollte das in Karneolrot gehaltene Schlafzimmer dieses Fremden nicht mit ihrem Duft bereichern. Auf einem Beistelltisch waren Kohl, rote Bete und Salatrauke gedeckt, seit uralten Zeiten als Aphrodisiakum bekannt. Auf einem Tablett aus rotem Louroholz türmten sich Granatäpfel. Eva hat Adam mit einem Granatapfel verführt, nicht mit einem Apfel, glaubte ihre Mutter. Schalen aus Kirschholz enthielten Erdbeeren, Himbeeren und eine einzelne Artischocke. Simone setzte sich an den Tisch und machte sich bereit, Monsieur Rouges Sinne zu kitzeln. Mit einem anmutigen Schütteln entfaltete sie die Serviette, breitete sie über ihren Schoß, schenkte sich einen Kelch Bordeaux ein, glitt mit der Zunge über den Rand. Sie warf ihre Haarpracht zurück, was ihm den Atem raubte, und umschloß mit ihrer Hand die Artischocke, als würde sie eine Brust umfassen. Mit lasziven Bewegungen entfernte sie Blatt für Blatt, tunkte es in zerlassene Butter und schabte mit den Zähnen das Fleisch heraus.

Monsieur Rouge sah sie an und stellte sich vor, wie dieselben Zähne an seiner erogensten Zone rieben.

Doch Simone war wieder in ihrem Steinhaus in den persischen Bergen, bei Cyrus und seinen beschützenden Armen, dem salzigen Geschmack seiner Haut. Sie tauchte den Löffel in eine Schale mit Erdbeermousse und stellte sich vor, es sei Schokolade, Nahrung der Götter. Schokolade tat kraftlosen Männern gut. Sie drehte den Löffel in der Creme, streute Zucker darüber und beobachtete, wie er sich knisternd in der zarten Masse auflöste. Langsam leckte sie sich die Mousse aus den Mundwinkeln.

Monsieur Rouge sehnte sich danach, ihre kirschglänzenden Fingernägel, die goldenen Sommersprossen und den Mandarinenmund zu lecken. Aber mehr als alles andere war er begierig, sich in den roten Haaren zwischen ihren Beinen zu verlieren, dem endgültigen Beweis ihrer Echtheit. Er hatte Millionen für seine fixe Idee verschwendet, für falsche Henna- und Siena-Rotschöpfe. Jetzt sagten ihm alle Fasern seines Körpers, daß Simone ihn nicht enttäuschen würde.

Seit seinem achtzehnten Geburtstag, als er seine geliebte rothaarige Mutter durch eine umgekippte Kutsche verloren hatte und ihre lebhafte Gestalt nur mehr ein roter Fleck auf festgestampftem Lehm gewesen war, hatte ihm sein Streben, eine Rothaarige ausfindig zu machen, den Appetit geraubt. Er war einem künstlichen Rotschopf nach dem anderen begegnet, mit aufgemalten Sommersprossen, die von Färben und Falschheit kündeten. Über Jahre hatte er sein Haus eingerichtet in Erwartung des Tages, an dem er eine redliche Frau finden würde.

Und jetzt war sie da. In seinem Schlafzimmer.

Er hob sie auf die Arme und trug sie auf das runde Bett aus Purpurholz, über dem sich ein Baldachin aus hauchdünnem Stoff bauschte. Er hatte darin noch keine andere geliebt.

Sie verschloß die Augen vor den erdrückenden weinroten Bettlaken.

Ungeschickt und mit schmerzender Brust versuchte er sie aufzuhaken, aufzuschnallen und aufzuknöpfen. In seinem Eifer verhedderte er die Schnüre ihres Korsetts und ihrer Röcke, zerquetschte ungeduldig Seide, Satin und ihren weichen Körper unter sich. Sein schweifender Blick blieb an den kupferroten Härchen auf ihren Armen hängen, an den Sommersprossen, die sich unter seinen Fingerspitzen bernsteingolden färbten, und an dem Haarstreifen, der silbern war bis an die Wurzeln.

Sie drehte den Mund fort von seinem Atem und flüsterte ihm ins Ohr, sie stehe in Flammen, nie habe die Berührung eines Mannes ihr solche Wonnen bereitet, und sie sei feucht von Begierde.

»Zeig mir deine Schamhaare.« Seine Worte beleidigten ihr Ohr.

»Ich muß erst meine Brüste vom Korsett befreien«, murmelte sie und stieg aus dem Bett. Sie knüpfte die kreuzweise gebundene Korsettschnur auf, zog sie aus den Ösen und wickelte sie um ihre Finger. Sie befreite eine Brust nach der anderen aus den Körbchen, als würde sie ihm Pfirsiche anbieten. Dann stieg sie wieder ins Bett, strich die Röcke um ihre Beine glatt und ließ ihn die sahnigen Brüste ansehen. »*Mon cher aimé,* kennen Sie zufällig einen gewissen Minenbesitzer, der sich Jean Paul Dubois nennt?«

»Was?« murmelte Monsieur Rouge, der auf ihre rosig angehauchten Brustwarzen starrte.

»Wer ist Monsieur Jean Paul Dubois?« wiederholte sie. »Machen Sie Geschäfte mit ihm?«

»Nein, ich meine, ja«, brummte Monsieur Rouge mit zitternder Stimme, eine Spur Beunruhigung in einem Auge, Entsetzen im anderen.

Sie feuchtete einen Finger mit dem Mund an und fuhr damit über seine Lippen. Sie lockte ihn, sich aufzusetzen. Ehe er vor Wollust in Hysterie verfiel, flüsterte sie schnell: »Hat sein Sohn nicht an der Sorbonne studiert?«

»Ja, ja, an der Sorbonne ... armer Junge ... hat einen Arm verloren.«

Simone zog ihre Unterröcke hoch, spreizte die Beine und gestattete Monsieur Rouge einen Blick auf ihre Scham.

Er schob seine Hände unter ihre Röcke, um ihr Gesäß zu umfassen.

Eine Hand am Kopfteil des Bettes, stieß sie ihn mit der anderen fort. »Einer Dame muß man zuerst zu essen geben«, sagte sie streng.

Er geleitete sie in sein Speisezimmer und hieß sie sich an den mit goldverzierten Servietten, Kristallkelchen und karmesinroten Kerzen gedeckten Purpurholztisch setzen. Eine Hand hinter dem Rücken, spielte er genußvoll den Kellner. »Mach es dir bequem, reizender Engel, und laß mich dich bedienen.« Er setzte ihr einen Teller mit Tatar vor. Dann nahm er auf dem Stuhl gegenüber Platz, lehnte sich zurück und versenkte sich in ihren herrlichen Anblick. Er rührte sein Essen nicht an.

In ihr hob sich alles, als sie das rohe Fleisch sah, dessen rote Farbe von Gewürzen noch verstärkt wurde. Sie drückte die Serviette an den Mund. »Lieber, lieber Herr, *merci* für die Mühe, die Sie sich gemacht haben. Aber ich bin Vegetarierin.« Sie streckte ihren Teller über den Tisch, schob das Fleisch auf seinen und entschied sich für eine *potage aux tomates*.

Zufrieden, daß sie seine Speisen gekostet und es ihr anscheinend geschmeckt hatte, wandte er sich seiner Suppe zu. »Nach vielen Jahren der erfolglosen Suche nach der heiligen Frau habe ich mich ihrer Entdeckung nie so nahe gefühlt. In diesen Jahren wollte mein Verdauungssystem nur das Allernotwendigste aufnehmen, um mich am Leben zu erhalten. Und jetzt möchte ich etwas Suppe.«

Sie leckte ein Stück Schokolade zu einer glänzenden Kugel und steckte es in den Mund, wartete, während er sein Essen genoß, hin und wieder innehielt, um ein zärtliches Wort zu äußern. Mit ihren roten Haaren hatte sie einen einflußreichen Mann aus der exklusiven Welt der Diamanten erobert. Sie hoffte, daß sein wiedergekehrter Appetit ihn empfänglicher machen würde für ihre Fragen.

Er faltete seine Serviette zusammen und legte sie auf den Tisch. Mit einem Anflug von Besorgnis in der Stimme bat er sie wieder ins Bett. Ihr Duft nach Wassermelone und Beeren und ihre verblüffende Fähigkeit, die geheimen Gipfelpunkte seiner Lust aufzuspüren, hatten ihn in unablässiger Ekstase gehalten. Aber ihm war bis jetzt nichts als ein Blick auf ihre Scham gewährt worden. Und er zweifelte allmählich, ob sie überhaupt ein echter Rotschopf war.

Sie stand auf, stützte sich auf den hochlehnigen Stuhl und hob die übereinandergeschichteten Röcke. »Kommen Sie, knien Sie sich zu meinen Füßen und sehen Sie selbst, ob ich von Natur aus rothaarig bin.«

Er küßte die weichen Falten ihrer Schenkel, leckte die rosa Haut und teilte ihre Schamhaare, als suchte er nach Juwelen. Je gründlicher er ihre seidigen Haare untersuchte, um so mehr war er überzeugt, daß sie dieselbe Farbe hatten wie ihre Locken. Endlich hatte er eine echte Rothaarige gefunden!

Ekstase tröpfelte in seine Adern, das einleitende Zittern und Beben, das bald ansteigen würde. Er nahm sich zusammen, zögerte den Erguß hinaus, um sich voll und ganz an der lange erwarteten Erlösung zu erfreuen. Er warf sich wieder auf seinen Stuhl, Schweißperlen auf der Nase. Seine Augen ruhten auf Simone, das eine zärtlich, das andere voll ewiger Dankbarkeit. »*Merci*, reizender Engel, danke, vielen, vielen Dank. Bitte setze dich und genieße das Dessert mit mir.«

Sie war befremdet von seiner Versessenheit auf rote Speisen. Was für ein dekadentes Dessert würde er ihr jetzt anbieten?

Er verschwand in einem Zimmer und kam mit einem Satinsäckchen zurück. Dessen reines Weiß war so willkommen wie ein weißer Schmetterling, der in einen karmesinroten Garten flattert. Er hielt ihr das Säckchen hin.

Sie knotete das obere Ende auf und griff mit zwei Fingern hinein.

Mit seinen ungleichen Augen verfolgte er jede ihrer Bewegungen und sagte: »Ein kleines Geschenk dafür, daß du du bist.«

Sie warf den Kopf zurück vor Staunen über den roten Diamanten, den sie in der Hand hielt, den fünfkarätigen Stein, den sie im Hotel Ritz gesehen hatte. Jeder normale Mensch hätte so ein großzügiges Geschenk zu würdigen gewußt, sie aber war beleidigt. War dies die Bezahlung für lustvolle Gefälligkeiten? Das Beisammensein im Bett war für sie gewiß nicht lustvoll. Sie war gefühlsmäßig distanziert, hatte zu keiner Zeit ihre Röcke abgestreift, ihre Beine oder ihr Herz für ihn geöffnet.

Sie blickte auf den roten Diamanten in ihrer Hand. Ihr Gefühl wehrte sich gegen diesen Stein. Nein, sie wollte ihn nicht. Der einzige Diamant, den sie begehrte, war der an ihrem Ohr. »Es ist unglaublich, daß es in der Natur so große rote Diamanten gibt«, sagte sie.

»In einer bestimmten Mine in Südafrika gibt es sie«, erwiderte er.

»Gehört Ihnen die Mine?«

»Oh! Nein! Ich bin ein Zwischenhändler mit guten Beziehungen und unerschöpflichen Mitteln. Ich erwerbe und vertreibe Rohdiamanten. Ich habe ein Gespür dafür, an wen ich herantreten und wem ich aus dem Weg gehen muß.«

»Kennen Sie alle persönlich, mit denen Sie Geschäfte machen?«

»Ich bin mit den meisten per du.«

»Waren Sie mal in der Mine von Monsieur Dubois?«

»Niemand war dort«, antwortete er. »Der Mann ist sein eigenes Kartell. Er verkauft mittels geschlossener Auktionen und privater Abschlüsse.«

»Wo lebt er?«

»Hier! Dort! Überall! Ägypten. Paris. Meistens in Namaqualand in Südafrika.« Er brach ab, fuhr sich mit der Hand über den Kopf, wischte ein Stückchen Tatar von seiner Krawatte. »Das kann für dich nicht von Bedeutung sein.«

Sie schloß die Finger um den Diamanten. »Danke schön. Ich bin verrückt nach Diamanten. Er ist wirklich phantastisch. Sagen Sie, *cher aimé,* wissen Sie, ob Monsieur Dubois irgendwelche Schwächen hat?«

»Seine Kunstsammlung«, murmelte Monsieur Rouge. »Er läßt seine Kunstwerke nie allein, außer um nach Ergänzungen zu suchen. Der Ärmste ... ihm liegt nichts an Frauen.«

Darauf stand Simone auf. Sie kehrte ihm den Rücken zu, um sich abzusondern von dem Mann, der nun keinen Wert mehr für sie besaß. Sie schob ihre Brüste in die Körbchen des Korsetts und schloß die oberen Haken, die zu lösen ihm gelungen war.

37

Mme. Gabrielle warf den Kopf zurück, stürzte ein Glas Absinth hinunter und genoß das brennende Gefühl.

Simone sah über die Schultern ihrer Großmutter hinweg auf eine neue Galerie kurz vor der Fertigstellung. War Absinth schuld, oder hatten die Geister ihrer Großmutter eingegeben, ihr Vermögen für eine weitere Galerie zu verschwenden? Diese war den Bildnissen berühmter Männer in eleganten Fräcken gewidmet, die stolz darauf waren, der *grande dame* ihren wertvollsten Schmuck geschenkt zu haben.

Mme. Gabrielle seufzte, und ihr scharfer Atem schreckte die Geister aus den Falten ihrer Tülls, Schleier und Chiffons. Einst hatten sie sich auf den Kleehügel beschränkt und hin und wieder auf ihr Boudoir, um ihre besonders stürmischen Liebhaber zu necken. Doch neuerdings fanden sie sich, gleichsam ihr aufblühendes schlechtes Gewissen, überall ein, kicherten bei einem förmlichen Essen in ihrem Schoß, wanden sich in der Oper um ihre Arme und hüpften auf ihre Schultern, wenn Familienangelegenheiten besprochen wurden.

Dennoch war sie momentan zufrieden. Nachdem Monsieur Rouge eine Rothaarige entdeckt hatte, konnte er nicht aufhören, Simones lustvollen Schwung, ihren euphorischen Duft und ihr erotisches Geschick zu rühmen. Zu Mme. Gabrielles großer Freude fiel eine Schar von Männern aus allen Ecken Frankreichs im Château ein, um Simone den Hof zu machen. Die unterschiedlichsten Charaktere aus allen Gesellschaftsschichten waren begierig, der rothaarigen Simone zu begegnen, die den berüchtigten Monsieur Rouge fasziniert hatte.

Die lästige Aufgabe, die Männer fortzuschicken, fiel Alphonse zu. Seit Simone von ihren Familienbanden wußte, behauptete er sich öffentlich als ihr Großvater. Er widersetzte sich Mme. Gabrielle und wies Simones Verehrer eiskalt ab, ohne ein späteres Treffen in Aussicht zu stellen. »Mademoiselle Simone ist nicht interessiert und wird es niemals sein«, erklärte er mit versteinertem Gesicht. Doch zu seinem großen Verdruß gingen die meisten Männer begieriger fort, als sie gekommen waren; Simones Gleichgültigkeit machte sie nur noch interessanter.

Mme. Gabrielle, die über Alphonses Benehmen entsetzt war, konnte das große Glück des plötzlichen Ruhms ihrer Enkeltochter nicht fassen. Simone war jetzt die geheimnisvollste und begehrteste Frau von Paris. So wie der Ruhm von Mme. Gabrielles Händen legendär und Françoise' zierliche Füße in Paris Tagesgespräch waren, hatte Simones Fähigkeit, den verrufenen Monsieur Rouge zu erregen, sie über Nacht zur Sensation gemacht. Mme. Gabrielle versuchte nicht, die kursierenden Gerüchte zu unterbinden, sondern tat vielmehr alles, um sie zu schüren. Mythen waren wichtig für den

Erfolg einer Kurtisane. Sie waren die Funken, die sie im Rampenlicht bleiben ließen.

Plötzlich wurde sie aus ihrem Schleierkokon geschreckt, als ein Neuling sich ihrer Geisterschar zugesellte. Konnte es wahr sein? War ihr Lehrer und Geliebter, ihr *monstre sacré,* auf der Höhe seines Ruhms gestorben? Das wäre eine unglaubliche Tragödie, ein verheerender Verlust für Frankreich. Ja, es war die Wahrheit. Ihr geliebter Emile Zola war an Erstickung *à un système de chauffage* gestorben – durch giftigen Rauch. Sein Schnurrbart kitzelte sie am Ohrläppchen, als er ihr zuflüsterte, er sei von seinen Feinden ermordet worden, sie hätten den Abzug verstopft, so daß sich in seinem Schlafzimmer giftiger Rauch bilden konnte.

Simone war die Anhänglichkeit ihrer Großmutter an ihre Geister zwar ein unbegreifliches Ärgernis, aber jetzt hütete sie sich, sie zu stören, da sie von Kummer übermannt zu sein schien.

Mme. Gabrielle nahm sich noch ein Glas Absinth. »Entschuldige, Liebling, ich habe soeben erfahren, daß Emile Zola gestorben ist.«

»Das tut mir leid«, sagte Simone, betrübt über die Neuigkeit. »Soll ich dich allein lassen?«

»Nein, zuerst mußt du mir sagen, was du möchtest. Aber vorher laß dir zu der Einladung in das Heim von Monsieur Rouge gratulieren.«

»*Grand-mère,* was sonst? Er hatte keine andere Wahl, als mich einzuladen, wie eine anständige Dame es erwarten würde, denn ich bin weder seine Geliebte noch seine Hure.«

»Hure! Ah, *quelle horreur*! Wer hat dir beigebracht, zu argumentieren wie ein Mann? Hure! Streiche den verabscheuungswürdigen Ausdruck aus deinem Wortschatz. Diese Redeweise beweist, daß uralte männliche Vorurteile nach wie vor lebendig sind. Schau nie auf eine Mätresse herab oder meinetwegen eine Hure – deine Wortwahl, *chérie*, nicht meine.«

»Es tut mir leid, *grand-mère*«, warf Simone ein. »Ich wollte dich nicht kränken.«

»Nun, *chérie*, ich bin aber beleidigt. Frauen wie wir sind eine Naturgewalt und verdienen Respekt. Mit unserer Courage, Selbständigkeit im Gefühls- und Geschlechtsleben zu fordern, sind wir unserer Zeit voraus. Wir sind nicht bloß hübsche Gesichter, die Lust verschaffen. Unseren Scharfsinn und unsere Findigkeit zu übersehen und uns als gewöhnliche Huren zu brandmarken ist, als würde man erfolgreiche Geschäftsleute als Zuhälter bezeichnen. Die körperliche Liebe ist die Lasur auf unseren Beziehungen. Die Männer kommen zu uns wegen unserer Vielfältigkeit, unserem Politikverstand und unserem Witz. Wir gebieten selbst über unser Schicksal, und das ist mehr, als man von den sogenannten ›anständigen Damen‹ sagen kann, die nicht mal den Mumm haben, sich ihre Ehemänner selbst auszusuchen.« Sie hielt Simone das Absinthglas hin. »*Chérie*, ein Schluck ist gut für eine ausgeglichene Stimmung. Weißt du, daß Absinth zu Ehren von Artemis benannt ist, der griechischen Göttin der Keuschheit?« Auf diese Bemerkung hin brach sie in herzhaftes Lachen aus.

Simone nahm das Absinthglas und hob es an die Lippen.

Die Großmutter wuschelte sich die blauen Locken über die Wangen. »Wohl bekomm's. Trink aus. Los!«

Simone verzog das Gesicht. Das bittergrüne Zeug

brannte ihr in der Kehle, verbreitete dann eine wohlige Wärme im Bauch, verwandelte den Kleehügel mit seinen Galerien in einen schöneren Ort. »*Pas mal.* Was ist da drin?«

»Wermut, eine streng riechende Pflanze, aus der man bitteres Öl gewinnt, Süßholz, Kräuter und jede Menge Alkohol. Alles unentbehrlich für unser Temperament, *naturellement.*«

Weil sie auf einen Gefallen angewiesen war, von dem sie fast sicher annahm, daß Mme. Gabrielle ihn ihr abschlagen würde, und weil ihr der Mut schwand, darum zu bitten, kippte Simone sich den Inhalt der Absinthflasche in den Mund. Sie hatte es geschafft, Monsieur Rouge mit dem uralten Ritual aus Atmen, bildhaften Schilderungen und Massage zu ergötzen, hatte ihn über längere Zeitspannen in Ekstase halten können, ohne daß sie bis zum Letzten gehen mußte. Nachdem sie die Lustader gefunden hatte, die sich an den Sinnesnerven des Rückgrats entlangzog, hatte sie jeden einzelnen seiner Sinne geweckt und ihn machtlos gemacht. Doch nun erforderte es eine ganz andere Fertigkeit, um ihre Großmutter zu bewegen, ihr die Bitte zu gewähren, derentwegen sie gekommen war.

»Sei vorsichtig«, riet ihr Mme. Gabrielle. »Ich bin an das Arsen im Absinth gewöhnt. Du dagegen fängst am besten langsam an. In der Zwischenzeit wird das Arsen deine Haut aufhellen.«

Da die umherstreifenden Pfauen Emile Zola an die Zeit erinnerten, da er so arm war, daß er die Spatzen aß, die er auf seiner Fensterbank fing, verlangte er jetzt sein Quantum Absinth.

Aber Emile, erinnern Sie sich, tadelte Mme. Gabrielle, und die unausgesprochenen Worte flammten auf ihrer Stirn. Wenn ich mich recht entsinne, waren Sie es, der in *Les Rougon-Macquart* den Alkoholkonsum mit glänzendem literarischem Talent verdammt hat. Eingeschnappt rutschte Zola unter ihr Kinn, um sich Notizen für seine Tetralogie *Les Quatre Evangiles* zu machen, die mit seinem Tod unvollendet geblieben war. Mme. Gabrielle ermahnte ihn, ihr Kinn sei nicht sein Notizheft und sie würde es sehr begrüßen, wenn er sanft zu ihrer Haut wäre. »Sag mir, was du möchtest«, forderte sie Simone auf, nachdem sie Zola zurechtgewiesen hatte.

Simone stand torkelnd auf und hatte Mühe, den Blick auf die verschwommene Gestalt ihrer Großmutter zu richten. »*Grand-mère*, hilf mir, Monsieur Jean Paul Dubois zu erobern.«

»Aber natürlich«, stimmte Mme. Gabrielle zu. »Warum hast du so gezögert, mich zu bitten?«

»Weil er gerissen ist. Er verläßt seine Kunstsammlung nur, um neue Werke zu kaufen. Du hast ein Stück in deiner Sammlung, nach dem es ihn bestimmt gelüstet. Dein Delacroix. Er wird bis ans Ende der Welt reisen, um ihn zu erwerben. Ich weiß, das Bild ist dir mehr wert als alles andere, was du besitzt, aber bitte, *grand-mère*, schreib ihm, daß der Delacroix zu verkaufen ist. Lade ihn zur Silvester-Soiree ein, um das Bild zu besichtigen.«

Mme. Gabrielle war verblüfft. »*Ma petite*, ich kann mich nicht von meinem Delacroix trennen. Aber Männer brauchen kein Kunstwerk. Frauen sind Versuchung genug. Er wird mit Freuden die Einladung einer d'Honoré annehmen.«

»Leider interessiert er sich nicht für Frauen. Sein Sohn entstammt einer Ehe, die aus Gründen des gesellschaftlichen Aufstiegs geschlossen wurde.«

Mme. Gabrielle hatte unschätzbare Kunstwerke von Meistern, die sie bewunderte. Darunter Manets *Olympia* mit Blumen im Haar, Cézannes *Une moderne Olympia*, die nur auf den ersten Blick unschuldig aussah, und Ingres' *Madame Marcotte*, die Modeexpertin. Es stimmte, daß Delacroix' *Algerische Frauen in ihrer Wohnung* ihr Lieblingsbild war. Aber andererseits wollte sie auf keinen Fall den Lauf der Ereignisse behindern, die Simone helfen würden, endlich das d'Honoré-Erbe anzutreten.

38

Silvester
1902

Kutschen in allen Größen, Landauer, Phaetons, Kaleschen und Kremser mit silbernem Inventar und vergoldeten Karosserien schlängelten sich klappernd und ratternd durch Kleinstädte und Dörfer zum Zibetkatzental. Sie verstopften die gewundene Lehmstraße, die in den Kopfsteinweg überging, der am Château Gabrielle endete. Die Kutscher auf den Böcken schwangen ihre Peitschen, um die Pferde in Reih und Glied zu halten. Das Peitschenknallen lockte die Dorfbewohner trotz der beißenden Kälte auf die Straße, wo sie den mit glänzenden Rädern und lackierten Türfüllungen prunkenden Kutschen applaudierten, in denen die in Nerz, Chinchilla und Hermelin gehüllten Besucher saßen.

Die Tore von Mme. Gabrielles Park standen offen, um die endlose Reihe von grazilen Tandems und klingelnden Viktorias einzulassen. Die einfachen Postkutschen, mit denen neugierige, hoffnungsvolle Herren eintrafen, schickte Alphonse fort.

Lakaien in schmucken Livreen öffneten die Wagenschläge, um die mit Schmuck behängten Damen und die befrackten Herren in den Park zu geleiten, wo sie sich in extra aufgestellten Spiegeln begutachten konnten. Gaslaternen, Kerzen und kleine Glühlampen leuchteten und flackerten unter freiem Himmel. Ein stabiles Zelt war vom Château ausgehend bis weit in den Park hinein aufgebaut worden, um den Winter fernzuhalten. Über dem Kleehügel, der nicht überdacht werden konnte, färbten Feuerwerkssalven den Himmel und warfen ihren bunten Zauber aufs Zeltdach. Das warme Zelt war mit überquellenden Vasen von aufblühenden Rosen geschmückt. Erstaunt beobachteten die eintreffenden Gäste die schwülstigen Rottöne der Blütenblätter, die im Kerzenlicht pikante Schattierungen annahmen. Mit Champagnergläsern in der Hand schlenderte die anschwellende Menge umher, erfüllt von Neugierde und berauscht von der Enthüllung, daß man die exotischen Rosen aus dem fernen Persien importiert hatte, einem Land, mit dem die Damen d'Honoré auf unbekannte Weise verbunden waren.

Mit Hilfe der für solche Anlässe eingebauten hydraulischen Winden hatte man Wände verschoben, so daß Eingangshalle, Salon, Empfangszimmer und Musikzimmer einen einzigen großen Raum bildeten. Die mit Seide bespannten Wände dämpften das Scharren unruhiger Pferde und die Schreie der Eselinnen, die in dem Tumult nicht gemolken worden waren. Die Pfauen waren irritiert durch den ungewöhnlichen Trubel und durch Mme. Gabrielles Abwesenheit und watschelten benommen im Kreis. Ein kleines Orchester spielte Unterhaltungsmusik und Chansons.

Um Mitternacht würden die Damen vom Château Gabrielle das Jahr 1903 begrüßen.

Alphonse sah sich der unerwarteten Ankunft von

Kremsern und Einspännern gegenüber, deren Insassen in der Klatschkolumne des *Figaro* von der heutigen Soiree erfahren hatten. Im Vertrauen darauf, daß Monsieur Dubois und Monsieur Amir natürlich in eleganten Kutschen eintreffen würden, schickte Alphonse alle schäbigen Droschken fort, die auf der Straße heranrukkelten.

Mme. Gabrielle rauschte in Spitzenschichten umher, ihre blauen Haare leuchteten mal hier, mal dort. Sie begrüßte ihre Gäste in diamantenbesetzten Handschuhen und mit einem freundschaftlichen Klaps mit ihrem Hermelinfächer. Ihr indigoblauer Blick suchte Monsieur Amir.

Die mit einem Diadem geschmückte Françoise hatte Quecksilberpillen genommen, um für diesen Anlaß jugendlich auszusehen, und Arsen, um ihre Haut aufzuhellen. Ihr Lachen erklang jedesmal, wenn ihre Liebhaber die Münder auf ihre weiße Haut drückten, als würden sie Zuckerwatte schlecken. In ihrem mit silbernen Pailletten besetzten Kleid aus persischer Seide tanzte sie zu den romantischen Chansons von Yvette Guilbert. Sie ließ Mme. Gabrielle nicht aus den Augen, die zwischen gebauschten Röcken, bestickten Miedern und hauchdünnen Volants umherschwebte. Der heutige Abend, hatte Mme. Gabrielle sie gewarnt, gehöre Simone.

Als das Fest in vollem Gang war, stiegen die Gäste die Terrassenstufen hinauf und versammelten sich in der erweiterten Halle am Fuß der Haupttreppe. Auf dieser prachtvollen Bühne sollte die gefeierte Simone d'Honoré sich präsentieren. Aber sie ließ sich nicht blicken.

Eine Fackel in der Hand, rief Alphonse über das Getöse hinweg: »Es ist erst halb zwölf. Mademoiselle Simone d'Honoré wird nicht vor Mitternacht erwartet. *S'il vous plaît,* machen Sie einen Weg frei, sonst verletzt Mademoiselle sich noch.« Er versuchte, die Menge wieder ins Freie zu dirigieren, hin zu den unzähligen Ständen, wo Absinth mit Pfirsich-, Limonen- und Anisgeschmack angeboten wurde. Er schwenkte die Fackel über dem Kopf und rief, daß in den Gartenpavillons Kaviar, *escalopes de fois gras*, Austern und vieles mehr serviert werde. Handleserinnen, wahrsagende Zigeunerinnen und fließend Griechisch sprechende Papageien seien in den Pergolen zu finden, außerdem Affenmännchen, die ihre Weibchen im Tempo der jüngst eingeweihten Eisenbahn beglückten. Doch sosehr er sich auch bemühte, es gelang ihm nicht, die gefährlich überfüllte Halle zu räumen.

Die Männer standen wie angewurzelt vor der großen Fotografie von Simone, dem Bild von dem unnahbaren Mädchen, das, wie Kassandra, ihre geheimsten Sehnsüchte zu lesen schien. Vorfreude auf die leibhaftige Begegnung mit der Frau ihrer Phantasien hatte bei einigen peinliche Wölbungen in den Hosen verursacht. Die Frauen standen wie gelähmt aus Eifersucht. Sie konnten sich nicht von Mme. Gabrielles Geisterfotografien losreißen. Konnte es wahr sein, daß Mme. Gabrielle ihr Netz auswarf und alle ihre Männer einfing, während sie zu Hause saßen?

Als es auf Mitternacht zuging, sperrten die Wächter den Eingang zum Park endgültig zu und ließen eine tobende Menschenmenge draußen stehen. Alphonse, nahezu wahnsinnig von den blitzschnellen Entscheidungen, wer einzulassen und wer abzuweisen war, redete sich gut zu, daß Simone eine selbstbewußte Frau und durchaus imstande war, der Menge Herr zu werden.

Mme. Gabrielle und Françoise verließen den Garten, überquerten die Terrasse und schlossen sich der Menge an, die sich eingefunden hatte, um Simone zu begrüßen.

Um Schlag Mitternacht verstummte das Orchester, und im Château erklangen Harfen. Ansteigendes Gemurmel erfüllte die Halle. Augen hoben sich zu dem majestätischen Balkon. Ein Anblick, eindrucksvoller als die Bühne der großen Oper.

Simone trat auf den Balkon, stützte die Hände auf die Balustrade und sah auf die Menschenmenge hinunter.

Die kupferroten Locken hatte sie hinter die Ohren geschoben, so daß sie über ihre schmalen Schultern auf ihr Gesäß wallten. Sie war nicht so füllig wie die Frauen, die zu ihr hinaufgafften, auch bot sie keine bauschige Silhouette, wie es derzeit Mode war. Safrangelber Crêpe de Chine umspannte ihre Rundungen, streifte den Marmorboden unter ihr und schleifte ihr nach wie flüssiges Gold. Ein durchsichtiges Foulard in demselben Farbton flatterte hinterher wie eine Brise und trug Simones Duft mit sich. Doch am meisten verblüfften die Gäste ihr taufrischer Teint, ihre durchdringenden goldenen Augen und die weiche Kontur ihrer vollen Lippen, die keine Spur von Schminke aufwiesen. Sie war die Verkörperung aristokratischer Vornehmheit, eine Frau, die aus dem Bad gestiegen war, ihre Locken getrocknet und geschüttelt hatte und erschienen war, um ihre Gäste in diesem erlesenen Kleid zu begrüßen, das ein wenig heller war als ihre Haarfarbe. Sie trug nicht ein einziges Schmuckstück, abgesehen von dem schwarzen Samtband mit Cyrus' Ehering um den Hals und seinem roten Diamanten am Ohr. Wie sie so über der Menschenmenge stand, umgeben von der vergoldeten Einrichtung des Châteaus und von unzähligen juwelenbehängten Damen, war ihre Schlichtheit überwältigend.

Donnernder Beifall brach aus und steigerte sich noch, als sich ihr Bergamottgeruch verbreitete.

Sie stieg die Treppe hinunter, die Menge teilte sich, um Platz zu machen, und strömte danach wieder zusammen, um die Palette ihrer Düfte einzufangen. Sie warfen Monsieur Rouge gehässige Blicke zu, der, außerstande, seine Freude über ihren Anblick zu zügeln, sich ohne Rücksicht auf die Leute einen Weg zu ihr bahnte. Die Frauen flüsterten und wisperten; sie fanden an allem etwas auszusetzen, an Simones unmoderner Kleidung, ihrer dünnen Figur, ihrer zu blassen Haut, den leblosen Lippen und den offenen Haaren wie bei einer Wahnsinnigen. Die Männer fragten sich, ob sie unter ihrem hautengen Kleid Unterwäsche trug. Ohne zu wissen, daß sie darin geübt war, mit ihrem Geruch die gelassensten und listigsten unter ihnen zu bezwingen, drückten die Männer ihre Münder auf ihre duftende Hand.

Sie schob sich durch die Menge, raunte den Unbekannten ihren Namen zu und tauschte mit denen, die sie kannte, Artigkeiten aus. Während sie ihre Begrüßungen absolvierte, versuchte sie Mme. Gabrielle und dann Monsieur Rouge zu erreichen. Sie hoffte, dieser werde ihr Monsieur Dubois zeigen, während ihre Großmutter ihr Monsieur Amir vorstellen werde, sofern die Herren eingetroffen waren.

»Ist Monsieur Amir da?« konnte sie ihre Großmutter endlich fragen, die ihr Gespräch mit Monsieur Matin unterbrach – einem rotgesichtigen alkoholsüchtigen Zwerg und bedeutenden Sammler von russischen Revolvern.

»Ich sehe ihn nicht, *chérie*«, flüsterte sie und sah sich suchend um. »Es ist aber noch nicht zu spät. Beide werden bestimmt noch kommen. Geh, amüsier dich.«

Françoise rückte ihr Diadem zurecht und stieß einen aufgebrachten Seufzer aus. Simones Duft hatte alle ihre Männer eingefangen. Aber das war nur ein vorübergehendes Phänomen. Simone war wie eine flüchtige Illusion.

Monsieur Rouge faßte Simone am Arm und versuchte sie von Mme. Gabrielle fortzuziehen. »Einen Augenblick allein mit Ihnen, bitte?«

Sie wand sich von ihm los und bat ihn, so lieb zu sein und ihr Personen vorzustellen, die sie nicht kannte. »Ich bin so lange fortgewesen, ich kenne die Hälfte der Leute nicht.«

»Es ist mir ein Vergnügen. Sehen Sie die Dame vor dem Spiegel, die ihr Diadem zurechtrückt? Das ist Madame Fouchone, die Gemahlin des Botschafters und die Geliebte von Monsieur Rochefocault. Er hat sich soeben ein Kanapee in den Mund gesteckt. Und das junge braunhaarige Mädchen mit dem minderwertigen Diamanthalsband ist die Tochter von Madame und Monsieur Roland, die sie für einen Engel halten. Weit gefehlt. Sie schläft mit jedem, der ihr ein billiges Schmuckstück schenkt. Nun zu dem Herrn hinter Ihnen, der an der Kastanie lehnt. Ja der, der mit Madame Sorayan plaudert. Das ist Laban, ein einflußreicher Mann, dem früher Fouquet auf der Rue Royal gehörte, aber jetzt hat er das Juweliergeschäft auf der Rue de l'Arcade.«

»Wie erwirbt einer wie er Diamanten?« fragte Simone.

»Hier und da. Meistens bei De Beers, wenngleich die Zukunft von de Beers ungewiß aussieht wegen der Entdeckung der Premier-Mine, die dreimal so groß ist wie die Kimberley-Ader. Es gibt aber natürlich noch mehr Quellen.«

»Lieferanten wie Monsieur Jean Paul Dubois, nehme ich an.« Ihr Ton war ausdruckslos, als sei ihr nicht sehr an der Sache gelegen.

Auf die Erwähnung des Namens Dubois reagierte Monsieur Rouge wie von einer Schlange gebissen, und seine Augen wurden noch ungleicher. »Ist er etwa in Frankreich? Halten Sie sich fern von ihm. Über ihn hört man nur Unerfreuliches.«

»Meine Großmutter hat ihn eingeladen«, sagte Simone. »Zeigen Sie ihn mir, damit ich weiß, wem ich aus dem Weg gehen muß.«

Simone wandte den Blick von Monsieur Rouge ab und sah den Paaren zu, die zu den hinreißenden Klängen von Strauß Walzer tanzten. Sie gewahrte den prikkelnden Geruch von Champagner in der Luft. Sie vermißte Cyrus. Sie vermißte ihn mehr denn je, nun da sie sich darauf versteift hatte, das Geheimnis seiner Ermordung aufzudecken, und ihre Eingebung schrie, sie sei der Lösung nahe. Die vergangenen Monate hatten den Schmerz ihres Verlustes eher verstärkt als gemildert. Am schlimmsten war es heute nacht, da Paare miteinander verschmolzen und Düfte sich vermischten mit ihrer Sehnsucht, in den gewittrigen Himmel hineinzufliegen.

39

Monsieur Jean Paul Dubois stieg aus dem Zug, verlangsamte seine Schritte, seine Atmung und den Schlag seines Schirms mit dem Medusengriff auf dem Kopfsteinpflaster. Die Nacht war durchsetzt mit dem Knattern von Feuerwerkskörpern rund um die Stadt, mit ständigem Peitschenknallen und trunkenem Lachen. Seine schwarzen Pupillen zerliefen in die Iris und in das Weiße seiner Augen, während er auf die vier Uhren des Kirchturms sah. Sie gingen nicht synchron. Verstimmt ließ er seine Taschenuhr aufschnappen. Eine halbe Stunde nach Mitternacht. Er war ungern so spät unterwegs. Vor allem in der Silvesternacht. Er verabscheute Überraschungen, und er erlebte sie selten. Dennoch hatte er sich verhalten wie ein Hai, der Blutwitterung aufnimmt. Er war nach Paris gereist, obwohl er wußte, wie riskant es war, da hier jeder seiner Schritte überwacht werden könnte. Er versetzte dem Medusengriff einen festen Schlag. Unnötig, sich Sorgen zu machen. Er hatte jeden einzelnen Schritt bedacht. Er vertraute auf seine Geschicklichkeit, mit gefährlichen Situationen umzugehen und unversehrt davonzukommen.

Er war es auch gewohnt, das Objekt seiner Begierde an sich zu bringen. Und er war gekommen, um sich *Algerische Frauen in ihrer Wohnung* zu verschaffen.

Die Eigenheiten der Damen d'Honoré waren ihm durch zahlreiche Quellen zu Ohren gekommen – durch seine Spione, die Spione seiner Feinde und durch Personen, die seinen Köder geschluckt hatten: bares Geld, Diamanten, Versprechungen. Verführerische Dinge, die man unmöglich ausschlagen kann. Die Quintessenz all dieser Berichte lautete, die Enkeltochter sei phantastisch, aber nicht ausgesprochen schön. Den wenigen Männern, die sie um sich duldete, gelang es nicht, die Barriere zu durchdringen, die sie um sich errichtet hatte. Der Aufstieg der Großmutter zu Ruhm und Reichtum weckte sein Interesse. Und deren Tochter war eine oberflächliche Kurtisane, mit der er sich nicht weiter befassen wollte. Sein ständig surrendes Gehirn hatte den Brief, den Mme. Gabrielle ihm geschickt hatte, mehrmals analysiert. Aber er konnte keinen tieferen Beweggrund für die Einladung erkennen außer finanziellem Gewinn aus dem Verkauf des Delacroix.

Delacroix war ein Meister mit einem ausgeprägten Makel. Die Grundlagen von Chemie und Physik waren ihm fremd. Er unterschied nicht zwischen guter und schlechter Leinwand, zwischen haltbarer und verderblicher Farbe. War er mit der Körnung einer Leinwand und den Farbnuancen zufrieden, machte er sich an die Arbeit. Trotz der Schäden, die an seinen Gemälden entstanden, benutzte er weiterhin Wachs, schlechte Essenzen und neue Farben, die nicht hielten. Doch *Algerische Frauen in ihrer Wohnung* war eine Ausnahme. Der Künstler hatte bei der Wahl von Ölen und Farben besondere Sorgfalt walten lassen. Und das war dem Bild gut bekommen. Infolgedessen war Monsieur Dubois schon seit geraumer Zeit darauf aus, es seiner Sammlung einzuverleiben.

Er winkte einer vorbeifahrenden Droschke, raffte sein Cape um sich und sprang hinein. Er war müde von der langen Reise, blieb jedoch hellwach und aufmerksam, stampfte mit der Elfenbeinspitze seines Stocks auf den Boden der Kutsche. Die Aussicht auf die Begegnung mit *Algerische Frauen in ihrer Wohnung* belebte den Siebenundfünfzigjährigen. Er schlug ein Bein über das andere und wies den Kutscher an, ihn ins Zibetkatzental zu bringen.

40

Auf der Terrasse beobachtete Simone betrunkene Männer und kokette Frauen, die sich in besitzergreifenden Umarmungen zu Guilberts Chansons wiegten, dieser kleinen Sängerin mit der großen Stimme. Jenseits der Tanzfläche drängten sich die Paare in den Pavillons, wo Handleserinnen mit Lügenfäden Schicksale webten. Sie schlenderten in die Pavillons, wo hellsehende Zigeunerinnen in Glaskugeln blickten, die nichts anderes zeigten als eingeschlossene Blasen. Und weiter weg, hinter Bäumen und Büschen, streichelten Männer und Frauen, Männer und Männer oder Frauen und Frauen feuchte Schenkel und begierige Brüste und ergingen sich in Liebesspielen, als sei alles bestens auf der Welt.

Simone wandte sich dem Gedränge vor dem Tor zu. Ratternde Kutschenräder, Hufklappern, Peitschenknallen. Eine Kutsche hielt am Tor. Mit der Gästeliste in der Hand eilte Alphonse herbei, um sie zu überprüfen. Der mit einer Wollmütze bekleidete Kutscher auf dem Bock zerrte an den Zügeln, bemüht, das lahme Maultier zum Stehen zu bringen.

Mit einem müden Winken gab Simone Alphonse zu

verstehen, er möge den Besucher abweisen. Sie war verzagt. Ihre Großmutter hatte Monsieur Amir nicht ausfindig machen können. Und auch Monsieur Dubois würde nicht in so einer schäbigen Droschke vorfahren. Hatte Cyrus das Alter des Minenbesitzers erwähnt? Nach allem, was sie wußte, könnte er auch längst an Altersschwäche gestorben sein. Während ihr Alphonse' hektische Anweisung an den Kutscher, sich zu entfernen und den Weg für andere Kutschen frei zu machen, in den Ohren gellte, entschloß sie sich, sich der Menge im Park anzuschließen. In diesem Moment stieg ein Herr aus der Kutsche. Er trug eine Seidenweste, einen modischen Zylinder, ein Cape und den Anflug eines Bartes.

Alphonse stellte sich dem Herrn in den Weg. Die Fakkel, die er dem Fremden ins Gesicht hielt, beleuchtete scharfe Augen, denen nichts entging.

Simone eilte die Stufen hinunter und bedeutete Alphonse, das Tor zu öffnen.

Vor sich sah sie vergrößerte Pupillen und weiß umrandete Iris, die zu einem Nachtraubvogel hätten gehören können. Ihr erster Impuls war, umzudrehen und fortzulaufen. Doch die heutige Soiree wurde veranstaltet, um Monsieur Jean Paul Dubois anzulocken. Und sie hatte das starke Gefühl, daß er soeben eingetroffen war.

Alphonse setzte alles daran, sie vor der Aura dieses Mannes zu warnen, die nichts als Gefahr signalisierte. Da sie sein Gestikulieren nicht beachtete, richtete er sich zu seiner vollen Größe auf und fuchtelte dem Fremden mit der Fackel ins Gesicht. Es kümmerte ihn nicht, daß er anscheinend ein sehnlichst erwarteter Gast war. Er wollte diesen Mann nicht in Simones Nähe wissen. »Dies ist eine private Veranstaltung, Monsieur.«

Mit dem Anflug eines Lächelns richtete der Mann seinen Schirm wie einen geladenen Revolver auf Alphonse.

»Danke, Alphonse, ich glaube, Monsieur hat eine förmliche Einladung.« Simone stellte sich auf die Zehenspitzen, küßte den Mann, der Cyrus' Mörder sein könnte, auf beide Wangen und bestäubte dabei seinen Puls mit ihrem schweren Duft. »Simone d'Honoré«, flüsterte sie.

»Aber ja«, sagte er und hob ihre Hand zum Kuß an seinen Mund. »Jean Paul Dubois.«

Simone hatte es nicht eilig, ihm ihre Hand zu entziehen, sie untersuchte vielmehr seine Handfläche – das Viereck über der Lebenslinie deutete auf lange Zeiten des Beengtseins hin. Verbannung? Gefängnis? Seine Marslinie schnitt die Handfläche parallel zur Lebenslinie – nichts konnte ihn aufhalten. Keine Sorgenlinien, die auf Beunruhigung schließen ließen. Die Krümmung seines kleinen Fingers sprach von Unredlichkeit – eine vorsätzlich ausgelöschte Vergangenheit, die er aber nicht zu verantworten hatte. Seine Intelligenz hatte sich zu Verschlagenheit ausgeweitet, seine Umgangsformen zu Komplotten. Sie entdeckte auch Arroganz, die sie zu ihrem Vorteil und seinem Niedergang ausnutzen wollte. Sie hielt seine Hand fest, aus Angst, er würde verschwinden und sie im ungewissen lassen. Sie hatte ihn erwartet mit dem Eifer eines Kindes, das ein Geschenk erhofft, und das wollte sie jetzt nicht unausgepackt lassen. Sie wandte sich ab von seinem anmaßenden, forschenden Blick. »Kommen Sie herein, Monsieur Dubois. Das Fest ist in vollem Gange.«

Er erfaßte die Menschenmenge, Yvette Guilberts Lied

Jeux d'Eau und das knisternde Feuerwerk. »Könnte Mme. Gabrielle mich vielleicht an einem ruhigeren Ort empfangen?«

»Kommen Sie, Monsieur, kommen Sie, ich werde meine Großmutter von Ihrer Ankunft verständigen.«

Sie führte ihn an den vielen Leuten vorbei, die Terrassenstufen hinauf und in den Salon *Algerische Frauen*, den die hydraulischen Winden nicht mit der großen Halle verbunden hatten. Sie deutete auf ein Kanapee. »Bitte machen Sie es sich bequem. Mme. Gabrielle wird gleich hier sein.«

Er zog dem Kanapee einen steiflehnigen Sessel vor, der Schutz vor jeglicher Gefahr von hinten versprach, legte die Hände auf die Armlehnen und taxierte seine Umgebung. Seine pechschwarzen Pupillen weiteten sich beim Anblick von Delacroix' Gemälde auf einer Staffelei. Das Bild war in einem weit besseren Zustand, als er erwartet hatte. Es litt nicht an übermäßiger Verwendung von Bitumen, die Risse waren verschwindend klein, und die Frauen hatten nichts von ihrem unerhörten Leuchten verloren.

»Monsieur Dubois«, sagte Simone und zwang sich, ihm in die Augen zu sehen. »Ich bin sehr froh, daß Sie gekommen sind. Ich weiß wie jedermann in Paris, daß Sie nicht gerne reisen. *Je l'espère bien*, Monsieur, daß wir uns geschäftlich einig werden. Wieviel ist Ihnen dieses Bild wert?«

Sein geistiger Abakus berechnete, wie er dieser freimütigen Frau – ungewöhnlich freimütig für seine Kreise und erst recht für seine Gegenwart – am besten antwortete. Er kam zu dem Schluß, daß nichts als eine ehrliche oder wenigstens zum Teil aufrichtige Antwort in Frage kam. In diesem Moment sah er, wie Simones Blick an seinen Schultern vorbei zur Tür hinter ihm huschte, und er faßte die Armlehne fester.

Mme. Gabrielle rauschte in den Salon. Alle ihre Geister hatten sie betrübt vor der Ankunft eines stockschwingenden Mannes mit unheimlichen Augen gewarnt. Günter trippelte über ihre Schultern und flehte sie an, den bösen Menschen auf der Stelle hinauszuwerfen. Sie hob ihren schlüpfrig glatten Satinhandschuh an den Mund von Monsieur Dubois und stellte sich vor.

»Mme. Gabrielle d'Honoré«, sagte Monsieur Dubois, »mit welcher der Damen habe ich geschäftlich zu tun?«

»Mit mir«, warf Simone ein. Sie trat zu ihm und wedelte mit der Hand unter seiner Nase, eine Gebärde, die mit einem lüsternen Bestäuben seines Handgelenks endete, genau da, wo die Ader pulsierte. »Sie hatten jetzt Gelegenheit, die *Algerischen Frauen* aus der Nähe zu betrachten, und noch dazu in der anheimelnden Umgebung meines Zuhauses. Wenn Sie mehr Zeit brauchen, um den Preis zu bestimmen, dürfen Sie mit mir hinausgehen und Walzer tanzen, wenn Sie möchten.«

Er schloß für einen Sekundenbruchteil die Augen, da alle fünf Sinne in seinen Geruchszellen zusammenliefen. Ihr Duft war so rein wie Diamanten, so knisternd wie frisch gedruckte Franc-Noten. Er straffte das Kinn, weil er sich hatte gehenlassen. Aber sie ließ ihm keine Zeit, sich zu fassen. Sie drückte sich an ihn, als wollte sie ihn gleich auf die Tanzfläche zerren. Ihm schwindelte unter ihrem Wohlgeruch, der seine Sinne durchdrang, gegen seine Geruchsnerven barst und dort ein Kunstwerk komponierte. War es dieser Duft, der ihn erschreckte?

Er verlor jegliches Gefühl für Zeit und Raum, während er ihre diversen Aromen separierte und analysierte. Was vermochte einen derartigen Effekt hervorzurufen – alter Wein, Kognak oder Absinth? Er schüttelte sich, um wieder ganz wach zu werden. Aus gutem Grund hatte er sein Leben lang auf Alkohol verzichtet. Er verabscheute alles, was sein Denkvermögen beeinträchtigte. Aber dann hörte er sich zu seinem Entsetzen ein Angebot machen, das er nicht geplant hatte. »Madame, zusätzlich zu den fünf Millionen Francs, die ich ohne weitere Formalitäten für *Algerische Frauen* biete, hätte ich gern, daß Sie mich auf eine Reise begleiten, die Sie mit Sicherheit genießen werden. Für Ihre Bequemlichkeit wird an meinem Wohnsitz gesorgt sein. Die verschiedenen Kulturen dort werden Sie sicherlich faszinieren. Die einzige Einschränkung ist, daß wir in wenigen Tagen abreisen müssen. Sie können natürlich so lange oder so kurz bleiben, wie Sie wünschen.«

Simone, die über Monsieur Dubois hereingebrochen war wie ein Wirbelwind, versuchte ihren Geruch zurückzuholen.

Mme. Gabrielle blickte mit ungläubiger Miene hoch. Sie klopfte mit den Fingern auf ihre Schenkel, was Emile Zola zum Hüpfen brachte. Günter schaukelte hin und her wie eine Postkutsche und lag ihr mit der Ermahnung in den Ohren, diesen Mann sofort in die Schranken zu weisen. Und Franz Liszt ließ bei dem Anblick, wie dieser Koloß Dubois sich bei den Frauen herumtrieb, seinen Taktstock fallen und verlor das Bewußtsein.

Draußen knatterten immer noch Feuerwerkskörper, aber die prickelnde Wirkung des Alkohols, das Wiehern der Pferde und das Klirren von Kristall ließen langsam nach. Im Garten verklangen die letzten Töne von Francis Plantés sehnsuchtsvollem Klavierspiel. Der Wind rund um das Zibetkatzental wurde stärker und warf Kastanien von den Bäumen, was sich anhörte wie tausend Schußsalven. Das Heulen der Zibetkatzen hallte durch die Hügel.

Françoise, die am Tor stand und die letzten Gäste verabschiedete, fragte sich, wo ihre Mutter und ihre Tochter sein mochten. Sie wußte nicht, daß Monsieur Amir, der ungern Aufmerksamkeit erregte, in einer schlichten, von zwei Schimmeln gezogenen Kutsche eingetroffen war. In unauffälligem lehmbraunem Anzug und ohne seine übliche Gebetskette, hielt er sich im Schatten des großen Spiegels.

Er hatte aber beobachtet, wie Simone Monsieur Dubois ins Château führte und Mme. Gabrielle ihnen folgte, und daraufhin hatte er hastig einen kurzen Brief geschrieben. Als die letzten Kutschen über das Kopfsteinpflaster rollten, übergab er der nichtsahnenden Françoise einen Umschlag, bevor er sich selbst auf den Rückweg machte.

Mme. Gabrielle zog ihre Handschuhe hoch, stand auf und trat ans Fenster. Die Natur tobte, der Wind trug ihr Schreie von umherziehenden Geistern zu. Mit Emile Zola an der Spitze pickten ihre gereizten Geister an ihren Wangen und verlangten, daß sie Simone Vernunft einbleute. »Da der Wert der *Algerischen Frauen* Ihr Angebot um das Zweifache übersteigt, Monsieur Dubois, können wir nicht ins Geschäft kommen. Ich fürchte außerdem, ein Sturm zieht auf. Sie müssen sich auf den Rückweg machen, sonst werden Sie womöglich aufgehalten.«

Monsieur Dubois war immer noch erschrocken über seinen Mangel an Zurückhaltung und sein ungewollt abgegebenes Angebot. Und über sein untypisches Bedürfnis, diese Frau, diese Simone, zu besitzen. Die ältere Frau hatte sein Interesse in dieser Sache angestachelt, aber Simone war eine Entdeckung, wie das Auffinden eines seltenen Diamanten, wie das Aufspüren eines kostbaren Vermeer. »Madame d'Honoré«, sagte er, »dann biete ich zehn Millionen für die *Algerischen Frauen.*«

Simone schauderte in ihrem dünnen Kleid. Ihre Worte übertönten den Wind. »Nun, da die *Frauen* Ihnen gehören, Monsieur, wohin gedenken Sie *mich* zu bringen?«

»Nach Namaqualand«, antwortete er.

Mme. Gabrielle stieß einen Seufzer der Erleichterung aus. Simone hatte es geschafft, den Reichtum der d'Honorés um zehn Millionen zu vermehren. Und sie würde nie in eine gottverlassene Gegend wie Namaqualand reisen, dafür würde sie sorgen. Doch der zwergenhafte Geist von Doktor Jacques Mercier gönnte ihr keine Sekunde Erleichterung. Er maß ihren Herzschlag und verordnete ein Tonikum aus Löwenzahnblättern für ihr Herz, das, so versicherte er ihr, noch weiter strapaziert werden würde, ehe die Nacht zu Ende war.

Simone konnte sich nicht erklären, warum ein so berechnender Mann wie Monsieur Dubois es wagen wollte, eine Beziehung mit der Witwe eines ermordeten Kollegen einzugehen. Sie musterte ihn zuerst unsicher, dann ungläubig. Seine Augen wirkten verändert, die Pupillen erschienen verkleinert und hatten das messerscharfe Glitzern verloren, die Ränder waren sanfter und das Weiße ausgeprägter. Der unerschütterliche Scharfblick hatte sich offenbar ein wenig gelockert. Simone war sich der aphrodisischen Wirkung ihres Duftes bewußt. Doch angesichts des Verhaltens von Monsieur Dubois fragte sie sich nun, ob ihr Duft noch andere Eigenschaften besaß.

»Verzeihen Sie, Monsieur«, warf Mme. Gabrielle ein, »aber ich muß Sie warnen, daß es gefährlich ist, während eines Sturms durch das Zibetkatzental zu fahren. Viele, die bei einem Unwetter im Tal feststeckten, haben dabei ihr Leben gelassen. Alphonse wird Ihnen den sichersten Rückweg weisen.«

Simone reichte Monsieur Dubois ihre Hand zum Abschiedskuß. »Ich nehme Ihre Einladung an.«

41

Der Sturm hatte den lavendelblauen Horizont mit Kastanien und aufgetürmten weißen Wattewolken gesprenkelt. Eine Kutsche rollte vom Château in Richtung Bougival am Seineufer. Zurück blieb das halb eingestürzte Zelt der Silvester-Soiree. Dienstboten waren durch den Park gehastet, hatten leere Flaschen und bestickte Schlüpfer eingesammelt, die in der Liebesglut zurückgelassen worden waren, auch goldfarben lackierte Heroinspritzen, die sie in ihre Taschen gesteckt hatten, wenn Alphonse nicht hinsah.

Die Soiree war ein voller Erfolg gewesen. Simone hatte ihren erotischen Duft versprüht und den berüchtigten Monsieur Dubois für sich eingenommen. Aber jetzt, da berauschender Walzer und Feuerwerk zur Erinnerung verblaßten, erkannte sie die Gefahr, in die sie sich begeben würde. Dennoch wollte sie nicht hierbleiben und ein einsames Luxusleben führen, während sich ihr Lebensrad weiterdrehte, als seien Cyrus und ihr Sohn noch an ihrer Seite.

Es war die Zeit der Gewitterstürme. Weil Donner und Blitze drohten, hätte Simone die Fahrt nach Bougival und zurück nicht an einem Tag schaffen können. Sie mußte dort übernachten. Aber Cyrus hätte gewollt, daß sie dort begann, und darum fuhr sie hin.

Nach Françoise' erotischer Lektion vergangene Woche hatte Simone die zwei Zettel aus Cyrus' seidenem Tallitbeutel genommen und am Fenster ins Sonnenlicht gehalten. Ihre Augen brannten, als sie die indigoblaue Tinte sah, die nicht mehr leuchtete; die Schrift war verwischt, sein Daumenabdruck verblaßt – *betrauere meinen Tod nicht* … Auf dem einen Zettel standen der Name Mehrdad und seine Anschrift in Persien, auf dem anderen die Adresse von Monsieur Amir in Bougival. Simone wäre Monsieur Amir viel lieber am Silvesterabend persönlich begegnet. Aber sie hatte den Brief, den er Françoise übergeben hatte.

Diese ganze Angelegenheit war ein kompliziertes Geflecht. Sie verdächtigte niemanden und jeden – den Schah, den Hofwesir, Mehrdad, dem Cyrus vertraut hatte, und sekundenlang sogar Bart, dem sie ihr Leben verdankte. Aber solange sie keinen konkreten Beweis hatte, war Monsieur Amir vorerst ihr nächster Anhaltspunkt.

In ihrem Zimmer hatte sie die Haare auf dem Kopf zusammengeschlungen; der Silberstreifen hob sich von den roten Locken ab. Ihr Spiegelbild rief die Erinnerung an Cyrus wach – die farbenfrohen Negligés, die ihn erregten, bernsteingelb, violett und gold – prickelnd, hatte er gesagt –, intime Stellen, die sie ihm darbot; *san-e choschgel-e man* – meine wunderschöne Frau. Sie hatte sich seinen Gebetsschal um die Schultern gelegt, sich in seinen Duft nach Kardamom und Tabak versenkt und sich mit seiner Feder mit der breiten Spitze an ihren Schreibtisch gesetzt, um eine Antwort für Monsieur Amir zu verfassen. Sie schrieb, sie würde seine Einladung annehmen. Und sie hatte sich einverstanden erklärt, wegen der Entfernung und der häufigen Gewitter das Wochenende bei ihm zu Hause zu verbringen.

Die Kutsche fuhr schneller, die Lavendelfelder fielen zurück. Mme. Gabrielle und Alphonse hatten Speisen, Decken und Getränke in die Kutsche gepackt. Eine Flasche Absinth steckte in der Sitztasche. In Erwartung von Gewittern hatte Françoise einen Schirm auf den Rücksitz gelegt. Ein leichter Wind fächelte Simones Gesicht. Sie lehnte den Kopf an die Lederbank. Ohne sich an dem Geruch nach Mann und Pferd zu stören, schloß sie die Augen und war wieder bei Cyrus.

Sie hatte einen ganzen Nachmittag mit ihm auf der Lichtung verbracht, die die Kutsche soeben hinter sich ließ. Je nach Beschaffenheit und Geschick der Hände von den Fremden, die kamen, um Mme. Gabrielles Galerien zu besichtigen, erfand sie sexuelle Neigungen, ergänzte sie durch intime Einzelheiten, denen sie etwas Geheimnisvolles andichtete. Bald wurde aus der Sprache ihrer Hände ein Vorspiel. Sie ließen die entkorkte Weinflasche und den ausgepackten Imbiß ineinanderfließen. Hernach hatte er sie auf der Decke an sich gezogen, während die sinkende Sonne violette Wellen an den Horizont malte. Mit verrucht blitzenden Augen hatte er ihr eine Wohnung an der Rue de l'Arcade unweit der Place Vendôme versprochen – *damit du ausgehen und ganz in der Nähe Schmuck kaufen kannst*, sagte er. Und Simone, der bewußt war, daß er auf Françoise und Mme. Gabrielle anspielte, deren Beschützer sie in teuren Wohnungen in dieser Gegend untergebracht hatten, hatte ihm vorgeschlagen, sie zu heiraten und mit nach Persien zu nehmen.

Persien ist das Ende der Welt, hatte er gesagt, *es gefällt dir womöglich nicht.*

»Ich wollte schon immer ans Ende der Welt«, hatte sie beteuert.

Sie zeigte ihm ihr Paris, schlenderte mit ihm unter Torbögen hindurch und über Brücken. Er küßte sie unter dem Arc de Triomphe, als sie ihn auf die zwölf Straßen hinwies, die sternförmig von dem Bogen ausgingen – die Geometriebesessenheit eines Architekten.

Genie liegt in winzigen Details und in der Einsicht, wann es genug ist und man es gut sein lassen soll, hatte er gesagt.

Die Mörder hatten es nicht gut sein lassen.

»Mademoiselle, Mademoiselle, *c'est ici*? *Oui*? Die Straße wird zu eng. Die Kutsche kann nicht weiter.«

Sie schlug die Augen auf. Sie war in Bougival. Den größten Teil des Tages hatte sie ohne Durst- oder Hungergefühl hinter sich gebracht. Sie wies den Kutscher an, sich ein Quartier für die Nacht zu suchen und Montag an derselben Stelle auf sie zu warten. Sie griff nach dem Köfferchen mit ihrem Nachthemd und Kleidern zum Wechseln. Den Revolver im Mieder, stieg sie aus.

Sie ging an den Anhöhen entlang, die sich über der Seine erhoben, Hügel, die Monet, Renoir und Pissarro in ihren Gemälden verewigt hatten. Sonnenlicht flirrte auf den Dächern der Bauernhütten rund um das verschlafene Dorf Voisins. Das metallische Geklapper von Tischen, die auf Caféterrassen geschoben wurden, hallte durch die Hügel. Anregender *Boulangerie*-Duft würzte die Luft. Simone folgte der gewundenen Rue de Voisins, kreuzte die Rue de la Machine, wo Ludwigs XIV. *Machine de Marly* Wasser von der Seine nach Versailles pumpte. Mme. Gabrielle hatte versucht, auf Château Gabrielle die Pracht von Versailles nachzuahmen. Und es war ihr bestens gelungen, wie alles, was sie in Angriff nahm, dachte Simone. Nur wenn es um ihre Anstrengungen ging, ihre Enkeltochter zu einer d'Honoré zu formen, hatte ihre Großmutter voll und ganz versagt. Simone hatte sich in einen Perser verliebt und war als Witwe zurückgekehrt, die nichts anderes als Vergeltung im Sinn hatte. Sie schritt durch eine Allee mit alten Bäumen, die sich am Flußufer entlangzog. Schon versammelten sich die Leute zum abendlichen Tanz auf der kleinen Insel mitten im Fluß, die man Camembert nannte, weil sie einem Käselaib ähnelte. In wenigen Stunden würde in Tanzsälen am Fluß, auf Booten und in schwimmenden Cafés der Tanz beginnen.

Die Abendkühle kroch landeinwärts, Wasser plätscherte ans Ufer. Die anbrechende Dämmerung war erfüllt vom Summen der Insekten und vom Geplapper der Nachtvögel. Simone drapierte sich Cyrus' Tallit mit seinem Kardamomgeruch eng um die Schultern. Was hatten seine Kunden an sich gehabt, daß er Kardamom kaute?

Um ihren Korruptionsgeruch abzuwehren, hatte er gesagt, *um einen Anschein von Anstand zu bewahren in einer Branche, die von Habgier geprägt ist.*

Wer war Monsieur Amir? Warum lebte er auf diesen Anhöhen, die in erster Linie von Malern, Dichtern und Schriftstellern bevölkert waren? Hier lebten Künstler ihre Exzentrik aus, und die Tage waren beherrscht vom Rausch des Ruhms und der Einsamkeit der Anonymität.

Bougival war die bevorzugte Bühne ihrer Mutter. Mochte sie anderswo nicht immer willkommen sein, in Bougival fand sie Zuflucht. Mit Schmuck behängt und opulenten Gewändern bekleidet, kam sie in ihrem lakkierten Landauer, dessen Läuten ihren großen Auftritt ankündete, und suhlte sich in den Komplimenten der Künstler.

Das Haus, das Simone suchte, war ein an einen Hang geschmiegtes vierstufiges Terrassenhaus, das weiter unten außerhalb Simones Blickfeld endete. Aus den angrenzenden Höfen klang Kinderlachen. Sie drückte die Hand an ihren Bauch. Ihren Muskeln widerstrebte es, den Verlust hinzunehmen, und sie wurden nur langsam wieder fest. Ihr Sohn wäre jetzt sechs Monate alt.

Sie griff nach dem Türklopfer in Gestalt eines Tigerkopfes und sann über das bedrohliche Gefühl nach, das von ihm ausging. Stand ihr der Eintritt in ein weit aufgerissenes Maul bevor, das hinter ihr zuschnappen würde? Sie beruhigte sich, daß niemand es wagen würde, der Tochter der berühmten Françoise, der Enkelin von Mme. Gabrielle, einer Vertrauten des Präsidenten der Dritten Republik, etwas zuleide zu tun. Ohne weiter nachzudenken, ließ sie den Klopfer los und schlug mit ihrem Revolver gegen die Tür.

Hinter der Tür war das Klappern von hohen Absätzen zu hören.

Die grobknochige Hand einer Frau mittleren Alters schob die Tür einen Spalt auf. Ihre grauen Haare waren in der Mitte gescheitelt und von einem Kopftuch mit buntem Parfümflakon-Muster bedeckt. Ihre Oberschenkel drückten sich durch den engen Rock, das Oberteil spannte über einem üppigen Busen. Ein elegantes Konfektionskleid, fand Simone. Sie steckte ihren Revolver wieder ein. Dabei berührte sie ihren Unterrock und hob dann die Hand, um Cyrus' Geruch einzuatmen, der in den Seidenfasern haftete. Schwer und schwanger, hatte sie diesen Unterrock an dem Tag getragen, als er aus Südafrika zurückkam. »Ich möchte Monsieur Amir sprechen.«

»Wen darf ich melden?« fragte die Frau und gab der Tür mit der Fußspitze einen Stoß, so daß sie weiter aufging.

»Simone d'Honoré«, antwortete sie. Am liebsten hätte sie die Handfläche der Frau nach oben gedreht und ihre Charakterzüge gedeutet. Vielleicht hätte sie so erfahren, warum ihre Knöchel am Türrahmen blaß wurden, als sie den Namen hörte. Die stumme Eile, mit der sie die Tür nun aufriß, erschreckte Simone, und sie hatte Mühe, sich zu fassen. Um Worte verlegen, streckte sie die Hand aus. »Nachtschatten«, stellte die Frau sich vor, während Simones Finger über ihre Innenhand strichen. Sie spürte die tiefe Daumenfurche, den Beweis, daß sie schwer Vertrauen faßte, und eine flache Linie, die über die halbe Handfläche verlief und von einem vorzeitig abgebrochenen Leben kündete.

»Die Familie erwartet Sie«, sagte sie und trat beiseite, um Simone in die Halle einzulassen.

Ihre Beine spiegelten sich in dem glänzenden milchkaffeebraunen Marmorboden mit den eingelegten geometrischen Mustern. Ein mit Türkisen besetzter Kronleuchter weckte Erinnerungen an Yaghout. War Vergebung wirklich so schwer? Yaghout mußte erst zwei liebe Angehörige verlieren, um Simone vergeben zu können. Auf zwei bauchigen Palisanderkommoden standen persische Tonpferde. Eine Mahagonivitrine mit Intarsien enthielt Porzellanfiguren, die in Tschadors gehüllte Frauen und Musiker darstellten, die Sitar spielten. Auf einem Flügel zeigten Familienporträts eine ethnische Vielfalt an strengen Zügen – schwarze Haare und volle Lippen neben blaßhäutigen, blauäugigen Menschen.

Simone folgte Nachtschatten bis zur Schwelle eines Salons, der vollgestopft war mit übergroßen Kanapees und Sofas mit Aubusson-Überwürfen. Vier Stühle mit bestickten Polstern standen um einen Tisch, dessen Beine geschnitzte Jagdtiere zierten.

»Wir haben Sie erwartet.«

»Ja, gewiß.«

Die erste Stimme, eine Frauenstimme, schwebte von links zu Simone, die zweite, ein Bariton, kam von rechts.

Die Frau saß in einem hochlehnigen Sessel aus sattgrünem Samt vor einem hohen Fenster, das Hügelpanorama im Hintergrund. Ein schwacher Duft von Mandelbäumen wehte herein und würzte den Raum mit dem Aroma von Bittermandeln und Zyanid. Sie erinnerte Simone an ein Islandpony, wie sie da saß, die schlanken Beine angewinkelt, mit dem bis auf die Knöchel fallenden schwarzen Rock, dem gestärkten Kragen, der ihren anmutigen Hals umrahmte, und den strohblonden Haaren, die vom Scheitel abwärts mit einer Perlenschnur durchflochten waren.

Simone hatte das Bedürfnis, ihre roten Haare zu verdecken, die fehl am Platz schienen in Gegenwart dieser Frau, die kaum fünfunddreißig Jahre alt sein mochte. Simone blieb auf der Schwelle stehen und wandte sich dem Herrn am anderen Ende des Salons zu. In einer seidenen *robe de chambre* saß der muskulöse Mann zurückgelehnt in einem Ledersessel von derselben Farbe wie seine sonnengebräunte Haut. Die Krawatte war locker um seinen Hals geschlungen. Die üppige Vegetation der Anhöhen wälzte sich hinter den Fenstertüren die Hänge hinab, als wollte sie sich in das Zimmer ergießen. Die blauen Augen in dem lederbraunen Gesicht ruhten auf Simone und musterten sie, als sei sie ein aufregendes Geheimnis, das er im Nu entschlüsseln werde.

Sie kämpfte mit aller Macht, um sich nicht von dem Feuer seines blauen Blicks abzuwenden, sondern ihn mit ihrem eigenen giftigen Starren zu entwaffnen. Sie wollte ihn nicht triumphieren lassen, noch ehe sie sich vorgestellt hatte.

Von seinen Augen ausgehend breitete sich ein Lächeln aus und zitterte auf den Lippen unter dem gewachsten Schnurrbart. Er nahm eine Prise Schnupftabak aus einer silbernen Filigrandose und zog ein wenig in jedes Nasenloch. Es folgte mehrmaliges Niesen, wie um ihn von einer Vergiftung zu befreien. Er verströmte den Geruch der Pomade auf seinem Schnurrbart und des aromatischen Cologne in seinen schwarzen Haaren. Außerdem nahm Simone den Geruch des Elbursgebirges wahr. Bernsteinfarbene Gebetsperlen wanden sich klackend, kreiselnd und flimmernd um seine Finger, von einer Hand zur anderen, um sich dann wie Honigtropfen in der Mitte seines großen Handtellers zu sammeln. »Das ist Madame Zizi Amir, meine Frau. Wir freuen uns, daß Sie unserer Einladung gefolgt sind.«

Zizi Amir erhob sich aus ihrem Sessel, leicht kippelnd stützten ihre Fußgelenke die große, schlanke Frau. Ihr Gesicht hatte die Farbe von weißem Oleander, als würde Milch und nicht Blut durch ihre Adern gepumpt. Sie schüttelte ihren Rock, wie um sich von unerwünschten Partikeln zu befreien, die sich womöglich auf ihr niedergelassen hatten. Sie streckte Simone, die ihr kaum bis an die schmucklosen Ohren reichte, die Hand hin. »Es hat mich gefreut, Sie kennenzulernen, Madame. Jetzt laß ich Sie beide erst einmal allein. Nachtschatten wird Ihnen Ihr Zimmer zeigen, wenn Sie soweit sind.«

Simone umfaßte mit festem Griff Zizi Amirs zarte Finger, strich über den Daumen und die leicht vorstehenden Knöchel, deutete die Kraft des Händedrucks, die zarten, knackenden Knochen, die kaum wahrnehmbare Venuslinie am Daumenballen. Die schmerzliche, nahezu trauervolle Verletzlichkeit der Frau rührte sie.

Zizi Amir sah mit flackerndem Blick hoch, drückte den Daumen in Simones Hand und ließ sie los. Sie durchquerte den Salon zur Tür. Auf der Schwelle zögerte sie kurz und warf dann ihren Zopf über die Schulter. Eine Perlenspange in Gestalt einer Rose hielt das untere Ende des Zopfes zusammen.

Mitten in der Blume funkelte ein roter Diamant.

»Treten Sie näher«, sagte Monsieur Amir und wies auf einen Stuhl neben einem Beistelltisch mit Marmorplatte – nahe genug, um seine Reserviertheit spüren zu lassen, entfernt genug, um Distanz zu wahren. »Lassen wir die Förmlichkeiten. Es ist eine lange Fahrt vom Zibetkatzental nach Bougival. Sind Sie hungrig? Aber ja, natürlich. Nachtschatten! Nachtschatten! Bringen Sie unserem Gast etwas zu essen.«

Nachtschatten kam mit einer Teekanne und Tassen, Schalen mit Datteln, getrockneten Maulbeeren, frischen Gurken, Tellern und Messern.

»Ich habe keinen Hunger«, sagte Simone, »ich muß mit Ihnen sprechen, es geht um ...«

»Um die Ermordung Ihres Mannes, ich weiß. Aber müssen Sie da stehen bleiben? Machen Sie es sich doch bequem.« Er hob die dampfende Tasse an die Lippen und trank von dem schwarzen Tee; die Konturen seines Mundes waren, wie bei vielen Persern, taub vom Genuß heißer Flüssigkeiten. Er suchte eine große Dattel aus der Schale heraus, und während er seinen Blick in Simones versenkte, lutschte er das Fruchtfleisch ab und hielt den Kern zwischen Daumen und Zeigefinger in die Höhe, als würde er eine Pistolenkugel vorzeigen. »So wurde er getötet! Ja? Natürlich. Direkt in die Brust. Sehen Sie? Ich weiß Bescheid.«

Simone verschränkte die zitternden Hände hinter dem Rücken. Ein Schweißtropfen rollte ihren Hals hinab. Sie stützte sich am Türrahmen ab. Sie hatte nicht gewußt, wie Cyrus ermordet worden war. Wie hätte sie es wissen können, wenn sie seinen Leichnam nicht gesehen hatte, wenn ihm die Ehre eines anständigen Begräbnisses nicht vergönnt gewesen war?

Monsieur Amir nahm eine Gurke zwischen die braunen Finger, blitzschnell schnitt er mit dem Messer ein Ende ab, daß es auf den Teppich vor Simones Füße fiel. »Und ich weiß von seinem Pferd.«

Sie taumelte rückwärts, faßte nach dem Türrahmen, um Halt zu finden. Ihre Pulsadern trommelten in ihren Ohren.

Weil die Zeitungen geschwiegen hatten, konnten nur diejenigen, die seinen Leichnam gesehen hatten oder in seine Ermordung verwickelt waren, von der Todesart oder dem abgeschnittenen Ohr seines Pferdes wissen. Man hatte Cyrus in die Brust geschossen – sein Herz in Stücke zersplittert.

»Verzeihen Sie, daß ich Sie erschreckt habe. Möchten Sie ein Glas Wasser? Sie sind blaß. Möchten Sie sich jetzt setzen?«

Sie ging langsam hinein, setzte sich, stützte die Arme auf die Knie und den Kopf in die Hände.

»Entschuldigen Sie, daß ich so direkt bin«, sagte er, »aber es liegt weder in meiner Natur, noch habe ich die Zeit oder die Geduld, Belanglosigkeiten auszutauschen. Glauben Sie mir? Ich darf hinzufügen, daß Cyrus' Ermordung ziemlich ungewöhnlich ist, weil man in Persien Messer als Mordwaffen bevorzugt.« Die Gebetsperlen klackten in seinen Händen, als er wieder rief: »Nachtschatten! Etwas zu essen! Kommen Sie, bevor unser reizender Gast uns für ungastlich hält.«

Simone betrachtete die Gebetskette, die er von einer Hand in die andere warf. »Woher wissen Sie von Cyrus und seinem Pferd?«

»Geduld, meine Liebe«, sagte er und verbarg die Perlen in der Faust. »Sie und ich müssen unser gegenseitiges Vertrauen gewinnen. Ich habe Sie zu Tode erschreckt, als ich Ihres zu gewinnen versuchte.«

»Weit davon entfernt, mein Vertrauen zu gewinnen, Monsieur, haben Sie mich erst recht mißtrauisch gemacht. Wie sind Sie an Einzelheiten über Cyrus' Ermordung gekommen? Und woher kannte er *Sie*?«

Monsieur Amir lehnte sich zurück und blickte in die Ferne. »Ich bin Chargé d'affaires bei Hofe. Ich habe Cyrus als den Hofjuwelier kennengelernt. Durch meine häufigen Reisen zwischen Frankreich und Persien bin ich in vertrauliche Angelegenheiten eingeweiht. Leider bin ich zufällig an dem Tag, an dem Cyrus ermordet wurde, nach Frankreich abgereist.«

Weil ihre einzige Hoffnung im Moment bei Monsieur Amir lag, beschloß sie, offen zu sein. »Cyrus empfahl mir, mich an Sie zu wenden, falls ich in Frankreich Hilfe brauche.«

»Das wundert mich nicht. Er wußte, daß meine Frau Französin ist und daß wir einen großen Teil des Jahres hier verbringen. Er fand mich unvoreingenommen, toleranter als die meisten Perser, sah in mir jemanden, auf den er sich verlassen konnte, wenn er sich am Ende mit Ihnen hier niederlassen würde. Sie wissen natürlich, daß er einen Umzug erwog?«

Simone ließ sich ihre Überraschung nicht anmerken. Hierüber hatte Cyrus nie mit ihr gesprochen. War das ein weiterer Vertrauensbruch oder ein weiterer Versuch, sie zu beschützen? Ohne auf die letzte Eröffnung einzugehen, sagte sie: »Ich will Cyrus' Mörder finden. Wissen Sie, wer seinen Tod wollte?«

Monsieur Amir schürzte die karamelbraunen Lippen. »Sie sind eine mutige Frau und verdienen Aufrichtigkeit. Sie wissen, daß ich zu Ihrer Silvester-Soiree gekommen bin. Ich bemerkte, daß Monsieur Dubois anwesend war, und ich bin beeindruckt, daß Sie ihn nach Paris gelockt haben. Ich muß daher annehmen, daß Sie auch ihn verdächtigen. Aber ich rate Ihnen dringend, Cyrus' Ermordung ruhen zu lassen. Ich habe Cyrus versprochen, auf Sie aufzupassen. Ich werde alles tun, was in meiner Macht steht, um das Versprechen einzulösen.«

»Monsieur Amir, ich kann durchaus selbst auf mich aufpassen. So sehr, daß ich, als Monsieur Dubois mich nach Namaqualand eingeladen hat, die Einladung angenommen habe. Wenn Sie mich beschützen wollen, erzählen Sie mir alles, was Sie über ihn wissen. Dann bin ich für den Umgang mit ihm besser gerüstet.«

»Gehen Sie nicht mit ihm, Simone. Er ist gefährlich. Lassen Sie diese ungelöste Angelegenheit ruhen.«

Nun hatte ihr Leben durch Monsieur Amirs unvermutete Rolle als ihr Wächter eine unerwartete Wendung genommen. Sie brauchte keinen Beschützer, aber auf seine Mithilfe war sie dringend angewiesen. Und er war immun gegen ihre verlockenden Listen. Aber seine Frau vielleicht nicht. Die Frau stellte die erforderliche Leinwand dar – leer und willig. Ein paar einfache Striche würden Wunder wirken. »Monsieur Amir, um meine Talente unter Beweis zu stellen, werde ich Ihre Gattin von ihrer Gefühlskälte heilen. Wenn es mir gelingt, müssen Sie mir versprechen, mein Vorhaben zu unterstützen und mir alles zu erzählen, was Sie über Monsieur Dubois wissen.«

Monsieur Amir warf blitzschnell einen Blick zur Tür. »Ein wirklich interessantes Angebot. Wir alle brauchen einander. Sie brauchen mich, ich brauche Sie, und Madame Amir braucht uns.« Er formte mit Daumen und Zeigefinger einen Kreis. »Wir sind miteinander verknüpft. Im Hause Amir kommt nichts zustande, solange meine Frau unglücklich ist. Tun Sie, was Sie können, aber lassen Sie sich sagen, es wird nicht leicht sein.« Er richtete sich zu seiner vollen Größe auf, band den Gürtel seiner *robe de chambre* fest und verbeugte sich förmlich. »Sie müssen müde sein. Nachtschatten wird Ihnen Ihr Zimmer zeigen. Gute Nacht.« Er ließ die Gebetskette wild um seine Finger wirbeln.

Simone war so gebannt von dem schwindelerregenden Kreiseln der Kette, daß ihr die Sprache wegblieb.

Das Licht des Kronleuchters brach sich vielfach in den Facetten eines roten Diamanten an dem Knoten in der Schnur, die die Bernsteinperlen zusammenhielt.

42

Nachtschatten führte Simone durch einen Flur mit Perserteppichen und Miniaturgemälden, auf denen mythologische Gestalten abgebildet waren. Geöffnete Türen gaben den Blick auf Schlafzimmer frei, so still wie Grabmäler. Das ihr zugewiesene Boudoir mit dem Kaschanteppich, dem hölzernen Backgammonspiel und der dekorativen Wasserpfeife erinnerte sie an das Heim von Yaghout.

Die Haushälterin schloß geschwind die Fenster. »Nach Mitternacht wird mit Sturm gerechnet.« Sie zog an einer Schnur über dem Kopfteil des Bettes. »Es läutet unten in meinem Zimmer, wenn Sie etwas brauchen.«

»Ich werde ganz leise sein«, erwiderte Simone, »ich möchte Madame und Monsieur nebenan nicht stören.«

Ein leiser Laut grollte in der Kehle der Frau, und sie schürzte die Lippen, als wollte sie ihren Worten Zeit zum Reifen lassen. »Madame und Monsieur werden Sie nicht hören. Sie haben getrennte Schlafzimmer an entgegengesetzten Enden des Flurs.«

Allein im Zimmer, schloß Simone die Tür ab, holte

den Revolver hervor, den sie zu Hause gereinigt und geladen hatte, und schob ihn unters Kopfkissen. Vollkommen angekleidet rollte sie sich auf der Bettdecke zusammen, um durch den gewundenen Irrgarten ihrer Trauer zu wandern, durch die Einsamkeit, die ihr allmählich zur alltäglichen Gewohnheit wurde. Langsam bildete sich ein erfreuliches Bündnis zwischen ihren Erinnerungen und ihrer Wirklichkeit. Die Frage war, wie viele Männer und Frauen, wie viele grapschende Hände konnte sie ertragen? Viele, befand sie, sehr viele, wenn sie damit der Lösung näher kam. Sie stieg aus dem Bett und ging ins Badezimmer, um sich Wasser ins Gesicht zu spritzen. Sie vertauschte Rock und Pullover mit einem Morgenrock, der am Vorderteil mit Lochstickerei verziert war. Sie wickelte den Revolver in ihr Spitzentaschentuch, steckte ihn in ihr Mieder, schloß die Tür auf und durchquerte den Flur.

In Zizi Amirs Schlafzimmer brannte Licht. Simone spähte durch die halb offene Tür. Die Frau saß aufrecht auf einem Stuhl vor der Frisierkommode. Ihre abgrundtiefe Traurigkeit und ihre trostlose Miene jagten Simone einen Schauder über den Rücken. Ihre plötzlich abgebrochene Liebe hatte einst alle ihre Bedürfnisse erfüllt. Für Cyrus hatte sie bereitwillig ihre Heimat, ihre Familie und alle Errungenschaften der Zivilisation aufgegeben. Und hatte es nie bereut. Es war Zizi Amir nicht bewußt, daß sie es besser hatte als Simone. Für ihr Dilemma gab es eine Lösung, für den Tod gab es keine.

Zizi nahm eine Schere von der Frisierkommode und betrachtete sie mit abwesendem, leicht wirrem Blick. Mit methodischer, überlegter Behendigkeit richtete sie dann die Spitze nach unten und ritzte ein Kreuz nach dem anderen in ihren Handteller.

Erschrocken klopfte Simone an und trat ein.

Das Gesicht unbewegt wie Granit, legte Zizi die Schere zurück auf die Kommode. Unzufrieden mit der Anordnung, schob sie die Schere in die Mitte. Sie wandte sich Simone zu. »Madame! *Avez-vous besoin de quelque chose?*«

»Nein, nein, ich brauche nichts. Mein Zimmer ist ganz behaglich.« Sie durchschritt das Zimmer, zog den Vorhang auf und öffnete das Fenster, um die abgestandene Luft hinauszutreiben. »Ich bin gekommen, um Sie zu verführen.«

Äußerste Bestürzung flackerte in Zizis Augen auf.

Leise lachend trat Simone heran und beugte sich über die Frau. »Ich meine, ich möchte Sie die Kunst der Verführung lehren und Ihnen zeigen, wie Sie Ihren Mann zurückerobern.«

Zizi rang sich ein kühles Flüstern ab: »Ich verstehe nicht.«

»Ich sehe Ihnen an, daß Sie schon länger nicht mit Ihrem Mann geschlafen haben. Ich kann Ihnen helfen. Sie haben gewiß von meiner Mutter und natürlich von meiner Großmutter gehört, von ihren Händen, ihren Galerien.«

»Und ihrem Bett«, murmelte Zizi Amir. »Wie heißt es doch gleich?«

»Serail.«

»Hat es wirklich aphrodisische Kräfte?«

»Die haben die Frauen, die darin liegen. Sehen Sie? Sie sind in guten Händen. Wenn Sie sich mir anvertrauen, werden Sie vor Sonnenaufgang Ihre Weiblichkeit wiederbelebt und gelernt haben, Ihren Mann zu becircen.« Langsam, behutsam brachte sie Zizi dazu, den flanellenen Morgenrock auszuziehen. Zu ihrem Erstaunen trug sie Büstenhalter und Schlüpfer, und Simone hielt es für klug, es fürs erste dabei zu belassen. »Nun, wie lange ist es her, seit Sie sich gehenließen, mit nichts zwischen Ihnen und den Bettlaken, mit nichts im Kopf als Wollust und Mehrfachorgasmen?« Sie massierte Zizis Waden, ihre Oberschenkel und Arme. »Sie fühlen sich an wie ein Stein. Wer möchte schon mit einer Kleiderpuppe schlafen?« Sie zögerte kurz, dann befreite sie Zizis Brüste von dem Büstenhalter. »Verstecken Sie Ihre hübschen Brüste nicht. Lassen Sie sie atmen. Atmen Sie tief durch. Kommen Sie, legen Sie sich aufs Bett. Gut. Ich möchte, daß Sie sich in schamlosen Phantasien ergehen, ohne sich darum zu kümmern, was man von Ihnen denken würde. Niemand wird es erfahren. Nicht einmal ich. Sie werden niemanden an Ihren Phantasien teilhaben lassen, außer Sie wollen es, bis Sie wünschen, daß Ihr Mann sie mit Ihnen durchwandert. Schließen Sie jetzt die Augen und beschwören Sie die köstlichsten Bilder herauf, die Sie sich ausmalen können.«

Simone kehrte Zizi den Rücken zu, betete, daß die Phantasien der Frau nicht verkümmert waren wie ihr Körper, und hoffte, daß ihre Stimme vom Fenster her Zizis schlummernde Gefühle würde wecken können.

Hinter den Bougival-Anhöhen hielten stahlgraue Wolken einen gespenstischen Halbmond gefangen. Die mitternächtliche Kälte ließ langsam nach, und ein feuchter Wind kam auf. Simones Stimme floß wie warmer Honig durchs Zimmer: »Durchtränken Sie sich mit Wollust und Begierde, bis Ihre Haut prickelt und vibriert. Lecken Sie sich die Lippen; fahren Sie mit der Zunge über das angefeuchtete Fleisch. Blasen Sie durch die kühle Nässe. Locken Sie Ihre Sinne an die Oberfläche Ihrer Haut, auf Ihre Fingerspitzen, zwischen Ihre Beine. Verehren Sie sich. Lieben Sie ihn.«

Sie fühlte Cyrus' Gesicht in ihren Haaren, seine Hände, die ihren Rücken hinunterglitten, um die zwei Grübchen über ihrem Po zu streicheln – berauschend – wie ist es möglich, so zu lieben, so zu begehren, so trunken zu sein von deinem Duft? Donnerschläge krachten am Himmel. Dicke Regentropfen klatschten auf die Fensterbank. Schweißperlen glänzten an ihrem Hals. Sie drehte sich um. Zizi lag auf dem Bett wie eine Leiche. Die Hände hatte sie steif an den Seiten, die Augen starrten ausdruckslos an die Decke. Simone trat zu ihr und überlegte, ob sie sie mit dem letzten Kleidungsstück auch von ihren Hemmungen befreien oder sie erst recht schockieren würde. Sie zog ihr vorsichtig den Schlüpfer herunter. Zizi warf ihr einen Seitenblick zu, sah dann aber wieder zum Kronleuchter, als sei der ihr potentieller Geliebter.

Simone rieb sich die Hände, um sie zu wärmen. Sie verabreichte Zizi schnelle, winzige Schläge; bei den Zehen beginnend, krabbelte sie hinauf und um ihre Taille herum, unter ihre Brüste und rings um die Brustwarzen. Sie bedeutete Zizi, sich auf den Bauch zu drehen, und um die Hautoberfläche zu durchbluten, massierte sie Beine, Gesäß und Schultern, knetete die Muskeln, bis sie sich endlich lockerten. Zizis Atem ging schneller, ihre Brust hob und senkte sich. Simone stopfte ein Kissen hinter sie. »Kommen Sie, rutschen Sie hoch, lehnen Sie sich ans Kopfteil. Ist es bequem so?« Sie versetzte Zizis Oberschenkeln je einen sanften Klaps. »Versuchen Sie wieder zu phantasieren. Sehen Sie mich an und genieren Sie sich nicht, gehen Sie, wohin Sie wollen.«

Zizi lehnte sich an das Kissen und sah Simone in die Augen; ihr Herz schlug schneller. Auf ihren Brüsten, die so fest waren wie die eines jungen Mädchens, bildete sich eine Gänsehaut.

Simone warf ihren Morgenrock ab und streckte sich neben der Frau aus. Sie tat es für Cyrus, dessen Atem sie wärmte, dessen Gewicht ihr Halt gab, dessen Geruch nach Tabak und Kardamom mit ihrem Verlangen, ihrer Begierde, ihren Seufzern, ihrem Stöhnen verschmolz. Sie entlud die glühenden Funken ihres Duftes, süßte das Zimmer mit ihrem Wohlgeruch, mit ihrem Quitten- und Pfirsicharoma. Ja, ja. Jetzt? Ja! Jetzt!

Sie spürte ein freudiges Kribbeln, als ihre Dufthülle sich mit Cyrus' Leidenschaft vereinte. Sie sammelte die verstreuten Reste ihrer Träume ein, verstöpselte ihren Duft und schloß ihn wieder weg. Wohin war Zizi gegangen, während sie bei Cyrus gewesen war?

Zizi hatte den Kopf auf dem Kissen liegen, ihre Nasenflügel waren gebläht, ihr Mund leicht geöffnet, um Simones Duft aufzusaugen. Ihre Hand steckte zwischen ihren Beinen und bewegte sich immer schneller, als wollte sie die verlorene Zeit nachholen.

Simone nahm eine Brust der Frau in die Hand und kniff vorsichtig in die Brustwarze, spürte, wie sie erschauerte, wie sie hart wurde. Ein Tropfen bildete sich darauf. »So will er Sie haben«, sagte sie. »Weich, feucht und willig.«

»Meine liebe Simone«, schwärmte Monsieur Amir am nächsten Morgen, »Sie haben ein Wunder gewirkt. Ich wollte meinen Augen nicht trauen, als Zizi in mein Schlafzimmer kam. Ich weiß nicht, wie ich Ihnen danken soll.«

»Indem Sie mir meine Frage beantworten«, sagte Simone und versetzte ihm einen leichten Schlag auf die Hand. »Wer ist Mehrdad? Und ist er in den Mord verwickelt?«

»Mehrdad«, sagte Monsieur Amir nachdenklich, und das Klacken seiner Gebetsperlen wurde lauter. »Er ist oder vielmehr war Cyrus' eifrigster Förderer am Hof. Ich habe seit Cyrus' Tod nichts mehr von ihm gehört. Ich gebe zu, sein Verschwinden könnte verdächtig sein, oder aber es ist ohne jede Bedeutung.«

Simone sah auf ihre Innenhand. Ja, sie mußte an Mehrdad herankommen. Er wäre nicht untergetaucht, wenn er nicht schuldig wäre. Aber Monsieur Amir schien nicht mehr über Mehrdad zu wissen, oder er wollte nicht mehr preisgeben. »Nun, Monsieur Amir, Sie dürfen mir danken, indem Sie Ihr Versprechen halten.«

»Ja, sicher, ich helfe Ihnen, wenn Sie bereit sind, mir zu helfen. Auch ich stecke in Schwierigkeiten und bin in einer wichtigen Angelegenheit auf Ihre Fertigkeiten angewiesen.«

»Monsieur Amir, wie könnte *ich* Ihnen helfen?«

»Schauen Sie, Sie und ich sind hinter derselben Person her. Nämlich dem Mörder Ihres Mannes. Und wir wollen beide Gerechtigkeit. Ich habe guten Grund zu glauben, daß die Verantwortlichen in weitere Greueltaten in meiner Heimat verwickelt sind.«

»Sie sind der Chargé d'affaires. Wieso brauchen Sie meine Hilfe?»

Er musterte sie, fügte sie einmal und noch einmal zusammen, erschuf sich die Partnerin, die mit Erfahrung und weiblicher List Verbrecher aus dem Versteck lokken würde. Ihre Aufrichtigkeit und ihr Kummer könnten dort nützlich sein, wo andere versagt hatten. Er wußte, wie schwierig seine Bitte zu erfüllen sein würde. Er hatte andere Mittel, andere Spione eingesetzt, alles vergeblich.

»Hunderte Perser werden jährlich mit unerhörten Versprechungen betrogen. Sie werden verfrachtet, um diktatorischen Diamantenkartellen und skrupellosen Minenbesitzern als Sklaven zu dienen. Die Verantwortlichen sind nicht zu fassen. Es ist mir nicht gelungen, sie aufzuspüren. Es ist schwierig, in ihre Minen, aber noch schwieriger, in ihre Psyche einzudringen.«

Es ist gefährlich, sich mit diesen Leuten einzulassen, jounam. *Vorerst liegt die Verantwortung für die Lösung des Problems bei anderen.*

»Sie sind die einzige Frau, für die Monsieur Dubois je wirklich Interesse gezeigt hat. Doch ich bezweifle, daß er Sie an sich heranläßt. Das ist noch keiner Frau gelungen. Und kein Mensch, der gesehen hat, was in seinen Minen vorgeht, hat überlebt, um es zu berichten. Ein Augenzeuge ist aber wichtig, um den Schah von Dubois' Schuld zu überzeugen.«

»Monsieur Amir«, erklärte Simone, »wenn Sie mir das entsprechende Rüstzeug mitgeben, verspreche ich, nicht nur in seine Minen einzudringen, sondern einen Augenzeugen beizubringen.«

43

Südafrika
Januar 1903

Der Wohnsitz von Monsieur Jean Paul Dubois in Namaqualand, einem windigen Landstrich an der Nordwestküste Südafrikas, erinnert an eine mittelalterliche Festung. Hohe Mauern machen Fremden den Zutritt unmöglich. Die gefliesten Fußböden sind in gedecktem Ocker gehalten, die mit Kohle beheizten Kamine sehen höhlenartig aus, die Samtvorhänge wirken beengend, und die Luft riecht penetrant nach Schwefel und Moder.

Die Villa, im Grunde eine einzige große Gemäldegalerie, feiert feminine Pracht und zeugt von der Sammelleidenschaft des Besitzers. Schmucklose Rahmen zeigen unter anderen Meisterwerken François Bouchers *Die schlafende Venus, Die Toilette der Venus* und *Sich schmückende Venus,* Jean-Marc Nattiers *Bildnis der Mathilde de Canisy* in changierendem Taft, Elisabeth Vigée-Lebruns *Bildnis der Gräfin Skawronskaja* in einem sattgrünen Ballkleid. Diese Farbtupfer lenken von der kargen Umgebung ab. An den Wänden lehnen Rahmen, um etikettiert oder umgehängt zu werden, was weiß ich.

Wir sind gestern abend nach einer gut fünfzehntägigen Reise in Südafrika angekommen. Mein Hauptanliegen war, Monsieur Dubois langsam, aber sicher mit meinem Duft zu umgarnen. Seine einzige Absicht war, mich zu überreden, die Schiffskabine mit ihm zu teilen. Ich habe mich geweigert. Als mir dann hier ein Schlafzimmer in erdrückend düsteren Farben zugewiesen wurde, konnte ich nicht schlafen. Jetzt wandere ich von einem Zimmer zum anderen und ziehe einen unsichtbaren Faden hinter mir her, damit ich den Weg durch die Gewölbe und Katakomben zurückverfolgen kann.

Über einem wuchtigen Kamin in einem großen Schlafzimmer hängt ein lebensgroßes Porträt. Ein junger Mann mit einem melancholischen Gesicht, unergründlichen Pupillen und wulstigen Lippen sieht auf mich hinunter. Die Ähnlichkeit mit Monsieur Jean Paul Dubois ist unverkennbar. Das muß sein Sohn sein, Cyrus' Mitbewohner an der Sorbonne, der bei einem Duell einen Arm verloren hat.

Auf dem Gemälde fehlt ihm kein Arm.

Monsieur Dubois verabscheut Behinderungen, sagte Cyrus an unserem ersten und letzten gemeinsamen persischen Neujahrstag. Noruz, *das Frühlingsfest, verkörpert den Sieg des Lichts über die Dunkelheit – komm näher, meine süße Frau, ich bin mit der Vergangenheit erst fertig, wenn wir sie gemeinsam durchschritten haben.*

Welche wesentlichen Dinge hat er dem unverläßlichen Gedächtnis anvertraut? Was hat er für sich behalten? Die Erinnerung an jene Nacht, an die Gebetsrufe, die von den blaugekachelten Minaretten hallten, treibt mir Tränen in die Augen. Ich lehne mich an die Kamineinfassung unter dem Porträt und flehe Cyrus an, mir wieder ein Zeichen zu schicken. Warum hat er mich vergessen, jetzt, wo ich ihn am dringendsten brauche? Vielleicht ist er mir böse, weil ich seinen Freund Mehrdad verdächtige. Aber wie könnte ich ihm trauen, wenn so viele Indizien auf ihn hindeuten? Vielleicht nimmt Cyrus mir übel, daß ich nach Namaqualand gekommen bin. Aber wir haben getrennte Schlafzimmer, Monsieur Dubois und ich. Ich bemühe mich, die aufsteigende Sehnsucht zu unterdrücken – bernsteinglatt, honiggolden und glühend.

»Sie haben nicht gut geschlafen!« dröhnt Monsieur Dubois hinter mir.

Erschrocken trete ich von dem Porträt seines Sohnes zurück. Ich wische mir die Augen, taste nach Worten. »Nein, keineswegs. Im Gegenteil, ich habe sehr gut geschlafen. Und Sie?«

Seine reptilienhafte Zunge schnellt vor, um mein Ohrläppchen zu lecken. »Nicht genug. Und nicht gut.«

Ich drehe mich zu ihm um, schlinge die Arme um seinen Hals, die winzigen Zerstäuber meiner Poren besprühen ihn mit Baldrianduft. Da fällt mein Blick an seinen Schultern vorbei auf eine Plakette: *Schlafgemach der persischen Nonnen*. Rund um die Plakette sind Nonnen gemalt, mit Gesichtern so rein wie Tau, Mündern so glänzend wie blankgeriebene Äpfel, Rosenkränzen so sinnlich wie Perlen.

Ich bin in Cyrus' Zimmer.

Diese Rahmen, Leinwände und Bilder waren mit ihm in demselben Raum. Ich deute auf die Plakette. »Geben Sie allen Zimmern Namen?«

»Nein! Dies ist das Zimmer meines Sohnes, wenn er

in die Stadt kommt. Auch seine Freunde übernachten hier ab und zu. Haben Sie nicht mal in Persien gelebt? Die Analogie zwischen Ordenstracht und Tschador muß Ihnen doch gefallen.«

Ich lege fragend den Kopf schief.

»Wie Sie wissen, verbirgt der Schleier eine Frau vor allen Männern außer ihrem Ehemann. Das Ordensgewand verbirgt eine Nonne vor anderen Männern außer vor Gott, *ihrem* Ehemann.«

»Ich traue Nonnen nicht, weil sie sich unter ihrer Tracht verstecken«, sage ich grob und entziehe ihm meine Hand. »Und Frauen im Tschador traue ich auch nicht.«

»Sie sind ein ausgefallenes *morceau d'art*«, sagt er mit bebenden Nasenflügeln. »Geheimnisvoll und anregend. Sie *müssen* heute nacht zu mir kommen.«

Während Cyrus' Zorn im Raum zu spüren ist, in meiner Brust, in meinem scharfen Duft, der Monsieur Dubois besprüht, flüstere ich: »Ich bin noch nicht bereit, *mon cher*, vielleicht morgen nacht.«

Er reißt sich von mir los – oder von meinem gereiften Geruch –, schüttelt den Kopf, als wolle er sein Gehirn wieder an seinen angestammten Platz rücken. Sein Augenlid schließt sich über dem dunklen Fenster eines Auges. »Ja, ja, geben Sie sich mir hin. Selbst wenn nicht, möchte ich gern denken, ich habe Sie entdeckt, bevor Sie – unverdorben, jungfräulich und empfänglich wie Namaqualand – von Mitgiftjägern bedrängt werden. Lassen Sie sich Zeit. Hinauszögern ist ein starkes Aphrodisiakum.«

44

Namibia, Monsieur Dubois' liebenswürdiger Diener mit den Rehaugen und der schokoladenbraunen Haut, hat Respekt vor mir. Er murmelt vor sich hin und spielt dabei mit seiner ölfleckigen Schürze. »Madame, gestatten Sie die Frage, ob Ihre Haare Ihre eigenen sind?«

»Sie meinen, ich habe eine Perücke auf?«

»Ja, Madame. Niemand wird mit dieser Haarfarbe geboren.«

Er verläßt das Grundstück wohl nur selten, wenn er noch nie einer rothaarigen Frau begegnet ist. Ich senke den Kopf, damit er eine Locke zwischen seinen Fingern reiben kann. »Ich bin so geboren, ehrlich.«

Er zieht die Schultern hoch, als fiele es ihm schwer, auf eine solche Zwanglosigkeit einzugehen. Langsam streichelt er eine Locke. Kurz darauf sage ich leise: »Ich bin sehr hungrig.«

»Ja, Madame Simone, ja. Ich decke sofort den Tisch.«

»Nicht nötig. Ich komme mit in die Küche. Da ist es bestimmt wärmer.«

Wir durchqueren ein Gewirr von Treppen und Dielen, die in Salons führen und in dumpfe Korridore, die unterirdischen Tunnels ähneln. Allein würde ich den Rückweg nicht finden. Trotzdem bleibe ich stehen, um die Werke der Meister zu bewundern, die meine Großmutter so mag: Das *Porträt der Lola de Valence* von Manet, *Die moderne Olympia* von Cézanne, *Madame Marcotte* von Ingres, *Etude de femme nue couchée sur divan* von Delacroix, dessen Bild *Algerische Frauen in ihrer Wohnung* für zehn Millionen Francs bald diesem Museum angehören wird.

Namibia hängt vier Porträts ab und trägt sie in das angrenzende Zimmer. »Der Herr hat seine Frauen immer gerne um sich.«

Ein Schauder kriecht mir über den Rücken und beflügelt meine Intuition. Monsieur Jean Paul Dubois ist mehr als besessen. Er ist ein passionierter Sammler. Er interessiert sich nicht für Frauen, da er sie nicht gefangenhalten kann. Bin ich in sein Heim gekommen, um ein Kunstobjekt zu werden, das für immer ihm gehört?

»Sie sind farbenfroh, Madame«, sagt Namibia, als er mit dem Umhängen der Frauen für seinen Herrn fertig ist. »Tut meinen Augen sehr wohl.«

»Danke, Namibia. Es tut meinen Ohren wohl, das zu hören.«

In der Küche ist es heiß. An den rußgeschwärzten Mauern hängt afrikanische Kunst mit Darstellungen von Frauen, die auf Feldern schuften, sich mit Kochkesseln plagen oder auf Schneidbrettern Gemüse hacken. Aus einem Kochtopf, der auf einem mit Holz befeuerten Herd siedet, steigt beißend riechender Dampf auf. Auf einem Holztisch in der Mitte sind scharfe Gewürze und verschiedene Zutaten ausgebreitet – rote Paprika, lila Knoblauch, schwarzer Rettich. Essigflaschen entweicht der stechende Geruch von gegorenem Quark. Namibia hebt den Deckel vom Kochtopf. Von dem scharfen Geruch wird mir schwindlig. »Was kochen Sie da?«

»Schafshirn, Betewurzeln, Schwarzaugenbohnen und Knollensellerie in Sauce Cachat d'Entrechaux. Ich glaube, das ist nichts für Sie. Der Herr ißt gerne scharf gewürzt. Aber ich mache Ihnen etwas, das Ihnen schmeckt, Madame.« Er wirft mir einen Blick zu und flüstert: »Scharf Gewürztes würde Ihnen bestimmt die Farbe aus Haut und Haaren ziehen.« Mit nachdenklicher Miene fügt er hinzu: »Sie sind sehr zart, Madame, Sie müssen auf sich achtgeben.«

»Das verspreche ich, wenn Sie mir einen Gefallen tun, Namibia.«

»Ja, jeden, Madame, jeden«, erwidert er mit seinem köstlichen Akzent.

»Bringen Sie mich zu der Mine des Herrn.«

Eine sich ausbreitende Röte färbt seine Haut noch dunkler. Er weist auf die unbekannte Welt draußen. »Ich möchte Sie da nicht hinbringen. Sie sollten nicht hingehen.«

»Es bleibt unter uns.«

»Nein, auch dann nicht, bitte. Ich bin ein ehrlicher Diener, kein Diamantendieb. Ich achte die Erde«, sagt er, als würde er seinen Ahnen Treue schwören.

Als das metallische Klappern des Eingangstors zu hören ist, läuft er hinaus, um seinen Herrn zu begrüßen.

Ich trete aus dem beißenden Dampf, um Namibia zu folgen, durchquere den Flur der tanzenden Frauen und gelange in eine mir unbekannte Halle. Wie versteinert vor Angst bleibe ich stehen, reglos wie die Porträts ringsum. Ich rufe nach Namibia.

»Hier, Madame Simone, zuerst nach links, dann gleich nach rechts, jetzt eine halbe Biegung …« Ich fasse nach dem Faden seiner Stimme und gehe ihm nach. »Kommen Sie schnell! Beim Schlafzimmer der Nonnen nach rechts und dann geradeaus zur Haupthalle. Der Herr wartet.«

Ich stolpere in die Halle und sehe mich Monsieur Dubois' geweiteten Pupillen gegenüber, die seine Augenhöhlen zu sprengen drohen. Seine Hände zittern. Sein schweißgetränktes Hemd klebt an den Haaren auf seiner Brust.

Ich laufe zu ihm, erschrocken, aber auch hoffnungsvoll. Ich habe für diese Veränderung gebetet – das Zittern, das maßlose Schwitzen und die aus den Höhlen tretenden Augen. Er winkt ab, murmelt, er müsse zuerst ein Bad nehmen. Er taumelt in den Flur und verschwindet im *salle de bains*.

Namibia sieht mich an. »Was hat der Herr nur, Madame Simone?«

»Ich weiß nicht, Namibia.«

»Simone! Simone!« ruft Monsieur Dubois. Seine Stimme prallt von den Wänden ab und hallt von den hohen Decken wider. »Komm her! Sofort!«

Das *salle de bains* scheint ganz aus Stein, Dampf und Kalksteinsimsen zu bestehen. In eine Marmorplatte in der Mitte der dampfenden Szenerie ist eine Medusa mit üppigen Hüften gemeißelt. Unter einem Oberlicht schimmert ein frei stehendes Becken aus purem Gold. Als Monsieur Dubois mich sieht, steigt er aus einer Onyxwanne mit Löwenfüßen. Er schüttelt das Wasser ab; er hat kräftige Brustmuskeln wie der Meeresgott Poseidon. Er wirft das Handtuch fort, das ich ihm reiche. Seine Brust hebt und senkt sich, seine Gliedmaßen zittern, als er mich aufhebt und auf ein Sims setzt. An der gewölbten Decke haben sich Tropfen gesammelt, die platzen und auf unsere Schultern regnen. In der Stille ringsum gleicht das rhythmische Wellenschlagen des Wassers den Trommelschlägen meines Herzens. Seine Erektion fest an meinen Rücken gedrückt, die Arme eng um meine Taille geschlungen, ist der allmächtige Monsieur Jean Paul Dubois plötzlich äußerst verletzlich. Ich wende mich ihm zu und schlinge meine Beine um seine Mitte. Ich entlasse meinen ätherischen Duft in die dampfende Luft. Befeuchte seine dürstenden Iris, fülle seine trockenen Zellen auf. Meine flinken Finger beginnen bei seinem Nacken, massieren die Lustader, die sich sein Rückgrat entlangwindet, kosen die sinnlichen Knubbel der Bandscheibe und kneten innere Punkte, zu denen noch keine Frau vorgedrungen ist. Die zarten Zerstäuber an meinen Fingerspitzen berauschen ihn, ein purpurrotes Parfüm, das ihn an einen Ort bringt, wo ich ihn mir vornehmen werde.

Während mein Geruch im Raum schwebt, meine gierenden Finger wild tiefer greifen, gleite ich in eine andere Welt, zu einem anderen Mann, in eine köstliche Hingabe, umhüllt von sattem Muskat- und Kardamomduft, umgeben von den persischen Bergen, flankiert von Erde und Himmel, so innig wie wir zwei.

Monsieur Dubois murmelt mir etwas Unverständliches ins Ohr, sein Herz schlägt dicht an meinem. Seine Pupillen verlieren das eiserne Glitzern, das Weiße umrahmt einen gütigeren Blick.

45

Monsieur Jean Paul Dubois macht plötzlich Fehler, die ihm früher nicht passiert wären. Er bemerkt nicht, daß vor dem Fenster ein Specht klopft; gestern abend hat er vergessen, vor dem Schlafengehen nach dem Schloß zu sehen. Seine zwanghafte Skepsis scheint ihm zum Teil abhanden gekommen zu sein. Um acht Uhr morgens schläft er noch neben mir; er kommt verspätet zur Arbeit.

Ich schwenke die Beine aus dem Bett und werfe mir einen Morgenrock um die Schultern.

Er schüttelt sich, um ganz wach zu werden. Maßlose Beunruhigung verzerrt sein Gesicht. »Namibia! Eine Tasse Pfeffertee. Sofort!« Er steigt in seine Hose, zieht sein Hemd an und schlingt sich eine Krawatte um den Hals. Er stapft zur Tür, macht auf dem Absatz kehrt, zieht mein parfümgetränktes Taschentuch unter seinem Kopfkissen hervor und steckt es ein. Er dreht den Schlüssel im Schloß. Schrecken blitzt in seinen Augen auf. »Warum ist die Tür offen? Wer ist sonst noch hier?«

»Sie haben vergessen abzuschließen.«

»Unmöglich!« Er stürmt hinaus, läßt die Schlüssel im Schloß stecken. Er marschiert zurück, zieht die Schlüssel ab und starrt darauf, als hätten sie und nicht er einen unentschuldbaren Fehler gemacht.

Ich begleite ihn in den Hof, mit bloßen Armen, der Morgenrock schwingt um meine duftenden Hüften; ich verwöhne seine Sinne, stimme ihn lüstern und erwartungsvoll, wecke die Erinnerungen seines Geruchssinns und locke ihn weiter hinaus aus der Wirklichkeit seines Hier und Jetzt.

Am Tor zögert er, als wolle er zurück in meine Arme. »Simone, halt dich heute abend zeitig zum Schlafengehen bereit.«

Bevor sich der Staub seiner Kutsche legt, laufe ich ins Haus. Ich ziehe Reithose, Stiefel und ein Männerhemd an. Stopfe meine Haare unter einen seiner Hüte.

»Wo wollen Sie hin, Madame Simone?« fragt Namibia, als ich aus dem Tor treten will.

»Der Herr hat mir vorgeschlagen, durch den Basar zu spazieren.«

»Ja, ja, das können Sie natürlich, aber nicht so, wie Sie angezogen sind. Bitte kommen Sie wieder herein. Ich geb Ihnen was Passendes zum Anziehen.«

Die Straße vor Monsieur Dubois' Haus ist belebt von den Rufen der Händler, von bettelnden Kindern mit traurigen Augen, sonnenverbrannten Gesichtern und staubgefüllten Lungen. Frauen balancieren Obstkörbe auf ihrem bunten Kopfputz. Lederriemen um dunkle, schweißglitschige Hälse halten Tabletts, auf denen Zigaretten, Nüsse und Süßigkeiten in Tiergestalt zum Verkauf angeboten werden. Auf primitiven Theken türmen sich gebackene Kartoffeln, gebratene Bananen und gekochte Kürbisse. Die Luft ist stickig vom Geruch nach Gewürzen und Sirup. Zwischen den Einheimischen schlendern etliche hellhäutige Straßenhändler herum.

Der Winterregen, sagt man mir, kann in dem kurzen Frühling von Namaqualand wundersame Blumenfelder hervorbringen. Doch die Landschaft ringsum – sandige Ebenen und Granitberge – kündet von einem trockenen Winter. Zwischen den primitiven Baracken ist die festungsartige Villa von Monsieur Dubois das einzige Anzeichen von Wohlstand.

Flackernde Blicke, hier ein Achselzucken, dort ein Nicken und verstohlenes Übergeben von Bargeld weisen auf illegale Geschäfte hin. Die Haupteinnahmequelle in diesem notleidenden Landstrich sind gestohlene Diamanten. Und der Handel mit Schmuggelware spielt sich direkt vor meinen Augen ab.

Ich frage einen harmlos aussehenden Passanten nach dem Weg zur Mine. Er deutet an meinen Schultern vorbei, als sei der gesamte endlose Horizont eine einzige gewaltige Mine. Dann setzt er seinen Weg fort, ohne auch nur zum Abschied zu nicken. Ich trete auf einen kleinen weißhaarigen älteren Mann zu, der hinter einem Stand steht, auf dem sich Kokosnüsse türmen. Der Mann durchbohrt die Schale einer Nuß und gießt den Saft in zu einer Pyramide gestapelte Becher.

»Guten Morgen«, sage ich, »können Sie mir sagen, wie ich zur Diamantenmine komme?«

Er knackt die Kokosnuß auf und teilt sie in kleine

Segmente. Seine astartigen Finger zeigen geschwind auf eine grenzenlose dunstige Wüste. »Das hier und da drüben ist die Diamantenküste, von da aus reichen wir bis zum Atlantischen Ozean. Monsieur Dubois' Gebiet.«

Ich beschatte meine Augen und blinzele durch die flimmernde Hitze, vorbei an einer einsamen Hochebene mit Dornbüschen und Sandhügeln, als könnte ich die von Cyrus erwähnte Mine erspähen. »Kann man da zu Fuß hingehen?« frage ich.

»Dann verbrennt die Sonne Ihnen die Haut. Nehmen Sie lieber eine Kutsche.« Ein Hustenanfall rasselt in seiner unbehaarten Brust, und er spuckt einen blutigen Speichelpfropfen in seine Hand. »Diamanten«, murrt er, »sind ein Fluch, ohne den wir nicht leben können.«

46

Der Atlantische Ozean kracht schäumend ans Ufer. Wie trockene Feuerzungen knallt mir die Sonne ins Gesicht und bescheint die schweißglitschigen Oberkörper der Schürfer. Rauhe Sandsäcke halten das Meer zurück, eine kolossale Mauer aus Säcken, für die weite Sandstreifen bis zum Grundgestein geräumt wurden, um vom Meer angespülte Diamanten freizulegen. Kilometerweise Sand und Meeresgrund, die reich an angeschwemmten Ablagerungen sind, fördern Diamantenkarate zu Hunderten zutage. Eine Flotte von Schiffen stampft und schaukelt auf den bewegten Wellen, um Kies vom Meeresgrund zu heben. Der Aushub wird gewaschen und dann auf der Suche nach Rohdiamanten gesiebt, die in den großen Filtern hängenbleiben – Hunderte weiße, funkelnde, in Sand gesäte Sterne. Dicht am Ufer sammeln Schürfer mit Eimern und Schaufeln Kies auf, sieben Schmutz, Schlamm und Kiesel. Weiter unten springen Taucher von den Schiffen, Luftschläuche zwischen die Zähne geklemmt, um mit Diamanten durchsetzten Kies aus der Tiefe zu holen.

Ächzend und quietschend setzt mich ein klappriges

Gefährt, das von einem störrischen Maultier gezogen wird, am kargen Ufer der Diamantenküste ab. Ich stehe vor einem großen Transparent, das den Besuchern verkündet: »Dubois Betriebe. Zutritt verboten.« Ich schicke Namibia einen stummen Dank. So wie ich angezogen bin, fadenscheinige Bluse und Faltenrock, die Haare unter einem Kopftuch versteckt, Gesicht und Arme mit einer braunen Mixtur eingerieben, um mich vor der Sonne zu schützen, könnte man mich für eine Einheimische halten.

Ein Peitschenknall erschreckt mich. Unter pausenlosen Hieben erbricht ein Schürfer einen Magenvoll kostbare Ladung auf den Strand. Ein stockschwingender Mann jagt ihn davon. Mein Magen krampft sich zusammen. Schweiß rinnt mir übers Gesicht. In der verlockenden Nähe zu Diamanten erscheint es leicht, Edelsteine aus Strandminen zu stehlen. Aber erwischt werden ist gefährlich. Was hat Cyrus hier beobachtet, das zu seinem Tod geführt haben könnte? Es gibt bereits Beweise für Schwerstarbeit unter schwierigen Bedingungen – nicht einmal eine provisorische Zeltplane, um vor der Sonne zu schützen –, aber das ist nicht ungesetzlich. Und es gibt keinen klaren Hinweis auf Sklaverei, wie Monsieur Amir angedeutet hatte.

Die aufgeregten Rufe eines Schürfers wecken mein Interesse. Die Knöchel von schäumenden Wellen umspült, entsteigt er dem Meer und läuft ans Ufer. Weil der glühendheiße Sand ihm die Füße versengt, springt er auf und ab. Von dem Sieb, das er über dem Kopf schwenkt, regnet Kies auf ihn herab. Das ganze Meer und sämtliche Männer verwandeln sich in ein spannendes Seestück. Vier Männer laufen zu dem aufgeregten

Arbeiter. Sie rufen den anderen Befehle zu, sich wieder an die Arbeit zu machen. Wie geführte Marionetten wenden sich die Schürfer wieder Sand und Schlamm zu, die mit weißen glitzernden Edelsteinen besät sind.

Ein Aufseher nimmt einen faustgroßen Rohdiamanten aus dem Sieb und hält ihn in die Höhe. Feurige Funken glitzern in der Sonne. Ich blinzle beim Anblick dieses unerklärlichen Phänomens. Ein roter Diamant von außergewöhnlicher Größe!

Cyrus' Worte schälen sich aus meinem Gedächtnis – die *unterirdische* Mine von Monsieur Jean Paul Dubois bringt außergewöhnliche rote Diamanten hervor, eine seltene Sorte, die die Polierscheibe überlebt. Doch heute, in diesem Moment, vor meinen staunenden Augen hat eine Meeresmine, die sonst nur weiße Diamanten hervorbringt, einen roten Diamanten zutage gefördert.

Cyrus' viertes Zeichen.

Ich bin sicher, er will mir mitteilen, daß seine Ermordung mit roten Diamanten aus einer unterirdischen Mine zusammenhängt. Also stehe ich vor der falschen Mine. Weil Diamantenvorkommen gehäuft auftreten, kann die unterirdische Mine nicht weit sein. Ich kehre dem Meer den Rücken zu und schaue auf kilometerweite Sanddünen, die Unmengen Sand im Meer deponieren, das ihn dann wieder ausspuckt. Rauhe Winde schneiden glatte, gewundene Wege in die karge Landschaft weiter landeinwärts, deren Oberfläche spiegelt wie bestäubtes Glas.

In der Ferne marschiert ein stockschwingender Aufseher in meine Richtung. Ich warte. Ich kann nirgendshin, kann mich nirgends verstecken in dieser welligen Landschaft. Er geht an mir vorbei, zum Ufer hin, erteilt einer Gruppe Schürfer Befehle, worauf sie ihre Schaufeln, Eimer und Siebe hinlegen und ihm folgen. Ich warte, bis mein Herz sich beruhigt, dann gehe ich den Männern in gebührendem Abstand nach. Das brandende Meer ist hinter mir, wogender Dunst vor mir, die ermüdende Hitze überall. Die Männer bleiben am Rand eines Gebildes stehen, das aussieht wie ein provisorisches Dach aus verschweißten Blechplatten, die flach auf einem großen Sandareal liegen. Auf halbem Weg um dieses weite Blechfeld herum wird ein viereckiger Deckel angehoben. Die Schürfer steigen hinunter und verschwinden. Der Aufseher läßt den Deckel hinter den Männern wieder fallen. Dann richtet er seinen Stock auf mich wie ein Gewehr. Ich bin wie gelähmt. Hilflos wie ein sichtbar gewordener Geist, der in die Mühlen des Lebens katapultiert wurde.

Er umrundet das Blechdach, stapft durch den Sand zu mir. Das Hämmern in meiner Brust und das Blutrauschen in meinen Ohren wird übertönt von gedämpften Geräuschen, die aus den Ritzen zwischen den verschweißten Blechplatten nach oben dringen. Der Mann tritt näher und taxiert mich, als würde er einen Rohdiamanten schätzen, den er einstecken möchte. Er nickt zu dem überdachten Bereich hinüber, wo die Männer hinuntergestiegen sind. Er sagt etwas, das ich nicht verstehe. Ich schüttle den Kopf. In gebrochenem Französisch fragt er schließlich, ob ich Arbeit suche.

»Nein! Nein!« platze ich heraus, eine rein intuitive Reaktion, weil ich nicht weiß, was ich sonst antworten soll. Schweiß brennt mir in den Augen.

»Dann verschwinden Sie! Auf der Stelle! Dies ist verbotenes Terrain.«

Ich drehe mich um und gehe fort, bin aber nicht weit gekommen, als ich das Klappern von Blech höre. Ich blicke zurück und sehe den Kopf des Mannes im Untergrund verschwinden. An die Quelle meiner Courage geklammert – das Bild von der Hand, die den roten Diamanten schwenkt –, gehe ich um das Dach herum, bis ich gegenüber der Stelle bin, wo die Männer hinuntergestiegen sind. Am klügsten wäre es wahrscheinlich, ich würde mich entfernen und einen anderen Blechdeckel hochheben, durch einen anderen Eingang hinuntersteigen. Aber ich schiebe beide Hände unter die Schweißnaht von zwei sich überlappenden Platten. Keine gibt nach. Ich ziehe den Revolver aus meinem Mieder, und mit dem Lauf drücke ich zwei Platten langsam, aber sicher an den Rändern auseinander. Ich stecke den Revolver wieder ein, schiebe eine Platte über die andere, bis ich genug Platz habe, um mich durchzuquetschen, ohne daß viel Licht einfällt. Ich blicke zum Himmel; in der Ferne senkt sich die Nebeldecke aufs Meer. Ich hole tief Luft und lasse mich hinunter.

Während meine Füße unten ins Leere baumeln, klammere ich mich mit den Händen oben an die sandige Kante und taste nach festem Boden unter mir. Vorsichtig setze ich schließlich die Füße auf und lasse die Welt oben hinter mir. Ich versuche mir das genaue Aussehen und die genaue Lage der Blechplatte zu merken, um später den Ausgang zu finden. Dann schiebe ich sie wieder an Ort und Stelle, und pechschwarze Finsternis umgibt mich. Staub dringt mir in den Mund. Mühsam unterdrücke ich ein Husten. Ich sehe absolut nichts, aber der Geruch nach Schlamm und die hallenden Stimmen geben mir ein Raumgefühl. Ich habe Angst, beim geringsten Fehltritt zu stürzen. Hinter meinem Rücken ist eine rauhe Mauer, und ich drücke mich fest dagegen.

Langsam gewöhnen sich meine Augen an die Dunkelheit, und nach und nach erkenne ich Schatten unter mir. Vor einem schlammigen Hintergrund nehmen zu meiner Verwunderung Silhouetten Gestalt an. Ich befinde mich über einem Abgrund, auf einem Vorsprung so schmal, wie meine Füße lang sind. Ein Schritt nach vorn, der geringste Fehler, und ich stürze in den Tod. Ich drücke mich wieder an die Mauer, stemme die Füße fest in den Boden und schaue auf das Chaos unter mir, irgendwie erleichtert, daß ich mich so hoch oben und in Dunkel gehüllt nicht verraten kann. Ein unterirdischer Hohlraum ist tief in die Erde gegraben worden, durch Sand und Steine hindurch ins Wasser hinein. In die Steinklippe am anderen Ende der Höhle ist eine holprige Treppe gehauen. Das Dach besteht aus einfachen überlappenden, grob verschweißten Blechplatten. Hohe Wände aus Gestein und Erde drohen einzubrechen und Hunderte Schürfer zu begraben, die knietief in einem schlammigen Teich in der Mitte arbeiten. Sie werden von Männern beaufsichtigt, die einen halben Meter weiter oben auf einem Kiesvorsprung sitzen, der rund um den Teich führt. Primitive Buden bilden die äußere Begrenzung des Raumes. Im gespenstischen Schein von Gaslaternen sitzen, liegen und hocken Männer in Dreier- und Vierergruppen in den Buden.

Monsieur Dubois ist nirgends zu sehen.

Aus meinem Blickwinkel ist es schwierig, einen Hinweis auf rote Diamanten zu entdecken.

Ein Aufseher steigt in den Raum hinunter und nimmt eine Lederpeitsche aus einem Wassereimer. Er marschiert zu einem Mann, der sich zu Boden bückt, als habe er etwas verloren. Die Peitsche kracht auf seinen Rücken, daß die Haut aufplatzt; jeder Hieb hinterläßt eine Blutspur. Um Diebstähle zu verhindern, sagte Cyrus, ist es verboten, den Boden in den Minen zu berühren. Der Schürfer taumelt keuchend rückwärts, wälzt sich mit Schaum vor dem Mund auf dem Boden, als hätte er einen epileptischen Anfall. Er quält sich auf allen vieren, versucht schwankend auf die Beine zu kommen, schreckt sogleich vor der Peitsche zurück, die auf seine Schulter knallt. Er schlägt mit den Armen um sich, um die pausenlosen Hiebe abzuwehren.

»*Nakon*! *Nakon*!« ruft er auf Farsi. »Nicht! Nicht!«

Ein brutaler Tritt bringt ihn zum Schweigen.

Mit ausgetrocknetem Mund, die Haare schweißnaß, stemme ich meine Hände geschwind wieder gegen die Mauer, um das Gleichgewicht nicht zu verlieren. Hat Cyrus um Gnade gefleht, hat er mit seinem letzten Atemzug *Nakon! Nakon!* gerufen? Oder war die Kugel zu schnell für Worte? Hat er gewußt, daß Monsieur Dubois Sklaven aus Persien hält, um sie Diamanten schürfen zu lassen, die er dann auf dem persischen Markt verkauft?

Monsieur Amir hatte also recht. Auch im Hinblick auf die Schwierigkeit, Beweise zu sammeln, um sie dem Schah entgegenzuhalten.

Eine Gruppe Mädchen steigt hintereinander die Steintreppe hinunter, das älteste ist kaum siebzehn; in ihrer spürbaren Angst halten sie sich aneinander fest wie verlorengegangene Kinder auf einem Schulausflug. Auf Befehl eines Aufsehers legen fünfzehn Männer ihre Siebe und Schaufeln weg. Jedem Schürfer wird ein Gegenstand ausgehändigt, den ich nicht erkennen kann. Sie ziehen sich in die Kabinen zurück, jeweils drei oder vier setzen sich dicht zusammengedrängt mit untergeschlagenen Beinen hin und machen sich an dem Gegenstand zu schaffen. Aneinandergelehnt nehmen sie tiefe Züge aus einer Pfeife, wie ich jetzt sehe. Rauch und Opiumgeruch ringeln sich aufwärts und brennen mir in der Nase. Die Mädchen zupfen ihre Röcke zurecht, fahren sich mit den Fingern durch die verfilzten Haare. Mit einem traurigen jugendlichen Hüftschwung betreten sie die Kabinen.

Eine höllische Szene entfaltet sich unten in den Buden, eher halluzinatorisch als real. Geschwind, ohne Tamtam, lassen die Männer die Hosen herunter. Umhüllt von Opiumrauch, Schmutz und der Verheißung von etwas, das nie eintreten wird, wechseln sie sich bei den Frauen ab. Es hebt mir die Eingeweide, und ich wende mich ab von der Hoffnungslosigkeit dieser Menschen. Eine Opiumhöhle. Ein unterirdisches Bordell. Um persische und afrikanische Sklaven bei der Stange zu halten.

Das ist, wie mir jetzt klar wird, die »Arbeit«, die ich nach Meinung des Aufsehers suchte.

Ist es das, was Cyrus der Welt enthüllen wollte?

47

Monsieur Jean Paul Dubois zittert in der schweißgetränkten Bettwäsche. Seine breiten Schultern beben in dem Nachthemd, das ihm an der Brust klebt. Er streckt die Hand nach mir aus. Zieht sie schnell wieder zurück. »Mit mir stimmt was nicht, Simone.«

»Sie haben Fieber«, vermute ich.

»Nein, ich bin nie im Leben krank gewesen, habe keinen einzigen Arbeitstag versäumt.«

Ich gehe um das Bett herum, um seine Stirn zu fühlen.

»Bleib, wo du bist. Komm nicht näher.«

Ich bleibe neben dem Bett stehen, kann nicht glauben, wie schnell er sich verändert hat. Kann eine einzige Nacht in meiner Gesellschaft eine solche Wirkung haben? Ich murmle, daß ich nicht verstehe, was geschieht, obwohl ich ahne, was ihn plagt.

Er richtet sich auf einem Ellenbogen auf, windet sich, als hätte er Schmerzen, seine Stimme klingt unnatürlich. »Simone, komm zu mir.«

Ich gehe auf seine ausgestreckten Arme zu, weiß nicht, wie ich mich verhalten soll, wie weit ich gegangen bin, ob ich seine Reaktion auf meinen Duft falsch eingeschätzt habe.

Er wischt sich mit einem Zipfel des Bettlakens übers Gesicht und schaut auf die nasse Stelle. »Schau, wie ich schwitze. Das ist nicht normal.«

»Ich rufe Namibia. Sie brauchen einen Arzt.«

Seine glasigen Augen sind eingefallen, als er sagt: »Warum kann ich kaum atmen, wenn ich fort von dir bin?«

Ich sage ihm nicht, daß er Anzeichen von Sucht zeigt. Ich sage ihm nicht, daß auch ich erstaunt bin, denn mein Geruch hat sich noch nie dermaßen auf einen Mann ausgewirkt. Ich sage ihm nicht, daß ich seit dem Tag, als wir Paris verließen, die Dosis meines Parfüms stetig erhöht habe, damit er in einem morphinen Dunst schwebt. Daß ich seit seinem vom Wohlgeruch ausgelösten Orgasmus im Badezimmer meinen duftenden Sprühnebel zurückgehalten habe. Freilich könnte ich mit ein paar Parfümgaben sein Elend lindern. Doch ich fürchte, seine Abhängigkeit ist schon außer Kontrolle geraten, fürchte, er wird mich, das Opiat, nach dem es ihn so gelüstet, niemals gehen lassen. Vor allem aber habe ich Angst, daß er mich in sein persönliches Kunstwerk verwandelt, einen faszinierenden Gegenstand aus mir macht, den er nach Belieben wegschließt, einrahmt und auswechselt.

Er reißt sich zusammen, gibt seiner mächtigen Statur einen Ruck, richtet sich auf und lehnt sich ans Kopfteil. Seine schwarzen Pupillen füllen die Augen aus, als wollten sie überlaufen und seine Wangen beflecken. Seine Stimme ist drohend eintönig. »Ich finde die Lösung. Ich finde sie immer.«

Ich verschränke die Arme vor der Brust; meine Augen werden zu giftigen Kobras. Wie seine Lösung auch aussehen mag, sie wird nicht gut sein. Ich stöpsele meine Poren auf. Löse einen sinnlichen Sprühnebel aus, schwer, warm und geheimnisvoll, um seinen Verstand durcheinanderzubringen.

Er bläht die Nasenflügel, um die kärgliche Spende aufzunehmen. Er stößt ein paar rasselnde Atemzüge aus, schlägt sich an den Kopf. Seine Arme schnellen vor, um mich in Schach zu halten. »Ich weiß, was zu tun ist. Du mußt fort! Pack deine Sachen und kehr nach Paris zurück.«

Ich starre ihn ungläubig an. Jemand muß mich in seiner unterirdischen Mine entdeckt haben. Er wird Befehl geben, mich auf dem Heimweg zu ermorden. Er wird mich nicht ziehen lassen, wird nicht gestatten, daß seine Sucht vergeht. Ich setze mich auf die Bettkante, meine Stimme trieft von Besorgnis. »Lassen Sie sich von mir gesund kurieren, bevor ich gehe.«

An seinem Hals tritt eine Ader hervor. Seine Wange zuckt, er hat einen Krampf unter einem Auge. Plötzlich lebhaft und hilflos zugleich, deutet er anklagend mit dem Zeigefinger auf mich. »Du verstehst nicht, nein? Ich bin ein anderer Mensch, wenn du da bist. Ich hatte meinen Moment des Wahnsinns und will nichts mehr damit zu tun haben. Geh fort!«

Sein kaltblütiger Ton läßt keinen Zweifel, daß ich mich fügen muß. Da die Entlassung unvermeidlich ist, wage ich zu fragen: »Monsieur Dubois, ich bin allein und Ihnen ausgeliefert. Warum lassen Sie mich gehen?«

Er streichelt das Bettlaken, als wollte er eine Geliebte

beruhigen, richtet den Blick auf eine Ecke der Zimmerdecke, und ein weicher Ausdruck tritt in seine Augen. Zu meiner Verwunderung scheint er sich um eine ehrliche Antwort zu bemühen.

»Simone«, sagt er, ohne die gewölbte Decke aus den Augen zu lassen, »du bist die einzige Frau, die ich je begehrt habe. Du bist wertvoller als alle Kunstwerke, die ich besitze. Weitaus ungewöhnlicher als irgendeine Kostbarkeit in einem Museum. Es wäre unverzeihlich, einen so makellosen Kunstgegenstand zu beschädigen.«

Mich überkommt ein gewisser Stolz, aber auch Beklommenheit. Bestimmt heckt er noch während er spricht in dem gewundenen Labyrinth seines Gehirns einen Plan aus.

»Aber letztendlich ist das nicht der einzige Grund, weshalb ich dich gehen lasse. Aus meinem Sohn ist ein vornehmer Herr geworden. Seine Verwandlung verdanke ich deinem Mann. Ich habe nie in jemandes Schuld gestanden und will es auch künftig nicht. Betrachte dies als meine Vergeltung für ihn. Jetzt geh, bevor meine Obsession in Groll umschlägt.«

48

Namibia senkt den Kopf und besieht seine rissigen Hände.

Sein Seufzer umschwebt uns wie ein unheilverkündender Wind. Seine trübsinnige Miene enthält eine Warnung, die ich nicht deuten kann. Er streckt die Hand aus. »Leben Sie wohl, Madame Simone.«

Ich ergreife seine Hand. »Sie haben mir etwas zu sagen, Namibia. Worum geht es? In einer Stunde bin ich fort, und dann werden wir uns nie wiedersehen.«

Er nimmt meinen Koffer, richtet sich kerzengerade auf, als sei alles gesagt und getan. »Ich bringe Sie jetzt zum Wagen.«

»Ein Glück für den Herrn, daß er Sie hat. Wie lange arbeiten Sie schon hier?«

»Viele, viele Jahre, Madame.«

»Der Herr sagt, Cyrus hat im Schlafgemach der persischen Nonnen übernachtet.«

»Ja, ja, sehr oft. Kennen Sie ihn?«

»Ich bin seine Frau.«

Namibia wendet den Blick ab, eine Geste, die mir ins Herz sticht. »Aber Madame, Sie und der Herr ...«, stammelt er, außerstande, seine Erschütterung in Worte zu fassen.

»Cyrus ist tot, Namibia.«

Stumm kehrt er mir den Rücken zu; seine Schultern beben.

»Namibia, bitte hören Sie, ich betrüge meinen Mann nicht. Ich erfülle seinen Wunsch.«

Er schlägt mit dem Kopf gegen die Wand, einmal, dann noch einmal und noch einmal. Ich umarme ihn, lasse meine Tränen auf seine Schulter fließen. »Cyrus ist ermordet worden, Namibia«, sage ich mit Nachdruck. »Erzählen Sie mir alles, was Sie wissen.«

»Wozu, Madame? Es ist sinnlos, Sie auch noch in Gefahr zu bringen.«

»Sagen Sie's mir, mein Freund. Ich kann auf mich aufpassen, verlassen Sie sich drauf.«

»Cyrus wollte die Minen schließen lassen und die Sklaverei beenden. Aber einige Leute wollten das nicht zulassen.«

Ich hebe sein Kinn an und zwinge ihn, mir in die Augen zu sehen. »Woher wissen Sie das?«

»Es steht alles in seinem Buch. Alles. Sie müssen es den richtigen Leuten geben.«

Hoffnung flackert in mir auf. Vielleicht gehe ich doch nicht mit leeren Händen fort. »Welches Buch?« frage ich.

»Das Alte Testament, Madame. Er hat darin Notizen gemacht.«

Ich packe ihn am Arm. »Ist das wahr? Wissen Sie ganz sicher, daß Cyrus in seiner Bibel Notizen gemacht hat?«

»Ja, Madame Simone, spätabends und früh an jedem

Morgen sah ich ihn, über seine Bibel gebeugt, Randbemerkungen schreiben, überallhin, wo Platz war.«

Das Alte Testament, überlege ich, während ich Namibia durch die Flure folge, vorbei an Gewölben und Räumen voller Porträts. Nie hätte ich gedacht, daß Cyrus seine Beobachtungen im Alten Testament festhielt.

Ich gehe schneller, um Namibia einzuholen, komme an den kostbaren Kunstwerken des passionierten Sammlers vorbei. Wird er sein Versprechen halten, oder ruft er, kaum daß ich zur Abreise bereit bin, seine Männer zusammen, um mich zu verfolgen? Dicht hinter Namibia steige ich eine steile Treppe in einen kellerartigen Korridor hinunter mit verschlossenen Türen auf beiden Seiten. Dies ist ein mir unbekannter Flügel des Hauses.

»Dies ist nicht der Weg nach draußen«, protestiere ich.

»Es gibt viele Wege nach draußen, aber allein finden Sie die nicht«, murmelt Namibia und sieht mich mit flackernden Augen an. Er zeigt auf eine Tür, hinter der ich Maschinen surren höre. Er drückt die Klinke herunter und schiebt die Tür mit dem in einer Sandale steckenden Fuß einen Spalt auf. Einen Finger an die Lippen gelegt, bedeutet er mir mit einer Handbewegung, einen Blick hineinzuwerfen.

Ich stoße die Tür weiter auf und spähe hinein. Grelles Licht blendet mich, als wäre ich mit weit offenen Augen in die Sonne getreten. Feuer braust in Hochtemperaturöfen. Männer mit Schutzbrillen arbeiten zwischen gigantischen, mit einer Art riesigen Glühlampen bestückten Apparaturen. Sie sind über Dampfmaschinen gebeugt, die eine Schleifscheibe antreiben. Rohdiamanten, die teils aus Bleihaltern hervorschauen, werden mit waagerechten Sägeblättern in solchem Tempo geschliffen, daß das Auge die Bewegung nicht wahrnimmt. Jeder Diamant ist so rot wie ein Drachenauge.

Ich ziehe vorsichtig den Kopf zurück und schließe leise die Tür.

Warum nimmt ein erfolgreicher Minenbesitzer und Exporteur Kosten und Mühen auf sich, extra Leute einzustellen, um bei sich zu Hause Diamanten zu schleifen? Und warum werden die Diamanten in so grellem künstlichen Licht geschliffen? Ein solches Verfahren hat Cyrus nie erwähnt.

Namibia und ich gehen denselben Weg zurück, den wir gekommen sind. Das Blut, das in meinen Ohren pocht, läßt die Stille laut erscheinen. »Was geht da drinnen vor, Namibia?«

»Mit den Diamanten geht mehr vor als schleifen, Madame Simone«, murmelt er bissig. »Auch außerhalb der Mine geschehen verdächtige Dinge. Gott hat große Schönheit in die Erde gelegt. Es ist der Mensch, Madame, und nicht ein Untier, der uns versklavt, um die Erde zu berauben.«

Damit führt Namibia mich nach draußen, wo ein trockener Wind mir ins Gesicht bläst. Ein Wagen steht bereit, um mich zum Kap der Guten Hoffnung zu bringen. Ein junger Kutscher und zwei kräftige Pferde lassen mich hoffen, daß die Fahrt nicht zu strapaziös oder lang wird. Ich reiche dem Diener mit dem besorgten Blick und der sanften Stimme die Hand. Ich habe ihn ins Herz geschlossen.

»Kommen Sie mit mir nach Paris, Namibia, bitte. Ohne einen Augenzeugen kann ich die Sklaverei nicht beenden.«

»Leben Sie wohl, Madame Simone. Ein junges Mädchen erwartet Sie weiter unten an der Straße. Sie wird Sie nach Paris begleiten und unterwegs für Sie sorgen. Es wäre nicht gut, mein Unglück in Ihre Heimat zu bringen.«

49

Paris

Simone hätte ihr Glück am liebsten hinausgeschrien zu den duftenden Katzen, dem blühenden Lavendel, zu allem und allen, die es hören wollten. Sie war frei. Zurück aus Namaqualand. Sie drückte Cyrus' Altes Testament an die Brust. Das Zibetkatzental barst schier von üppigem Lila, der Lavendel stand in voller Blüte, die von Zibet erfüllte Luft wirkte berauschend. Die Männer verließen die Felder, um sich mit ihren Frauen zu vergnügen, die Hengste gebärdeten sich wie toll in ihren Boxen, und die Stuten wieherten, um ihre unzeitige Bereitschaft zu bekunden.

Simone fragte sich, ob sie selbst und nicht das Château mit seiner Umgebung sich verändert hatte. Sie war jetzt eine Frau und fand Geschmack am Reiz dieses Tales, des Heims, das ihr gehören würde.

Etwas weiter entfernt verließ Françoise das Château zu einem Spaziergang. Eine quicklebendige Erscheinung, ziellos wie Mme. Gabrielles Geister, riß sie Lavendelblüten aus und warf sie in den Wind. Sie suchte das Tal und die umliegenden Hügel auf, um sich zu erholen. Nach der letzten, besonders strapaziösen Nacht hatte sie in den Augenwinkeln und in einer leichten Erschlaffung der Haut die ersten Anzeichen des Alterns entdeckt.

»Das Alter kommt in plötzlichen Schüben«, hatte Mme. Gabrielle erklärt, als Françoise an diesem Morgen ihren Rat suchte. »Eines Tages wachst du auf, und die geschmeidige Haut an deinem Hals sieht aus wie eine Ziehharmonika. Oder ein Kinn, das fünfunddreißig Jahre lang rund war, wird spitz und streng, und ein starker Rücken mag sich nicht aufrichten. Aber *prendre courage*, Françoise. Danach folgt unweigerlich eine Zeit ohne Veränderung – dies ist die Methode der Natur. Sie erschüttert uns, so daß wir uns vor lauter Schreck unterwerfen. Danach dürfen wir uns an jede Phase gewöhnen, bevor der Zyklus von vorne anfängt. Betrachte die Zeit als deine Verbündete, denn jede Runzel ist eine gewonnene Erfahrung, und jede Erfahrung macht dich zu einer interessanteren Frau. Geh hinaus und freu dich an den Hügeln.« Dann hatte Mme. Gabrielle ihrer Tochter mit dem Fächer einen Klaps auf die Schulter gegeben und ihr geraten, die Meister zu studieren – Molière, Baudelaire, Balzac, Zola – auch wenn sie nicht gerne lese. Bald werde sie diverse andere Verlockungen benötigen, um ihre Gönner zu ergötzen.

Françoise zog die hübschen Schultern hoch. »Du magst ja denken, ich habe nur Freude an körperlicher Schönheit, aber ich besitze ein geheimes Wissen, das immer wieder neue Gönner anzieht.« Und während sie etwas von einer Lustader murmelte, war sie aus dem Salon getrippelt.

Jetzt beobachtete die Großmutter vom Kamm eines der Zibetkatzenhügel Simone auf dem Kleehügel und

Françoise, die unten im Tal das Einsetzen des Alterns beklagte. Ihre Tochter war schön und sinnlich, aber ichbezogen und eitel. Charakterzüge, die ihre Vor- und Nachteile hatten. Eine Verführerin durch und durch, hatte sie die *caprice d'une jolie femme* – das Recht einer schönen Frau auf eine gelegentliche Torheit – zur Kunst erhoben. Und das war eine unschätzbare Begabung. Jeder Mann, der ihre Gunst gewann, fühlte sich gegenüber anderen unendlich bevorzugt. Und war bereit, ihr Gold zu Füßen zu legen. Dennoch hatte ihre Eitelkeit gewonnen. Neuerdings verbrachte sie einen großen Teil des Tages mit der Suche nach dem neuesten Jugendelixier. Aber Mme. Gabrielles Hauptsorge galt nicht Françoise.

Cyrus' Ermordung blieb ein Rätsel, und Simone wendete sich weiter ab von der Verantwortung für ihre Familie. Mit neunzehn war sie zu einer aufsehenerregenden Frau gereift, deren komplizierte Empfindsamkeit und grimmige Entschlossenheit sie nach Persien und später nach Südafrika geführt hatten. Nachdem es Mme. Gabrielle nicht gelungen war, sie am Fortgehen zu hindern, hatte sie ihre Geister angefleht, sich über tobende Meere und sengende Wüsten zu verbreiten, um auf ihre Enkelin aufzupassen. Sie kehrten zurück mit Geschichten von Flüchtlingsströmen aus den Zulugebieten, Kontroversen zwischen Vertretern der Londoner Missionsgesellschaft und den Buren der Kapkolonie und den Auseinandersetzungen um das britische Protektorat Betschuanaland. Und sie brachten ihre Enkeltochter heil nach Hause.

In der Annahme, Simone habe sich besonnen und sei bereit, sich ihrer Verantwortung zu stellen, hatte Mme. Gabrielle das Marais-Viertel aufgesucht und ihrem Vater angeboten, in den soeben vollendeten neuen Flügel des Châteaus zu ziehen, von dem aus er eine friedliche Aussicht auf die Anhöhen haben würde. Um ihn vollends zu überzeugen, hatte sie behauptet, das Zibetkatzental sei zu lieblich, um von Judenhassern heimgesucht zu werden.

Auf ihre Einladung hin hatte Rabbi Abramowicz seine Pelzkappe auf den Kronleuchter geworfen, als wollte er zum Klang der Sabbatpsalmen einen Tanz aufführen. Sie hatte das als Zeichen seines Einverständnisses genommen, ihm einen Kuß auf die Stirn gedrückt und war als ein glücklicherer Mensch aus der Rue des Rosiers 13 geschwebt.

Ihr Vater war ihr stumm durch den sonnenüberfluteten Rosengarten gefolgt, war am Holztor stehengeblieben und hatte ihr zum Abschied gewunken. Die Worte, die dann kamen, hatte sie mehr gefühlt als gehört.

»Esterleh, mein Heim ist mein Tempel. Ich biete hier eine Mikwe für die spirituelle Reinigung; hier versammeln sich der Beth Din und das Rabbinergericht. Es ist ein Haus der spirituellen Heilung, und ich schäme mich nicht, den Herrn hierher einzuladen. Ich bin Jude, stehe weder unter noch über allen anderen, und die Rue des Rosiers 13 ist ein unerläßlicher Bestandteil meines Seins. Nie, niemals werde ich mein Heim aufgeben ... und meinem Volk den Rücken kehren.« Als er die bedrückte Miene seiner Tochter sah, hatte der Rabbi sein Käppchen zurechtgerückt. »Warte, Esterleh. Wenn du mir eine koschere Mahlzeit versprichst, komme ich vielleicht zum Essen.«

Jetzt war alles in Frage gestellt. Ihr Vater hatte ihr ihren glühendsten Wunsch abgeschlagen, und Simone schien der Fortbestand des d'Honoré-Imperiums kein bißchen am Herzen zu liegen. Mme. Gabrielle zog ihre Handschuhe aus und schlug sich damit auf die linke Schulter, was den pompösen Kastraten erschreckte, der vorübergehend aus ihrer Achselhöhle geklettert war, um ein bißchen frische Luft zu schnappen. Sie stürzte ein Glas Absinth herunter, und als das nichts half, ein zweites, was den Geist von Zola vergrätzte. Sie beschattete die Augen, um ihre zarten Lider vor dem Geflatter der aufgewühlten Geister zu schützen. In dem Bemühen, ihr die Dringlichkeit des Augenblicks klarzumachen, erzeugten sie mit ihrer hektischen Fuchtelei einen stürmischen Wind, der Mme. Gabrielles Wangen peitschte. So hätte sie Günters aufgeregten Schluckauf fast überhört, der sie vor einem neuen, sich anbahnenden Skandal warnen wollte. Und auch Franz Liszts nervöses Klopfen auf ihre Fingernägel, um sie von der Ankunft ungeladener Gäste zu verständigen, wäre fast an ihr vorbeigegangen.

Sie blinzelte zum Tor hinüber und sah zu ihrer äußersten Überraschung nicht eine, sondern zwei unbekannte Kutschen halten. Sie drückte die blauen Locken zurecht, strich die Röcke glatt und wandte sich an Emile Zola: »Was meinen Sie, *mon cher monsieur*, welch ungehobeltes Tier stattet uns ohne Anmeldung und zu einer so unmöglichen Zeit am Nachmittag einen Besuch ab?« Aber das Echo ihres Herzens hinter ihren Trommelfellen war laut und deutlich zu vernehmen: *nicht Ihnen, chère Gabrielle, nicht Ihnen.*

»Wem dann? Meinen Sie, Simone?«

Das müssen Sie allein entdecken, rieten ihr die versammelten Geister.

50

Simone trat in die eben vollendete Juwelengalerie. Wilder Jasmin rankte sich um Spaliere, die die umherstreifenden Pfauen fernhalten und ihre Schreie dämpften sollten. Porträts von steinreichen Männern, die ihre Großmutter einer Ehrung für würdig befunden hatte, zierten die Galerie. Jeder Mann war mit dem besonderen Geschenk dargestellt, mit dem er die gefeierte Mme. Gabrielle erfolgreich in Versuchung geführt hatte. Ein Sultan mit Turban trug eine protzige Smaragdgarnitur an Hals, Handgelenken und Fingern; schwere Ohrringe zogen seine Ohrläppchen nach unten. Ein entthronter bayerischer König, dessen Namen sie in den Archiven nicht finden konnte, zeigte sich mit einer Krone, die er von der Königinmutter geerbt, aber bereitwillig Mme. Gabrielle überlassen hatte. Ein russischer Fürst trug Stiefel, die er ihr geschenkt hatte, den linken angehoben, um die mit Rubinen besetzte Sohle zu zeigen. Simone erkannte Mr. Rouges Bildnis, die lockere Krawatte und die hagere Gestalt. In einer verschnörkelten lapislazuliblauen Schrift wurde der Welt auf einem Zertifikat mitgeteilt, daß er ihrer Großmutter den berüchtigten Braganza geschenkt hatte, einen faustgroßen, nach dem portugiesischen Königshaus benannten Diamanten, der jahrelang verschwunden gewesen war, bis man ihn in einer Schatulle mit vierzigtausend Goldmünzen entdeckt hatte.

Simone setzte sich auf eine Steinbank und schlug Cyrus' Altes Testament auf. Die Ränder waren über und über mit seinen Anmerkungen beschrieben, mit hastigen, kringeligen Buchstaben, die ineinander verliefen, als wollten sie die Wörter von den Seiten jagen.

Jounam, ich schreibe Dir dies an der sichersten Stelle, die ich kenne! Falls mir etwas zustoßen sollte.

DAS ERSTE BUCH MOSE

Seit einiger Zeit beobachte ich eine beunruhigende, unerklärliche Variation in der chemischen Zusammensetzung von roten Diamanten rund um die Welt. Bei näherer Betrachtung ihrer Struktur erkenne ich, daß neunundneunzig Prozent dieser roten Diamanten aus der jüngst von Jean Paul Dubois erworbenen Mine stammen. Wie Du weißt, habe ich mit der Einführung roter Diamanten nach Persien zu tun. Ich fürchte, ich bin unwissentlich und unwillentlich in einen Betrug hineingezogen worden. Ich fürchte, daß die Diamanten, die ich für das königliche Armband und das Zepter erworben habe, dieselbe eigentümliche chemische Variation aufweisen. Ich bin jetzt allein in der königlichen Werkstatt. Allein, aber Du bist immer bei mir, meine bezaubernde Frau.

Ich untersuche das Armband, das ich einmal ins Château Gabrielle gebracht habe, um Dich zu beeindrucken. Außerdem vergleiche ich meinen Ohrring mit den Diamanten im Armband des Schahs. Zuerst mein Ohrring.
Unter der Lupe explodieren strahlende Miniaturwelten. Atemberaubend! Ein kristallenes Universum. Zerbrechlich. Fließend. Prachtvolle Farbtöne. Jetzt das Armband.
Dieselbe Vollkommenheit. Lebhaftes Rot ohne eine Spur von Braun. Gleichmäßige Farbverteilung. Dieselbe Intensität bei Betrachtung von jeder Seite.
Aber halt! Es sind nicht dieselben. Es gibt einen rätselhaften Unterschied. Das Innerste meines Diamanten funkelt stärker. Intensive rote Schichten durchbrechen die Facetten. Das haben die königlichen Diamanten nicht.
Simone! Meine Vermutungen müssen stimmen. Ich bin auf eine Betrügerei großen Ausmaßes gestoßen. Ein Kartell pfuscht an roten Diamanten herum. Bringt sie dann auf den Markt. Eine mysteriöse Behandlungsmethode. Die Diamanten stammen aus derselben Mine. Warum sind dann nicht alle verfälscht? Obwohl mein Ohrring aus derselben Mine stammt, scheint er unbehandelt zu sein. Bete mit mir,

daß die Diamanten im Armband und im Zepter sauber sind. Ich muß noch einmal nach Südafrika, um das zu klären. Ich lasse Dich ungern allein, jounam. Aber ich bin überzeugt, die Antwort liegt in Namaqualand.

DAS ZWEITE BUCH MOSE

Es ist später Vormittag in Namaqualand. Am Morgen hat Namibia, Dubois' Diener, mich in einen eigenartigen Keller mit blendend hellem Licht und Hochtemperaturöfen geführt. Diamantenschleifer waren dort bei der Arbeit. Dampfmaschinen trieben Schleifscheiben an. Auf Tischen lagen seltsame Utensilien verstreut. Warum wurden Edelsteine in so grellem Licht geschliffen? Und in extremer Hitze! Ich werde in der Nacht zurückkommen.

Es ist zwei Uhr morgens. Bin wieder im Gemach der persischen Nonnen. Folgendes ist geschehen. Ich bin noch einmal in den Keller gegangen. Die Tür war unverschlossen. Drinnen offenbarte sich der Grund für diese Nachlässigkeit. Alle Beweise waren beseitigt. Der Raum war aufgeräumt. Tadellos sauber. Still. Die Öfen mit Brettern verschalt. Die Tische abgeräumt, gescheuert. Schleifmaschinen nirgends zu sehen. Keine Gas- oder Öllampe in Sicht. Mit der Lupe in der Hand suchte ich nach Hinweisen auf die Szenerie, die ich am

Morgen gesehen hatte. Fuhr mit den Händen über Stühle, über Tischplatten. Um Kanten herum und an Beinen hinunter. Untersuchte den Steinboden. Ich stieß auf einen fast farblosen Rückstand. Wie Sprenkel aus grauen kristallinen Partikeln. Es war kein getrockneter Fleck, kein geronnenes Blut von einem Schnitt mit einem Sägeblatt. Keine haftende Eigenschaft. Kein wahrnehmbarer Geruch. Ich beugte mich vor, um mir das genauer anzusehen. Ich erschrak. Fürchtete, mit einem giftigen Element in Kontakt zu kommen. Ich sammelte die Substanz in mein Taschentuch und nahm sie mit nach Hause.

Simone pflückte eine Jasminblüte von einem Zweig, der sich um das Spalier wand, und steckte sie in den Mund. Ihr Aroma zerging auf der Zunge und rief die Erinnerung an den Jasmintee wach, den sie und Cyrus an dem Abend getrunken hatten, bevor er nach Namaqualand abgereist war. Sie hatten sich ihre eigene Geschichte erschaffen – eine abgebrochene Geschichte, die, so hoffte Simone, in seiner Bibel wiederaufleben würde.

Aus Vorsicht hatte er seinen Verdacht damals für sich behalten, das sah sie nun ein. Der Hofwesir und Monsieur Dubois würden nicht gezögert haben, sie zum Schweigen zu bringen, hätten sie erfahren, daß sie von den verfälschten Diamanten wußte.

DAS DRITTE BUCH MOSE

Wieder in Persien! Wieder in Deinen duftenden Armen. Du bist schwanger! So eine wunderbare Begrüßung! Danke. Du schläfst im anderen Zimmer. Ich weiß nicht, ob Du etwas vermutest. Vermutest, warum ich nach Südafrika ging. Verzeih mir, daß ich Dir die Wahrheit vorenthalten habe. Es ist zu Deinem Schutz, das mußt Du verstehen. Ich werde jetzt das Spurenelement untersuchen, das ich aus Namaqualand mitgebracht habe. Muß versuchen, es zu identifizieren, bevor Du aufwachst. Unglaublich! Beryllium! Ja! Es ist Beryllium! Das leichteste Element überhaupt. Ich kenne Beryllium von einem Experiment in der Universität. Spuren davon verteilten sich versehentlich in Saphiren und lösten eine Farbveränderung aus. Aber das hier ist mir ein Rätsel. Beryllium kann sich nicht in einem so harten, dichten Stein wie Diamant verteilen. Was also geht hier vor? Verzeih mir, Simone. Um das Rätsel zu lösen, muß ich unser gesamtes Vermögen aufs Spiel setzen.

Das folgende Experiment könnte unseren roten Diamanten zertrümmern. Der Diamant klemmt in einer Juwelierzange. An einem dreizackigen Halter befestigt, damit er nicht verrutscht. Mit meinem provisorischen Bohrgerät bin ich in die Mitte unseres Diamanten vorgedrungen. Habe ein Fenster geöffnet! Unser Diamant ist nicht zertrümmert!

Den Tag, an dem Cyrus aus Namaqualand zurückkam, würde sie nie vergessen. Eingehüllt in seinen Geruch nach Kardamom und Rauch, hatte sie fast den ganzen Tag geschlafen und war erst aufgewacht, als die Berggipfel in einen prachtvollen Sonnenuntergang getaucht waren. Sie hatte Cyrus im anderen Zimmer entdeckt, über den Tisch gebeugt, in die Arbeit vertieft. Er hatte ihr jegliche Antwort verweigert. An diesem Abend hatten sie ihren ersten Streit gehabt. Das abgeschnittene Ohr seines Pferdes war ihr am nächsten Abend überbracht worden.

DAS VIERTE BUCH MOSE

Du schläfst noch.

Ich nehme mir unseren Diamanten mit Vergrößerungsglas und Lupe vor.

Verstärke das Licht, das mitten ins Innere fällt.

Das tut weh, Simone.

Meine schlimmsten Befürchtungen bewahrheiten sich vor meinen Augen. Das verstärkte Licht nimmt unserem Diamanten Schicht um Schicht die Farbe. Um die Kanten verbreitet sich eine rosige Facette. Verläuft in eine andere. Und noch eine. Die Reinheit schwindet. Unglaublich!

Unser Diamant gleicht jetzt den Steinen in dem königlichen Armband.

Offenbar sind alle Diamanten behandelt worden. Das ist der Grund für die Unstimmigkeit, die ich entdeckt habe. Die Diamanten in dem Armband und dem Zepter müssen früher gewonnen worden sein als unser Diamant. Daher waren sie Licht und Elementen länger ausgesetzt. Das Fenster in unserem Diamanten hat ihn jetzt noch lichtempfindlicher gemacht. Ein Schwundprozeß, der sich normalerweise über Jahre hingezogen hätte, bis sich schließlich die Unreinheit des Diamanten gezeigt hätte, fand an einem einzigen Nachmittag statt.

Die Natur ist freilich nicht immer vollkommen. Der exquisite violette afrikanische Amethyst und bestimmte Saphire können trotz ihrer tiefsatten Farbe verblassen, wenn sie starker Hitze und übermäßiger Sonnenbestrahlung ausgesetzt sind. Doch anders als bei Amethysten und Saphiren sind die Kohlenstoffatome der Diamanten dicht und eng gepackt. Daher können Licht und andere Elemente sich nicht in ihnen verbreiten.

Soviel weiß ich jetzt. Eine natürliche Anomalie in der Beschaffenheit und chemischen Zusammensetzung der Diamanten von Jean Paul Dubois läßt sie auf Licht reagieren wie bestimmte Amethyste und Saphire. Den Elementen ausgesetzt, verlieren die Atome dieser roten Diamanten an Dichte und werden lichtempfindlich.

Dubois entdeckte das Malheur, als seine Steine den Höhepunkt ihrer Beliebtheit erreicht hatten. Sie hatten in königlichen Schatztruhen und in Banktresoren ein Zuhause gefunden. Ein Mann wie er würde sich niemals mit einem

Bankrott abfinden. Daher entschied er sich, der unvollkommenen Natur ins Handwerk zu pfuschen. Das erklärt das verbotene Laboratorium in seinem Haus in Namaqualand. Hier wird die Entfärbung seiner roten Diamanten mit Hilfe von intensivem Licht beschleunigt.

Als nächstes werden Chrysoberyll, ein Ausgangsstoff von Beryllium, Borat und Phosphat beigefügt. Die Diamanten werden mit dem Pulver überzogen. Dann werden die mit Pulver bestäubten Diamanten in Hochtemperaturöfen stundenlang erhitzt, um einen einheitlichen, kraftvollen Farbton anzunehmen. Dieses chemische Verfahren ist ungesetzlich.

Simone wischte sich Schweißperlen vom Hals. Den Rest hätte sie auch selbst schreiben können. Sobald Künstlichkeit ins Spiel kommt, sobald klar ist, daß die leuchtenden Farben nicht allein ein Erzeugnis der Natur sind, ist es aus mit Magie und Romantik. Und der Markt bricht ein.

Monsieur Jean Paul Dubois, der mit seinen überhöhten Preisen für behandelte Diamanten Reichtümer angehäuft hatte, würde alles tun, um zu verhindern, daß das nach außen drang. Genauso der Hofwesir, der seine Firma mit Monsieur Dubois' Kartell vereinigt hatte und Milliarden kassierte. Der Schah, der angeblich ein unschätzbares Armband aus roten Diamanten und in seinem Zepter einen weiteren achtkarätigen Diamanten besaß, würde über diese Behandlung keineswegs erbaut sein. Und auch unbedeutendere Beteiligte wie Monsieur Rouge und Monsieur Amir und seine Frau wären ruiniert. Immerhin steckte ihr Vermögen in roten Diamanten, die sie entweder erworben oder als Bezahlung erhalten hatten.

Simone strich über die Seiten, deren Ränder mit Cyrus' Kardamomatem gesprenkelt waren. Seine Zeilen waren jetzt kürzer, dringlicher. Angst und Gefahrbewußtsein hatten ihm die Feder geführt, die über die Seiten des Fünften Buchs Mose kratzte.

DAS FÜNFTE BUCH MOSE

Habe heute den Schah aufgesucht.
Habe ihn über die ungesetzliche Einfärbung informiert.
Habe versprochen, mein Wissen für mich zu behalten, bis er Gelegenheit zum Handeln hat.
Vorausgesetzt, er gewährt uns Immunität und gebietet der Pulverbehandlung Einhalt.
Er war wütend auf seinen Wesir.
Er gab mir sein Wort.

Simone überschlug die nächste Seite und kam zu Cyrus' letzten Worten – seinem Vermächtnis an sie.

Jounam, ich liebe Dich mehr als meine Augäpfel.
Doch eher sterbe ich, als daß ich zulasse, daß ihr – Du oder unser Sohn – an meiner Rechtschaffenheit zweifelt.

Sie steckte die Bibel unter den Arm und verließ die Galerie, gerade als Alphonse aus dem Château trat, um zu ihr zu kommen. Die letzten zwei Jahre hatten ihre Spuren hinterlassen in den tieferen Falten auf seiner Stirn, den eingefallenen Wangen und dem Zittern seiner gepflegten Finger. Aber er gab sich denselben Anschein wie immer, färbte seine Haare mit derselben Farbe und legte dieselbe Affektiertheit an den Tag. Seine bedeutendste Veränderung war, daß er die Butler-Fassade allmählich, fast unmerklich ablegte und sich mehr wie Mme. Gabrielles Ehemann, Françoise' Vater und Simones Großvater benahm. Manchmal hörte sie ihn Mme. Gabrielle necken, er wolle zu seinen persischen Wurzeln zurückkehren, wo er Mohammed war, bevor sie ihn in einen Butler verwandelt hatte. Er vermisse sein altes Ich und wolle es wiederbeleben, indem er seine Tochter und seine Enkelin mit ihrer persischen Herkunft bekannt mache. Daraufhin schlug ihre Großmutter ihm sachte mit ihren Handschuhen auf die Hand und meinte, seine Bemerkungen seien nicht so amüsant, wie er vielleicht glaube.

Außer Atem von der Anstrengung, zu ihr zu kommen, und sichtlich erschüttert, sagte er: »Vor einer halben Stunde sind Monsieur Rouge und Monsieur Amir in getrennten Kutschen vorgefahren. Beide haben ziemlich besorgt nach dir gefragt. Monsieur Rouge hält den *Figaro* in der Hand, als handele es sich um sein Todesurteil.«

Bevor Alphonse sich ausführlicher äußern konnte, rückte sie ihren Revolver im Halfter zurecht und lief zum Château.

51

Mit schwindelndem Kopf stolperte Simone in den Salon.

Den *Figaro* in der Hand, schritt Monsieur Rouge auf und ab. Seine ungleichen Augen huschten hin und her, konnten auf nichts und niemandem zur Ruhe kommen.

Monsieur Amir saß auf einem hochlehnigen Stuhl; seine Gefaßtheit wirkte in der angespannten Atmosphäre fehl am Platz.

Als er Simone sah, schwenkte Monsieur Rouge die zusammengerollte Zeitung über dem Kopf und begann, unzusammenhängendes Zeug zu brabbeln. Monsieur Amir sah sich eher amüsiert um. Ein Lächeln zuckte unter seinem gewachsten Schnurrbart, und er klopfte sich mit seinem Exemplar der Zeitung leicht auf den Schenkel.

»Monsieur Rouge, beruhigen Sie sich, *s'il vous plaît*«, rief Simone. »Sie machen mich ganz nervös.«

»Es ist eine Tragödie, liebe Simone, eine Tragödie von unvorstellbarem Ausmaß. Ich bin bankrott. Wir sind alle ruiniert«, fügte er hinzu, indem er zu Monsieur

Amir hinübernickte und mit einer theatralischen Geste den *Figaro* aufschlug. »Hier, lesen Sie selbst.«

Sie nahm die Zeitung in beide Hände und las: *Bericht über behandelte Steine lähmt Diamantenindustrie. Nachrichten über ein einflußreiches Kartell, welches die innere Struktur von roten Diamanten manipulieren soll, haben die internationalen Diamantenmärkte lahmgelegt. Der Handel mit roten Diamanten wurde unterbunden. Der Hauptverdächtige, ein Monsieur Jean Paul Dubois, befindet sich in Gewahrsam, während weitere Untersuchungen durchgeführt werden.*

Gefolgt von ihren Geistern und begleitet von Françoise, rauschte Mme. Gabrielle in den Salon. Sie hielt sich bereit, die Herren auf den leisesten Hinweis von Simone fortzuschicken. Sie erinnerte sich an das eine Mal, als die Kuriere des Präsidenten, *Le Monde* in Händen, mit der Nachricht von dem vereitelten Mordversuch an dem persischen König bei ihr hereingeplatzt waren. Jener Vorfall hatte eine Kette tragischer Ereignisse ausgelöst, die den Lebenslauf ihrer Enkeltochter und infolgedessen auch ihren eigenen verändert hatten. Und jetzt prophezeite ihr Günter, sie sei drauf und dran, Simone abermals zu verlieren. Er wartete eifrig mit Details der unglaublichen Geschichte auf, die ihr eine Heidenangst einjagten. Zola wollte unbedingt wissen, wer und was die Besucher hergeführt hatte, bis sie schließlich das Gefühl hatte, ihre Ohren würden platzen. Und Franz Liszt, dessen wilde Locken mitten in diesem Tohuwabohu auf und ab wippten, hüpfte auf ihren weiß behandschuhten Fingern herum wie auf der Tastatur seines Klaviers. Nachdem sie mehr als genug Verhängnisvolles gehört hatte, verjagte sie Luciano Barbutzzi von ihrem Arm und verlangte von Oscar Wilde, sofort mit seinen Bewegungsübungen aufzuhören, die ihre Brüste allerdings erfreulich fest gemacht hatten. Sie richtete ihren Zeigefinger anklagend auf Monsieur Rouge. »Ich habe genug gehört von Diamanten und Edelsteinen und diesen endlosen Skandalen! Messieurs, ich muß Sie bitten, Ihre Scharade anderswo aufzuführen.«

»*Chère* Madame«, sagte Monsieur Rouge, wobei er Simone einen flehenden Blick zuwarf und den Finger ihrer Großmutter übersah, an dem ein kostbarer Smaragd mit Kissenschliff funkelte. »Sie müssen sich an den roten Diamanten erinnern, den ich Ihnen unlängst gab. Die Polizei hat ihn bis zu mir zurückverfolgt und verlangt, daß ich ihn vorlege. Wenn es mir nicht gelingt, werde ich in Gewahrsam genommen und als Verschwörer vor Gericht gestellt.«

»Ich habe den Diamanten, Monsieur Rouge«, versicherte Simone. »Aber ich muß wissen, ob dieser Diamant auch behandelt worden ist. Und wenn ja, ist es möglich, so einen verfälschten Diamanten mit bloßem Auge zu erkennen?«

Monsieur Rouge lief zu Simone, und einen Augenblick lang fürchtete sie, er würde auf die Knie fallen und um den Stein bitten, den sie von vornherein nie hatte haben wollen. »Ich gelobe Ihnen, liebe Simone, ich weiß es nicht. Ich erfahre zum erstenmal von der Möglichkeit, Diamanten zu manipulieren. Ich wüßte nicht, wie man sie erkennt. Und ob der Diamant behandelt ist – ich glaube, ja, da die Polizei ihn aufgrund von Klagen einer Reihe Käufer und Verkäufer aufgespürt hat.«

Sie schickte ihn mit einer Handbewegung wieder auf

seinen Platz. »Sie bekommen Ihren Diamanten zurück, Monsieur, ganz bestimmt.« Der rote Diamant, den er ihr in seinem karmesinroten Wahn geschenkt hatte, war im Augenblick ihre letzte Sorge. Ihr war es um den Beutel mit den roten Diamanten zu tun, den sie in ihrem Schrank verwahrte. Waren sie behandelt? Und wenn ja, dann mußte der Mann, der sie Bart gegeben hatte, derjenige sein, den sie suchte.

»Und was beunruhigt *Sie*, wenn ich fragen darf, Monsieur Amir?« fragte Mme. Gabrielle.

»Ich bin nicht beunruhigt, Madame. Im Gegenteil, ich bin ungeheuer erleichtert, daß Recht und Gesetz Monsieur Jean Paul Dubois endlich eingeholt haben. Es ist reiner Zufall, daß ich gleichzeitig mit Monsieur Rouge gekommen bin. Wir verfolgen ganz verschiedene Ziele, versichere ich Ihnen.«

Françoise, die von all diesen Enthüllungen nichts verstand, entfaltete ihren Fächer; ihr Busen wogte, als sie Alphonse verstohlene Blicke zuwarf. Es fiel ihr schwer, sich umzustellen und ihn, den langjährigen Butler, als ihren persischen Vater anzuerkennen. Sie kreuzte die zierlichen Füße und musterte ihn mit ihren perlgrauen Augen, versuchte zu erfassen, in welchem Ausmaß ihre neugewonnene Legitimität ihre Zukunft verbessern würde. Sie hoffte, das Renommee, einen Vater zu haben, würde ihr den Weg in eine höhere Gesellschaftsschicht ebnen. Nachdem sie viel zu lange außerhalb der allgemeinen Aufmerksamkeit gewesen war, zupfte sie jetzt an ihrem nerzverbrämten Halsausschnitt, um zwei Perlen auf ihren mit Rouge gefärbten Brustwarzen zu enthüllen.

Monsieur Amir hustete zweimal, zog eine Prise Schnupftabak in jedes Nasenloch und nieste.

Alle Anwesenden drehten sich zu ihm um. »Ich bin gekommen, Simone, um Ihnen meine tiefempfundene Dankbarkeit auszusprechen. Ihretwegen ist Monsieur Jean Paul Dubois, der über lange Zeit Perser zu Sklaven gemacht hat, kein freier Mann mehr.«

»Ich verdiene keinen Dank, Monsieur Amir. Sie haben doch die ganze Zeit gewußt, daß er Ihr Mann war.«

»Gewiß, gewiß, aber was Sie nicht wissen, ist, daß er Sie nach Ihrer Abreise aus Namaqualand bis nach Paris verfolgt hat und so der Polizei direkt in die Arme gelaufen ist. Dieser vorsichtige Mensch, der jeden Schritt genau, ja mathematisch berechnete, hat sich so dumm verhalten, weil er sein Herz an Sie verlor. Nicht einmal ich habe das Ausmaß seiner Besessenheit geahnt.«

Simone war wütend. Cyrus hatte Monsieur Amir vertraut, aber ihre persönliche Lage schien ihm gleichgültig zu sein. »Sie wußten, wie gefährlich Monsieur Dubois ist, und haben mir trotzdem zugeredet, nach Namaqualand zu gehen. Und liegt Ihnen überhaupt etwas an Cyrus? Kümmert es Sie, wer ihn ermordet hat? Ich habe meinen Teil der Abmachung eingehalten; ich hoffe, daß Sie Ihren einhalten.«

»Ich habe mein Versprechen nicht vergessen, nicht eine Sekunde lang. Aber alles der Reihe nach. Sie haben noch etwas anderes versprochen. Nämlich den unumstößlichen Beweis zu liefern, daß Monsieur Dubois sich persischer Sklaven bedient hat.«

»Er befindet sich doch schon in den Händen der französischen Behörden. Wozu brauchen Sie jetzt noch einen Beweis, Monsieur Amir?«

»Dubois wird wegen Verfälschung von Diamanten nur kurze Zeit hinter Gittern verbringen. Anstatt durch die Haft eindeutig gehindert zu werden, wird er nach seiner Freilassung erst recht gefährlich. Persien wird daher eine eigene Lösung durchsetzen müssen. Wenn dem Schah ein unwiderlegbarer Beweis für Dubois' Schuld vorliegt, ist es den französischen Behörden überlassen, Monsieur Dubois an den persischen Hof auszuliefern.«

»Eine davongelaufene Prostituierte, die die Abscheulichkeiten in der Mine mit angesehen hat, ist mit mir von Namaqualand nach Paris gereist«, sagte Simone. »Wir haben sie in einer Wohnung in der Stadt untergebracht. Sie wird mit Freuden als Augenzeugin zur Verfügung stehen.«

Monsieur Amir richtete sich kerzengerade auf und durchquerte den Salon. »Als Gegenleistung, Simone, werde ich Ihnen Mehrdad ausliefern.«

Sie schluckte den aufkeimenden Schrei herunter, der in die Stille ringsum zu entweichen drohte. Wie ihr schien, war sie seit einer Ewigkeit auf der Suche nach dem Mörder – und nach Cyrus' Leichnam –, jetzt aber fürchtete sie die Enthüllung. Hoffnung und Angst ließen ihr Herz schneller schlagen, und sie rief: »Mehrdad! Er ist in Paris? War er die ganze Zeit hier? Sie haben gewartet, bis Ihre Ziele erreicht waren, nicht wahr, bevor Sie seinen Aufenthalt preisgaben?«

Monsieur Amir rückte seine Krawatte zurecht. »Mir liegt sehr viel an Ihnen, und auch an Cyrus. Aber das Überleben meines Landes hat Vorrang. Ich stehe auf immer in Ihrer Schuld für alles, was Sie getan haben, und ich weiß, eines Tages werden Sie einsehen, daß auch ich einen Beitrag geleistet habe.«

52

Ein Pferd und sein Reiter, die zum Château Gabrielle preschten, wirbelten in der letzten Straßenbiegung Staubwolken auf. Simone beobachtete den näher kommenden Hengst, dessen in der Sonne glänzende Silbermähne, üppiger Schweif und stolzer Hals sie an Cyrus' Pferd erinnerten. Sie kniff die Augen zu, um das Bild zu verscheuchen. Das abgeschnittene Ohr seines Hengstes in Barts Hand. Das Nordlicht, das wie wild am persischen Himmel tobte. So eine sinnlose Grausamkeit. Ihm in die Brust zu schießen. Seinen Leichnam zu stehlen. Doch das Leben ging weiter. Ihre Mutter erwartete scheinbar wieder einen Verehrer. Ihre Großmutter flirtete nach wie vor mit ihren Geistern.

Der Hengst kam jäh am Tor zum Stehen. Der Reiter sprang vom Sattel, band die Zügel an das schmiedeeiserne Gitter und ging zum Klopfer.

Es war nicht die dunkle Farbe seiner schulterlangen Haare, seine schlanke Silhouette oder sein suchender Blick durch die senkrechten Gitterstäbe, die Simone überzeugten, daß dies kein Verehrer ihrer Mutter war. Es war das rote Funkeln an seinem linken Ohr, das sie über die Terrasse laufen und nach Alphonse rufen ließ. Sie schnappte sich die Schlüssel, die er hervorzog, und sauste zum Tor.

Der Fremde mühte sich von außen mit dem Schloß ab, und sie versuchte, den sperrigen Schlüssel zu drehen, bis Alphonse ihnen zu Hilfe kam.

Sie streckte ihre Hand aus, und als der Mann sie ergriff, sah Simone weder den erstaunten Alphonse noch nahm sie den Tumult hinter sich im Park wahr. Cyrus stand mit spöttischer Miene vor ihr, sein eigenartiges halbes Lächeln war da, aber nicht ganz, die forschenden Augen, die sie einst umfangen und ausgezogen hatten, das offene Hemd, das von seinem Trotz kündete. Und der rote Diamant an seinem linken Ohr. Er hielt ihre Hand länger, als sie ertragen konnte, doch sie entzog sie ihm nicht; denn sie hatte ewig nach ihm gesucht und wollte ihn jetzt nicht loslassen. Sie kämpfte dagegen an, sich in seine Arme zu werfen, als er mit persischem Akzent »Simone« sagte. Stumm und mit betrübtem Herzen führte sie ihn durch den Park und den Kleehügel hinauf, wo eine Schar Pfauen an seinem Mantel pickte.

»Ich bin müde«, sagte er. »Ich habe einen weiten Weg hinter mir, um hierherzukommen.«

Ein wenig verletzt von seiner Gelassenheit setzte sie sich neben ihn auf die Chaiselongue. Hundert Fragen stürmten auf sie ein, und sie schauderte in ihrer Crèpe-Bluse. Er zog seine Jacke aus und legte sie ihr um die Schultern. Von dem schwachen Geruch nach Tabak und Kardamom wurde ihr schwindlig. Sie zog die Jakke enger um sich. In dem kurzen Augenblick, in dem dieser Mann vom Pferd gesprungen war und hinter den Gitterstäben ihren Blick gesucht hatte, schien sie ihren

Mann wiedergefunden zu haben. Er hatte alles, was sie an Cyrus bewundert hatte – die gefühlvollen Augen, das sorglose, nahezu kränkende Desinteresse seiner eigenen Person gegenüber und die Art, wie er mir nichts, dir nichts in ihr Zuhause geplatzt war. Er wirkte ein wenig älter als Cyrus, und ihr kam der Gedanke, wenn Cyrus noch lebte, wäre er gealtert wie dieser Mann.

Mit seinem halben spöttischen Lächeln sagte er: »Monsieur Amir sagte, daß Sie mich erwarten.«

»Mehrdad!« rief sie, griff nach ihrem Revolver und fand statt dessen ihr Spitzentaschentuch. Sie war einem Mann ausgeliefert, der womöglich Cyrus' Mörder war, und hatte ihren Revolver nicht bei sich. Einem Mann, den sie übereilt hereingelassen hatte, weil er sie an Cyrus erinnerte. Sie streifte seine Jacke von ihren Schultern und gab sie ihm zurück.

Er warf sich die Jacke mit einer Nonchalance, die sie bis ins Mark schmerzte, über die Schulter. »Ich gehe, wenn Sie es wünschen«, sagte er, überquerte den Hügel und begann den Hang hinunterzuschlendern.

Während sich seine Silhouette immer mehr aus ihrem Blickfeld entfernte, rief er: »*Chance Banu.*« Und aus dem Tal hallte es zurück: »*Chance Banu. Chance Banu.*«

Mit flatterndem Puls sprang sie auf und rannte den Kleehügel hinunter. »Warum nennen Sie mich *Chance Banu*?«

»Weil ich wußte, daß Sie darauf reagieren würden.« Er ergriff ihre Arme mit beiden Händen, als würde er sie schon lange kennen oder gar eine Art Besitzerstolz fühlen. »Hören Sie, Sie verdanken Ihr Leben einer Glückssträhne. *Chance Banu* bedeutet ›Madame Fortune‹ auf

Farsi, aber es hat eine Doppelbedeutung. Es kann entweder heißen, daß Sie verzaubert sind, oder daß Sie eine Zauberin sind. Es kann ein Kompliment oder eine Bedrohung sein. In Persien hat man versucht, Sie zu warnen, Ihnen begreiflich zu machen, daß Sie, nachdem Sie einmal Glück gehabt haben, nicht versuchen sollen, das Schicksal ein zweites Mal herauszufordern. Sie sind in großer Gefahr. Ich möchte Ihnen helfen.«

Sie trat zurück, entzog ihm ihre Arme. »Ich traue Ihnen nicht.«

»Wie könnten Sie auch, nach allem, was Sie durchmachen mußten? Aber Zeit ist ein Luxus, den wir nicht haben. Sehen Sie, auch ich werde beobachtet, und ich kann jeden Tag nach Persien zurückbeordert werden.« Er sah zum Himmel und zu den geblähten Wolken hinauf. »Cyrus und ich konnten uns aufeinander verlassen. Wir waren unschuldige Mitspieler in einem grausamen Spiel.«

»Was ist das für ein Spiel?« fragte sie, während sie hügelab ging, zum Château, um ihren Revolver zu holen.

Das Kinn angespannt, den Mund gestrafft, sprach er in trotzigem Ton: »Der Diamantenschlamassel! Juden und Moslems. Die Welt ist verrückt geworden.«

Cyrus' Stimme hallte in ihrer Erinnerung über die Zibetkatzenhügel – Moslems haben uns immer wieder verfolgt – sie mögen uns nicht – dieser Wahnsinn nimmt kein Ende. Flüchtige Erinnerungsfetzen nahmen in ihr Gestalt an. Mehrdad war der Kollege, dem ihr Mann in der unredlichen Welt der Diamanten vertraut hatte. Er war der Mann, mit dem Cyrus sie bekannt machen wollte, ein Vorbild für ihren Sohn. Aber er war auch der Hauptverdächtige, auf den monatelange Nachforschungen hinwiesen. Ein Mensch, so fürchtete sie, der bald nach einem Messer greifen würde.

Und dann hörte sie Barts Stimme, klar und voll, jedes Wort hatte sie deutlich im Gedächtnis – wie konnte es anders sein, wenn ihre blanken Gefühle und ihr wundes Herz nach allem griffen, was ihren entsetzlichen Verlust erklären könnte? Ein einfaches Wort von Bart kam einem Rettungsboot an ihrem trüben Horizont gleich. Ein Mann mit einem roten Diamantohrring wie Cyrus hatte Bart den Beutel mit den Diamanten für sie gegeben.

»Sie haben Bart die roten Diamanten und den Zettel gegeben«, sagte sie und trat fort von ihm.

»Ja. Ich hatte gehofft, es würde Sie bewegen, Persien zu verlassen«, sagte er, dabei strich er sich mit der Hand übers Haar.

Sie bemerkte eine graue Strähne in seinen Haaren und dachte unwillkürlich an ihren eigenen grauen Streifen – das Rote Meer, damit der Gram passieren konnte –, der kurz nach Cyrus' Tod erschienen war. »Warum sind Sie nach Cyrus' Ermordung verschwunden?«

»Der Schah hat mich nach Paris geschickt«, antwortete er. »Um den kaltblütigen Mord an seinem Juwelier aufzuklären.«

Sie führte ihn zu der Lichtung, wo sie und Cyrus sich geliebt hatten. Nicht, weil sie sich dort mit Mehrdad sicher fühlte. Eigentlich fühlte sie sich nirgends sicher. Sie mußte sich einfach entfernen von den Galerien, dem

Kurtisanen- und Verführungsbetrieb, der das Château bestimmte, und seinen wandernden Seelen. Sie bemerkte auch die Kutschen nicht, die Neugierige vor den Schloßmauern absetzten. Sie war bei Cyrus, sprach mit Cyrus, dessen Augen mit dem Lächeln aufleuchteten, das in einem Moment vorhanden und im nächsten Moment verschwunden war.

Aber Mehrdad sah sie und deutete auf die Menschenmenge. »Was suchen die hier?«

»Die Galerien meiner Großmutter sind eine Art Wallfahrtsort geworden. Ziemlich albern, finde ich.«

Er sah zum Kleehügel hinüber. »Da oben, wo wir waren?«

»Ja, der Mythos scheint zunächst viel interessanter. Sobald man etwas sieht, verliert es seinen Zauber.«

»Sie, Simone, sind leibhaftig noch bezaubernder als ihre Vorstellung. Und Sie können sogar aus der Hand lesen.«

»Hat er Ihnen das erzählt?«

»Ja. Als er Ihre Fotografie aus der Tasche zog und mit dem Daumen über Ihr Profil fuhr, um mir die Frau auf dem Bild als seine junge Pariser Ehefrau vorzustellen, war ich auf Anhieb gefesselt von Ihren großen neugierigen Augen und Ihrer verwegenen Haltung. Sie sahen hinreißend aus mit Ihrem Revolver, den Stiefeln, die gegen die Steigbügel drückten, als wollten Sie vom Sattel fliegen.«

Simone erinnerte sich an den Tag, als ein Fotograf ins Château gekommen war mit seinen sperrigen Fotoapparaten und seinen Gehilfen im Schlepptau. Ihre Großmutter hatte einen Wirbel um ihn gemacht, als sei er der Präsident persönlich. Die kaum sechzehnjährige Simone war auf dem Weg zu ihrem Morgenritt im Tal, als sie zurückgerufen wurde. Sie hatte sich bemüht, sich auf den Fotografen einzustellen, den die Aura eines bedeutenden Künstlers umgab. Aber sie konnte die Anweisungen kaum ertragen, sich im Sattel hierhin und dorthin zu drehen und in den dämlichen Apparat zu sehen, als würde sie einem Geliebten in die Augen schauen. »Cyrus hat mir nie erzählt, daß er diese Fotografie hat.«

»Er wollte nicht, daß Sie böse auf Ihre Großmutter sind. Sie hatte Visitenkarten mit Ihrem Bild machen lassen. Eine hat sie Cyrus gegeben. Das hat ihn zu seinem Besuch mit dem roten Diamantenarmband veranlaßt.«

Als sie von dieser Machenschaft ihrer Großmutter hörte, schlug Simone die Augen nieder. Ihre Großmutter hatte kein Recht gehabt, so etwas ohne ihr Wissen zu tun. Andererseits wollte sie die Visitenkarte gerne sehen, die Cyrus zu ihr geführt hatte. Hatte er sie irgendwo für sie hinterlegt, vielleicht als ein weiteres Zeichen?

Mehrdad war zu Cyrus in Persien zurückgekehrt. »Der ganze Königshof sprach aufgeregt über Cyrus' jüngste Erwerbung, einen achtkarätigen roten Diamanten, über den sich der Schah ungeheuer freute. Eine Feier wurde abgehalten, Würdenträger wurden eingeladen. Der Diamant wurde eine Woche lang im königlichen Schmuckmuseum in einem goldgerahmten Glaskasten ausgestellt.«

Dieser rote Diamant wurde in das Zepter des Schahs eingearbeitet.

»In der folgenden Woche zog Cyrus in der königlichen Werkstatt die Visitenkarte hervor, legte sie auf seinen Handteller und blies darauf, als wollte er Ihr Bild von Staub befreien. Seine Pariser Frau kämpfe mit seiner unnachgiebigen Kultur, erklärte er. Und seine Mutter bereite ihr unerträglichen Kummer. Tags darauf zog er wieder die Fotografie hervor und rieb sie an seinem Ärmel, als wollte er das Bild polieren. Er war zu einem schwierigen Entschluß gelangt. Sie würden in sein Haus in den Bergen ziehen, auch wenn seine Familie ihn verstoßen würde.

An einem anderen Tag, als wir Rohdiamanten sortierten, stellte er die Fotografie auf einen Tisch im Palast des Schahs. Er machte einen provisorischen Rahmen, indem er um die vier Kanten Diamanten legte. Er sagte, Sie nähen aus ihren Unterröcken einen Bettüberwurf.«

Mehrdad wurde ein tatkräftiger Beobachter der kommenden Ereignisse, eine Art Voyeur. Er schuf Gegebenheiten, damit Cyrus die Fotografie aus der Jackentasche zog und wieder einen Brocken über Simone preisgab. Er fing an, seine Träume durch Cyrus zu leben – er zog sich an wie er, ließ sich die Haare wachsen wie er, trug einen roten Diamanten wie er.

Und ohne etwas von der zunehmenden Faszination seines Freundes zu merken, verblüffte Cyrus Mehrdad weiterhin mit Geschichten über Simones Fähigkeit, sich neu zu erfinden. Langsam legte sie in Mehrdads Vorstellung ihre irdischen Eigenschaften ab und nahm mythische Züge an.

»Nach seiner Rückkehr aus Südafrika hatte Cyrus, mit ausweichendem Blick und pulsierenden Adern an den Schläfen, die Visitenkarte in sein Taschentuch eingeschlagen und mir gegeben. Eines Tages könne sie sich eher als Empfehlung bewähren denn als Visitenkarte, meinte er. Nur für den Fall. Das schrieb er noch auf die Rückseite, bevor er zur Tür hinausging.«

Trotz Mehrdads Enthüllungen erschien Simone die Visitenkarte nun als der Funke, der ihre beharrlichen Zweifel beseitigen konnte. »Wo ist die Karte?«

Mehrdad zog seine Brieftasche aus der Jacke. Zwischen den ausgefransten Lederklappen steckte ihr Abbild in Cyrus' Taschentuch. Eine Anwandlung von Schmerz, Zorn und Scham ließ ihre Sommersprossen zu winzigen Flämmchen dunkeln. Mme. Gabrielle hatte Visitenkarten mit ihrem Bild, ihrem Namen und ihrer Adresse machen lassen. In ihren Augen hatte sich ihre Großmutter damit zu ihrer öffentlichen Kupplerin gemacht.

Und sie war wütend auf Cyrus. Er hatte kein Recht gehabt, derart wichtige Angelegenheiten für sich zu behalten. Sie sah auf die Rückseite der Visitenkarte: *Für Simone, nur für den Fall.* Für welchen Fall, fragte sie sich, dabei hatte sie das unbestimmte Gefühl, daß dieses wichtigste Zeichen ihres Mannes eine Zutat von Mehrdad war.

Hastig steckte er die Karte, die Simone ihm zurückgab, in seine Brusttasche und drückte die Hand fest darauf. »Die Anzeichen von Schwierigkeiten an Mosaffar Od Din Schahs Hof spürte ich mehr, als daß ich sie sah. Ich wußte natürlich, daß Mirza Mahmud Khan die politischen Zügel des Landes in der Hand hielt. Aber seit dem vereitelten Mordanschlag in Frankreich war der Schah ein anderer Mensch. Er war nicht mehr der kraftlose König, den wir kannten.« Mehrdad unterdrückte ein Lächeln. Mit zwei Fingern brach er einen Lavendelzweig ab. »Es geht das Gerücht, der König verdanke sein neugewonnenes Selbstvertrauen den Diensten Ihrer Großmutter.«

Simone nahm ihm den Zweig aus der Hand und steckte ihn sich hinters Ohr. »Ja, sie ist eine außergewöhnliche Frau.«

»Jedenfalls wurde Cyrus mit seiner Verbindung zu den Damen d'Honoré der Günstling des Schahs und genoß den Schutz von niemand Geringerem als seiner Königlichen Hoheit persönlich. Der *najes* Jude mit dem giftigen Händedruck, den die Moslems mieden, sah sich plötzlich in der nicht beneidenswerten Stellung, einen höheren Rang zu bekleiden als viele von uns! Dann beschloß er zurückzutreten, aber seine Arbeit beim Diamantenimport erforderte es, einen qualifizierten Nachfolger zu suchen, bevor er es wagen konnte, seinen Abschied einzureichen.«

Den Blick auf Mehrdads schöne Augen geheftet, die den Tränen nahe zu sein schienen, fragte Simone: »Welche Alternative hat Cyrus vorgeschlagen?«

»Er bot an, seinen Posten als Hofjuwelier so lange auszufüllen, bis er jemanden ausgebildet hatte, der ihn ersetzte.«

»Wen?« fragte sie und beugte sich näher zu ihm.

»Mich«, antwortete er.

53

Mme. Gabrielle stützte die behandschuhten Hände auf das schmiedeeiserne Geländer und blickte erzürnt zu dem Paar hinunter, das umgeben von Lavendelduft und Zibetgeruch aufs Château zuschlenderte. Denselben Anblick mit einem anderen Perser im Sinn, raffte die aufgebrachte Großmutter ihre Röcke und rauschte die Haupttreppe hinab. Dieser Mann, das sah sie gleich, war nichts weiter als Cyrus' Schatten, Simone aber war offensichtlich entschlossen, jene tragische Beziehung zu wiederholen. Auch Gabrielle wollte, daß Cyrus' mysteriöse Ermordung aufgeklärt, daß dieser Abschnitt von Simones Vergangenheit abgeschlossen wurde. Sie wollte, daß Simone sich an die ihr zugedachte Lebensweise gewöhnte und Persien vergaß, ein Land, das Gabrielle zu Beginn ihrer Beziehung mit Alphonse reizvoll erschienen war, seine Anziehungskraft aber durch die Art, wie es mit Simone umgegangen war, verloren hatte. Sie würde denselben Fehler kein zweites Mal zulassen.

Ohne auf das mißbilligende Schnauben und die gebauschten Röcke ihrer Großmutter zu achten, trat Simone näher an Mehrdad heran. Ihre eigennützige

Großmutter verdiente es, einen Mordsschrecken eingejagt zu bekommen.

Mehrdad, der nichts von dem Drama bemerkte, das sich zusammenbraute, vertiefte sich in Simones lebensgroßes Bildnis am Fuß der Treppe. Der Fotograf hatte ihren Stolz und ihre Arroganz, ihre Sanftheit und Beharrlichkeit, ihr hitziges Temperament und ihr Ungestüm viel besser festgehalten, als es auf der Visitenkarte zu erkennen war. Da Cyrus nun tot und Simone frei war, fiel es Mehrdad schwer, sich von ihr loszureißen. Er war nicht aus romantischem Anlaß nach Frankreich geschickt worden, ermahnte er sich, als er sich plötzlich lapislazuliblauen Locken, zornesroten Wangen, einem eisblauen Funkeln und einem satinumspannten Finger gegenübersah, der sich wie ein Dolch auf ihn richtete.

Mme. Gabrielle, die ohne die Wohltat eines großen Publikums die Haupttreppe hinabgestiegen war, forderte chiffonraschelnd Beachtung. »Darf ich fragen, Monsieur, ob Ihr Besuch mir, meiner Tochter oder meiner Enkelin gilt?«

Er nahm ihren Finger und führte ihn an seine Lippen. »*Bonjour*, Madame Gabrielle, Mehrdad zu Ihren Diensten, und mit Ihrer Erlaubnis gilt mein Besuch allen drei Damen d'Honoré.«

»Ziemlich anmaßend von Ihnen, Monsieur M.«, fauchte sie und wies auf die geräumige Eingangshalle, als habe er neben den drei Frauen noch ihr Château verlangt.

Er kramte in seiner Jackentasche und zog die Visitenkarte hervor. »Das hier, glaube ich, spricht für mich.«

Mme. Gabrielle sah mit gerunzelten Augenbrauen auf die hingehaltene Hand. Das bloße Überreichen der

Visitenkarte an Cyrus im Präsidentenpalast hatte eine unvorhersehbare Kette von Katastrophen ausgelöst, die sie und sonst niemand zu verantworten hatte. Aber sie glaubte nicht, daß man für unwiderrufliche Fehler endlos leiden mußte. Tragödien geschahen täglich. Man mußte nicht ewig trauern. Es wurde Zeit, daß Simone ihren Kummer überwand.

»Monsieur M.«, sagte Mme. Gabrielle, und sie sprach das M aus wie einen Fluch, »in Frankreich ist es üblich, eine solche Karte einem bestimmten ausgewählten Herrn auszuhändigen, wobei es sich von selbst versteht, daß er sie nicht an jemand anders weiterreicht. Außerdem ist ein seriöser Verehrer in meinem Land gehalten, die Damen der höheren Gesellschaft mit Hilfe eines Billetts oder eines Boten von seinen Absichten zu unterrichten. Da Sie unsere Etikette in keiner Weise befolgt haben, lassen Sie mir kaum eine andere Wahl, Monsieur, als Ihnen Lebewohl zu sagen.«

»Madame, ich entschuldige mich, wenn ich Ihnen Ungelegenheiten bereitet haben sollte. Um der Geheimhaltung und damit der Sicherheit der Damen willen habe ich die Formalitäten umgangen. Ich wurde nach Paris geschickt, um Simone um Hilfe bei der Festnahme der Mörder zu bitten. Als Hofjuwelier wurde Cyrus vom Schah Immunität gewährt. Daher wird seine Ermordung als ein persönlicher Angriff auf seine Königliche Hoheit angesehen. Inzwischen muß ich die Damen d'Honoré bitten, in Paris zu bleiben, bis die Angelegenheit zu einem zufriedenstellenden Ende gebracht ist.«

Simone hustete ein paarmal, um ihren Hals von einem, wie es sich anfühlte, riesigen Gesteinsbrocken zu befreien. »Ich weiß nicht recht, wie ich dabei helfen kann, Mehrdad.«

»Sie sind unsere einzige Zeugin. Sie könnten schildern, was in jener Nacht in den Bergen geschah, Sie könnten den oder die Mörder identifizieren, Einzelheiten enthüllen, die Cyrus Ihnen mitgeteilt hat. Wir wissen nur, daß er erschossen wurde, was darauf hindeutet, daß es vorsätzlicher Mord war. Sehr ungewöhnlich in Persien, wo impulsive Ehrentötungen mit Messern üblicher sind. Sein Tagebuch, das in Ihrem Besitz sein muß, könnte weitere Enthüllungen enthalten.« Er fuhr sich mit der Hand übers Haar und trat zurück, wie um seinen Worten mehr Gewicht zu verleihen.

Ihr Mißtrauen lebte wieder auf, und sie fragte: »Woher wissen Sie, daß Cyrus Tagebuch geführt hat?«

»Ich habe mehr als einmal gesehen, wie er etwas hineingeschrieben hat.«

Mit wild klopfendem Herzen sagte sie: »Ich habe das Tagebuch nicht, sofern eins existiert. Außerdem lasse ich mich von Ihnen nicht in meinem eigenen Haus einsperren.«

Mme. Gabrielle zupfte an den Spitzen ihrer Handschuhe, entblößte alle Finger, formte mit den Händen eine Pyramide. Mehrdad sagte die Geste wenig, abgesehen von dem Vergnügen, die ungewöhnliche Vorstellung synchroner Hände zu sehen, aber Simone erkannte das unmißverständliche Vorspiel zu einem unerfreulichen Finale. »Monsieur M., *ceci ne semble pas raisonnable*, und wir haben wahrlich nicht die Muße, den Abend zu verplaudern. Alphonse! Alphonse! Führ Monsieur M. hinaus.«

54

Ich sitze im Schatten einer ausladenden Kastanie auf einem Zibetkatzenhügel. Unter mir breitet sich das Panorama von Château Gabrielle und dem lavendelblauen Tal aus. Gänse kreisen am Himmel. Der See ist eine kristallklar schimmernde Fläche. Ein Händler stellt auf der gegenüberliegenden Anhöhe seinen Stand auf, um Pilgern geröstete Kastanien zu verkaufen. *Grand-mère* wäre dieser Anblick unerträglich. Sie betrachtet sich nicht nur als Besitzerin des Châteaus, sondern auch der umgebenden Hügel und ihrer kätzischen Bewohner.

Ich lege Cyrus' Altes Testament auf mein Spitzentaschentuch, lehne den Kopf an den Baumstamm und warte auf Mehrdad. Ich zupfe ein Blatt von dem Lavendelfeld und streichle damit meine Wange, die Sommersprossen, die Cyrus so geliebt hat. Du hast einmal gesagt, ich rieche nach Narde, wenn es Abend wird. Ich habe gefragt, wie Narde riecht. Ein bißchen lüstern, hast du gesagt, sehr geheimnisvoll und außergewöhnlich. Ich weiß nicht, ob ich dir je gesagt habe, daß du nach Kardamom und Tabak riechst. Mehrdad riecht genauso. Kaut er auch frischen Kardamom, um den Korruptionsgeruch abzuwehren? In diesen Tagen zweifle ich an der Exaktheit meines Geruchssinns, an der Verläßlichkeit meiner Fähigkeiten. Wie kann jemand dir in so vieler Hinsicht gleichen? Mehrdad ist schließlich nicht du. Ich weiß nicht, ob ich glauben soll, daß er von dem aufgebrachten Schah nach Paris geschickt wurde, um deinen Mörder aufzuspüren. Ist er hinter deiner Bibel her, oder hat er sich tatsächlich in mein Bild auf der Karte verliebt? Was hast du gemeint, als du »nur für den Fall« auf die Rückseite schriebst? Du mußt eine Vorahnung gehabt haben, daß er sich als mein einziges Heilmittel erweisen würde. Ein wohltuender Balsam für den Schorf, der sich auf meinen Wunden bildet. Eine Notwendigkeit, kein Betrug. Eine neue Aussicht auf das unschätzbare Gefühl von Beständigkeit und Zusammengehören, das dich und mich verband.

Mein Blick schweift über die Hügel, das Château und die gewundene Straße, wo sein Pferd auf das lila Tal zugaloppiert. Er läßt den Hengst am Fuß des Hügels stehen, marschiert ganz nach oben und läuft fast in meine Arme, als ich aufstehe, um ihn zu begrüßen. Er raubt mir den Atem, weil seine Anwesenheit der Umgebung so eine Klarheit verleiht. Ich führe ihn in den Schatten der Kastanie. Zwei Zibetkatzen schaukeln über uns in den Ästen. Vom Stall ist das Husten eines Pferdes zu hören. Er versucht einen verstohlenen Blick auf das Buch zu werfen, das mit den aufgeschlagenen Seiten nach unten neben mir liegt.

Ich frage – und fürchte dabei, meine Worte zu verschlucken: »Wer ist der Mörder? Wie bin ich zu einem Beutel mit roten Diamanten gekommen?« Dann höre ich mich geradewegs bekennen: »Ich weiß wirklich nicht, ob ich Ihnen trauen soll. Ich weiß nicht recht, auf welcher Seite Sie stehen.«

Er schlägt mit der Faust auf einen Stein, packt ihn und wirft ihn über den Hügel, löst ein Beben in dem unterirdischen Tunnelgeflecht aus, in das die Zibetkatzen Schutz suchend kriechen. Er hebt die Arme über den Kopf, als sei mein Revolver auf ihn gerichtet. »Ich hoffe, die Wahrheit wird Sie zur Ruhe kommen lassen. Wenn Sie dann noch wünschen, daß ich verschwinde, werde ich gehen, auch wenn ich Sie nicht mit nach Persien nehmen kann. Das würde Ihre Hinrichtung bedeuten.« Er nimmt eine Hand herunter.

Ich springe auf. Ziehe meinen Revolver – ein absurder Reflex, das wird mir klar, sobald ich den Lauf auf ihn richte.

Er drückt die Hand ans Auge. »Sie haben mein Wort. Sie werden nie wieder von mir hören, sofern das Ihr Wunsch ist.« Er hebt wieder beide Arme über den Kopf.

Auch Cyrus hatte sich ans Auge gefaßt, als er versprach, mich nie mehr allein zu lassen, so wie er sich nie von seinem Augapfel trennen würde. Auf jede Bewegung Mehrdads achtend, stecke ich die Waffe weg und nehme seine Arme herunter. »Ich weiß nicht, was in mich gefahren ist. Sie sind ein kräftiger Mann, es würde Ihnen nicht schwerfallen, mich zu töten.«

»Liebe Simone«, sagt er seufzend, »ich will Sie nicht töten. Ich will Sie heiraten. Ich will Sie von hier fortbringen.«

»Heiraten! Weil Sie sich in mein Bild verliebt haben?«

»Nein, Simone, ich war von dem Mädchen auf der

Visitenkarte besessen, aber verliebt habe ich mich in die Frau in Paris. Wenden Sie sich nicht ab von mir, weisen Sie mich nicht so rasch zurück. In meiner Religion wird einem Mann die Verantwortung auferlegt, die Witwe seines Bruders zu heiraten. Cyrus war wie ein Bruder für mich. Ich möchte meiner Verantwortung nachkommen.«

»Sie tragen keinerlei Verantwortung für mich«, versichere ich ihm, verblüfft über seinen unerwarteten Antrag. »Sagen Sie mir, wer ihn ermordet hat.«

»Auch wenn es dadurch noch schwerer für Sie wird?«

»Was?«

»Wem Sie die Schuld geben sollen.«

»Auch dann«, antworte ich.

Mit dem Federhalter in der Hand hält das alternde Familienoberhaupt auf dem Kleehügel Hof und macht sich bereit, seine letzten Beobachtungen zum Abschluß zu bringen. Ihre Geister lecken ihr die hauchdünn behandschuhten Hände und tollen zwischen ihren Zehen herum. Das Surren in ihren Ohren erinnert sie daran, daß sie eine Frau in einem bestimmten Alter ist, daß es Zeit wird, ihr schlummerndes Schuldgefühl auszulöschen, weil es sich sonst immerzu vermehren wird wie ihre Geister. Sie sind eine ständige Mahnung an die fortgesetzte Pein ihres Vaters und den zunehmenden Judenhaß. Nicht nur in ganz Europa, sondern in jedem, der andern Glaubens ist.

Sie hebt die Arme und schreit die Geister verärgert an, um sie zu verscheuchen. »Fort mit euch! Es reicht jetzt. Ihr seid überall an mir. Das ist unerträglich!« Sie wischt sich den Schweiß vom Dekolleté. Sie wüßte gern, was Simone mit diesem Perser unter der Kastanie treibt. Dennoch muß sie sich eingestehen, daß das Paar ein reizendes Bild abgibt. Sie seufzt, denkt, daß ihr nichts wichtiger ist, als von Klugheit und Schönheit umgeben zu sein und von der Freiheit, sich daran zu erfreuen. Sie steckt den Federhalter zwischen die Pergamentseiten ihres Tagebuchs. Sie hatte angenommen, sie sei fertig mit der Aufzeichnung der Geschichte ihres Lebens, fertig mit dem Entwurf des Lebensweges ihrer Enkeltochter. Aber die gegenwärtigen Ereignisse machen weitere Ausführungen notwendig.

Plötzlich schnellt der Geist von Rousseau unter einem Pfauenflügel hervor. Vor ihren erschrockenen Augen schwebend, verkündet er, er habe zwar in einer anderen Zeit gelebt, beabsichtige aber, sich ihrem Gespann von geisternden Liebhabern anzuschließen und im Château anzusiedeln.

»Unmöglich! Daran ist überhaupt nicht zu denken!« schimpft sie mit ihrer heiseren Stimme, und ihre Entrüstung hallt durchs Tal. »Selbst wenn Sie mein Zeitgenosse wären, hätte ich keine Verwendung für Sie, Monsieur, nicht die geringste. Sie sind hier nicht erwünscht! Muß ich Sie daran erinnern, daß ich in der Literatur bewandert bin? Ich habe Ihren *Emile* gelesen, und ich habe Ihre lächerliche Forderung nach getrennten Bereichen für Männer und Frauen nicht vergessen. Zudem, Monsieur, gestatten Sie mir, Ihre lachhaften Worte zu zitieren: ›Selbst wenn sie über echte Begabungen verfügt, würden jegliche Ambitionen ihrerseits diese herabsetzen. Ihre Würde hängt davon ab, daß sie unbekannt bleibt; ihre Ehre liegt in der Wertschätzung ihres Ehemannes ...‹ Pah! Machen Sie sich fort, Monsieur! Château Gabrielle hat keine Verwendung für Männer wie Sie!«

Sie lächelt zufrieden, als Rousseau sich zu einem Hauch von einem Geist ringelt und sich unter einen Pfauenflügel quetscht.

Sie schlägt die letzten Seiten ihres Tagebuchs auf.

Was ich im Leben will, was mir gelungen und mißlungen ist

Meine geliebte Simone, als ich mich in diesem Buch erstmals an Dich wandte, hatte ich die Vision, die Damen d'Honoré würden als Les Grandes Trois *in die Geschichte eingehen, als die drei begehrtesten* grandes dames *Europas. Ich vertraute darauf, daß wir drei das Zeitalter der* grandes horizontales, *der, wie ich es sehe, rechtschaffenen Frauen der feinen Gesellschaft lebendig erhalten könnten.*

Aber so, wie ein kluger Liebhaber bei jedem Besuch neue Perlen der Weisheit preisgibt, hat mir der Vorgang, mein Leben in diesem Buch Revue passieren zu lassen, geholfen, mich selbst zu entdecken und neu zu entdecken. Ich muß jetzt bekennen, daß ich, auch wenn Dir meine Erwartungen allzu ehrgeizig, vielleicht gar unrealistisch vorkommen mögen, eine seltene, wesentliche Gabe besitze, nämlich die Fähigkeit, Mythos von Wirklichkeit zu lösen und beiden offen ins

Auge zu blicken. Und mag mein geschätzter Zola auch darauf bestehen, daß ich mich nicht einmischen darf, es entspricht nicht meinem Charakter, das Schicksal seinen Lauf nehmen zu lassen oder kampflos aufzugeben.

So schwer es mir fällt, dies in Worte zu fassen, und so unglaublich es sich für Dich anhören mag: Ich gedenke die Last der Verantwortung für bestimmte Entscheidungen, die ich getroffen habe, auf mich zu nehmen.

Ich unterdrücke meinen Stolz, chérie, *und gebe unumwunden zu, daß die Liebe Dir Leidenschaft und Reife geschenkt hat. Und die Ehe hat Dir, so kurzlebig und tragisch Eure Beziehung war, bewundernswerte Courage, Beharrlichkeit und Vielseitigkeit beschert. Aber sie hat auch das Gleichgewicht der Kräfte verschoben. Ich fürchte, daß Cyrus noch im Tod Dein Leben beherrscht. Ich lehne jede intime Beziehung, die Anpassung fordert, voll und ganz ab, sosehr ich den Schmerz über Deinen tragischen Verlust mit Dir teile,* ma chère. *Und ich begrüße Deinen heldenhaften Entschluß, Deine aus den Fugen geratene Welt wieder einzurichten. Ich weiß nicht, was ich getan haben würde, wenn ich Françoise oder Dich, Simone, verloren hätte. Ich hätte gewiß nicht Deine Anmut und Eleganz an den Tag gelegt.*

Du bist zu einer intelligenten Frau erblüht und wirst irgendwo zwischen Papas Warschauer Schtetl und dem französischen Marais, zwischen Deinen persischen Männern und Deinem französischen Château Deinen Platz finden.

Daß ich meine Vergangenheit aufgedeckt und mei-

nen Erinnerungen Zusammenhang gegeben habe, hat mich auch gelehrt, wie wichtig Kompromisse sind. Doch um dies für Dich selbst zu würdigen, brauchst Du Zeit, weil Deine Reife noch in der Entwicklung ist.

Dennoch, chérie, *hast Du nicht meinen uneingeschränkten Segen, um Dich weit von Deinem Zuhause niederzulassen.*

Laß uns darüber sprechen, welchen Weg Deine Zukunft nehmen könnte, einen Kompromiß finden zwischen unseren jeweiligen Wünschen. Laß uns als Freundinnen disputieren, als Gleichgestellte geben und nehmen. Ich verspreche Dir, Deine Visitenkarte nie wieder einem Fremden zu überreichen. Würdest Du dafür meinen Rat befolgen und zum Wohle Deiner Mutter und Deiner selbst den Reichtum mehren, den ich Dir vermachen werde?

Frauen wie wir bleiben trotz unserer geistigen Unabhängigkeit finanziell auf ihre Gönner angewiesen. Wenn sie uns satt haben, lassen sie uns schneller fallen als eine altbackene Brioche. In so schwierigen Zeiten rettet uns unser Reichtum. Und Krieg ist eine stets gegenwärtige Gefahr. Tatsächlich rieche ich den Gestank, der sich am Horizont zusammenbraut. Wenn auch Du vor einem Krieg fliehen mußt, nimm Deinen tragbaren Reichtum, Deinen Schmuck mit, Deine Mutter und natürlich Alphonse.

Überdies wäre es ein Versäumnis von mir, Dich nicht zu bitten, Deinen Glauben zu achten. In Deinem Alter habe ich getan, was richtig für mich war. Ich habe mich vom Marais und meinem jüdischen Erbe abgekehrt. Doch sosehr ich in Dir eine Verlängerung meiner selbst sehe, verschafft es mir eine große Be-

friedigung, daß eine fromme d'Honoré wie Du mein Imperium erben wird. Wenn der Tag kommt, ma chérie, *lade Deinen Urgroßvater ins Château Gabrielle ein, solange im Zibetkatzental noch ein Anschein von Frieden herrscht.*

55

Die Sonne versinkt hinter den langen Schatten der fellgesprenkelten Hügel. Gaslaternen flackern rund ums Château auf, Leuchter funkeln in den Fenstern. Gänse kehren in den Park zurück, gleiten über den See, der unter dem Sturm der flatternden Flügel erzittert. Ein Windstoß kugelt Kastanien über den Lavendel und um unsere ausgestreckten Beine. Die Vertrautheit von Mehrdads Jacke läßt mich schaudern.

Er rollt einen Lavendelzweig zwischen den Fingern. »Alles begann nach einem vertraulichen Treffen zwischen Cyrus und dem Schah. Dieses Treffen war ein fataler Fehler. Noch ehe Cyrus den Palast verließ, war der Wesir über die Begegnung informiert. Augen wurden zu Dolchen, Hände ballten sich zu Fäusten. Der unreine Jude nahm sich einfach zu viel heraus.

Als die erste Schiffsladung rote Diamanten von Südafrika nach Persien ging, hatte Cyrus seine Aufgabe erledigt. Er war nun keine Bereicherung mehr, sondern eine Belastung für den Wesir und auch für Monsieur Dubois, dem Grausamkeit zum Beruf geworden war.

Inzwischen bestimmte der Wesir, der von meiner

wachsenden Freundschaft mit Cyrus wußte, mich zu seinem Spion. Daher sah ich Cyrus ohne sein Wissen bestimmte Experimente mit Diamanten durchführen und sich Notizen machen.«

Ich lege meine Hand auf Cyrus' Tagebuch, seine Bibel. Er muß vorausgesehen haben, daß sie mir in schweren Zeiten eine Quelle der Kraft sein würde.

»Simone, ich hätte niemals etwas getan oder verraten, was Cyrus schadete. Bitte glauben Sie mir, daß ich dem Wesir nur unwichtige Informationshäppchen serviert habe – Orte, die Sie zwei aufsuchten, belanglose Kleinigkeiten, die seine Mutter im jüdischen Viertel betrafen.«

Im Verlauf des Spionierens wurde ich eine Person, mit der Mehrdad rechnen mußte. Ich, die zuerst aus Paris, dann vor meiner Schwiegermutter und schließlich aus Persien geflohen war, wuchs ihm ans Herz. Mein Bild auf der Visitenkarte, meine Zurückweisung durch Yaghout und meine Anstrengungen, mich in den Bergen in die Rolle einer persischen Ehefrau zu fügen, wurden für ihn zu einer unübersehbaren Realität. Das Spionieren verschaffte Mehrdad Gelegenheit, in mein Privatleben zu treten. Kein Liebhaber, aber auch kein unvoreingenommener Zuschauer mehr, spielte auch er eine Rolle bei den Ereignissen, die meine Zukunft gestalten sollten.

»Bei dem feindseligen Klima am Hof«, fährt er fort, »genügte ein einziges Wort, um die Glut des Hasses anzufachen. Die Fatwa, ein von einem Religionsführer erstelltes Rechtsgutachten, war seit langem benutzt worden, um Juden ohne ordnungsgemäßes Verfahren zu eliminieren: *Wer einen Juden tötet, soll nach Zahlung eines geringen Blutgeldes freigelassen werden.*« Er stützt den Kopf in die Hände; an seiner Schläfe pocht eine Ader. »Simone, ich weiß nicht, wer die Fatwa erstellt, wer seine Anhänger genötigt hat, Cyrus, den angeblich Ungläubigen, zu verfolgen und zu töten. Ich kann nur vermuten, daß Monsieur Dubois und der Hofwesir, diese Oberintriganten, ihre Hände im Spiel hatten.

In der Nacht, in der Cyrus ermordet wurde, strömten überall muslimische Fundamentalisten auf die Straßen, setzten das Mahaleh-Viertel in Brand und töteten Juden ohne Vorbehalt. Zugleich lagen in den Bergen ganze Horden von Männern auf der Lauer und warteten auf das Triumphgeschrei des Mannes, der Befehl hatte, Sie zu ermorden, Simone.«

Die Fanatiker hatten nicht voraussehen können, daß die Natur sich gerade in dieser Nacht austoben würde.

»Was daraufhin durch die Berge hallte, waren keine Triumph-, sondern Angstschreie. Schreie von Männern, die vor Cyrus' Geist flohen, der den persischen Himmel mit rotgrünen Blitzen überzog. Schreie von Männern, die vor seiner französischen Zauberin flohen, deren Tränen sich in Sternschnuppen verwandelt hatten, die Feuer auf ihre Köpfe regnen ließen.«

Ich ziehe mir Mehrdads Jacke eng um die Schultern. Eine dicke Zibetkatze setzt sich zu meinen Füßen, um Kastanien aufzuknacken. Das Tier riecht nach verkohlten Nüssen und verspritztem Blut. »Ich habe mich mit seinem Tod nicht abgefunden. Nicht richtig. Weil ich seinen Leichnam nicht gesehen habe.«

»Es tut mir leid, Sie noch mehr zu quälen, aber ich habe versprochen, alles zu sagen. Und ich halte mein Wort. Man hat mir erzählt, daß sein Leichnam gemäß dem schiitischen Bestattungsritual hergerichtet wurde – zwei in Baumwolle gewickelte Weidenholzstücke in seine Achselhöhlen gesteckt, etwas Lehm mit einer Gebetsschnur auf seine Brust gelegt, sein Körper in ein ungesäumtes Wickeltuch gehüllt. Um den Juden noch mehr zu verhöhnen, hat man ihn in einem moslemischen Grab beigesetzt, statt ihn, wie es Sitte ist, seiner Familie zu übergeben.«

»Warum wurde ich dann nicht ermordet an diesem Abend?« frage ich, eine Hand auf der Bibel; mit der anderen ziehe ich so fest an einer Locke, daß es bis in die Haarwurzeln schmerzt.

»Die Perser sind abergläubisch. Noch nie hatte jemand Nordlichter über dem Elbursgebirge beobachtet. Es war ein beängstigender Anblick. Der Lärm wurde als Fluch einer Witwe und der tobende Himmel als Cyrus' Rache gedeutet. Und Bart, der Ihnen mit seinem komischen Gang und seinem strickartigen Bart zu Hilfe kam, war ein weiterer Beweis, daß Sie Umgang mit Dschinns pflegten.

Dies ist der Grund, weshalb Sie als *Chance Banu* bekannt wurden und weshalb niemand, auch später nicht, Ihnen gegenüberzutreten wagte. Weshalb der Hofwesir mir befahl, einen Beutel rote Diamanten – behandelte, wie ich vor kurzem erfuhr – mit einem Zettel zu überbringen, auf dem Sie ermahnt wurden, Persien zu verlassen. Niemand wollte Ihr Blut an seinen Händen haben. Alle hofften, Sie würden einfach Ihre Sachen packen und verschwinden.

Ich habe Tränen der Reue vergossen, als ich erfuhr, was mit Cyrus passiert war. Es wurmt mich, daß ich nichts gegen den zunehmenden Haß am Hof unternommen habe. Als frommer Moslem hätte ich den Mut haben sollen, meine Brüder herauszufordern, meinen Abscheu auszudrücken, anstatt zuzulassen, daß ich meinen Freund verlor. Als der Wesir mich – den einzigen Mann, der gewillt war, *Chance Banu* gegenüberzutreten – nach Paris schickte, um Sie zu ermorden, habe ich die Gelegenheit begrüßt, mich reinzuwaschen, indem ich genau das Gegenteil tat und Cyrus' Frau rettete.

Ich habe Ihnen erklärt, daß die Entscheidung, wer Cyrus letztendlich ermordet hat, bei Ihnen liegt. Niemand kann Ihnen die Namen der Männer nennen, die in jener Nacht in den Bergen waren. Aber kommt es jetzt noch darauf an? Wenn Sie jemand verantwortlich machen müssen, dann machen Sie den Fundamentalisten verantwortlich, der entschlossen ist, jeden, der andern Glaubens ist, zum Schweigen zu bringen.

Simone, die Kugel, die Cyrus' Herz durchbohrt hat, war mit Judenhaß versetzt.«

Der Wind in der Ferne wird stärker. Katzen klettern aus den unterirdischen Tunnels und würzen das Tal mit ihrem Geruch. Weiter unten kehrt Françoise von ihrem Abendspaziergang zurück, ein Hermelinschal liegt locker über ihren Schultern, Schichten von hauchdünnem Stoff umflattern sie. Sie bleibt vor dem Tor stehen, bückt sich und pflückt eine Rose, drückt die Nase in den ungezähmten Duft. Sie denkt an die Rosen Persiens und an Alphonse' Lächeln, wenn sie ihm gleich die gelbe Blüte im Farbton seiner geliebten Frostblumen geben wird. Sie schwebt durchs Tor, kehrt dann um und pflückt noch eine Rose, diese für ihren Großvater, der zum Essen kommen wird.

Ich nehme das Alte Testament und drücke es an die

Brust, wie Cyrus es getan hat, als er in seiner Synagoge Trost suchte. Er war unendlich viel entschlossener in seiner Aufrichtigkeit, entschiedener in seinen Prinzipien und weniger bange vor Unheil.

In Persien war ich, das weiß ich jetzt, zu jung, zu unversehrt, zu unschuldig, um zu verstehen, was rings um mich vorging. Und auch jetzt noch, als Frau, kann ich die volle Tragweite der jüngsten Vergangenheit nicht völlig begreifen.

Die Luft lodert von meinem Duft. Ich greife nach Mehrdads Hand, streiche über seinen Venushügel, seine Herzlinie und verharre achtzehn Herzschläge lang auf seiner Intuitionslinie. Ich weiß nicht genau, was ich mir wünsche, was ich vom Leben will. Ich denke daran, kehrtzumachen und den Hügel hinunterzulaufen, fort von seinem Geruch, nach Hause, um die mir zugedachte Zukunft als d'Honoré-Familienvorstand anzunehmen. Aber ist Château Gabrielle mein einziges Zuhause? Ist es wesentlich für meine Identität – so wie es für meine Mutter und meine Großmutter ist –, wie es die Rue des Rosiers 13 für meinen Urgroßvater ist?

Zu Hause ist der Anker, der mein Herz daran hindert, zu zappeln wie ein Aal. Zu Hause kann überall sein – Persien, Paris, Château Gabrielle, das Zibetkatzental –, und zu Hause ist nirgendwo.

Ich schnalle meinen Gürtel auf und lege meinen Revolver ab.

Danksagung

Es ist ein Glück für mich, daß viele Menschen mich inspiriert und unterstützt haben.

Meine Literaturagentin Loretta Barrett hat mich mit Geduld und unvergleichlicher Klugheit begleitet.

Meine exzellenten Lektorinnen Marcela Landres und Doris Cooper haben mich durch das Labyrinth geführt. Ihre anregenden Vorschläge waren unentbehrlich.

Ich bin meinem großartigen Verlagsteam zu Dank verpflichtet ...

Meine Kollegen Maureen Connel, Alex Kivowitz, Joan Goldsmith Gurfield und Paula Shtrum haben eine Fassung nach der anderen gelesen und nochmals gelesen. Ohne ihre scharfsinnigen Bemerkungen wäre *Die Tochter der Kurtisane* nicht entstanden.

Mein Dank an Nader, dessen Zuspruch mir das Schreiben erst möglich machte und der dafür sorgte, daß ich bei Sinnen und stets zuversichtlich blieb, läßt sich nicht mit Worten ausdrücken.

Carolyns unschätzbare Verbindungen haben mir den Schaffensprozeß sehr erleichtert. Dafür bin ich dankbar.

Danke, Negin und David Ascher, ihr seid mehr als eine Quelle der Inspiration. Mit euren gescheiten Beiträgen, endlosen Recherchen und eurer Sachkenntnis habt ihr mir Wege aufgezeigt, die mir zeitweise undurchdringlich schienen.

Mein herzlicher Dank geht an meinen hochgeschätzten Fanclub, meine Familie, Parvin, Sion, Ora, Sol und David, die mit ihrem ständigen Zuspruch dafür sorgten, daß die Seiten voll wurden.

Die Originalausgabe erschien 2005 unter dem
Titel *Courtesan* bei Scribner, New York

Marion von Schröder ist ein Verlag der
Ullstein Buchverlage GmbH

ISBN-13: 978-3-547-71085-4
ISBN-10: 3-547-71085-5

Gesetzt aus der Sabon,
bei Pinkuin Satz und Datentechnik, Berlin
Druck und Bindung: Clausen & Bosse, Leck
Printed in Germany

Dieses Werk wurde vermittelt durch die
Literarische Agentur Thomas Schlück GmbH, 30827 Garbsen.